哪怕是小草，春天也要努力开几朵小花。
人的天性之一，总还是不太甘于寂寞。

地丁草

DI DING CAO

荣 生／著

曰『湖边』
曰『夏雨』
曰『春花』

中国经济出版社
CHINA ECONOMIC PUBLISHING HOUSE
北 京

图书在版编目（CIP）数据

地丁草/荣生著.
—北京：中国经济出版社，2017.3（2021.12重印）
ISBN 978-7-5136-4518-8

Ⅰ.①地… Ⅱ.①荣… Ⅲ.①散文集—中国—当代 Ⅳ.①I267

中国版本图书馆 CIP 数据核字（2016）第298082号

责任编辑　叶亲忠
责任印制　马小宾
封面设计　华子图文

出版发行　中国经济出版社
印 刷 者　北京艾普海德印刷有限公司
经 销 者　各地新华书店
开　　本　710mm×1000mm　1/16
印　　张　20.5
字　　数　320千字
版　　次　2017年3月第1版
印　　次　2021年12月第2次
定　　价　48.00元
广告经营许可证　京西工商广字第8179号

中国经济出版社　**网址** www.economyph.com　**社址** 北京市西城区百万庄北街3号　**邮编** 100037
本版图书如存在印装质量问题，请与本社发行中心联系调换（联系电话：010-68330607）

地丁草是种怎样的草（代序）

在读朱老师的文章之前，我不知道什么是地丁草；读了朱老师的文章之后，我再也忘不了地丁草了。

“叶上有细细的白白的毛”“整株看起来是浅浅的，淡淡的，嫩嫩的绿”“小花瓣上又会有一丝丝细细的浅浅的紫”。世上真有这样漂亮的草吗？有的，它就是地丁草，它还有一个漂亮的小名：雪里白。

写这样一种小草有什么意思呢？意思当然有一些。

这种草可以药用。虽然不像人参雪莲那样“大补”，但用它泡茶喝可以“清火”——人，有谁敢说不会上火呢？

这种草活得“滋润”。它固然不曾“亭亭玉立”，也不会“香远益清”，但它实实在在，健健康康，不亢不卑，甚至连延续生命的方式——“它的蒴果，在完全熟透了之后，壳就自己爆裂，将那连肉眼都看不清楚的极微小的种子，弹出去——完全依靠自己的力量，尽力地，将自己的子女尽可能远的弹出去！”——也是那样痛痛快快！

以痛痛快快的方式活干干净净的生命，这就是地丁草；以干干净净的文字写痛痛快快的怀抱，这就是朱老师的文章。

我是于 1996 年认识朱老师的——说认识其实也不准确，只不过在一本我县语文老师的论文集里见到了一篇很有意思的文章——《肉是会吃厌的》，文章不长，不过千字，但那种幽默与睿智一下子就吸引了我，我于是就记住了作者的名字：朱荣生。就在那一年，我调入了遂昌中学。从此，我喝了朱老师家里的许多酒（包括《几样草药》里他说的那瓶法国洋酒），吃了师母烧的许多菜（师母是实验小学的退休老师，她烧的菜非常好，我从未吃过那么好吃的菜），自然，也读到了朱老师的许多文字。

朱老师的文字是怎样的呢？这个问题最具权威的回答当然是朱老师的文章本身，但我还是忍不住要说几句。

大凡世上写文章的人有两类。一类人，三更灯火五更鸡，青灯挑尽未成眠地“苦吟”；另一类呢，看上去“得来全不费工夫”，却能“拈花一笑万山横”。朱老师呢？怕是属于后者吧。

朱老师写过一副对联：“门前南北长流水，屋里春秋漫读书”。朋友，千万别上当，其实朱老师是很认真读书的，他说“漫读书”其实是反对死读书、读死书。朱老师最讨厌那种食古不化的“书橱”，他把目光投向了实实在在的生活，生活中那些毫不起眼的贩夫走卒、花鸟虫鱼、闲谈逸闻，一到朱老师笔下，都会生出一种独特的魅力。你看《夜读随笔》，再看《小镇“油嘴”的故事》《几样草药》《捕鼠记》……哪一篇不散发一种土色土香的生活气息呢？就连“夫子迂见”中的文章也全没有时下所谓教学论文的那种死板可憎。

质朴而不失灵动，平淡却显出奇崛，小巧中蕴含大气，这，怕是朱老师文章的最大特色吧。不信，可以去细细品味。

朱老师是青田人。他父亲曾漂洋过海到过德国；他三个子女也都很有出息，长子还是南京紫金山天文台的副研究员，国内屈指可数的宇宙学研究专家。朱老师现在住在叶坦桥头，一幢二层楼的房子，紧挨着南溪。从二楼房顶披垂下来的迎春花几乎遮住了半个墙面。一到春天，那一片鲜黄的迎春花老远就能看见。朱老师还在房子的房顶上种上了小葱、扁豆、丝瓜、串串红、三月青……一年四季总是绿油油的，真有点儿“一庭春雨瓢儿菜，满架秋风扁豆花”的味道呢。如今，退休在家的朱老师爬爬山，打打拳，钓钓鱼，浴乎春风，沐于秋月，“种花原求一片绿，开春竟有满庭香”……

这样写来，我又想起了“地丁草”：

它生活在地边与田边，它不会“钻”到地里、田里与农作物争夺营养；

它生活在路坎，它宁死也不会“瘪”在路间任人践踏。它小不丁的，决不哗众取宠，一点也不起眼，但也绝不可怜，它与身边的其他花草相比，有它特别的清秀。它把大片的阳光让给大树，但它决不放弃应该属于它的那滴露水！

朋友，你知道地丁草是一种怎样的草了吗？

朋友，你不爱地丁草吗？

余锦红于荷花滩

2016 年 4 月 2 日

《地丁草》序二

朱荣生老师30年没有什么变化：高大魁梧、满面红光、满头白发，笑起来特别爽朗“嗬嗬嗬哈哈哈”，唯一的变化是牙齿比30年前少了几颗。我是2016年元旦时见到阔别已久的朱老师，我们遂昌中学初三（3）班毕业30年了，搞了第一次同学会，见到了许多久违的老师和同学。30年前，朱老师第一次走进我们的课堂时，差不多就是这个模样。然而，就是这个不起眼模样的朱老师，影响了我的一生轨迹。

朱老师是我们的语文老师，第一堂课就布置我们写一篇不命题的散文作文，估计是要摸清楚我们的家底。正巧开学前两天我看了一篇贾平凹写的散文《丑石》，讲的是村里屋前有块大丑石，百无一用讨人嫌，可是某一天，突然来了个天文学家，看到丑石眼就拉直了，考证说这是天外来客——陨石，具有极高的科研价值，派人小心翼翼地运到博物馆供起来了。我于是才思如泉涌，当堂写了篇《翩翩蝙蝠》，讲的是小时候特别讨厌蝙蝠，因为乡亲们都叫它“盐老鼠”，是偷盐吃的坏蛋；长大后才知道它是吃害虫的“好人”，心里特内疚。

朱老师读了我的作文“惊喜交加”，第二天用了一整节课讲析这篇作文，而且抑扬顿挫地高声朗诵，此情此景30年过去仍历历在目。甚至30年后的同学会，大部分同学仍能脱口而出说“盐老鼠”，还说“朱老师什么事都罩着你”。

后来，朱老师还把这篇作文推荐到《语花》报上发表，为我博来个“才子”称号。

大学我考上传媒学院新闻专业，1990 年参加工作后，在县、市、省、中央媒体做过广播电视、报纸杂志的记者、编辑、广告、发行以及分管副台长、副总编及社长总编，被称为“年轻的老干部”。

追根溯源，朱老师是我的引路人。

朱老师对我们的另一个重要影响是积极乐观的人生态度。朱老师是经历坎坷的人，但是他总是红光满面，在我们面前常常爽朗大笑。面对各种困顿，却始终平静、诙谐、乐观，就像他说的地丁草一样，生命的本质就是经历，就是热爱。当我看到朱老师的这本文集，文章中的那种朴实无华、乐观向上的生命力，那种从不因为外界环境的变化而变化的淡然，我极喜欢。因此，极力向出版社推荐出版，以期更多人分享。

是为序！感恩朱老师！

赖惠能

2016 年 10 月

目 录

湖边

/西乡杂记/

南隅旧事

桥头夜话

秦亭闲坐

夏雨

/ 片云缕烟 /

/ 种豆摘瓜 /

喝茶聊天

零言碎语

春花

/ 夜读随笔 /

/夫子迂见/

/鄙人浅识/

一笑而已

CHAPTER 01

HUBIAN

湖边

西乡杂记

一家四口

多年前，我在丁口教书，班里有个学生，名字叫金根。

“金根”这种名字，在农村是很普通的。当时的农村人，文化不高，取名字，男人用“国、福、根、强”，女人用“红、花、云、钗”，再加“金、木、水、火、土”，这些字搅来拌去，一村人就够用了。

金根名字普通，家庭却有点特殊。一家四口，一个女人，三个男人。女人叫“金钗”，是妻子，是妈妈。一个小男人，就是金根，是儿子。两个大男人，一个叫“水根”，另一个叫“根火”，都是丈夫，但搞不清谁是爸爸。金根眯细的眼，像水根；暴着牙，又像根火。金根叫水根“伯”，叫根火“叔”，干脆都不叫“爸爸”。

金根的名字，也很有意思，把全家人的名字都“包”了。

金钗是一家之主。缝补浆洗，养猪喂鸡，种菜烧火，轻重粗细，全做。家里调排得顺顺当当、和和美美，让整村的人叫好。

水根在生产队里做。内向，不多话，埋头做。工分总分是十分，全生产队少有人满分，水根就是一个。

根火在外面做。做公路，打炮眼，每月有三十来元钱拿回家交给金钗。

性格和水根正相反，外向，喜欢说笑，走到哪里把快活带到哪里。

有史以来，社会上类似于武大郎与西门庆的故事，演绎过多少！人们曾在私下分别问过水根和根火同样的问题：女人和别人睡，男人忍得了吗？

令人惊奇的是，他们的回答竟出乎意料的一致：怎么能这样想呢？就不能想一想其实是自己犯了别人，对不起别人吗？

家里两个房间，楼上一个，楼下一个。楼上，金根睡。楼下，平时是金钗和水根睡。如果有双大号解放鞋搁在门口了，那是根火回家了，水根就爬到楼上和金根一起睡。

根火回家，有时会带回一块香皂，给金钗用。金钗省省的用，能用半年。根火说："不要省，香皂好天天用。香，好闻。给我闻闻，也给水根闻闻。用完我再买。"金钗嘴巴上说"好"，可总是省省的用。平时，一般都不用；到公社开会，才用——先是用热水汰过头、汰过脸，再用香皂涂一涂。腻腻的，泡多多的，用毛巾轻轻擦擦，留下浓浓的香。开会的时候，女人们都说"真香"；男人们不说，但鼻翼抽个不停。这让金钗很满足。

根火自己不会吸烟，但每次回家，总给水根带回香烟，红壳"新安江"。这烟一包两毛四，带回一条，十包，就是两块四！生产队里歇息的时候，大家坐在田埂上，说笑的说笑，吸烟的吸烟。别人都是吸老旱烟，只有水根会摸出香烟，嘶嘶的吸。这时，男人们会说"到底是香烟，真香"。也有人会问："根火回来了吧？"水根"嗯"地一声，慢慢悠悠吐着烟。

有人好奇，有人好笑，有人羡慕，也有人不怀好意。

那天，金钗到后山坞的田里摸田螺。时正黄梅天，雨丝蒙蒙。金钗裹了塑料雨披，浑身闷热。热不过，等雨小些，金钗脱去雨披，剩一件衬衣，也早湿了，贴在身上。她直了直身，忽然听见身后有动静，回头一看，是生产队长土强。土强背了把锄耙，是来看田的，撞上了金钗。土强看见金钗一条粗辫子缠在白白的脖子上，一绺散发黏在额头，全身衣裳湿湿的……土强情不自禁，放下锄耙，说："……你，你摸田螺呀？"边说，边朝金钗走过来。金钗惊慌叫道："做什么！"土强涎着脸，说："……我帮你摸！"说着，手就直伸过来。金钗一下就把土强的手打开，正色道："你别乱来！"土强说："烂田的鳖，谁不好摸？"一边说，一边又伸过手来。金钗咬了牙，用左手再次打开土强的手，随即叉开右掌，朝土强一个耳刮！土强不防备，只觉眼前火星直冒，连站也站不稳，有点不知天南地北。金钗拎了半篮田螺就跑回家了。连塑料雨披都顾不上拿，还丢在田埂上。

夜里，水根从生产队记了工分回家。金钗问："今天，土强没有说什么？"水根说："没有呀！"金钗说："他不是总捂着脸吗？"水根这才想起，土强的左脸有四道血杠。于是问："你怎的知道？"金钗笑笑，没回答。水根也没再问。

到十二月底了，要过年了。这时，几乎家家都做年糕。丁口村的年糕很有特色：农民先是到山上砍来一种叫"黄荆柴"的，烧成灰；而后用水泡灰，泡出黄颜色的"灰汁"；而后再用这灰汁浸糯米，糯米也被浸得黄黄的；再拿去蒸，蒸出的糯饭软软的，也是黄黄的，热气腾腾，散发出阵阵"黄荆柴灰汁"的清香；而后再将这软软黄黄香香的糯饭放入舂臼里舂捣，捣得黏黏的，再揉成"团"——这就是丁口人的年糕！

舂臼舂捣糯饭这道工序，是最吃力也是最有意思的。满屋子热气满屋子香，往往要有好几个人一起捣，"嘿呼、嘿呼"，很热闹。

这时，村子里大人小孩都很高兴。

而金钗一家，显得更高兴、更热闹。根火自然早已买了许多年货，从造公路的工地回家了。他和水根一起，把捣棰举得高高的，你一下我一下，狠力舂捣。金钗用根撬棍，按节奏，把舂臼里的糯饭团翻撬上来，让根火和水根好捣一些。金根在边上递毛巾递茶水，帮忙。而最有趣的，是根火，他一边舂捣年糕，一边竟喊起工地上打炮眼的那种"号子"：

你抡锤呀，嘿呼！

我掌钎呀，呼嘿！

硬不硬呀，嘿呼！

打炮眼呀，呼嘿！

齐用力呀，嘿呼！

加点油呀，呼嘿！

……

以前，有一个怪人，名字叫辜鸿铭，在北京大学做教授。都"民国"了，他还拖着一根牛尾巴一样的辫子，上讲台给学生讲课。男权思想极端严重，他主张"一夫多妻"，说："一把茶壶，可以配几个茶杯；但没见过一个茶杯配几把茶壶的……”

这个辜鸿铭，打的比喻很有意思；但他头脑僵化，没有见到过中国当年的农村——当年中国的农村，使用这种舂臼，一口臼会配几个捣棰……

老 涂

老涂读小学的时候，就立志要当文学家；到读初中时，他规定自己每篇作文至少要用 20 个成语。

但是“文学家”之路并不平坦，初中没毕业，就开始“文化大革命”了，书也没得读了。先是参加“造反”；不久，就“上山下乡”了。

到了农村，他还保持着学校读书时的语言习惯。开会，表示要向贫下中农学习，开口便“三人行必有我师焉”。上山砍柴，翻上一个小山包，便说“一览众山小”。开批判会，念叨一些“治人治于人、可使不可使、所欲亦所欲”，绕口令似的，贫下中农们也听不懂他诌些什么，却都说小涂（那时还没有叫老涂）肚子里学问是有的。于是糊里糊涂，当年的小涂还在村子里当过一年半“小学民办教师”，比别人少晒了太阳少吃了苦。

从小涂变成老涂，语言习惯还是没怎么变。大前年，他的表哥老刘升任县民政局局长，一班亲朋聚会，喝了两杯酒，老涂在席间即兴要念一首诗表示庆贺，大家说“好，念吧，助助兴”。于是老涂先咳嗽了一声，朗朗念道：

“小弟杯举高，吾兄头悬刀……”

第二句一出口，把在座的人听得头皮发麻。好像在念咒语，表哥老刘脸色铁青。人们马上阻止他别念了。老涂一脸莫名其妙，说“为什么不让念了？我这诗是好诗呀，有典故的呀！”于是就说开了“典故”：

古时候，有个人，名字叫王什么，夜里做了一个梦，梦见头上悬挂着三把刀。很怕。一会儿，三把刀又加了一把刀，变成四把刀，更怕。醒了，一身冷汗。他的朋友知道了，解他的梦，说“好事好事！三把刀，是一个古写的

‘州’字，再加一把刀,‘加’就是‘益’，看来老兄是要到‘益州’去当官了。”不多时，这王什么就真的升任了益州刺史……所以，“头悬刀”的意思，就是表示“升官”。

听老涂讲得有趣，大家也好笑，嘻嘻哈哈，还敬了老涂几杯。

哪里料到，今年上半年，才当了两年多民政局局长的老刘，正春风得意，却被公安局抓起来了！

有人说是贪污了巨额款项。也有人说，那钱是国家拨下来的救灾款，贪污的性质很严重。还说，老刘为了灭口，还害死了一个知情的女会计，所以，很可能要被判“枪毙”……

于是，人们又想起了大前年老涂那“小弟杯举高，吾兄头悬刀”的诗。人们说，这个老涂，真是个“乌鸦嘴”！说什么“头悬刀”就是“升官”？明明是“枪毙”！那诗叫人想起古戏里“祭法场”的悲惨场面：一个身着血红囚衣的死犯，将引颈领刀，而他的亲人则双手高高地捧上一杯“上路酒”……

不过，也有人说，老涂的话是至理，“公仆”本来就不是好当的，官升得最大，最“春风”，都不要昏了头，本该念念不忘、时时警觉：他的头上总是悬着一把无形的“尚方宝剑”！

棋　痨

老卢，东阳人。那时，不知什么原因，把他从县中学弄到我西乡初中，教数学，还担任学校的“总务”。

因为做总务，人们就都说“老卢权很大”。所谓“权很大”，其实也就是他有权决定学校食堂早上吃什么菜、中午吃什么菜、晚上吃什么菜，星期天要不要“改善”一下。还有，譬如他还有权决定学校的篮球架由哪位木匠做，做好后的球架由哪位油漆匠上漆，那球架柱子该油漆什么颜色，到底是绿色呢还是蓝色？等等。

人们还说“老卢很会算”。所谓“很会算”，第一，是因为他教数学，他会教“民兵用步枪打敌人的飞机——敌人飞机距地面多高，敌人飞机速度是多少，我们步枪子弹速度是多少，我们就要有多少‘提前量’开枪，而后就可以将敌人的飞机一举击落。”学生们听了都很佩服。第二，是因为他是总务，他算得很紧巴，他只花一块二毛钱就从农民那里买来一大篮萝卜，然后交给食堂炊事员，叫炊事员把萝卜洗干净腌了。然后早餐就可以第一天吃萝卜条，第二天吃萝卜片，第三天吃萝卜丝，第四天吃萝卜丁……条还有长条、短条，片还有厚片、薄片，丝还有粗丝、细丝，丁还有大丁、小丁，如此变换着花样，萝卜就可以吃一个星期。

说他“很会算”，还有一个更重要的原因，是他象棋下得好，眼观六路，算计缜密，所向披靡，学校里没人下得过他。我与他下，跃马九宫，横冲直撞，开始形势很好，但不多久就会糊里糊涂阵脚大乱，明明还有子力，却已被闷杀。我有些不服气，缠着与他再下。他有些不屑，说他的象棋是有来头的，在什么比赛中是拿过冠军的，与我下一盘是看得起我；说我是“三脚猫”功夫，没意思。那么与其他老师下呢？而其他老师更是“两脚猫”，更没意思。当时正值“文化大革命”，少有娱乐，他也总需要过过棋瘾，于是说让我一匹马，这样才势均力敌，会有意思一点。但是这样太伤我的自尊，我又不同意。所以，他真有点“高处不胜寒”，非常寂寞。他还放言，他的“扁担炮”布局异常厉害，进可攻，退可守，可以“打遍西乡无敌手”！

然而，他终于遭遇到了一员“敌手”。

此“敌手”，西乡淤头人，是位油漆匠，名兆隆，外号“棋痨”。这外号是他老婆封予的。由于象棋太迷惑人了，古人就有把象棋称作“木狐精”的。兆隆就常被“木狐精”迷得茶饭不思，神魂颠倒。兆隆一旦摆起棋谱，就任由老婆叫唤，骂也好，俏也好，全不搭理。与老婆睡觉，也叫“马卧槽”。所以老婆说：“兆隆已经‘象棋痨症’，无药可救了！”

据说，兆隆少时，看高手下棋，高手对阵激烈，兆隆可以憋着尿，不弃不离地看半天。后来有一回，一高手迫于困境，苦苦思索，不得其解，旁边的小兆隆忍不住提醒了一招，那位高手恍然大悟，竟高兴地说：“小鬼头，不得了！”于是送了他一本《梅花棋谱》。棋中之“梅花谱”，就如武术之《葵花宝典》，得其精髓者，可以独步天下。后来这本《梅花棋谱》被兆隆翻烂了。多年后，兆隆已经以油漆为生，一次去县城办油漆材料，在街上见一象棋摊——所谓象棋摊，乃一老者，面前摆了几盘象棋定势残局，有好此道者，可以在一旁认真思考，想得你心痒，红蓝任选，再与老者博弈，赢输无悔，五毛一盘。兆隆在一旁看不多时，便约老者下一盘。棋子下了七八步，老者便掏出五毛钱，推盘认输，说："就此打住。师父高人，我认输了。以下棋步，请师父不要当众戳穿，留一口饭给我吃吃。"

当老卢知道西乡淤头居然还有如此人物，不禁也像被"狐精"附身，总想与"棋痨"会上一面。正好当时学校做了两张乒乓球桌，尚未油漆，老卢便属意兆隆。而兆隆儿子正好在我班里读书，老卢就把他找去，说："你叫你阿爹来，学堂里有乒乓桌油！"老卢一口东阳腔。

从前，在众多的手艺中，油漆匠是属于高等的，因为油漆功夫细致轻巧，具有艺术性，要会画画，画山水风景、飞鸟游鱼，甚至画戏文人物，譬如《西厢记》《百寿图》《铁弓缘》，都栩栩如生地画在箱笼、床楣或者椅靠上。油漆生意也好，有时，人家一套嫁妆，就够你油上两个月。可是到了"文化大革命"时期，《百寿图》之类都是"四旧"，全捣毁了，男婚女嫁，也不讲究什么嫁妆，即使要装饰点什么，也只要画一轮红太阳两朵向日葵，至多再画一条船表示"大海航行靠舵手"。所以油漆功夫变得简单了，生意也因此变得冷清了。老卢有乒乓球桌让兆隆油，真是天上掉下的好事情。

兆隆满心喜欢，挑了一副油漆担，来了。

这兆隆，其貌不扬，大鼻头，细眼睛；手指甲缝里都是油灰；头发很厚，也不作梳理，都结了饼，一股油漆味。

那时的农村学校，是由贫下中农管理的，所以学校也相当于"农家乐"，操场可任由贫下中农放猪养鸡，办公室里常有贫下中农来随便坐，喝水，吸烟，聊天，都很随便。学校也把这种"随便"当光荣，因为，好像只有这样，才表明知识分子与贫下中农打成一片了。兆隆来了，一副油漆担就搁在办公室里。老卢正在上课。兆隆就自己拉过一张椅子坐下，一边掏出旱烟吧嗒、吧嗒地抽，一边等老卢下课。

老卢下课了，看见了油漆担，就说："你是兆隆？"兆隆说："是！"敲了敲旱烟灰，问，"有乒乓桌？"老卢当天的课已上好了，一手粉笔灰。他洗了手，一边擦手一边说："不要慌。早听说你是个'象棋痨症'，先和你杀一盘！"

一听“先杀一盘”，兆隆两眼放光，说：“好！等我先把饭蒸下。”他从油漆工具箱里拿出一只饭盒，里面已经有现成的饭，还有霉干菜，拿到了厨房里叫炊事员把它放笼屉里和学生的饭一起蒸。等兆隆从厨房回到办公室，老卢已经把棋子摆好了。

那时就这么“随便”，即使上课时间，没课的老师都可以在办公室听收音机、打毛衣、打扑克、下象棋（但是当时没有“搓麻将”）。

老卢让客人先手，推让了一番，兆隆开始“仙人指路”；老卢架起了中炮。一来二往，两人先作了一些试探，老卢便发起了凌厉的攻势；而兆隆也防守得滴水不漏，真乃棋逢敌手。我们没课的老师也都围着看，我们从心底都巴望老卢输，因为老卢平时都不把我们放眼里，而且还口出狂言“打遍西乡无敌手”，不知山外有山，太可恶了，今天让兆隆教训教训他吧！

这盘棋下了近两个钟头，竟然是“棋痨”输！

老卢脸有喜色，说：“得罪了！”兆隆说：“哪里话，两国交兵，不讲面情。罢罢罢，今天也不油漆了，吃过中午饭，再杀吧？”老卢也正兴起，说：“好！”

匆匆扒完了中饭，老卢还给兆隆泡了一杯茶，在办公室里又开始厮杀。

这第二盘让我们看棋的人心情大舒：老卢输的稀里哗啦。

第三盘，竟又是老卢占优。老卢眼看胜利在望，他甚至都离开棋局很轻松地去厕所方便去了。等他从厕所回来，想不到兆隆走了一步妙招，绝地反击，用炮兑了老卢的马，终于逼成了和局。

下了三盘，两人还是平手。时候已经不早了，兆隆眯着眼，好像很满足，有歇手的意思。倒是老卢，刚才煮熟的鸭子飞了，很不甘心。老卢又给兆隆泡上一杯茶，说：“再来一盘！”兆隆也只好坐下再来一盘。

这一盘，老卢布下了他的“扁担炮”，作殊死一战。这一盘，真乃高手过招，云飞沙扬，跌宕起伏，花明柳暗，山重水复，把我们看棋的人，吊起一颗心，折磨得好苦。

到了残局，兆隆贪吃了老卢的一个“卒”，结果跌入了老卢的陷阱。这时，老卢对着兆隆狡黠地笑，意思是：这下，熟鸭都烂了，还会飞吗？

我们都希望还能重复前一盘死里逃生的情况，但是，兆隆显得尴尬，终于推盘认输了。

慢慢把棋子收好。兆隆最后是以奇异的眼神看老卢，对老卢是显出几许推崇，又是几许挑战。

老卢是赢家，显得很大度，说：“你的棋算得厉害。不瞒你说，我读大学时，可是学校的象棋王！我还很少遇见过像你这样的对手。以后你要常来，我陪你杀！”

兆隆笑笑，说：“好好好！我把油漆担扔在这里了，反正要再来。”

老卢说：“放心！”

兆隆的油漆担就丢在了学校的办公室里，只把饭盒拿回家。

兆隆一个人悠悠地走在路上。一边走一边哼着京剧《沙家浜·斗智》中的唱词，反反复复只唱阿庆嫂的那句“参谋长，休要谬夸奖，舍己救人不敢当……”兆隆粗了喉咙，唱得变腔变调，听起来他总在唱“村木匠，就要跨马将，象棋求人不敢帮……”

回到淤头，天都黑了，已经点灯了。兆隆儿子早回家了，把事情都和母亲说了。兆隆老婆一见兆隆，便破口大骂：“你还回家做什么？一刷子油漆都没油！玩了一天象棋，象棋当饭吃？象棋痨症！”

兆隆儿子也嘟嘟哝哝：“最后输了，害得我在同学面前灰头土脑……”

兆隆哈哈大笑，说：“先给我打四两老酒！”

兆隆喝下两口酒后，说：“西乡初中，现在是‘复课闹革命’，‘复课’是做做样子，‘闹革命’是实实在在。小将造反，门窗黑板，往往用来炼功夫，讲台桌凳，往往用来叠罗汉。这些东西，每年都需要添置或者修理。以后只要把学校的油漆生意包来做，这就是我们家的半年口粮！”

四两酒喝完了，嘴一抹，兆隆意犹未尽，又对老婆儿子说：“老卢？老卢那点‘三脚猫’，下一百盘我叫他输一百盘！我想赢就赢，不是我的本领；我想输就输，而且要让他认为我是真的输，这才是我的真本领！老卢这种人，你老输，他会看不起你，不理你；你老赢，他会没脸面，躲你。今天叫他两赢一和一输，就像喝葡萄酒，两分甜一分香，再加一分酸，最有味道了，喝了还想喝。放心，西乡初中的油漆生意，我包定了！”

古人把下棋叫作“手谈”。兆隆和老卢“手谈”了四盘，便把往后的油漆生意都“谈”定了！

多余的人

陈根在大队饲养场劈柴。

人说，陈根是多余的人。

陈根父亲是地主，土改镇反时，就“罪有应得”被枪毙了。那时陈根才出生两个月，母亲要守着陈根。祖母说：“你守他作甚？你年纪轻轻的，趁早自寻出路！”陈根半岁，母亲听了祖母的劝，改嫁到江西，就断了音信。陈根是跟着祖母长大的。陈根九岁那年，祖母担了担柴过河，被水冲走，死了。

陈根成了彻底的孤儿。小小年纪，不知是怎样挣扎着活下来的。大队支书家，会给他些吃的。为这，大队民兵连长还向支书提过意见——一个地主狗崽，社会上多余的人，有什么好同情的？支书说：“是一条命，总要活。”还有，隔壁秋花家，也常会给他吃的。更多的，当然是陈根自己不知会从哪里刨些吃吃，竟没有死，还渐渐大了起来。

到了十二岁，矮墩墩的，有点罗圈腿，人却异常结实，就可以在生产队做了。成天，没有什么话，好像是哑巴，做农活，却如一头小牛，可以做最苦的活，如拌粪灰，又臭又脏，他一声不响干到黑。他还会一个人住到山棚里守野猪——山上种的苞萝，快熟时，夜里野猪会来糟蹋的，须人守，用一段毛竹做成梆子敲起来吓野猪——树影蒙蒙，山风呼呼，秋天的夜很冷，别的人都不愿去住山棚，他会去，把竹梆敲得震天响。到了十五岁，仍旧矮墩墩的，却有了大人般的力气，在生产队可以干又重又苦的活。“农业学大寨”了，开山炸石，专门由他点火炮。一次，点了火才跑出十几步，炮就炸了，居然也没有被炸死。

转眼二十岁了，仍旧矮墩墩的，什么活重做什么。这天，生产队长叫他给饲养场劈柴。

那柴是松树根桩，挖茶山挖的，有一大堆，每个根桩有百来斤。陈根抡起大斧头劈，一斧一斧劈，一爿一爿劈下来。时正开春，虽然天还冷，但劈得全身冒热气，于是把上身衣裳全脱光了。裹了一冬衣裳，没晒太阳，那肉变得白白的。

陈根独自“嘿呼嘿呼”劈得起劲。

秋花在饲养场养猪。她提了饲料经过，看见了陈根。她一直将陈根当小孩，不想他已是这样一个后生！虽然还是矮墩墩，却明显已是成熟的小公牛。臂膀的肌肉隆起，一棱一棱的，雪白；胸脯两块肌肉隆起，也是雪白。秋花看傻了眼。

"陈根……"陈根没有听见。

"陈根！"陈根听见了，放下斧头，看见了秋花。

秋花比陈根大六岁。公社人武部长的弟弟俊民，在福建当兵，早看中了秋花；他家来秋花家提过亲，秋花爸妈问秋花，秋花没答应。

人武部长家去提过亲了，别人家就再没人敢去说亲了。村里比秋花小些的都嫁人了，而秋花都二十六了，还没嫁。

陈根一直将秋花当大姐，今天看见秋花，却异常陌生。

陈根浑身从来没有经历过的燥热……

秋花走上来，拉住陈根……

后来秋花拉了陈根，在猪圈旁边的稻草堆里，他们做了那事。

而后，这种事又做了四次。

最后一次，被大队会计金明撞上了。鬼摸了一样，金明会到饲养场来——他说，他是来清点生猪存栏数，不料撞见了这事。金明就跑出去说了："反了反了！我原先还以为小猪吃泔水，原来母猪发情了……"

这种事，立马就会传得沸反盈天。陈根很快就被绑到公社里；很快又被转到县里，坐了牢。罪名有三条：（1）阶级斗争新动向——地主崽子淫乱贫农女儿；（2）破坏军婚；（3）强暴妇女。

按照当时的情况，上面三条罪是可以枪毙的。

秋花也被带到了公社里。她说了两条：（1）我从未答应过俊民；（2）是我自己喜欢陈根！

大队支书也发了话：俊民家来秋花家提过亲是事实，但是秋花没有答应，"军婚"算不上；是强暴不是强暴，秋花说了算。

后来，陈根判了去西北劳改。而秋花居然生了一个男孩。孩子在肚子的时候，秋花爸妈都劝秋花到医院把孩子"做掉"算了，秋花却死活不肯。

而今孩子三岁了，拖了鼻涕，东跑西跑，矮墩墩，有点罗圈腿。

……

二 宝

二宝，性格暴躁激烈，外号“炸药包”，在小镇供销社杀猪卖肉。那年头，有“两把刀”最令人倾慕，一是外科医生，二是屠夫。人一年到头吃不上两斤肉，见了二宝，都毕恭毕敬对他扮笑脸。“炸药包”是背后叫叫的，当着他面，许多比他年长的人都叫“二宝叔”。职业的优越，也更助长了他的坏脾气，他开口闭口总自称“老子”。

能克住“老子”的当然是“老娘”——二宝的老婆。二宝老婆名字叫秋菊。这秋菊却艳若芙蓉妖如桃花，总是招蜂引蝶，与小镇很多英俊后生有染，用秋菊自己的话说，“同样是想‘吃肉’的多，有一长串，要排队轮流”。而二宝，却也奈何不得。

秋菊只知照镜梳辫，三餐总是吃现成的，倒把二宝培养成为了一个好厨师。二宝烧得一手好菜，于是小镇上的人做红白喜事，往往请二宝去“掌勺”。其实也没有多少奥秘，无非是谁家请二宝掌勺，二宝这个“卖肉的”多拎几斤肉去，菜烧得“油”一点罢了。

这日，供销社老王的小儿子结婚，办酒席，又是“本单位”，当然请二宝掌勺。晚上喝酒，秋菊也去喝。筵席散了，秋菊走到厨房里对二宝说：“我先回家啦。”说完就走了。当掌勺，别的都好，就是吃喝比别人要晚；因为别人吃的时候，你正掌着勺，等别人吃罢散筵，你还要整理一下灶头，然后再坐下来，慢慢啜。

二宝啃了一个鹅屁股，喝下两碗老酒，一时兴起，自己又筛了一碗酒，将一条腿搁在另一张椅子上，又抓了一个鹅掌，一丝一丝撕着吃。正吃着，一个好事者走了过来，故作惊讶，说：“刚才，我不是看见你手牵着秋菊一起回家了吗？……怎么，你还是坐在这里吃？”

二宝的头“嗡”的一下！——“这次肯定是百货柜台的小白脸！他们算准我要迟两个钟头才能回家，就见缝插针了！”

一般情况，二宝这个“炸药包”倒是“孰不可忍是可忍”的，因为秋菊是“老娘”；但是今天，二宝刚喝下酒，更容易“炸”，而且“小白脸算什么东西，竟抢先了”，于是“是可忍孰不可忍”了，扔了鹅掌，抄起一把斩肉刀，就急急赶回家了。

到了家，房间里居然还亮着灯！二宝一脚就把房门踹开了！

果真是小白脸与秋菊绞成一团！他们原以为有两个小时，“云雨”完毕再唱个“十八相送”都绰绰有余；而此刻正你侬我侬“胶漆”之际，二宝举了斩肉刀杀气腾腾地冲进来，小白脸吓得从床上滚下来跪在二宝脚下求饶。秋菊也急忙从床上翻下，一把抱住二宝，向小白脸喝道：“还不快逃命！”于是小白脸光着屁股就逃了。

见小白脸逃了，秋菊就气汹汹说：“你有本事，就杀我吧！杀啊，杀啊，你杀啊！”就这样逼着二宝。

二宝把斩肉刀举得高高，举了半天，杀不下去。最后在秋菊光屁股上踢了一脚，骂了句“婊子！”气呼呼从床上搜出两条短裤，摔在地下，用斩肉刀狠狠剁了七八刀！

第二天，二宝把地下那斩碎的两条短裤稍作折叠（他这才看清楚，有一件是白的，另一件是红的），然后以一个卖肉人的职业动作，用一根稻草绳一扎，——那红白相叠的短裤，乍看居然也真的就好像是一刀猪肉！二宝拎起了这“猪肉”，到小镇革命委员会告状去了。

镇革命委员会主任、副主任都不在，办公室里只有文书一人坐在那里喝茶，守电话机。二宝进去，将那刀“猪肉”往文书办公桌上一摔，正摔在搪瓷茶杯上，“乒乓”一声茶杯盖都翻下来了。文书吃了一惊，问：“干什么？”二宝说：“这是腐化铁证！”

等文书把事情弄明白了，不禁大大恼火，指着自己茶杯边上那臭烘烘的短裤，喝道：“快拿走！”

二宝说：“你包庇不管，老子告到北京去！”

文书说：“革委会大事都忙不过来，管你这种鸟事？”

二宝吼道：“你是什么鸟革委会！”边吼，那卖肉人的“炸药”脾气上来了，连同昨天夜里的窝囊气一起爆炸，竟把文书的办公桌都踹翻了。

文书说：“好！你有种！”

文书打电话叫来两个“治安”，当场就把二宝捆了起来。

罪名有两条：（1）毛主席说“革命委员会好”，二宝却骂“鸟革委会”，标准“现行反革命”言论；（2）公然冲击镇革命委员会，狗胆包天踢翻革命委员会的办公桌，标准“打砸抢”行为。

有言论又有行为，决不手软，关！

于是，二宝被关了起来，与小镇罪行最严重的“阶级敌人”关在了一堆。

秋菊拣了几件换洗衣裳，去探望二宝。见了二宝，眼圈一红，抽抽噎噎，说：“都是我害苦了你……”

石 马

石马是村名，离城五里。

如今石马村已经被房地产开发商开发了。村外有一条小河，小河两边原来是肥沃的田地，如今在那田地上造了许多别墅，很漂亮。城里的有钱人嫌城里空气质量不好，都来这里买别墅住。别墅与别墅之间，是很宽的路，路边种的有树、花、竹子，路上是轿车，“奔驰”“宝马”开来开去。大路边有一排特别高大豪华的建筑，叫“石马度假村”，这“度假村”的门口，真的站着一匹石马，比真马还高大，气宇轩昂。这匹石马花岗岩质地，是度假村老板请青田艺人雕刻用来装门面的。青田石雕是世界有名的，多年前，曾经有过一件青田石雕作品《奔马》，作为国宝，赠送给我们的友好邻邦“千里马”之国朝鲜。出于青田艺术家之手，度假村门口的这匹石马，怪不得是如此威风凛凛！

其实，石马村村口不知始于何朝何代，原先就立有一匹石马——石马村名就是因那匹石马而来的。原先的石马形体笨拙，也并不高大，小孩都可以爬到它背上去骑。那石马的尾巴一直拖到地，但是嘴巴却破缺了。整个样子憨厚朴实；缺了嘴巴也具有一种美，是“缺陷美”——譬如那断臂的维纳斯。更何况它还有一个“美丽的传说”：

那石马原先是立在一座将军墓前的。

一年，村里张老汉田里种的小麦总是不明原因地被糟蹋。张老汉就在夜里去侦察。结果是让他大大吃惊——原来他看见的竟然是石马在那里甩着尾巴低头吃麦苗。张老汉就跪到将军墓前求将军管一管。但是将军不管，一连三天，田里的麦苗照旧被糟蹋。张老汉就站在将军墓前蹬脚破口骂将军。当天夜里，张老汉做梦，梦见一位红脸将军，同他说："老汉，你不能凭空乱骂。我的马跟我征战万里、拼杀疆场，是很听话的。"第二天醒来，张老汉想想也是，"告状要有证据"。于是夜里又去田里察看动静，果然又看见了那石马低头吃麦苗。于是张老汉就走上前狠狠打了那马一巴掌。那马就逃了。天亮，张老汉到将军墓前，看见石马的嘴里还留有麦苗屑。张老汉把那麦苗屑抠出来，放在将军墓碑前，说："将军呀，铁证如山，还有什么话说！"当天夜里，张老汉又梦见将军来了，说："老汉，实在对你不起。那头馋嘴马受我惩罚了。"

第二天，张老汉来到将军墓前，居然发现那石马的嘴巴破缺了——将军"军法从事"，把它敲掉了。

石马再也不会糟蹋老百姓的庄稼了。

直到现在，人们只要仔细去辨认，那石马的屁股上还留有一个叉开五指的巴掌印。

这故事是多么有意思啊！

去年，我去石马村，想去看看那匹缺嘴石马，竟找不着。我问村里的一位老农，老农说："老石马缺嘴，多难看，谁还理它？有度假村门口那一匹新石马了，你看多威风！"

我说："新石马气吞山河，威风是威风，但总觉得缺嘴的老石马有意思。"

老农说："难得你会这样想。"

许久，老农又自言自语道："唉！现在这里的良田都开发造别墅、造度假村了，它想吃麦苗也没有麦苗吃了，当然也不会有哪位'将军'来敲它嘴巴……"

丁丁桥

丁丁桥是桥名，也是村名。

小溪绿幽幽，叮叮咚咚流。溪南有十来户人家，“土地平旷，屋舍俨然，有良田美池桑竹之属；阡陌交通，鸡犬相闻。”桥北依山，仅一户人家，桥头杨柳两棵，水里游鹅三五只，红掌清波。那人家，瓦房三间，左右茅草披翼各一间，左为厨舍，右为猪栏、厕所。屋后有菜地半亩，屋前小院，门扇仅仅及胸。

溪南十来户人家均务农，扶犁牵牛，春耕秋收。

桥北人家，从事“副业”。男人在后山瓦窑劳作；女人在家，种菜饲猪，洗衣扫地，也忙。一个儿子，做木匠，与溪南生产队长的女儿订了亲事，如今在外努力赚钱，准备结婚。勤劳人家，庭院整洁；花开枝头，小鸟啁啾。

那男人做砖瓦，翻过后山山岭，每日回家也晚。有时趁月色回家，院门里会有黄狗窜出，咬住他的裤脚，尾巴急摇。这黄狗，其实是生产队长的狗；生产队长原来与桥北女人相好，“暗渡鹊桥”时都带了这狗，这狗也把这里当作了它的第二个家，会老实蹲下看门。此种情况下，这狗极通人性，竟会帮助自己的主人去挡住另外一个主人。

那男人也颇默契，早习惯这种事。他也不咳不嗽，轻轻打了一下狗的脑袋，那狗就松口放开裤脚，吠也不吠。那男人竟心平气和，退出自家院门，顾自走过丁丁桥，去溪南串门了。

去溪南，其实是到生产队长家。未来的亲家母，赶忙叫自己女儿给她未来的公爹泡茶。在女儿泡茶的时候，这未来的亲家母对未来的亲家公高声朗朗道：“我家那死鬼又到你家去了吧？我说呀，吃过晚饭，那狗就不见了……”

说罢，大家相视哈哈大笑。

那年头，正是“文化大革命”时期，别的地方，轰轰烈烈，人与人斗得你死我活；说也奇怪，唯独这丁丁桥，云卷云舒，却宛若世外！

净山寺大蛇

1970年暑期，我在“西屏学习班”“学习”时，大柘中学化学老师林源与我说起过一件事，至今未忘。

大柘中学创建于1956年，校舍在大柘溪东净山寺。山下大殿做了会堂与厨舍膳厅，大殿旁边另外再造了一排教室；山背寺院做了教师宿舍。后来山下又新造了教师宿舍，山背的老师大多搬到山下住了，那山寺墙院里就只剩下“牛鬼蛇神”林源一人。人们也戏称他是净山寺的和尚。

从山背到山下有百来级石阶，拾级上下，也不吃力，只是凄冷一些。岭边有三棵千年香樟，遮天蔽日。

一天夜里，趁月色，林源从山下走回山背宿舍。只见樟树下石阶上隐约有一巨物横游而过……林源打开手电筒一照，是一条大蛇，其粗正好填满了一级石阶！长呢？蛇头已钻进樟树背后，尾巴尚在路坎下面，首尾不见！鳞甲墨黑，蠕蠕游移……

我说：“你吓死了吧？”

林源说：“正挨批斗，都成了‘阶级敌人’了，命也不值钱，死也不怕，还怕蛇？”

我想想也是——哪有“蛇神”怕蛇的？

胡琴悠悠

道光年间，西乡出过进士。那进士第的水磨青砖大门，门额有“紫气东来”四个字。“文化大革命”开始，那“紫气东来”四个字被红卫兵小将用铁锤敲掉了，被敲得斑斑驳驳。

其实，这“进士第”早就破落了，子孙不肖，新中国成立前就破落了。当地人有名字叫达惠的，给我念过几句顺口溜来形容“进士第”：“庭院梅花瘦竹，堂前淡墨山水半幅，灶后瓦罐煨粥，厢房清歌一曲……”

“梅花瘦竹”是旧家风；而现实是结满蛛网的“山水半幅”，还有“半幅”已不知被撕丢在哪里；主人落魄，生计已成问题，别说荤腥，只能喝点稀粥薄汤了，但是还自视清高，做不了重活，却扯了喉咙吟唱。吟唱能当得了饭吃？

我见到的“进士第”真的很破旧。里面很黑，根本没有淡墨山水画；柱子虽然粗，但已有被白蚁蛀的；厢房的板壁也烂了，旧报纸糊糊，可以灌进风。主人名字叫怡庆，我去时，他正在悠悠地拉胡琴；他见到我就放下胡琴叫我坐，态度谦和。

怡庆小名“阿庆”，据说是“进士”老爷的第六代孙，单身。原先有老婆的，也有儿子。1960 年大灾荒，田里没得收，生产队里没啥分，很多人只好上山刨蕨根取蕨粉。蕨粉是很宝贵的，但是量少；于是人就连蕨根渣一起吃。可以撑饱肚子，但是屎屙不出来，得用指头挖。很多人得了黄胖病，双脚浮肿。阿庆原是“读书”的，干农活是“半路出家”，所以更显得笨拙，生产队里做完回家就只知道拉胡琴，更弄不到吃的，自然也得了黄胖病。

那时，原先被乡镇的人瞧不起的山里人，倒显得优越起来了——他们居住深山冷坞，虽然也入了公社，但“山高皇帝远”，相对自由，随处可以种苞萝、番薯，可以吃饱。于是，原先讨不起老婆的山里人，趁这个机会就到乡镇来“带”老婆。乡里许多女人都被“带”去了，阿庆的老婆也被“带”去了。阿庆老婆是连同儿子一起“带”去的。阿庆老婆被“带”去的时候，泪眼汪汪与阿庆说：“没法子！为了儿子的生路……”他苦笑笑，没有话。老婆临走，说：“阿庆，你要吩咐我什么吗？”他还是苦笑笑，摇摇头，没有话。

老婆、儿子走了，剩下了阿庆一人。两手糊一张嘴，终于没有饿死。

阿庆老婆被山里人“带”走以后，山里人想她能生个儿子，但她只给山里人生下一个女儿。

20 世纪六七十年代，革命样榜戏是深入人心的。电影小分队深入深山冷坞，放《红灯记》《智取威虎山》《奇袭白虎团》……那女人最看不得《沙家浜》，最听不得胡传魁打哈哈：“阿庆嫂！阿庆呢？”

阿庆老脾气总是改不了，生产队里收工回家后，第一是洗脚，第二就是拉胡琴，第三才是烧饭。一人坐在厢房里，有时也坐在天井沿，悠悠地，老是拉两句当时很流行的歌调，如诉如泣，听的人一听就知道，那歌词该是：

不忘那一年，北风刺骨寒……

高山云雾茶

好多年前，我喝过一种高山云雾茶，真正原生态的，没有污染，味道很好。是我的一个学生送我喝的，那学生名字叫马田。

那时，我在西乡初中教书。教的课很杂，教数学，也教物理，还教化学。并不是我“数理化”本事强，三头六臂什么都会教，而是当时“文化要求低，课文内容浅”，教师也是可以“滥竽充数”的。

那时，学生基本上都不想好好读书。你在讲坛上讲得口干舌燥，学生们乱哄哄地基本不听；但有一个学生，始终认真地听，他就是马田。下课之前，你问学生“懂了没有”，几乎所有学生都大叫“懂懂懂”（其实不懂，只是瞎叫）；但有一个学生，会走到你面前轻轻地说：“没有懂”，他就是马田。当时批判“师道尊严”，“孔夫子”被叫作“孔老二”了，西乡红卫兵也规定，对老师也都不叫“老师”了，一律直呼“老某”，所以，几乎所有学生都叫我“老朱”；但有一个学生，走到我身边，始终是毕恭毕敬轻轻地叫“朱老师”，他就是马田！

马田的家在山里，离学校有 20 来里路，他是住校的。

马田年龄很大了，比我小不了多少，都有 22 岁了。他是中途来插班的。

来插班的时候，有他姐姐陪着。他姐姐叫“马兰”。马兰，脸红扑扑的，个子不高，却很结实。

听马兰介绍，马田原先只读过小学四年级。他们的父亲上山砍树，砍着砍着，那树“嘎嘎嘎”地突然倒下来了，来不及逃，被压着，救不活，死了。父亲一死，马田就歇学了。家里还有娘，但身体很弱，常年生病。一家三口，马田、马兰都在生产队里做，马田可以做到10分工分，马兰可以做到9分，生活还是过得好的。去年，有一天，马田去砍柴，挑回一担重重的柴，过山涧时滑了一跤；起来，就左手麻麻的，咬了牙，还是把柴挑回了家。想不到，睡了一宿，第二天醒来，那条左臂膀竟然瘫了！原以为休息几天就没事的，但是，就是不见好！花了很多钞票，用了不少药，就是不见好！那条臂膀，已经完全不听使唤了，瘫了，完全“麻木不仁”了，用针戳都全然无知觉。那条臂膀，现在只是白白挂在一旁凑凑数，给别人看看，马田其实已经是一个废人了！

马兰说着，眼泪滚了下来。

我很同情他们。我托起马田那只“废手”，沉沉的。看了看，只见那手好像瘦得多也白得多，指甲很长。我知道，那手瘫了，无法运动，肌肉已经萎缩了。我喃喃说：“还好是左手……”

马田听懂我的意思，说：“不是的，我原来是‘反手撇’，砍柴握刀都是左手的，吃饭拿筷也是左手的。瘫了以后才学会右手的……”

马兰说：“我弟原来‘力作’很好的，在生产队里，要压过别的所有青年后生，一个人抵得过两个人。田里做，犁耙耕耖，样样会，是第一‘把式’。可是现在，除了肩膀还可以挑，在生产队还可以踏踏‘打稻机’，手上的事情都不行了，锄头也无法拿了，一只手，叫他怎么挖地……”

马田说：“早知道睡一夜，手就废成这样，我就不睡的！”

马田的话让人听了心酸。

马兰说：“没有办法，不好做体力了，年纪这么大了，再来读文化，不知以后能不能找一碗文化的饭吃吃……”

我听得出，一家三口，原来是两个人在做，生活当然算“宽裕”；但是，现在变成只有马兰一个人在做，要负担一个常年生病的老娘，又要负担一个重新读书的弟弟，这是要付出多大的牺牲啊！

马田说：“苦了我姐了！”说着，眼睛里滚动着泪花。

马兰说：“小学四年级歇的学，都十年了，文化都忘光了……可年纪这么大，再去插班读小学，觉得不好意思。所以来插班读初中，不知能不能跟上。”

那时的学校，其实都没有什么实际的水平。

我说：“没关系，努力跟吧！”

我还说："书本、簿本、笔，我给你们想办法！"

马兰说："谢谢朱老师！"

马田也说："谢谢了，朱老师！"

我把他们姐弟俩带到了住校生宿舍。马兰一面给弟弟整理铺盖，一面痛苦地说："真不知道怎么会这样！要是跌断一条腿，跌断骨头，还可以接起来；一只手，麻了，瘫了，废了，大医院也去看过，那些医师都说接不起……不知道怎么会是这样的……"

我听了，安慰他们："以后科学更发达了，会接上的。"

马兰正在铺床，直起身，眼睛一亮，说："真会吗？"

我说："当然会！"

马田说："怎么接呢？"

我竟然冒充内行，好像当年的医学诺贝尔奖是我得的，胡说了起来："你这是神经搭不牢了。知道吗？是神经！以后找到那根神经，搭上去，就行。"

马田和马兰听得一头雾水。

我接着胡吹："你看见过有这么的情况没有？——那里有一盏路灯，被什么一撞，会突然黑了，那就是电线搭不牢了，电路断了；有的时候，你只要往那根路灯柱子上狠狠踢一脚，那灯又会亮起来的，那就是又搭牢了，接通了。"

马田听我胡吹，将信将疑，没有响。而马兰听了，就如鸡啄米似地点头。马兰还问我："嘿！科学什么时候才发达起来，找得到马田的那根神经？"

我说："很快的。你不看我们的卫星都上天了吗？"

马兰为弟弟整好了床铺，要走了。她离开的时候，好像高兴了许多。马田送马兰，却还是很难过。

马兰说："弟，你要用心，多读文化！"

马田说："姐，你要少做些，不要太苦！"

当年，许多学生，都不用功读书，有的人，读几个星期就不来读了。所以书本、簿本都乱扔。那年月，还作兴搞大批判，写大字报，写大字报的纸与笔，都是学校里免费供应的。所以，我很容易在办公室的橱子里凑齐一套课本，还有十多本空白的簿本，还有许多白纸，还有钢笔、铅笔、圆珠笔，一大堆，放在办公桌上。我叫马田自己来拿。马田来了，面对那一大堆书簿与文具，他只有一只手，怎么拿呢？我正替他为难。想不到，他不假思索，便将那三四支笔拢成一把，先放进衣兜，而后又从兜里掏出一条布带，那布带约一米长，一头还有一个小铁钩，他将这布带顺顺地横在桌子上，一只手便将书本码齐，压在那带子上，然后又将簿本码齐叠在书本上，再将白纸叠在簿本上，最后将布带的一头拐过那小铁钩抽回来，连“结”都不必打，拎了起来，书本、簿本、白纸就被束成了一捆，它们靠自身的重量，也不会滑脱。马田朝我很感激地一笑，说：“谢朱老师！”

都说盲眼人，他的耳朵会特别灵。而这马田，废了一只手，而另外一只手也就锻炼得特别灵，而且会想出常人想不到的巧办法。

我们让马田坐在教室的最后一排，靠窗。

上课，马田像小学生一样地坐得笔挺。做作业，他会用好的手把那条“废手”搬到桌面上来，去压书本与簿本——他那条“废手”屈着肘，可以当“镇纸”用。

因为他小学四年级就歇学了，原先学的也早荒废了，现在来初中插班，学习自然很困难。他几乎每天都要来办公室问题目。你必须耐心与他讲解，即使是很简单的勾股定理，还有欧姆定理之类的，都必须反复讲。我知道，他很难完全搞懂，他只是“很不好意思”了，觉得自己太烦老师了，才装出已经有些懂了的样子，点着头。

别人休息，别人玩，马田总是一个人坐在教室看书；还练写字。

慢慢地，马田的学习，也真的入了门。他虽然并不聪明，但勤能补拙，他已能独自进行“有理数运算”，还能懂得“因式分解”，也会解简单的一元一次方程。

马田也帮了我们不少忙。他来了之后，班里的纪律居然好多了。原先上课很吵的学生，不敢吵了；因为，谁吵，影响他听课，下课之后他就让谁吃“老拳”。他虽然是个“废人”，但是教训教训那些十四五岁的“顽童”，让他们变得鼻青眼肿，还是“易如反掌”的。

但是，那些十四五岁的顽皮男孩，也会捉弄他，对他搞恶作剧。他们会趁马田上厕所大便的时候，成群的围住他身边，不让他站起来。他们闹着，阻挠他穿裤子，说是要看他一只手到底是如何穿裤子的。其实，那些刚有一点懂“事”的孩子，是企图看看22岁的马田那完全发育好了的“东西”。此时，任凭马田比划挥动“老拳”，他们嘻嘻哈哈，一进一退，一退一进，对马田装鬼脸，而且还尖叫着“有毛有毛”，并做出要进一步捋马田裤子的动作。他们所采用的正是“敌进我逃，敌驻我挠”的战略战术。这场面，不禁让人想起——那非洲大草原上的一群小鬣狗，围住了受伤的大野牛，不停挑逗，不停撩拨，伺机创造“下口”的机会。

马田忍无可忍。他那当过 10 年农民的粗劣性格，终于暴露无遗了！他忍住气，掏出草纸，擦了屁股，但没有将那沾有大便的草纸扔入粪坑，他竟拿出来放在身边。而后，掏出一条一头有小铁钩的布带，用那小铁钩钩住裤腰襻，将裤子提起，再将布带交给嘴巴咬牢，而后腾出手，以极其敏捷的动作，很快就将裤子皮带扎好了。那些男孩，先是看呆了，但立刻意识到危险将要来临，就“轰”一下呜呼哇喳逃了。马田一手拿了那张擦过大便的草纸，猛追出去，喝道：“别逃！老子请你吃糖糕！”

就这样，马田在我们学校里艰苦地“读文化”，烦恼地生活。

马兰会隔三岔五地来看马田，给马田送米、送菜。

菜是最普通的咸菜。但那咸菜与别人的不同，里面除了辣椒末，还拌有许多炒黄豆，很香。有时，那咸菜里还拌有泥鳅干——有小指头粗，黑不溜秋，弯着，硬硬的，味道很好，很有“嚼头”。

马田会与同宿舍的住校生分享那炒黄豆与泥鳅干。

那些小同学与马田抢炒黄豆，抢泥鳅干，自然比“一只手”的马田厉害得多。马田倒也毫不计较，笑呵呵，显得很大度。

有个住校生，名字叫“小贤”，他的舅舅与马田是同村的。他一边嚼着泥鳅干，一边斜眼看马田，说：“有老婆的人，就是爽！”

马田听了，举起“老拳”要“修理”小贤。小贤赶紧抱着头讨饶。

时间长了，人们终于知道，马兰并不是马田的亲姐，她其实是福建人，出生不久，她的亲娘就死了，她是被马田的娘领养的，与马田一同吃奶。

“姐弟俩”同睡一个摇篮……

“姐弟俩”同掰一棒玉米……

“姐弟俩”同抬一桶水……

他们一起慢慢长大了……

马田父亲生前和马田娘说过：“女儿不要出嫁了，以后叫马兰同马田成亲算了！”

马田娘一直指望着马兰同马田成亲。她天天点香，求老佛保佑马田的那只“废手”快快好回来。可是，让娘很伤心：马田的手总不见好。现在家里是马兰一个人做，生活自然大不如前。最让马田娘揪心的是——现在马田在学校“读文化”，有一位年青木匠，头发梳得比女人还精致，就常常来缠马兰，在马兰跟前老唱什么“我们是社里的年轻人，有一颗革命火热的心”，还送马兰方格头巾……马兰把那方格头巾扔了，那木匠说：“红花硬要插到牛粪上？你是一条心要嫁给那‘三脚马’？”

所谓“三脚马”，是由三根木头交叉而成的三只脚的“凳”。木匠要将粗长的木材弹墨线，锯断，劈方坯，都要架在“三脚马”上进行。而今，废了一只手的马田，竟被这个木匠称作“三脚马”，娘是锥心的疼！但是，这些情况娘都瞒了马田。

马田，艰苦、烦恼的初中生活，熬了一年多。初中第三册读完了，阴历年快来临了。天正下雪，团团雪花，满天搅。马兰来学校接马田回家过寒假。马兰挑了铺盖走在前，马田一手撑伞，靠后。雪地里留下了他们一长串的脚印……

过完了阴历年。雪早化了，溪边的杨柳在风里摆动，都绽出绿芽芽了。还有操场边的那棵红梅，春天，已经在那圆鼓鼓的花蕾里面烦躁不安地转动，想钻出来！

新的学期已经开始了，可是马田没来报名。

一个星期过去了，马田还是没有来报名。那个时候，学生往往不会按时来报名，所以我也不留意。

又一个星期过去了，到了星期天，学生都回家了。一些家近的老师也回家了，学校里很少人，很冷清。我一个人坐在办公室里听收音机，听样榜戏《智取威虎山》。那个“哑巴”小常宝突然开口说话了，她对着杨子荣唱“八年了……”正在这时，马田与马兰走了进来。

马兰好像瘦了一点；马田的脸涨得很红。

他俩一齐走到我身边，几乎同时叫“朱老师”。

我说：“嗯，你们好！怎么这么迟才来报名？”

马田说：“朱老师，我好了！”

我一下子还反应不过来什么“我好了”。马田又说：“你看，我好了！”

说着，他举起了原先废了的那只左手，捏着拳头，在我面前晃了晃！

我惊呆了，我怀疑眼前的人是不是马田！一下子，我想不起该说什么，我“啊啊”地“啊”了好久。

还是马兰笑呵呵地说：“又搭回去了！”

我连说“好好好好好好”，并且追问，“怎么的啦，这是怎么一回事？”

马田红了脸，说：“我睡了，梦见自己好了，醒来真的就好了！”

马兰说得更幽默：“他是梦见一个白胡须的老人，把他当电线杆一样，踢了一脚！踢在腰里，很疼，他就用手去揉——揉，揉，揉，他突然想到：天哪，这不就是用左手在揉吗？那原是废手呀！挣扎醒了，试着左手去腰里揉，真的会揉！就搭回去了，路灯又亮了！”

马田说：“好了有七八天了。真奇怪，现在右手又变得不顺了，我现在又变回‘反手撇’了，做事用左手才顺了……”

我真的是大大的吃惊，当然也大大的为他们高兴。

但是，马田最终还是有点伤感地同我说：“朱老师，我不读了……”

我又是吃了一惊。

马田好不容易读得有点模样了，为什么就“不读”了呢？当时，根据领袖的指示，“教学要改革，学制要缩短”，初中与高中，学制都只有两年，马田只需再读完第四册，初中就可以正式毕业了，为什么就“不读”了呢？“功亏一篑”啊！

马兰没有说话，脸变得很红。

马田脸也很红，说：“手好了，不用再读了，要在田里做了……”

身体“好了”，就有了“不用再读”的资本，就有了“在田里做”的条件。我真的说不出话来。

我笨拙地劝说马田“努力读毕业”。

劝说总是善意的，但往往是无效的。他们离开的时候，反复地说：“谢谢朱老师”，还拿出四条“黄米粿”送我——它黏黏的，香香的，很好吃。当年，在西乡，这种“黄米粿”可是最好的礼品了。

他们走后，关于马田的事，很快传得沸沸扬扬。

我亲耳听马田和马兰说的那“第一手材料”，又被添加了一个“头”：马田的娘，天天点香，天天点香，老佛见她诚心，被感动了，于是就化作一个

“白胡须老人”下凡，来踢了马田一脚……

有人说，那是迷信。

也有人说，怎么会迷信呢？连“老三篇”的《愚公移山》上都说愚公“感动了上帝”，上帝会来帮愚公的忙……

西乡卫生院的中医章医师，医术高明，声望很高。他说，什么“做了一个梦，醒来就好”，这才真的是“做梦”哩！马田明明是以前吃过他开的“华佗通经大活络”方剂，药性是慢慢发作的，现在见效了！

在众说纷纭里，小贤的“一个巴掌扇过去，就好了”的说法最有趣。

小贤，因为他的舅舅和马田是同村的，说起马田的事，有鼻有眼，很生动，就像亲见一般。

那天，马兰提了猪食，去猪栏饲猪。

马田在屋里看书，正在看《范进中举》。吴敬梓写的故事多生动啊——那范进，穷酸半生，当得知自己“高中第七名亚元”，便一跤跌倒，牙关紧闭，不省人事。好不容易被水灌醒，却就神经搭不牢了，疯疯癫癫，一身黄泥，半只破鞋，满头乱发，只会“中了中了”乱叫……后来，胡屠户，凶神恶煞似的走到范进面前，恶狠狠骂了声“该死的畜生”，一个巴掌扇过去，就把范进扇好了……

太阳从窗子斜照进来，马田正看得有趣。突然，从猪栏那面传来马兰撕心裂肺的叫声：“马田……”

马田一惊，不知出了什么事，扔下书就走过去看。

只看见那个年青木匠，死命抱住马兰……马兰拼命挣扎，头发都乱了……猪食桶翻倒在一边。

马田说不出话。所有的血都冲到头上！

那木匠见了马田，蔫了，松了手……

马田一步步逼上去。马田眼睛里都流出血了！

那木匠心虚，怯怯地说：“你，你要做什么？”

“该死！”马田逼近了，一个巴掌扇了过去！

那木匠抱了头，逃了。

“畜生！”马田还是气呼呼的，牙齿咬得格格响。

这时，马兰却兴奋得抓起马田的左手，说：“好啦！”

马田慢慢平下气，说：“现在好了……”

马兰说：“是‘好啦’！”

马田这才发现——是自己的“手”好了！

原来，刚才这一巴掌，鬼使神差，是用“反手撇”扇出去的！

……

过了两年。我调离西乡，要到城里教书了。马田知道消息，来看我，他“嘿嘿”地笑。他递香烟给我吸，我说：“已经戒了。”我拉过凳子，请他坐。

他瘦了许多，也黑了许多，胡子拉碴的。

他说，他在初中里学的“解方程”，还有“溶液浓度配制”，还有“电路的并联与串联”，现在都用得着哩！

他还有点脸红地说，他与他“姐”成亲了。

我说：“好！有‘小马田’了吗？”

他点点头，笑说：“是‘小马兰’！”

他临走，送了我一大包茶叶。

那茶叶是真正的高山云雾茶，原生态，没有污染，是马兰自己采制的。

那茶很粗，但很绿，很香，味道很浓，浓得有点苦涩，可是回味很好，有点甜。

南隅旧事

小镇"油嘴"的故事

小镇很美。小镇形如一个"金"字。小镇北面有一条小溪，人就叫它"北溪"；小镇南面也有一条小溪，也就叫它"南溪"。南北两条小溪，溪水清清，在小镇的东头汇合，就像"金"字上面的那个"人"字；小镇的街道巷弄纵横交错，就像"金"字下面正反相叠的那个"玉"字。

小镇的每天都会发生许多故事。比方说，有小孩从三楼的阳台上爬，掉了下来，起先人还以为是谁家的衣服掉下来了，再一看是个孩子，却皮毛无损，大家都说他命大，必有后福；有女人头生虱子，傻乎乎地用农药洗头，想把头虱毒死，结果自己中了毒；有两青年骑自行车相撞，两人爬起来互相揪了对方衣领要对方赔车子，结果打了起来，一个打歪了鼻子，另一个打裂了脑袋，最后发现双方的车子倒只蹭了点漆皮；还有，张家的花猫不捕老鼠却专偷别人家的小鸡……

小镇又发生了一件事，大可解颐。

南、北双溪在小镇东头的汇合处，有一座拱桥。在流水的大拱洞上方左右两边，各有一个小拱洞。不知什么时候，也不知从什么地方，来了一位算命测字先生，成天坐在桥头算命测字。双眼明亮，一撮山羊胡，细皮嫩肉，看上去顶多五十岁，但是他却说自己快有七十岁了。夜里，他就住在一个小拱洞里，“上班下班”极方便；又省下了旅馆费。

这算命先生口齿含混不清，“吃饭”说作“气饭”；但他会讲得抑扬顿挫，加上脸部表情丰富，人们也都喜欢听他海聊。他算命测字，虽然“迷信”，但并不“破坏”，所以警察也并不怎么管他，市场管理人员也没有驱逐他；他自己也说，他算命决不害命，有时还顶得半个心理医生哩。

他说他这一行确实是有能人的。宋朝时，有一“铁嘴”，柳荫下卖卜，来了一位潦倒者问卜。“铁嘴”说，“你随便写个字来吧”，来者便在地上用柳枝画了一个“問”字；“铁嘴”吟哦半晌，说：“左看似‘君’，右看似‘君’……请你再写一个字来”，来者就在地上很随意地画了一个“一”字。“铁嘴”大惊失色，说：“‘土’上加‘一’，‘王’也！是我‘君王’乎？”倒头便拜。原来潦倒者正是“搁在浅滩的真龙”宋高宗也……

他很谦虚，说他这张嘴巴离“铁嘴”尚远，不硬，“泥嘴”而已；但知情者都说，“虽然不硬，但很滑，不是‘泥嘴’，而是‘油嘴’。”譬如，有人来测字，写了一个“大”字，他见来者是个单身女子，他猜想你十之八九是问婚姻的，他便说，“‘大’者‘一人’，你追求一人乎？……”他眼盯着你，觉得你不是这个意思，也许你正与你的丈夫或者男友闹矛盾，他马上就说，“你痛恨一人乎？……”如果来者是个男孩，他猜你要问“求学”问题，他就说，“想上‘大’学乎？你化‘大’力气，自可上大学……”如果他认为你问的是“仕途”，他就说，“你还得用‘点点’力，‘大’加‘点点’，‘头’也，到时候，你会成为‘头’的，你是当官的料！”如果他认为你是想出门打工赚钱的，他就说“‘大’字四面出头，你四面八方都去得。”——真是废话，中华大地，朗朗乾坤，当然四面八方都去得，还用你“测算”？他还会说，“‘大’字上面出头短，一捺来得长，表明去北方没有去东南方好！”——又是废话，我国东南沿海发达，还用说吗？他还会说“‘大’字一捺，捺笔如刀，你出门在外，务必小心谨慎！”——出门在外，谁都得“小心谨慎”，不过有他提醒一下，只有好处没有坏处。他还会说，“你的‘大’字，一横写得如直线，可见你这个人为人心太‘直’……”——奇怪得很，任何人，都不爱人家批评自己的毛病，唯独听到别人指出自己的毛病是“心太直”，却毫无反感，而且很乐意。所以，人人都说他“测算得真准！”

但是他尽管会摆八卦、演周易，却“算”不了自己。

夜里，他住在小拱洞里。这小拱洞虽然离桥面很近，只有四米，但他是无法直接下去的，除非“蜘蛛人”才直接下得去；他必须先走下溪埠头，然后在埠头与小拱洞之间搭了一架小木梯，他须攀着木梯爬到拱洞里。

时正“五月黄梅天”，天不停地下雨。白天，他还告诉人，这是“武圣关云长老爷在天上磨大刀，磨刀水倒下来了，所以雨特大”；夜里，发了大水，把他那架木梯冲走了，他上不着天下不着地，叫天不灵叫地不应，只有大水哗哗咆哮，把他困在了拱洞里。第二天一早，开始他还沉住气，一个人坐在洞里吸闷烟，一包香烟很快吸光了。眼见大水一寸一寸地上涨，再差一尺，就要满过拱洞了！他清醒地认识到，水一满到拱洞，就要“人为鱼鳖”，于是他就大呼“救命”。

桥面有人听到“救命”声，探出桥栏发现了拱洞里的他，于是向“110”报了警。警察来了，看了情况，扔下一根尼龙绳索，叫他自己捆在腰间，然后把他提上去。

此时，他见有警察来了，他毫不担心了，竟慢吞吞地，说：“我肚子饿，先来点气气（吃吃）”。警察买了两个烧饼，装在塑料袋里，用绳子吊下给他。他靠在拱洞壁，慢慢吃了。看看大水离拱洞还有三寸光景，他不慌不忙地说：“我还想吸支烟哩！”警察又用塑料袋吊了半包香烟给他。他靠在洞壁连吸两支。而后还朝洞口对溪水撒了一大泡尿，再将尼龙绳索在自己腰间缠了两匝，才对桥面的警察发布命令似地叫：“好了！”

（岂知这时，县电视台的记者闻讯赶来，想拍下“警察救险”的壮丽一幕，在拱洞的斜对面的溪岸，摄像机的镜头将这一切细节都一丝不漏地摄录了进去。摄像记者大呼“见鬼！”）

警察毫不费力将他提到桥面。他向警察连叩三个头，说“谢过救命恩人”。

边上的人都说“算命先生算不准自己的命，差点叫大水冲走”。他却说，“我早就算准有 110 警察会来救我的。”

这时，警察严肃地要检查他的身份证。他老老实实掏出身份证。边上的人也凑过去看，按照他的出生年月一推算，他才四十八岁。大家都说他原先讲自己“快七十了”骗人。他说：“我说‘我已七十了’那才骗人；我说‘我快七十了’，‘二十年岁月一弹指’，我骗了谁了？”

真是“油嘴”！

小镇每天都会发生许多故事。而这个没什么意思的故事，在一段时间里，曾被人们讲得有滋有味。

（2004 年 1 月）

13 号台风

村头有一棵苦槠树，两人合抱。秋老虎，很热，一吃了晚饭村里的人就来树底下乘凉。树上的秋蝉时不时会喷下雾状的小便，大人说“倒霉”，就躲开了；孩子们都不逃，会缠着曹大爷讲故事。曹大爷瘪嘴，拐脚。他年轻时当过地下交通员，脚是被敌人抓去打断变拐的；新中国成立后当村长，村改大队当大队书记；大队又改村了，他就不当了，老了。当地下交通员对敌斗争的惊险故事他有许多，但是他常爱讲的则是“13 号台风”的故事。

具体的年月记不清了，总而言之，故事是发生在刮“13 号台风”的时候。那时，由于种种原因，科学还不怎么普及，山区的人是连什么叫“台风”与“台风中心”都弄不懂。

那天，老曹接到紧急通知，晚饭也没吃，就火急急赶往公社听县里召开的电话会议。等他赶到，会议早已开始，县委书记正在电话里在做“防台抗台”动员报告。公社杨书记见老曹迟到，皱了一下眉，做了一个上级对下级又是责备又是爱护的表情，用嘴巴努向一个空座位，示意老曹坐下。

电话会开了大约三个钟头。除了书记，有分管农业的副书记，还有农业局的局长和气象站的站长，都做了政治性与技术性发言。最后，由县委办公室主任宣布“因为时间关系，任务紧迫，会议暂时开到这里”。

随后公社杨书记又对本公社的“防台抗台”作了具体布置。临了，又问张主任有补充没有。张主任很谦让地说：“杨书记的指示已经很明确了，我没有补充，只一点小小的补充，补充两句……”然后从容地“补充”了半个小时光景。讲的是“台风就是台湾来的风，我们一定要提高警惕。13 号台风是很厉害的，比 12 号还要大一号，拔树掀屋，人站不稳都会被刮走”，还再三强调“我们一定要站稳脚跟哪！”

三四个小时的会议，许多领导的发言，可以归纳为几句话：后天，13 号台风就要抵达我地；在台风抵达之前，全县人民齐动员，凡在田里的稻子都必须割回来！这是党委的指示！军令！理解也好，不理解也好，必须不折不扣地执行！

待老曹赶回来，已经是后半夜了。天上是一天的星斗；风是有一丝凉凉的风——可是这一丝凉凉的风正表明不可能有什么大“台风”呀！老曹心里直嘀咕。他又故意用力抬了抬腿，想：“这回这条风痛的腿怎么没发预报？几十年来天晴下雨它可都灵验的呀，难道它失灵了？是的，什么东西都会失灵的，应当相信科学。科学说“台风要到”，总错不了。

最让老曹犯难的是县里与公社里布置下来的任务真难执行。男女老少齐动员，风口夺粮，在台风到来之前，把就要到手的粮食抢到手！这是战斗任务，这是政治任务！可是山区的季节迟，稻子还没成熟，抢什么呀？抢稻草吗？……老曹感到“防台抗台”的政治任务实在棘手。以前当地下交通员时，每每接受任务没有丝毫退缩，一声“好”，任务就包下了。可这次要发动社员抢割没有熟的青稻，对农民来说，就像是把婴儿往尿盆里溺！

风清月白。路两旁田野中的稻子瑟瑟作响。田鸡呱呱呱地鼓噪得人心烦。老曹收住步子蹲下。青青的稻子在月光下看起来是黑黑的。他搂过稻子细细地看，还凑过鼻子去嗅。多好的稻子啊，可起码还得十天才熟。他久久蹲着，摩挲着稻子，就像平日用手指梳理着小孙女的头发，哄她安睡……

老曹终于做出了一个壮烈的决定。

老曹走回家，咕嘟咕嘟喝了一碗白烧，然后同老婆说：“我睡了。明天队里的干部来问起我到公社开什么会接受了什么任务，你同他们说，我从公社回来路过黑风口时，中了邪了，失了魂了，什么都不记得了！”

第二天，老曹在床上躺了一整天。第三天，也就是台风应该要来的那一天，一整天，风也不见风，雨也不见雨，只是阴了阴。直到第四天、第五天，什么台风不台风，阴都不阴了，半点雨孙子都没！不知是气象台测不准台风，还是台风不听气象台的话，在半路拐弯了。老曹长喘一口气，谢天谢地，13 号台风虚惊一场，终于没事了。

然而且慢，事情还没完！老曹“按兵不动，欺上瞒下，对抗党委”的“是可忍孰不可忍”的行为被上面查到了。三个月以后，在县里召开的三级干部大会上，老曹——当年党的地下交通员，低着头在台旮旯站了一整天，听批判。

让老曹记得最清楚的是公社张主任的发言：

这次13号台风是一件大好事，因为它是一块试金石，可以分出谁是紧跟党的，谁是背离党的。这次13号台风虽然意外地刮到别处去了，我们在抢收稻子的过程中，也稍微损失了一点稻子，但这只是一个小指头。“防台抗台”的成绩是明显的，它是一场大演习，足以证明我们的党是伟大的党，她在群众中具有崇高的威信，只要一声令下，百分之九十五以上的干部与群众都会闻风而动！只有一小撮腐败变质份子才会相抵触！

老曹听着批判，脸上一阵抽搐，痛楚极了。在顶艰苦的年代，自己是出生入死，为党的事业，灌过辣椒水，坐过老虎凳的，今天却被划到百分之五还不到的人群中去了！

让老曹痛楚的，远不至此；更让他揪心的，是……是什么呢？他想，那是张主任发言中有两个字说不准，就是“损失”两个字，应该说是“糟蹋”，对，就是“糟蹋”！稻子，人力，难道是可以随便糟蹋的？还有共产党的威信，人民的心，是可以随便糟蹋的？……

苦槠树底，这个“13号台风”的故事，老曹不知说了多少遍了，年轻人都听腻了，只是当树上的秋蝉喷下雾一样的小便时，他们一面连呼“倒霉”，一面又哈哈大笑，还会想起讲故事的老人当年站在台旮旯接受批判的狼狈相。他们觉得“台风”的故事远没有“交通员”的故事好听。但是老曹自己觉得，在“13号台风”中，喝了一碗白烧躲到被窝里的举动，与做交通员时的任何英勇行为相比，都毫无逊色。

小孩子们也不爱听“台风”，他们总缠“曹大爷”讲刺激一些的故事。

于是老曹就会给孩子讲《杨家将》，讲《说岳全传》。说“杨老令公归宋”“穆桂英挂帅”“七郎之死”；说“岳飞枪挑小梁王”“岳飞大破拐子马”“精忠报国”“风波亭”……老曹还会告诉孩子，十二道金牌实在误了大事，可叹朝廷里总有潘仁美和秦桧！

（1982年10月）

家有贤妻

天气预报说今晚有雷阵雨。

王校长翻来覆去睡不着。天热得人心烦。

“你是怎么啦？”妻子被吵醒了。

国靠良相，家靠贤妻。尽管王校长是堂堂县中学的校长，妻子只是县竹器工艺厂的一位普通工人，可是颇能为丈夫分忧。

“赵老师分糖了！”王校长在黑暗里低声说。

所谓“赵老师分糖”并非结婚分糖。这个赵老师也真是的，标准书呆子一个！自大学毕业分配到这个山区小县当物理教师已十七个春秋了，如今人到中年，青丝染霜，可是与爱人仍旧两地分居。尽管夫妻双双都是灵魂工程师，但是他们自己的独生儿子却进了少年劳教所。“要是我在家，孩子总不至于此……”王老师常常苦着脸无奈地说。要求调动要求了十多年，由于山区缺教师，工作需要，螺丝钉几乎焊牢了。王校长自然是很同情他的，答应他，“只要县里同意”，下学期就让他走。而县里又把球踢了回来，说“只要学校里同意县里就同意”。这个赵老师以为学校里、县里这样说是意味着都同意了，以为夫妻可以团聚了，就早早分起糖来了！这个物理教师呀，还根本没有找到杠杆的支点哩！

糖一分，新的矛盾又来了。赵老师现有的住房，立即引得众多教师觊觎垂涎。住房申请书雪片似地飞到校长办公桌。

英语教师徐老师，一家三代五口人，挤在20平方米的陋室，过道里要侧着身子走。徐老师可以说是县中学的有功之臣，年年把关教毕业班，年年成绩居地区前茅。按理，要优先改善一下住房条件。

数学教师张老师，教龄与共和国的国龄一样长。他的同学，有的当教授，也有的当部长，而他当了右派。公元1979年彻底纠正了错案，他说，老都老了，能有个14平方米的居室供他读书睡觉，就心满意足了，比起“右派岁月”不知好多少了。这样的教师，即使他自己没有提出要求，领导也应该百分之一百地为他首先考虑。

语文教师小江，从师院出来三年，住在教工宿舍第2楼，窗子朝南——然而是街市。她说，别的都好，就是太热闹。窗子外有叫卖万能胶的，有叫卖菜刀的，有叫卖老鼠药的，有时还有从安徽来耍猴的，闹得不亦乐乎。小江常缠着王校长说："来我房间看看吧——还能不能住人。别说能静心备课，男朋友好不容易来一趟，窗子外面大叫'老鼠包吃包死'，什么兴致都被破坏光了！"

唉，僧多粥少！

"哟！我道是什么事，原来这么屁大的事。你就不会做几个阄让他们抓吗？让他们自个碰运气，谁也怪不着！"校长夫人娇嗔道。

"哐啷——"一个响雷，把王校长惊得在床上一跳。天气预报真准，雷阵雨真的来了。

"抓阄是你们工厂里用用的，学校是知识分子成堆的地方，用了会说校长无能的。"王校长披衣坐起，点了一根香烟。

"那么多的老师，分不了一间房；一个女儿，嫁不了那么多的郎！干脆，不嫁算了！"

"哐啷！"又是一个响雷，雨哗哗哗地倒了下来。王校长猛吸了一口香烟。妻子的话实在不错！既然新矛盾是由旧矛盾引起的，干脆把旧矛盾缓和一下再说。保持现状。可以与赵老师说，本来，县里与学校里都同意他调的，只是上面没有新的物理系的毕业生分配来，无可奈何，只得请他继续顾全大局。

想到这里，王校长嘘了一口气，又不禁从内心真正地同情起了这位书呆子来；他分明看见，雷阵雨把赵老师淋得落汤鸡似的……

赵老师的糖自然是白分了。

为什么白分呢？那个"雷阵雨之夜"是永远不可能得到解密的！赵老师这个呆头呆脑的可怜知识分子，是到老也不知道他的糖白分的一个重要原因是：

夫人干预朝政！

（1987年8月）

白练河涨水了

他甚至连裤脚都没卷，像一头水牛，很快就涉过这涨了水的白练河。

“死冤家！”她心里狠狠骂道。一缕泪湿的头发贴在脸上，粘在嘴角。

她脱去绿绒鞋，把它夹在腋窝下。三年前她就是穿这绿绒鞋嫁到白练湾。三年，图了个什么呢？照旧是泥坯墙稻草床，毫无变化，一千多个日日夜夜之后，今天还是穿了这双绿绒鞋去区里，去法庭……

她探脚入河，虽然桃花也已开了，可仍春寒料峭，河水刺骨的冷。如果说清苦的吃穿还可以忍耐，那他这种古怪的脾气是绝对无法忍受的！他长着一身牛一样的肌肉，每每丢下家里去掌钢钎、放火炮、炸岩石、开车路，每月原也可以挣得两百三百元，然而他却去玩扑克牌赌博。用命换来的钱，一夜工夫就输得精光。

她觉得脚下的卵石太滑了，战战兢兢，举步艰难。

这牛一样的人，难得回家，没有半点温存，电影里的那种亲热他一点都没学。他只知道喝酒，牛牯灌尿，灌得迷迷糊糊，然后迫不及待粗手粗脚，搅得人气都喘不过。与这种人一起还有什么意思？这婚非离不可！

昨夜一场春雨，白练河涨水了。河水泛着白花，她觉得头昏眼花。“你跟了他，一朵鲜花插到牛粪上。”好心人都这么说。当昨夜他偷了她卖小猪仔的钱又赌输了之后，当他又开始“牛牯灌尿”的时候，她终于发出“离婚”的最后通牒。“离就离！老子稀罕你？”他竟绝情地摔碎了酒瓶。

“赌鬼！”她一阵恶心，脚下的卵石竟滚动了，河水的白花扑面而来，像一个白妖，发出哗哗的怪笑。天旋地转，她栽倒了，连一声“救命”都没来得及叫，就让河水冲走了。

突然，一只毛茸茸的巨手抓住了她。她本能地拼命抓住这只毛茸茸的巨手，巨手又把她抱起。她没睁开眼就知道是他。她双手死死搂住他的脖子，脸贴在他宽宽的胸脯上，可以听见“呼哧呼哧”的喘气声，呼出的气热热的。

“要把我抱到哪里去？”

“过河。”

“过河做啥？”

“到区里。”

“死冤家！快抱我回家！”

“不离了？”

“答应我，莫再赌！”

他住了脚，半晌没响，只说了句“可惜那双绿绒鞋没抓回”，然后转回身，一步一步走回头，上了岸。

白练河的水，涨得好大哟！

（1986年4月）

晴天霹雳

这孩子是火红的年代里在田头生下的双胞胎。那一个生下就死了；这个生下时哭起来像猫叫，才三斤重。人们说，早晚也活不了，看这副体坯，如果能活，那么鱼干也能养活。然而，“鱼干”竟然养活了；而且拉扯得浓眉大眼，五大三粗，去年还上了大学，是省城的重点大学。父亲说：“真做梦也没想到！”四邻六舍都高兴得像过年，穷山沟里出状元，八辈子都没有的事。大家都千叮咛万嘱咐，学了本领帮助众乡亲“脱贫”，孩子满口诺诺。

然而，孩子却又得了肝癌！

是孩子的中学同学翠红一把鼻涕一把眼泪地来家里说的。

孩子写了封信给翠红，说自己原先雄心万丈，而今自己却不久于人世，无法报答父母的养育之恩了，真是做梦也没有想到。信儿写得凄凄惨惨、悲悲戚戚。最后还嘱咐翠红保守秘密，万万不可告诉父母，以免他们经受不了这晴天霹雳。翠红蒙着头哭了三天，终于还是咬不住牙，说了。

母亲当即昏厥在地。掐了半天人中，才慢慢醒过来。

父亲在乡亲们的帮助下，凑了一千块钱，马不停蹄连夜赶到县城上了火车。那驶向省城的咔嚓嚓的火车轮子，就像在自己的心头碾轧。

然而，最让父亲做梦也没有想到的是——上气不接下气赶到儿子的学校，儿子竟好端端地在寝室里跳霹雳舞！

“这个翠红也真是的，大惊小怪，难道她没有看懂我的信是四月一日写的？”

“四月一日又怎么啦？”

“这天是愚人节！”

“什么女人节？你发什么昏？”

“是愚人节！外国人都有这个节日，可以诓人，这天诓人不犯法，诓得越凶越有趣！”

“……”笨手笨脚的父亲，这个地地道道的中国乡巴佬，发抖了！

（1989 年 9 月）

老叔办养狗场

老叔曾经办过养兔场，养了四百多头德意志长毛种。他虽然读书不多，但人挺机灵，极富开拓精神，总能标新立异，出人头地，冒尖尖。他会强迫兔子吃一定量的维生素 A 胶丸，因此他的兔绒毛特别长、特别厚、特别有油泽。他采毛也很别致，人家用手拔，用剪子剪，用梳子梳；他却买了把电动理发推，三下五去二，就可以将兔子推得像个流了产的婴儿，活像个红乎乎的肉团。

然而，兔子不知是因为光溜了身子着了凉、患了感冒还是怎么的，四百多头竟相继死去。尽管老叔强捺着吃速效伤风丸，喝烧酒，都没有用。兔场因此栽了。

决不死心！栽了兔场办狗场。

听说狗肉暖胃壮阳，吃惯了鸡、鸭、鱼的城里人，现在都爱调调口味，喜欢吃狗肉了。老叔与时俱进，就办起了养狗场。

狗场是兔场改的。兔笼的隔栅抽掉一层，两间变一间，就成了简易的狗笼。

从邻近村庄觅来两百来条狗崽，黄的、白的、黑的、花的、胖的、瘦的，雌的、雄的都有，分笼而养。

天不亮，老叔就赶到城里屠宰场买剔肉骨。还到集市上购死老鼠——假如是药死的，老叔就开膛破肚，扔了鼠内脏。这样，居然保证狗崽天天有鲜荤。当然，仍忘不了时常添加一点鱼肝油。

狗崽长得挺快。一条条见了老叔就摇头摆尾、活活泼泼，煞是可爱。

老叔不知从哪本书上得知，若给动物听音乐，猪会多长肉，奶牛会多产奶，鸡会多下蛋。于是老叔就给狗崽放迪斯科，放“鞋儿破帽儿破”，放“妹妹你大胆地往前走呀”。

两个月后，狗崽就不再是“崽”了，一条条变得身高腿粗。

照如今这么好的狗价，老叔整摞整摞的钞票指日可待。“到时候，买辆车开开……当然要买高级点的，屁股冒烟，可神气啦！”

老叔的科学养狗法，舆论大哗，县广播站也进行了报道。

来狗场参观学习的人络绎不绝。

然而，让人不可思议的是，这些狗们居然都失去了作狗崽时的天真无邪，它们对着参观者眼露凶光，垂着尾巴，龇着牙，喉咙底下发出沉闷的“呜呜”声，叫人害怕。

老叔想：大概它们怕生人吧？

可是，在一个半夜，在根本没有生人的情况下，这些笼中之物显得异常烦躁不安，竟几乎在同一时刻，咬破了笼子，发疯般冲了出去。

老叔借了月色细看，分明是雌狗带的头，雄狗们紧紧地尾随其后，似乎是踩着迪斯科的强烈节奏，消失在了树林中……

“该死！什么都替狗想得周周到到，独独忘了这最起码的一点！”老叔沮丧极了。

（1986年5月）

老郝之死

厂医老郝，死了!

大家都很悲痛，大家都念他的好。一个普通人，似乎只有死了，人们才发现他存在的价值。

人们忽然回忆起，他的医术实在是很高明的。那年，憨嫂的小儿子跌伤了小臂，或说挫筋，或说脱位，众说纷纭；老郝来了，一摸，斩钉截铁地说："骨折！"后来送县人民医院X光一照，果然骨折。于是大家叹服。县人民医院给憨嫂小儿子上了石膏。老郝说，其实石膏不上，也可以治好的。于是大家愈加叹服。

老郝的医风，也堪称模范。如果护士不在，他会亲自替病人打针。(要知道，绝大多数医生爱拿架子，是坚决不屑干打针的活。)他一面在你的屁股上摩挲，弄得你痒丝丝，实在比年青的女护士更体贴舒心；另一面进针，等你觉着疼痛时，药水早就灌完了。他站在一旁，眼睛眯成一条缝，嘴角挂着笑，朝你点点头，此时会让你感激得热泪盈眶，病消大半。

他为人也挺厚道随和的。不论是书记主任，还是锅炉工、清洁工，无贵无贱，到了他的病房，均一视同仁。要开病假单以及要领避孕用品什么的，一律极端的方便。香烟不论好坏，你递他"中华"也抽，递他"牡丹"也抽，甚至递他劣等的"西湖"也不嫌。有谁不慎将痰吐在他的鞋帮上，他也不动声色，自找半张旧报纸一擦了事。

可是这样好的老郝，居然死了。是爬到二楼平台上浇花，脚下一滑，一头栽了下来，死了。

有人说他太不小心了，也有人说他上平台前喝过酒，还有人说他美尼尔氏综合征发作——大家这才想起，好像他确实有这么一种古怪的毛病。

工会主席让厂办秘书准备悼词时指示，可以写他"以身殉职"。秘书愕然。工会主席说，悼词上这样写写没关系的。再说，浇花死的嘛，花嘛，美化环境净化空气嘛，也是卫生工作者的职责嘛；他栽了兰花、月季、栀子……这些也都是中草药嘛，月季可治妇女病，还好当蛇药，兰花根止牙齿痛，栀子花止鼻血，谁能说老郝不是在搞科研？

总而言之，对于厂医老郝的死，大家都极其哀痛。而且，最近评了职称，老郝已经作为“主治医师”上报了，在就要批下来之前，他却走上了黄泉不归路，呜呼，这叫他何以瞑目！

大家都唏嘘不已。唯独憨嫂不以为然。她说，老郝好是好，但也不像现在大家说的那样好。早些年，还是她的小儿子手臂骨折前，有一次她闹蛔虫，老郝让她躺在诊疗台上检查，他眼睛眯成一条缝，嘴角挂着笑，竟然连根本不长蛔虫的器官都被“检查”了一通。他没有死，也就不说他，省得他难做人；人都死了，就说说也没关系。

大家都说憨嫂实在憨，死无对证，别人也不相信。也有人说，憨嫂没良心。

不过，送葬的时候，憨嫂也去了，而且还红肿着眼睛。

（1988年5月）

书法评奖

这天，语文组的张老师收到一个通知，是县文化局发给的，上面说聘他做“书法评奖委员会”的“评委”（就是评奖委员会的委员），晚上7点到县文化馆开会，评奖。

6点50分，张老师就到了文化馆。其他“评委”都还没到。文化馆的工作人员请张老师喝茶。张老师就一边喝茶一边等。等到7点10分、7点20分，其他“评委”还是没到。张老师等得自己都不好意思起来了——好像自己很想来喝茶，很想来当“评委”，一点风度都没有。

到了7点半，文化馆美术组的老刘来了，说“你早”，和张老师打了招呼。一会儿，县文联书法协会主任老林来了。有了三个人，就热闹起来了。老刘说，他楼下金嫂家的高压锅烧晚饭爆炸了，害他吓了一大跳。老林说，他肩周炎发作，贴贴“杨子荣”做的广告“天和牌骨通”，开始有点用，但现在好像作用不大了，不知会不会是假冒的。张老师没有说什么，他想明天学校进行期末考，自己班的学生不知能不能考好。他只想早点开始“评”。

评委主任还未到，于是他们继续闲扯。从书法扯到王羲之，又扯到兰亭，从兰亭又扯到绍兴，然后又扯到咸亨酒店。老林极感慨地说：“茴香豆其实也并不好吃，只是鲁迅写了它，它就好吃了。书法也一样的，有名的人写的，就好；有名的人说好，也就好！”

到了8点，评委主任、文化局的副局长马局（现在都是这样称呼的——马副局长，就简称为“马局”）终于来了。马局说：“王局找我有点事，耽搁了。咱们开始吧，抓紧点。”于是就开始了。

这次书法比赛是县文化局组织的，是为了纪念香港回归，县里的书法爱好者都可以参加，截至6月25日前，把书法作品寄到县文化馆就可以参赛。评出的好作品7月1日前要在文化馆门前的橱窗里展出。这次参赛的作品很多，有两百多幅，而且品位都很高。

具体如何评呢？张老师没有发表意见。他知道，书法评奖说难是很难的，因为它没有具体的标准。它不像数学比赛，X差零点一都不行；也不像体育跑步比赛，谁快谁慢，一眼就看得出来，还有计时器。书法作品，有的是条幅，有的是横幅；有的是草书，有的是楷书，有的是隶书；有的是柳体，有的是欧体，各人的字风格又不同……评谁的呢？四个评委肯定有四种意见——萝卜青菜，各人各爱。每一个人连自己喜爱的标准都会改变——早晨爱清淡，中午爱肥甘！张老师就想先听听他们的意见。而老刘与老林也没说什么，你看看我，我看看你。马局说：“既然你们都不发表意见，那么就先由我来筛选，你们在边上认真看，有不同意见就提出来。”老刘老林都说“好”，张老师也说“好”。

三个人把一幅幅作品摊开递给马局。马局只瞄一眼，好的放右边，落选的扔左边。大约二十来分钟，就淘汰了四分之三，拣出来了五十来幅好的。然后马局问“有意见没有”，老刘老林都说“马局眼力真好”。张老师觉得有许多被淘汰的真好，真可惜，其实比选上的还要好。但他也跟在老刘、老林后面说“马局眼力真好”，省得提不同意见，让别人在心里说你“不明白”。

接着，为表示得更慎重，把五十来幅初选出的都挂到墙上，大家来“瞄”。内行的人都知道“字怕挂”，一挂，它的毛病就容易看出来。挂好后，马局仍然当仁不让，首先提出哪几幅为一等，哪几幅为二等，哪几幅为三等，然后问“有意见没有”。老刘、老林仍然说“马局眼力好”。但张老师觉得一等的有一幅实在不能算好，就说里面写的那个“德”字吧，实在是败笔，左边那一竖，又粗又歪，右边的横，又细又长，下面的“心”字，那几点又分得太开，中间的“四”字，像龅牙的嘴巴。张老师期期艾艾，想说什么却又没说。老刘见张老师这样，便说：“这幅作品很有特色的，你看它的风骨……马局看准了的。”老林也说：“骨子很硬的，很有特色的！”就好像出去旅游时，导游指着山上一块怪岩说“它是八戒吃西瓜”，而你看着看着，也就像“八戒吃西瓜”了，张老师竟也觉得那“德”字“骨子很硬”起来了。

马局真是年青果敢，有魄力，办事讲效率！真正评选，一个小时还不到，就评好了。马局最后又问“还有意见没有”，老刘、老林和张老师都一致说：“没有没有！”马局说：“好，就这样！你们辛苦了，明天到文化局，一人一条毛毯，算评委劳务费。”

出来的时候，张老师和老林一起。张老师看了下表，才9点，说：“我还以为今晚起码要拖到11点钟哩！”

老林说：“哪能呢？领导无能，简单的事情会变得复杂；领导有为，复杂的事情会变得简单。像马局这样有作为的领导，做事果决，事情很快就能做好。我们这些评委，本来就是陪陪的。”

张老师想想也有道理。只是他觉得，老林说的“陪陪”有点伤自尊心；不过，马局已多次很民主地问过“还有意见没有”，而自己也都说“没有”，现在还有什么话好说！

明天的毛毯真是有点“白拿”了；不过“白拿不拿，白不拿”，许多人是想拿还没有资格拿哩——“评委”张老师想着，又有点高兴起来了。

（2004年3月改定）

老 范

老范住院了。

他被确诊为老年性痴呆，住进了市人民医院老年康复中心的病房。

他死活不肯去住院。他女儿骗他说“去那里钓鱼”，他就高高兴兴地去了。他住院以后，不知从哪里弄到一根晾衣服的竹竿，再将竹竿架在病房阳台的栏杆上，一站就是半天。康复中心的女护士来给他吃药，他就破口大骂，说人家把他的鲤鱼吓跑了。

去年春天，我还与他一起在城南水库钓过鱼，那时他还没有发病。但现在回忆起来，其实那时也已经有点不对劲了。他在水库边钓鱼，边跟我说包拯的故事。说着说着，他会说：“他就是我的太公。”实在让人诧异。他还说：“先天下之忧而忧，后天下之乐而乐。只有中央的官做到，下面的官很少有人做得到。”我这才明白，他是把“包文正”与“范文正”弄混了。

反正鱼不太上钩，我乐得听他瞎聊，也不去纠正他的错误。反正故事中的对错我也一知半解，谁能肯定他说的就是错的呢？不过还是有几样明显的错我是知道的，譬如，他把“秦香莲”说做“潘金莲”，把“陈世美”说做“黄世仁”。

他曾经很激愤地对我说，包公铡包勉是绝对不应该的。说起来好听，大义灭亲，其实一点人性都没有！叫是叫得亲，“嫂娘，嫂娘”，其实心狠得很，一点良心都没有！就只有那么一个侄儿，为什么不救？不好好教育？为什么一定要铡他？七七八八的罪都是可以胡乱加的，好像只有这样才是清官，狗屁倒灶的清官！亲人都不认，这出戏最恶心！

我说：“他可是你的祖宗呀！”，他毫不含糊地说：“我哪来这种没半点人情味的祖宗？他姓包，我姓范！”

我说：“这是演戏呀！”，他说：“还好是演戏。”

他住院以后，病情也不见好转。康复中心的医生说，这种病是不可逆转的，只能控制病情。

我曾经去看过他，带了一袋香蕉去。他女儿刚给他换好衣服裤子，他已经常常把大便、小便拉在裤子里了。他女儿说，他香蕉不吃的，他会把香蕉乱扔。我问，他喜欢吃什么呢，他女儿说，他总爱吃糖醋鲤鱼，还有生姜腌蟹。但他女儿又不太敢让他多吃，怕他鱼刺卡喉，又怕生姜上火，对他的病不利。于是他就蹬脚大骂他女儿是“阶级敌人”。他女儿很悲哀地说，他已经常常认不得人了，亲人都认不得了。

我也感到非常悲哀。老范一直没理我，我也没说什么话，坐了半个小时光景，就起身告别了。

我走出来的时候，突然听到老范在背后朝我说：“走慢些！”

话很清晰。似乎他此时脑子很清醒。

（2004 年 2 月）

瞎　虎

我父亲讲过一个“瞎虎”的故事。

二十世纪初，青田县境常有老虎出没。

某村，有某富户，家有菜园，菜园傍山。主人在靠山的一面搭了一个南瓜架。用四根杉树作柱子，顶架毛竹，毛竹纵横作许多“井”字形，上面还盖上竹枝，瓜架搭得很扎实。瓜藤爬满架，南瓜花黄黄的，一朵一朵断断续续地开；结出的南瓜，先是绿绿的，慢慢长大了，变成黄黄的，挂在架上，多多的。南瓜人吃不光，用来饲猪。猪圈也在菜园的一角，两头肉猪，滚圆滚圆的。

这一夜，月光如水。

有小孩啼哭。大人说：“莫哭，老虎来啦！”大人是吓唬吓唬小孩的，岂知诳语成真，老虎真的从山上下来了！

“龙从云，虎从风”，山脚梨树林里的梨树叶子沙沙响。狗是连野猪都敢狂吠，但就是害怕虎——家里的狗嗅到有老虎来了，觳觫噤声。

这老虎也许是想到菜园的猪圈里叼猪，它在高磡朝菜园猪圈“虎视眈眈”，然后一声长啸，猛扑下来……

这一扑，却正好扑在南瓜架上！它的四条腿从“井”字形的架子上陷落下去，而它的脖子，还有胸腹，却被瓜架的毛竹卡了个牢。它痛苦地挣扎，却发不了劲。

脚不踏地，高高架空，兽中之王的威风已荡然无存！

男人们都出来了。人多势众，用石头把这虎砸死了。七手八脚把虎从南瓜架上搬下来，仔细一看，它的一只眼在扑下瓜架时，被竹枝戳了，连眼球都被挑出了半个！还有一只眼呢？——也不知怎么搞的，原先就是有眼无珠。

瞎虎！

瞎 匠

我父亲还讲过一个“瞎匠”的故事。

“瞎匠”是木匠，小名花狗，人都叫他“花狗师傅”。眼睛未瞎之前，是方圆三百里木匠中手艺最拔尖的。这不是说说的，是“比”出来的，真的。同行往往相互不服，不服就比呗。那一年正月，众多的木匠坐在一起，各自数说自己的“代表作”进行评比。有的说，县城“夫人殿”是他造的，雕梁画栋，人见人夸；有的说，县城“忠烈祠”是他造的，肃穆庄严，让人敬意顿生；有的说，小溪水碓是他造的，水流小却“碓头”多，是公认的好水碓；还有的说小镇榨油坊是他造的，轻松榨油，出油率却出奇的高。

“花狗师傅”当然也造过楼台庙宇和水磨风车，但他都没有提这些“业绩”，他只带来了两张长条凳——这种长条凳，是乡村里最常见的，结构简单，一块凳板，四个榫，镶四只凳脚，撑开，从四个方向来看，每两只脚都成“八”字形。“花狗师傅”把这两张长条凳放在众人中间，说：“这两张长条凳是我的。”众位能工巧匠见了这两张凳，粗粗糙糙的，暗自好笑。“花狗师傅”

不慌不忙，把一张凳仰翻在地，把另一张压了上去，阴阳相叠，四脚对四脚，只见对得严丝密缝，毫厘不差！内行人一见就知道这功夫是何等了得，于是公认“花狗师傅”为第一名！

后来，“花狗师傅”眼睛瞎了，不会做了，只在家里坐。

他徒弟的手艺也个个了得。县城“魁星阁”，就是由他的大徒弟接手主造的。

这魁星阁造在瓯江边的突兀山岩上，气势不凡。但是，在木匠即将完工之际，难题来了：屋椽已经钉好，但在盖瓦之前，必须将参差的椽头锯齐；那屋椽是斜溜打滑的，坐在沿口锯椽头，凌空在上，原就是最令人心惊的事，而今魁星阁鹰踞突兀山岩，下临瓯江，百丈深渊，江水滔滔，让你眼花！你如果在自己腰间捆一根“保险索”，当然也就“保险”不怕了，但这样做会叫其他木匠笑话的，会讥讽你没有能耐。

大徒弟只好央求师傅帮助。

“花狗师傅”听了，哈哈大笑，说：“好吧，帮你！”于是带上钢锯，摸索着坐到屋椽沿口，又摸索着把椽头锯了个整整齐齐。众人见了，赞不绝口，齐说：“高明高明！”

“花狗师傅”却说：“什么高明不高明，我是个瞎子，坐在沿口，反正全是摸的，什么危险都看不见，也就什么危险都不怕了！”

番

人都知道凡关于“外国”的，会加上一个“洋”字，譬如洋火、洋油、洋布、洋房、洋葱、洋娃娃、洋铁箱、洋鬼子……其实，还有一个“番”字，也是表示“外国”的。譬如：南瓜，现在农村还有人称“番蒲”，辣椒，称“番椒”，西红柿，称“番茄”……在我的老家青田，银圆叫作“银番钱”，外国叫作“番邦”，外国首领就叫作“番王”，外国人叫作“番人”，把外国女人叫作“番人婆”——有一丝诋毁之意。

我父亲在二十世纪三十年代也是去过“番邦”的，他曾给我讲过一件有意思的事：

青田地方穷，青田人历来出国的多，年轻轻地就出国谋生。根本没有读什么书，说出国就出国，丢下锄头、草刀，轮船舱里一躲，就漂洋过海了。不像今天的人，未出国就先会讲“山口、古德猫腻、古德拜”。

“海外好赚钱哎，一去几十年哎！到老想回家哎，身边无盘缠哎！”有出国混了几年回乡的——又能回得了乡，还算不错，起码积蓄了点“盘缠”——他们说起“番邦”的风情，一副见多识广而洋洋得意的神态，道：“番人同我们自然不一样，比方，我们摇头的时候，番人是缩头。碧眼黄毛，高头大马，却一个个都木头一样，笨得没话说！你和他说青田话，他也听不懂；你和他说温州话，他也听不懂，只晓得缩缩头……番人婆和你叽叽咕咕——你摇摇头她也不懂，你也只好向她缩缩头，她就捉牢你傻笑……”

所谓“缩缩头”者，实乃异俗“耸耸肩”也。

原先，人们只知道番人专会打我们中国，很可恶，很厉害，连慈禧都被赶得“屁夹郎裆”；哪里知道，番人也会打番人，“二战”时，欧洲就打得一团糊糟。

父亲有一很远房的表兄弟，老大叫金星，老二叫小星，老三叫三星，老四叫四星。老大为何不叫“大星”？那是因为家里穷，生个孩子取个名字带点“金”气，图个好运。老二为何不叫“二星”？因为生老二的时候还根本不知道会生老三、老四，名字取个“小星”就算了。就是这个“小星”，十八岁就跑出国了，十多年没有音信；番人二战都打结束了，希特勒都自杀了，他竟“春笋破土”一般，突然钻了出来，从欧洲辗转回了家，还带回一个老婆，是纯种的日耳曼番人婆。

番人婆白得非同寻常，青田人只觉她特别难看、特别可怕，又觉得她特别漂亮、特别迷人。但是大家还是见怪不怪，对她也很和善。也许她名字叫“珍”，因为小星总亲热地叫她“珍”呀“珍”的。但大家都不叫她“珍”，觉得那样叫不习惯，大家都叫她“番人婆”。“番人婆”听了，“缩缩头”，笑笑。

尽管大家也知道叫她“番人婆”实在没有道理，因为她已经是小星的老婆了，但大家总改不了口，总叫“番人婆”。

“番人婆”一点都不怕吃苦，青田人的艰苦生活，她都学着一起过。缝补的衣裳她也穿，番薯丝她也吃，还学会用嘴吹“火筒”生炉灶。就是有一样比较特别，一个女人，会独自一人去河里游泳，她好像特别爱清洁。

她也很勤劳。她会喂猪，会到远远的水井里拎水。她会跟丈夫小星上山砍柴。尽管她不会砍，但她会帮助小星把砍好的柴拢成一堆。小星捆柴，她就在另一头帮着抽绳子。她会屋前屋后忙，她还会把小星父母的衣服拿到河里洗干净，然后晾到屋檐下……

她很聪明。不多时，她就学会了很多青田话。她已经会用青田话亲热地叫丈夫“赛星”，逗得大家哈哈大笑——“赛”，正是不太标准的青田话“小”字的音。她还会用半生不熟的青田话说“吃饭”，说“下雨”，说“好”，说“红衣裳、咸带鱼、抱一下、牙齿痛、水牛牯、白菜、不要、黄昏”等。她甚至还能听得懂地地道道的青田粗话“搗——妮呀——娜！”

大家总觉得不能总叫她“番人婆”，但已叫惯了，总改不了口。

一直到了第二年的深秋，霜风起了。一天，小星和她一起去门前山的岙头挖番薯。还有三星的儿子八宝，也牵了她的衣服一起去了。由于烧过好些草木灰，底肥下得足，番薯老大老大、滚圆滚圆的。她捧起一个个番薯，直叫“好！好！”兴奋得不得了。这番薯虽然最早也是“番”产，但这“薯”原是来自南洋；她在自己的欧洲老家只见过马铃薯。

番薯地头有一株桕树。桕树的叶子已经被霜风染红了。桕树的丫杈上坐了一个马蜂窝。马蜂窝的外面只有一只马蜂在悠悠地爬。八宝也许想欺负那只孤独的马蜂，他抓起一块泥巴扔了过去。这一扔，扔得正着，“轰”地一下，一窝马蜂发了疯地扑了出来！八宝吓傻了！是她冲过去把八宝抱起摔在番薯地沟，肥胖的身躯盖在八宝的身上，而马蜂就朝着她蜇……

后来，小星把她背回了家。她在床上打滚，直哼哼，叫“痛！痛！”

全村的人都来看她。

三星的老婆连夜觅来蛇药，和上雄黄，还有甜酒，给她涂上。

她的头，肿如巴斗。脸也歪了；嘴也歪了；眼睛也张不开了。

三星的老婆涂着涂着，“哇”的一声哭了，抱住她的头，叫：“小嫂！我的小嫂！……”

从此以后，再也没人叫她“番人婆”，都叫她“小嫂”。男的女的，老的少的，都叫她“小嫂”，连七八十岁的老人也叫她“小嫂”。

“小嫂”也用青田话拉长声回答：

“哎——”

（2003 年 10 月）

鼋

鼋，其状如鳖，但比鳖大，大得多。我小时见人用粗绳从鼋的后肢部位穿甲而过，然后两人抬着，像抬筛锣一样，从青田县城街上招摇过市。

俗话说“拦路鳖，三年瘪；拦路鼋，无头冤。”意思是说，谁在岸地遇上鳖或鼋，是倒灶运。我在西乡教书时，曾亲见郑某，路上拣了一只鳖，斤把重，高高兴兴拎回家，叫老婆烧了吃；人说“这种鳖吃不得的”，郑某说“迷信！不吃白不吃！”他吃了，真的生了一场大病。老婆养的一头两百来斤的猪卖了，那钱全治病了，病还不见好。至于遇上鼋呢？那就更有“意思”了。

我老家在青田小溪边。所谓“小溪”是溪的名字，是从景宁流出来的，其实水势并不小。龙泉港与松荫溪在大港头合并后叫“大溪”。小溪与大溪合并后，就是瓯江了。瓯江和瓯江的支流里，过去是尽有米筛一般大的鼋的。

我祖父在小溪边撑船。我父亲小时砍柴、放牛、种田；大了，长力气了，也撑船。但生活总是艰难。青田人漂洋过海出国谋生的很多，我父亲二十出头，也谋划着要去欧洲闯荡。

临出国前一天，父亲还努力为家里多干活。天未亮就起床了，准备去番薯地松土施肥。青田人是以番薯为主粮的，番薯地在溪对岸，要自己划船过去。船是自家的船，停在埠头。父亲背了铲地的耙牙，摸黑就上路了。到得溪边，隐隐约约看到一头猪不像猪的家伙在前面探头缩尾。父亲仔细一看，是一头鼋！父亲当然还不知道有孙叔敖杀两头蛇的故事，他只觉得这倒霉的东西太可恶了，于是就打了它一耙牙！现在电视《西游记》里那猪八戒背的耙，实在是演戏看看的，真打仗是不顶用的；而青田农民的耙牙，何等了得！四个牙齿，每个牙齿长一尺左右，牙尖纯钢，用得锋利雪亮，很威风，极有“杀伤力”。父亲这一耙牙下去，牙齿就从鼋的背甲穿心而过。父亲一脚踩住鼋，将耙牙拔了出来，再顺势一脚将它踢到溪里，就顾自划船过溪去做农活去了。

中午，父亲做完农活回家，回到溪边，竟有四个年轻后生在剖一头大鼋。其中有个是父亲的表哥玉成。玉成表哥说：“一头鼋，不知给谁戳了三个窟窿，我们白捡，运气好！”父亲一看，说：“是我用耙牙挖死的。天还黑，挖歪了，只挖进三个牙齿。”他们说：“好！晚上一起来吃鼋肉！”父亲说：“‘拦路鼋，无头冤’，吃不得吧？”玉成表哥说：“顺口溜，人唱唱的。我们也好重新唱过——拦路鼋，做状元！你要出国了，吃了去发财去！”

父亲晚上就去吃鼋肉了。吃得打嗝，还喝下两碗烧酒。第二天就动身到温州去了，然后到上海，坐海轮，风里雨里，云天万里，漂泊到了莱茵河边！

事后，祖父知道了这回事，就连连叹气；买了一刀肉三块豆腐，到溪边祭拜，还点了三炷高香！

父亲在德国生活了八年，赚了一点钱，回家了。回家后，仍旧种田，仍旧撑船；盼风调雨顺，看潮涨潮落。也经商，做小本生意，卖布，卖盐，有赚，有赔。日本人来时，也跟着逃难，躲飞机、钻防空洞。也躲兵匪，也骂苛捐杂税。颠颠簸簸、起起伏伏艰难谋生，过着一个普通中国老百姓的那种平庸生活。虽然艰苦，但也没有饿死，生活总在继续；其间也生过病，但也没有病死，床上爬起，身板依然硬朗，肌肉依然结实。

解放了，也手举红旗庆祝；社会主义改造了，也积极报名参加合作社……到了 1966 年，无产阶级革命造反派把父亲“揪”了出来，由于他是“海外回归人员”！年轻时到过国外，这还了得？于是“汉奸”“特务”“里通外国”“逃亡地主”等一项项罪名如蛇缠身！天哪！真是平白无故的天大冤枉！

当时，被揪出来的“牛鬼蛇神”都要游街；游街要戴高帽，把罪名写在白色的高帽上。“红卫兵”小将别出心裁，给我父亲戴的居然不是尖尖的高帽，而是一顶特制的“圆顶帽”，帽后两旁还另外加了一对翼翅，其形状宛如古戏

《女驸马》中的那种“状元帽”。

父亲不禁想起了三十多年前的那一天……那天他用耙牙挖死了一头鼋；晚上他还大啃鼋肉……

他想起了俗话“拦路鼋，无头冤”，他还想起玉成表哥说的“拦路鼋，做状元”……

父亲想哭又想笑，是三十多年前的“罪孽”，在三十多年后得到“报应”了吗？

桥头夜话

布袋奶

人叫她“布袋奶”。一双奶，硕大无比，挂荡挂荡，直垂裤腰，状如布袋，因而得名。

她父亲是颇有名气的拳师，她幼时也跟着学过几手拳脚。

她身材魁伟，膂力过人，胆魄超群。村子里有两头公水牛斗打了起来，四角相牴，眼睛发红，男人们都避得远远的；她却捆了一束稻草，点燃了又泼上水，冒一股浓浓青烟，她举了那稻草烟束去熏那斗牛，熏得两头牛流眼泪，然后她敏捷地抓住一头牛的鼻子，牵走了。

她说，这降伏斗牛的方法是她丈夫用过的。她丈夫是一位草药郎中，闯荡江湖，成年在外。家里的事，里里外外都是她做。上山砍柴，下地翻土，她样样会。她还有一个七个月大的儿子，她用一个布兜将儿子裹了，成天背在后背；手头的活，照样做。

春天，她一手扶犁，一手举鞭，一声吆喝，那牛低头犁去，听话极了。儿子伏在母亲背上，头耷拉在母亲肩膀上，呼呼睡，也听话极了。有时，儿子醒了，哭。她知道，儿子想吃奶了，于是一声喝，牛站住了，她便解开衣襟托住自己的奶，往后一甩，正甩在肩头，说：“宝贝别哭了，吃吧！”儿子嘴巴正好衔住奶头，就一个劲吮着奶。于是她又一声喝，牛又顺从地向前走……她竟可以这样喂奶、犁田两不误！

日本人占据县城的时候，她丈夫在城里开了一个草药铺；这时她才知道，自己的丈夫原来是抗日志士。她常替丈夫送信。她把信折叠成一寸见方，而后撩起布袋奶，将信贴在胸前，放下奶，正好将信盖得严严实实。她就这样在敌人的哨卡进进出出，坦坦荡荡，从从容容，万无一失。

只是有一次，险了一些。

那次，她过城门，城门边一个日本兵，握了一把东洋刀，虎视眈眈；还有两个伪兵——就是《沙家浜》中的那种胡传魁的“忠义救国军”——盘查着行人。伪兵为虎作伥，查得很严。她走上去，递上了“良民证”。伪兵打量着她，说：“大脚婆！是共产党吧？”她镇定自若，说：“兄弟，这种玩笑开不得！”一个伪兵贼勾眼，色迷迷地盯住她的胸脯，说：“我的妈呀，是布袋奶哩！……”边说，边耍邪，伸手要摸她的奶。她退了一步，心里急了，因为一封信正藏在她右奶的下面。但她不动声色，说：“你想吃你妈的奶？”边说，边自己主动解开衣裳大襟，露出了一双肥肥白白的布袋奶；那伪兵张大了嘴，傻了。她紧凑了上去，右手撩起自己的左奶，左臂弯勾住那伪兵的后脖颈，将他的头猛扣过来。那伪兵后仰着头，拼命挣扎。但哪里还挣得脱？那头已被扣牢，不能丝毫动弹了；然后，她说：“宝贝，你吃吧！”就将撩起的奶放下盖住他的脸，蒙住了他的鼻子！这情景，另外一个伪兵还有那个日本兵，看得惊呆了。就这样，她把这个伪兵“淹”了足足两分钟，“淹”得他瘫软，小便失了禁，然后才松了手；她边扣大襟衣裳，边笑着说：“请你记记牢，往后别再看见奶就以为是娘！”说罢，就顾自进城了。

事后，有武林高手解释她对付伪兵的这几招套路，道：臂弯勾住对手的脑袋扣在胸前，这叫“白蛇缠葫芦”；布袋奶盖住对手的鼻子，将其“闷杀”，这叫“雪山压顶”；两个连续动作，总体就叫“观音伏魔”……

而在当时，被“观音伏魔”的那伪兵，口吐白沫，半天也回不过神来，伸长了脖子，大口大口地喘气。

另外一个伪兵，似乎有点妒忌，说：“‘宝贝’，奶臊气闻爽了吧？”

那日本兵，也笑嘻嘻地问：“奶的，蜜西蜜西的？”

李二八

这个故事是老林同我说的。老林是福建永春人。

20 世纪 40 年代，老林永春五里镇老家的斜对面有一家理发店。理发店很简洁：一镜、一椅、一炉、一壶、一脸盆与一脸盆架，这些是主件。当然还有辅件：有一毛巾摊在脸盆架上；还有一围披，披搭在椅靠上——是理发店特有的那种，用来围住顾客脖子以防剃下的头发落入脖颈。此外，还有一根长约一尺、宽约两寸的牛皮条，挂在镜子旁边，这是用来篦剃刀的。

理发师傅大约五十来岁，大家叫他“李二伯”。不知这李二伯幼时患过什么毛病，也许就是今人所说的“小儿麻痹症”吧，落下了残疾。他瘸脚，脖颈僵直，挺胸凸背，若要做前后屈的动作非常困难。还好，双手灵便，学会了理发手艺，具备了吃饭的看家本领。李二伯妻子早年亡故，只有一个女儿，长相姣好，父女相依为命。女儿十七八岁了，把炉子移到了店后屋里烧汤热水。没有生意的时候，女儿在屋里做针线；李二伯就站在店门口，毫无自卑之感，剃刀、剪刀、头梳一起插在上衣胸口的袋子里，瘸脚踮地，双手叉腰，威风凛凛，还很高傲的样子，睥视着路人。

老林说，当初自己还以为他姓李，家里排行老二，所以大家叫他“李二伯”；后来读书，认识字了，才知道他大名是“李二八”。 因为他店里的镜子上头有一横幅，曰：李二八店。

等到老林小学快毕业了，坐到“李二八店”里剃头，对着镜子看“李二八店”四个字，不禁又想道：这“李二八店”的谐音不就是“理尔发店”吗？实在太妙了！

但大人们说，这“李二八店”的叫法，另有缘故。

不像今人追求时髦，讲究“美容美发”，当年，女人是绝对不会上理发店的；男人来，也都是剃光头的多。你来李二八店，他会用比别家烫得多的水先给你洗头；你开始会哇哇大叫“这是烫猪啊”，但你最终会被烫得舒舒服服、爽爽快快。洗好头，涮了水，他还用热毛巾把你的头捂好久，然后再掏出剃刀趁腾腾热气给你剃。他不像别的理发师傅，给人剃的时候是一点一点慢慢剃、慢慢刮，手轻如绣花；他身残，屈腰不便，于是理发动作就极其节约，毫不拖泥带水。因为你的头发早已被他的热水烫“软化”了，他瞄准你额前发际起刀，一刀就拉到后脑勺。这样一刀一刀，动作是简洁得不能再简洁，一个头剃下来，连脸都刮干净，你头上的热气尚未散尽，基本上只须花二十八刀！又因为他姓李，所以大家就称他为“李二八”。

李二八的手艺也没有传给女儿，因为那个年代女人是绝对不可能学理发的。也没有带别的徒弟，他的这手绝活别人也学不了。可是店小名气大，生意特别好。

当时，正兵荒马乱。小镇里突然多出许多外乡人，鱼龙混杂，什么样的角色都有。

一天午后，来了一个外地壮汉，模样极似鲁智深，秃顶，仅后脑勺有些许头发；但一脸络腮胡，漆黑浓密。他径自坐在椅子上，往后一靠，翘了腿，说：“给饿（我）整一整！”他这“我”字的吐音，就像小狗被人踩着了尾巴发出的那一声尖叫。他又说：“李二八，威名远播。二十八刀，你真的能给饿头上脸上的毛全整光吗？”李二八一听，来者有些不善，于是竭力忍声吞气，说：“你先坐好，试试看吧。”

李二八的女儿提了水壶从屋里出来，在脸盆里加满汤。此时，壮汉两眼直勾勾，一直盯到女儿回屋。李二八心想“这是一个色鬼”，顺手便将壮汉的头摁到脸盆里泡热汤。壮汉被烫得“哇啦哇啦”乱叫。这时，李二八不禁想起一本戏，叫《打瓜园》，讲的是一个黑大汉，溜进瓜园偷瓜，撞上了瓜园女儿陶三春，黑大汉把陶三春欺负了；陶三春的爸爸叫陶洪，闻声赶来；黑大汉一见，是一个又瘸又驼的糟老头，根本不放在眼里，没想到，三招两式，黑大汉就被糟老头治得瘪瘪服服。

因为壮汉秃顶，主要是对付他的络腮胡。热汤泡罢，李二八就将壮汉按躺到椅子上，热毛巾对折，一把捂到壮汉脸上，只剩下一双眼睛露在外面眨巴眨巴。李二八一边等热毛巾将壮汉的胡须彻底捂软，一边将剃刀在牛皮条上反反复复、上上下下来回篦，他要篦出最锋利的刀刃来。一边篦刀一边睥视壮汉，瘸脚踮地，有如临阵上马跃跃欲试。此时，他竟想起太平天国的名将石达开在起事之前的话：磨刀以待，问天下头颅几许；立马而须，看老夫手段如何！

不多时，李二八觉得那胡须总该捂软了。掀去毛巾，一刀下去，发觉今天遇到真正的对手了——这壮汉的胡须竟然根根有如钢针猬毛！

李二八沉住气，他屈身有些不便，于是就半蹲如骑马，左手掌从壮汉下巴开始向上捋，一直捋到耳鬓，就此将壮汉半边脸皮绷紧，紧如蒙鼓。右手握刀反仄，从下巴开始上剃，一直剃到耳鬓，终于，就像黑土地里刨出了一条新马路。

一刀、两刀、三刀……二十八刀之后，胡须连同后脑勺的那些稀稀拉拉的头发，终于全都被清理干净了。而李二八也觉得自己浃背汗渗渗的，从来都没有经受过这样的疲惫。

壮汉坐在椅子上，对着镜子欣赏自己的"尊容"：镜子里的人居然有些生疏不认识，他居然变成了大雄宝殿里那一尊弥勒佛。壮汉一手摩挲着被刮净了的"青皮"，对这"成果"挑不出丝毫毛病；却也还是丝毫没有起身的意思。半天，他"嘿嘿"两声，说："二十八刀，不多不少，倒也没错。可我秃顶，要打折扣。说好把毛全整光，如今两条眉毛分明还在！"

李二八平静地说："先生不要说笑话。"

壮汉还是不肯起身。说："再掏耳朵！"

李二八说："文明理发，不掏耳朵。"

壮汉说："那么叫你家姑娘出来给我捏肩捶背！"

欺侮到自己的女儿，李二八忍无可忍。但还是沉住气，冷冷地说："我来给先生捏吧！"

壮汉说："老实告诉你吧，我可是泉州城新驻军的团长，今天只身一人微服出来玩玩，碰巧见着了你家姑娘，也是缘分。叫她出来给我捏捏，捏得舒服爽快，赏你一百大洋！"

李二八依然冷冷地说："一百大洋我们穷人消受不起。你只要把这次理发的两个角子钱给我就行！"边说，边扶正壮汉身子，两手搭在他的肩上，又说了声："团长先生坐好了！"说着，李二八的双手虎口叉在壮汉两肩，找准了肩胛上的左右曲垣穴，仁至义尽，再问了一句："团长先生是付清两个角子钱就走呢，还是一定不想走？"那团长不知江湖深浅，依然轻薄地说："我可想死你家姑娘哩！"李二八说："那好啊，看你的福分吧！"随声照穴位只轻轻一捏，那壮汉"哟"的一声，浑身发麻，便再也出不了声了（这"曲垣穴"确实非同小可，今天的许多武打片，那些武林人使的定身术"突突"两下，点的就是这个穴位）。

外地人，总是小觑了福建永春五里镇。这小小五里镇，原是藏龙卧虎之地，有多少武术高手隐姓埋名在此！在清朝顺治年间，这里出了一位人物，叫方七娘，创立了白鹤拳。白鹤拳几经演化，又发展成了咏春拳。咏春拳三百年来长盛不衰，早已流传到了江西、广东和我国香港、台湾地区。那位在美国好莱坞打下一片天下的功夫王子李小龙，原先在香港就投在咏春拳一代宗师叶问的门下当小徒弟。那叶问，原是与霍元甲、黄飞鸿同列的人物，只是不事张扬，儒雅不俗，长衫布鞋，俨然学者。叶问一次与表妹一起在广东佛山参加“秋色盛会”，表妹遭到一军官调戏，叶问上前只一掌就掴翻了那军官。军官恼羞成怒，地上爬起就要从腰间掏手枪！叶问见势，抢前一步，抓住他的手枪用力一捏；放手后，军官发现自己的左轮手枪已无法射击，报废了，因为它的轮芯已被叶问给捏弯了……

李二八何年何月成为咏春拳的高手，谁也不清楚，但今日他左右手都只用了三个指头，才轻轻一捏，团长便翻了白眼，这是明摆的事实。不多时，李二八又在团长后背轻轻拍了两下，团长才还过魂来。这团长，长吁一口气，从椅子上起身，但还是头重脚轻，站立不稳，一个前仆，竟把跟前那面镜子给撞碎了。

团长挣扎站起，说：“师父高人，今天原是我的不是。实话说了，我今天身上分文未带，改天再赔你这镜子……”

李二八挥挥手，说：“得罪你了。你走吧！”

这团长走后，人们围上来说：“大事不好了，团长回泉州，改天带兵来，要把你的理发店踩平了。”

李二八笑笑，说：“不怕。谅他不会。他明白我今天手下留情，饶过他了。此人言语轻薄，可面方唇厚，是厚道的面相，该讲义气的。他还要来向我讨伤筋药哩！”

果真，第二天那团长托人送来十块大洋。李二八回赠了五颗通经活络丸。

李二八买了一面新的大镜子在原处挂上。

过了几天，那团长又托人来说，那通经活络丸效果非凡，现在连旧病肩周炎都被治好了。并且还送来一副对联，贴在了新镜子的两旁。那对联写的是：

虽然为毫末事业；其实是顶上功夫。

横批当然仍旧是“李二八店”。

朱家太婆

此县城很有文化底蕴，古书上称它为“鹤家乡”。县城隔江，再翻越十来里路的山岭，即到朱姓大家。有朱家太婆，生于清季。人白皙，身娇小，会诗书，且身怀祖传绝技。自嫁来朱家之后，总是文静贤淑，和气待人，纵有儿童顽皮碎碗，也从来不打、不骂、不怒，所以太婆之绝技人仅耳闻但未目睹。

满清末造，流寇猖獗。常有七八贼人，破户入室，翻箱倒柜，遇见女眷，强暴作践；遇见男人，绑架敲诈，甚至强迫入伙。因此，稍微富殷的人家，一听风声，即仅携细软与干粮，全家躲逃；留下庭院房屋，任其豪夺。

一次，贼人过江，来势迅速，全家来不及逃跑。太婆处变不惊，吩咐全家老小避到后院，切莫轻易乱动；而自己则打开前院大门，且掇一把竹椅放在前院中央，安坐其上，右手轻摇麦秸扇，淡定似柳下纳凉。贼人汹涌入院，见太婆神闲气定，不禁愕然。贼首谨慎向前，说：“妇人不怕？”太婆说：“怕你何为？”贼首说：“见过老虎抢食吗？”边说边舒猿臂，来拿太婆。太婆喝道：“不得无礼！”边说边伸出左手，骈指向上，朝贼人右腋窝一戳，那贼人应声仆地，口吐白沫，竟不省人事了。众贼急速围了上来，欲作拼杀。太婆依然安坐竹椅，一手摇扇，说：“还不赶快把你们的兄弟抬回去？速速去城南广济堂找文绍大夫治疗，迟了就没命了！”众贼看见头领白眼上翻，出气粗进气细，只好七手八脚抬了他，怏怏离去。

众贼径直把头领抬到城南广济堂。见到一人，美髯飘胸，仙风道骨，一问，正是文绍大夫。于是谎称爬树掏鹊蛋跌伤，恳请治疗。文绍大夫俯身看过后，说：“何必打诳语？此人伤若胭脂红，分明遭了我九妹的‘观音指’，你们惹她何为？她是我师叔的女儿，功夫最是了得。今日之事，还是手下留情，要不，骈指戳在胁边，早已肝脏破裂。现在还好来得早，还有活命。但是右手已经报废了。”原来，贼人的右肩骨已被卸下，连筋都断了！

至此，家人方知道太婆之绝技果然不同凡响。

太婆九十多岁时，依然健朗。可是牙齿已经掉了，只剩一副瘪嘴，平素只爱喝稀粥稠糊。也爱吃水果，但只偏爱樱桃、葡萄之类可以吮汁的水果；香梨、蜜桃之类，必须蒸烂了吃。但若家里炒黄豆，禁不得炒豆喷香，她会抓上一把，然后手撮一粒，自凭两指，捻为齑粉，而后放入嘴中慢慢地抿。

太婆最小的孙女，也长得白皙娇小，相貌绝类太婆，最得太婆喜欢。人们以为太婆会将绝技传授给这最小的孙女，但是太婆说，楚人无罪，怀璧其罪，这小囡脾气急躁，身怀功夫会闯祸的。太婆的绝技始终没有传人。但是，太婆叮咛：“子孙功夫可以不学，但诗书不能不读！”

太婆死于一百零四岁。死前不几日，还在院子里晒太阳，看儿童玩要。

桃花痴

一听“桃花痴”，人往往会猜是痴迷种花的人，甚至会想到犯“花癫”（雅名癔症）的青年女子，抱着一张刘德华的相片大哭大笑……

其实都不是。我们这里是瓯江的源头，“桃花痴”是我们这里一种鱼的名字。

桃花痴个体不太大，一拃多长，很少有超过两拃的。但是有人说，在桃花湾的深潭，有两拃长的桃花痴，谁要是抓得到它，可就有好运咧，走桃花运咧……它鳞很细，阳光下白得耀眼。身子很苗条。嘴巴很大，显得很憨。一双眼睛永远是泪汪汪的，诉说不尽的忧伤。

春天了，桃花开了，几番春雨，涨水了，桃花痴上滩了。泼剌剌、泼剌剌地，是成千上万的桃花痴，那么兴奋，那么焦躁不安，毫无往常从容“鱼贯”的绅士风度，而是急匆匆地，风风火火地，争先恐后地，拼了命上滩！

上滩做什么？上滩恋爱！上滩交配！上滩生儿育女！

不像今天的少男少女，不论地方，河边也好，密林也好，公园的长凳，甚至靠着石桥的栏杆，都可以目中无人地顾自亲热，而这些桃花痴，做这种事，亿万年来都规规矩矩，墨守在滩头！

激流险滩，人们还可以发现一些肚皮翻白死了的桃花痴。是斗死、跌死、撞死、累死？还是急死、气死？谁也说不清。总而言之，桃花痴是泼刺刺痴得惊心动魄！

那年，桃花开过，油菜花正黄，做了一江春水。水田流出的浑水，在桃花湾潭打旋旋。溪岸，陈三与香鹅靠得很紧，坐在老柳桩上。月光漾在水里。他俩满肚子的话，都憋着没有吭。

“菜花黄呀，菜花香哎；小蜜蜂呀，采花忙哎……”溪对岸，传来了悠悠的歌声。那里摆着五十几箱蜜蜂，一个破旧的简易帐篷，住着养蜂人温州佬。养蜂人长年在外，闯荡江湖。静静的夜，这夜半的歌声竟然异样的凄厉。

“三哥，你真这样狠心，要跟他们走？”陈三没有答话，只叹气。

那年月，香鹅娘开出的聘礼对陈三来说，是个天价：两双胶鞋、两套灯芯绒、两件毛线衫、二十斤糖果、六十斤猪肉、六百个馒头、两百块钱，再加一台缝纫机。理由很简单：这一点聘礼都没有，要给别人笑的。

堂堂六尺汉子，掏心掏肺都做得到；可就是掏不出这一点聘礼来。

为了赚点钱，于是跺跺脚，决定跟温州佬一起走南闯北去养蜂。

“泼刺”一声，一尾不知什么鱼飚出桃花湾潭的水面。月光在水里一晃一晃。陈三和香鹅的心乱透了。

“三哥，灯芯绒、毛线衫是我娘要的，我不要！我只要你给我桃花痴……”

陈三觉得自己的心烧得慌。

那年陈三在村里读小学三年级。正好是端午节，那天太阳特别猛，陈三，还有黑皮等一帮小兄弟，偷偷地到桃花湾潭游水。溪水仍旧是冰冰凉的，但是小哥们玩得欢。比赛谁游得远、游得快，比赛钻水底，谁憋气时间长、谁钻得深……向潭中央抛一块石头，看谁能够把它寻回来。正当小哥们玩得天昏地暗，来了小学的周老师，使了最毒辣的一手——把他们的衣服裤子全抱走了。小鸡巴说不值钱就不值钱，但一旦到了有“羞耻感”的年龄，他们一个个光了屁股不敢钻出水面。这时，正好香鹅拔猪草经过，陈三央求她到学校把裤子偷回来。香鹅说：“好是好，可你拿什么赏我？”陈三随口说：“桃花痴。”“多大？”“你要多大？”“两拃！”“两拃就两拃！”于是小哥们“哄”地乐了。黑皮高声宣布：“听好了——只要小三子抓到两拃的桃花痴，香鹅就要归小三子做老婆啦！”

……一想起童年的景象，陈三心口就怦怦跳得凶。

“三哥，我只要桃花痴，你还欠我桃花痴咧……”

桃花又不知开了几回，桃花痴又不知泼刺刺上了几回滩。

桃花湾潭还是那个潭呀，老柳桩还是那个桩。陈三孤身坐在那里。月色真好。

“天皇皇地皇皇，洪山老祖陈贞姑，托塔天王姜太公，各路神仙天兵天将快把东西南北、天边地角游魂走魄赶回来哎——”陈三听见了，这是自己那瞎了眼睛的老娘在给儿子叫魂哩。陈三仍旧一动不动木头一样坐在那儿。

月光漾在水里……

当年，陈三一走，就像一块石头落进潭底，杳无声息。

凡是有养蜂人来，香鹅就向他们打听“三哥”。

养蜂人告诉她，凡是有花的地方就有养蜂人，肯定会找到她的“三哥”。

花开花落，陈三终于精疲力竭、憔悴不堪地回来了。

但是香鹅却跟了另外一帮养蜂的温州佬走了。香鹅先是帮他们烧饭，要求他们帮她找“三哥”。风餐露宿，养蜂人是很辛苦的，胡子拉碴、蓬头垢面，常常半个月也顾不上洗一次澡。那天，那个年轻的温州佬抽空到镇上理发刮胡子洗澡，回来时还带了一包肯德鸡、一瓶白烧，说“请客”。香鹅说“不会喝”。温州佬在酒里冲了许多蜂蜜，说“很甜，很好喝”。香鹅试着喝了一口，真的“很甜很好喝”，一点也不呛人。不知喝了多少，香鹅只觉得身子绵软，好像加了酥油的面团，再也撑不牢了。温州佬把香鹅抱进帐篷，说“我就是三哥哩！”后来，这温州佬不养蜂了，钻云穿雾、漂洋过海，把香鹅带到了意大利的米兰，在那里的一家中国餐馆端盘子、洗碗、扫地、擦玻璃。

陈三是刻骨铭心地知道：出门挣钱有多艰难。

“泼刺刺”一声，分明又是桃花痴飚出水面。

“洪山老祖陈贞姑，托塔天王姜太公……”瞎眼老娘叫着魂，叫着叫着呜呜地哭了。她已无法按照传统的叫魂法来叫了。她呜呜地哭：“小三子哎，我的儿哎……儿，你，你，你回来！……”

失了魂的陈三木头一样，此时终于心头一颤，站了起来走回家。

陈三是怎么彻底失的魂呢?

我们这里除了桃花痴，还有一种鱼也很出名，它叫“节斑”。节斑个头也不大，一尾从来不会超过半斤，体形如君子兰的叶片，身上有斑马纹，味道极鲜美。但剖杀它务必十分小心，有如收拾河豚，得把它肚里的鱼子掏洗得干干净净，而且要把掏出的鱼子就地掩埋。要不然，那鱼子，鸡吃了鸡死、猫吃了猫死，剧毒。外地人不明就里，误吃了节斑鱼子，肚子痛得满地打滚，基本上没有解药，会不会死全看他自己的命。这种节斑鱼怎么会这般毒?传说它是白节蛇的情妇!

人们说，陈三是吃了节斑鱼子中了毒损了脑，才失的魂。但又有人说，当地人谁都知道节斑鱼子剧毒，千万吃不得，可陈三就偏偏误吃了，可见他早就失了魂。

黑皮曾经问陈三：“你怨恨香鹅吗?”陈三咬破了嘴唇，半天才说：“是我欠香鹅哩，该她怨恨我!”说了这句话，陈三就再没有开口说别的话了。当天夜里，他就误吃了节斑鱼子。

别人吃了节斑鱼子是满地打滚，哭爹叫娘叫皇天，陈三却半声不哼，躺在床上，紧咬被头，手脚抽筋，冷汗如洗。他死过去了。瞎眼老娘先是呜呜地哭，接着一声撕心裂肺的“我的儿呀”，陈三原先已经紧闭的双眼突然张开，已经僵直的身子突然弹起，他“哇”的一声吐出血水，接着就翻江倒海大吐特吐、大泻特泻。瞎眼老娘又哭又笑：“死了一回了，菩萨保佑，我儿别死了。”

陈三从丰都夜台走了一圈，又摸回来，可是三魂六魄在阎罗十殿或是奈何桥边，真的丢了一魂了，呆呆的，从此以后，哑了，再也没有开口说过话。更不可思议的是，不论是晴、是雨、是寒、是暑，他常常独自背根钓鱼竿，在桃花湾老柳桩上一坐，就像钉子钉死了一样，半天一动不动。这个呆人会钓上青鲦、白鲦、乌鲫、红鲤，会钓上三绺花、翘嘴巴，但就是没有钓上两拃长的桃花痴。人都说陈三太傻了，因为现在溪水太脏，污染越来越厉害，鱼越来越少，哪还钓得上这么大的桃花痴呀。

只有黑皮认为陈三没傻，他只是永不放弃追求。他会很刻板地按照书上介绍的钓鱼秘方精心配制饵料：麸皮二百克、玉米面五十克、黄豆粉二十克、芝麻粉十克、丁香粉两克、鸭蛋黄一只、烧酒半盅、香油两滴……

香鹅娘心里也难过。她对陈三说："孩子，别再傻了。香鹅早就嫁到米兰去了，你再钓到桃花痴也没用。再说，现在也钓不到两拃的桃花痴了。大江小溪，造了多少大坝、水库、电站，桃花痴是很难挣扎洄游产卵了，这种鱼都快绝种了。你就是割了大腿精肉当鱼饵也不见得钓得上呀！"

又是一年的端午节。

都说"端午大过年"，端午节乡下人是很讲究的。家家户户要插菖蒲。菖蒲叶子狭长碧绿，插在大门框上，像一把把宝剑，据说能辟邪。还将雄黄药酒泼在墙根屋角，据说能驱杀五毒。当然还裹糯米粽吃。一般人并不知道屈原的悲壮故事，裹粽子是为了自己和自己的孩子有好吃的。乡下的箬叶来得大，一张有两巴掌阔，粽子也就裹得大。每个粽子足有半斤糯米，还拌有红糖猪油蜜枣，裹得扎扎实实、有棱有角、喷香喷香的。除了吃粽子，还喝酒剥田螺；吃肉丝炒山笋、炒香菇；吃咸鸭蛋；还吃清蒸鲫鱼、红烧猪蹄筋。水蜜桃正成熟，咬一口蜜汁直流……

可陈三好像永远忘不了少时的那个端午节。他一早就失魂落魄地离了家。

黑皮正咬着一个粽子，又听到那瞎眼老人呜呜地哭。黑皮真不忍心见自己儿时的好友这副模样。他走向桃花湾，远远就看见陈三木头一样钉在那老柳桩上。

"小三子呀，我的好兄弟……"黑皮走近了他，简直惊得目瞪口呆：只见儿时的好友穿了条短裤衩，大腿里侧红乎乎糜肉外翻，血水淋漓……

天！真的割大腿精肉钓桃花痴咧，实实在在癫了咧！

青虾、黄鳝、金鳞、银甲各色水族都被诱拢到桃花湾潭，小白鱼噼里啪刺在潭面跳得欢。远处，瞎眼老娘却正在为儿子叫魂，声音凄凉：

"洪山老祖陈贞姑，托塔天王我的儿哎！姜太公快快回家吃粽子噢……"

（2002 年 12 月）

徐景福

有一首诗曰:“烟村十六接平皋,菊米茎青叶不毛。寄远偏珍菊花米,餐英我欲注《离骚》。”

烟村十六,指的是遂昌西乡石练。旧时,西乡石练有“七月会,演大戏,蔡王老佛出巡十六坦”的说法。那“坦”就是“村”的意思。练溪两岸盛产野菊花。秋天,野菊含苞,其蕾圆润,青绿可爱,乡人采之,制成“菊米”,用来泡茶,可以醒脑;用作礼物,可谓上品。这里的野菊蕾还真的与别处有所不同,别处的,表面往往有绒绒白毛,而这里的光滑无毛;别处的颗大,而这里的颗小如米,石练人风雅,竟称之为“菊花米”;别处的气色浓郁冲鼻,而这里的是淡淡的清香爽人;别处的泡了喝,那味道往往苦涩,不好喝,而这里的,是一点点苦,爽口得很,喝后口中会留有一丝丝清凉,真的会让你想起屈子《离骚》中所说的“朝饮木兰之坠露兮,夕餐秋菊之落英”。

现在,遂昌石练的菊花米被当作特产中的特产“开发”了,畅销海内外。而前面的那首“野菊”诗,也好像“量身定做”似的,成了它绝好的广告词,在“遂昌菊米”的所有外包装上,都醒目地印着。

这首诗的作者为晚清人物,姓徐名景福,字介亭。他是遂昌县历史上的最后一位科举进士。他才一百来年前的人,肯定有直系后人在,但至今还没有听说有谁向石练菊花米开发公司的大老板讨广告词的版权费。这位大老板是黄皮肤而且会说遂昌话的比利时籍的资本家,赚遂昌人的大钱,收点这种资本家的广告词版权费本来无可非议,但徐景福的后人好像都没有版权意识。如果换作那位“龙谷”茶的拟名者,早就把这位比利时资本家逼得叫爹了。可见,介亭先生真的是“忠厚传家”,子孙们都很老实。

都说“一方水土养一方人”,忠厚的秉性,实事求是的作风,也许是青山绿水养育的结果。这里千米以上的山峰,连绵皆是;有一脉碧水,名叫“周公源”,汤显祖曾经说“周公源到天”,它从山里泻下,而后汇入钱塘江。这里就是遂昌县最偏远的柘岱口乡——旧时叫茅阳,是两省(闽、浙)四县(遂昌、江山、龙泉、浦城)的纽结处。有人说:“茅阳茅阳,一把汗甩到龙泉,一泡尿飚到江山；山顶一声喊，福建浦城的亲戚就赶过来吃午饭。”山高皇帝远，这里历代是“四不管”的地界，真可算“桃花源里好避秦”，老百姓的日子虽然也清苦，但活得却还自在。道光六年（1826）的某一天，这里一家姓徐的农户，诞下一个男孩，虽然并无“紫云绕屋”之类的吉祥之象，可是亲朋来贺，喜气盈门。婴儿呱呱呱不停地哭，一位老者说：“这个小孩，哭得这么响，光景要当大官哩，长大了是个有福气的人！”于是就给他取名叫“景福”。

徐家并不富裕，仅算温饱之家。景福长得机灵，年幼好玩，骑牛嬉鹅，成天无所事事。穷家养娇子，家里大人也总宠着他。当年也根本谈不上有什么“学前教育”，一直到他十三岁，已经是现在的孩子读中学的年龄了，景福才开始读“人之初”。这以后，大清发生了一连串的大事情，那就是林则徐虎门销烟、两次鸦片战争、长毛造反、湘军东征……而同为晚清但又比景福年长一辈的钱塘人龚自珍，这时振臂呼道：“我劝天公重抖擞，不拘一格降人才！”浙江潮，不可能不波及它的源头，周公源里人徐景福奋发读书，在咸丰八年参加乡试中了举。此时的景福，风华正茂，一意建功立业，为了捍卫乡邦，在家乡办团。他觉得办团不过瘾，还正式参加了绿营军，南征北战，为朝廷立下了汗马功劳。到了同治十年，他已经四十六岁了，竟又考中进士。大清朝便委派他先后到江苏的常熟、太仓、宜兴等县做知县。

摊开中国地图你便知道，常熟、太仓、宜兴一带，正是“长三角”的核心地带。江南鱼米乡，吴越丝竹地，除了“久经考验”四个字，朝廷不知道还出于什么考虑，竟然派了徐景福这个憨厚的原先没有半点官宦背景的“乡巴佬”，到文人骚客辈出的地方做“父母官”。

吴地的河豚，当然算得上天下美味，但是也不是轻易能吃的，它有剧毒，弄不好会吃死人的；只有不怕死的人才吃得有滋有味。徐景福在吴地知县任内，当然吃过河豚；但是更要紧的是他“清保甲、办积谷、修学宫、建书院、设痘局、辑志书”，事情还真做得不少。可这些都是一个地方官员分内的事，所以“地方志”对这些“政绩”也只是泛泛给以肯定。而最突出的是，徐景福这个“乡巴佬”与别的县官最大的不同，是他的办案思想与办案作风——方志里特别记下了这一笔。

别小觑“办案”两字。

《左传》里说：齐国要攻打鲁国，鲁庄公急于应战。一位叫曹刿的人，认为平时那些“肉食者”不足与谋，他自告奋勇为国纾难，他首先问鲁庄公应战的条件。鲁庄公说：“我向来敬神，神会保佑我；我向来爱民，注重民生，人民会支持我。”曹刿说：“小信未孚，小惠未遍，这些都不算数。”鲁庄公想了想，又说：“我断案必以情。”曹刿说：“好！断案必以情，这才真的是关键时刻为民着想，是最要紧的，国家生死关头，老百姓才会真心实意支持你。”果然，后来长勺一战，鲁国打赢了。可见，我们的老祖宗早就认识到“办案”的重要性。所以，处于社会变革期，聪明的统治者，首先要做的就是平反冤假错案；为了维护社会稳定，聪明的统治者，首先要做到的是“司法公正”。千腐败万腐败，在任何时候，在任何社会，司法腐败才是最可怕的败象。

景福在知县任内，曾经遇到过一桩很普通的案子，却把它办得很经典。

那是一位乡绅状告他的弟媳。乡绅说其弟媳失贞，孀居期年，产下一子，有辱门庭，要求予以严惩。景福经过深入了解，得知在这乡绅的弟弟暴病而亡后，弟媳妇守住遗产：三亩土地，两间瓦房，一口水塘，此外还有十株桑树。乡绅对此早有觊觎，而今弟媳孀居期年产子，他正好抓住了把柄，想将她扫地出门，自己便可以吞并她的财产。

寡妇门前是非多。按照《大清律》，寡妇淫乱，轻则扫地出门，重则蹲大牢甚至绞刑。然而，如何来定义“淫乱”？封建社会原是一个吃人的社会，一部《大清律》，尤其对于妇女来说，纯属一部恶法。从情理上，遂昌山里人的儿子徐景福天然地同情这位弱势的寡妇。

徐景福当然也记得自己遂昌家乡那个真实的故事：

苏氏（连名字也没有，可怜的女人！）嫁到了东乡长濂村，做了村里郑廷仪的老婆，给郑廷仪生下了三个男孩。这郑廷仪短命，死了，他死时苏氏才二十七岁。二十七岁呀，正青春年少，却开始守寡了。年轻的寡母，独自扶养三个孤儿，“家计萧疏，纺织针纫佐给”，生活的困难，常人是难以想象的。她谨言慎行，足不出户，一日日地度；独守青灯，辗转反侧，一夜夜地过！终于把三个儿子都拉扯成人了。她居然守了七十二年寡，活到了九十九岁——可见她的身板骨是多么经得起磨难。一个健康的女人，能没有七情六欲的自然需求？她终于博得“操凛冰霜，白首无瑕”的美名。在她九十九岁临死前，儿孙们围在床前，她抖抖嗦嗦从枕头下面摸出一个竹筒，说：“竹筒里装有一千枚铜钱。冬去春来，我守节七十二年，碰到缺粮断炊，碰到凄风恶雨，怎么能不痛苦？看到红花艳艳开，看到蝴蝶翩翩飞，怎么会不伤情？听见蟋蟀蛐蛐鸣，听见母鸡咯咯叫，怎么能无相思？白日，拼命做杂务，忘记所有，可以变得麻木；夜里静静的，月光冰凉，从窗户照进来，我只好独自关紧房门，特意将一竹筒的铜钱倾倒出来，铜钱滚到床底、角落……然后，我也不点灯，趴在地上，一寸一寸摸索，一枚一枚收拾，摸起来放回竹筒。一千枚铜钱，一枚不少，全摸起来装回竹筒，身子也疲乏了，心里也平静了，天也慢慢亮了……最痛苦、最烦躁的时候，这些铜钱我倒了摸、摸了倒，这就是我忍受煎熬的秘方！好啦，现在到头了，以后再也不用摸这铜钱啦！”说完，她就死了。儿孙们把竹筒里的铜钱倾倒出来，哗啦啦一声，如泣如诉，撕心裂肺！一千枚铜钱，枚枚摸得光滑，枚枚深藏幽怨！儿孙们都哭了。

封建社会要求寡妇冰清玉洁，然而要冻灭多少青春之火方能成冰？人性何在？站在徐景福面前的这位乡绅，挺胸歪脖，明明是为了侵吞未亡人的财产，却冠冕堂皇地占领了道德高地，以“孀妇失贞”的名义要把孤儿寡母扫地出门，两个孱弱的生命以后怎么活？天理何在？徐景福曾经写过一篇文章，叫《论治便须识体论》。可惜那文章已佚失，但就从题目来看，景福办案，一心追求的是“识体”。何谓“体”？国之体，民也。古人总是说“民为邦本”，孟夫子讲得很直白，“民为贵，君为轻”。底层老百姓的利益怎可忽视？面对年轻寡妇无助的眼神，徐景福决心要保护这对孤儿寡母。

徐景福拿出了县太爷的威严，问乡绅：“你状告弟媳孀居失贞，抓贼抓赃，捉奸捉双，证据呢？要拿出确确凿凿的证据来！”

乡绅说：“夫死期年产子，难道不是野种？”

景福冷笑道：“不要‘野种野种’说得这么难听。你是读书人出身，应该知道孔老夫子也是他老子与颜氏女子‘野合’出来的——这可是《史记》上明明白白写着的。可《大清律》还没有哪一条明确说期年产子就是野种！”

乡绅被景福一说，结结巴巴支支吾吾，倒一时语塞了。

景福见他语塞，又冷冷说道：“按《大清律》，诬告是要反坐的！”

乡绅头上冷汗都冒出来了。

中国号称是有四大发明的文明古国，可是直到八国联军打进来的时候，我们义和团的勇士还喊着“刀枪不入”，竟然用血肉之躯去抵挡洋枪洋炮。所以，徐景福所处的晚清社会，简直可以说还停留在“科学蛮荒”时期。至于

“DNA 亲子鉴定”，还是现代刚发展起来的世界顶尖科学技术，这乡绅当年哪里可能知道？而景福本人也并不具备先进的生命科学知识，但是，他却可以凭着父母官的身份，高高在上地教育自己的“子民”。

“春来梅花一夜开，可是你看那一树梅子，青的青，黄的黄，能够同时成熟吗？”景福旁征博引，告诉那乡绅，“一般人十月怀胎，但也有人八个月就出生了，而遗腹子期年而生，也是完全可能的事。”景福说：“春秋时，晋惠公逃亡在梁的时候，梁伯把女儿梁嬴嫁给了惠公。梁嬴怀孕了，但是过期迟迟不生。梁伯有些担心，给女儿卜了卦，卦说会生的，还是龙凤胎；后来，梁嬴真的生了一男一女，那男孩就是后来的晋怀公。大家都知道汉武帝吧，他出巡时爱上了一个女子——就是赵婕妤，这赵婕妤怀了孕，一孕竟十四个月，痛苦地地生下孩子，这孩子就是后来的汉昭帝刘弗陵。知道吗？还有那上古的尧帝，也是在母腹中躲了十四个月才出生的，所以赵婕妤生昭帝的那房子，后人就叫“尧母门”。道家始祖是老子，为什么会叫“老子”呢？那是因为他母亲怀他，孕期竟然是九九八十一年，生下来，已是个老婴儿，眉毛都已经是白的了。这些在经史上都有记载，认真读书的人不可能不知道。”

“异人自有异迹。”景福对乡绅说，“延期诞生的，往往是了不起的人物。你家侄儿期年而生，以后可能要为你的家族争得荣耀哩！今天如果亏待了他，不怕他将来报复吗？”

县太爷的一席话，让乡绅鸡啄米一样连连点头。用现在的说法，徐景福并没有深究作强力审判，而是在进行“民事调解”。那乡绅终于心服口服，“被调解”了，最后“撤诉”完事。景福救了这对孤儿寡母。“孀妇案”确实是徐景福在自己官宦生涯中书写得非常精彩的一笔。

前面提到的《论治便须识体论》，具体的内容我们现在无从得知，但就题目而言，我们还可以作这样的理解：所谓“体”就是指国家体制。大清朝，是满族皇帝联合汉族官僚地主以“三纲五常”对中国实行专制统治的封建王朝。体制内的官员只能为体制服务，这样的社会，绝无“民主”可言。徐景福处理“孀妇案”，简直有些滑稽。所以说，它仅仅是个“个例”，因为仅凭个人的力量，是绝对不可能与“体制”抗衡的，尽管当时的大清王朝已经是“风雨飘摇”。景福简直是带着周公源里农民的几分“狡黠”，与严肃的大清“体制”开了一个玩笑。

在封建朝代，想做个好官也实在难。

西晋时，有个人叫张翰，在洛阳做官，官原本做得好好的，但见秋风起，竟想起自己吴中老家的“莼羹鲈脍”，于是就辞官回家了。类似的还不只张翰一人，苏东坡、辛弃疾、陆游都有过这种情绪。还有一个叫戴表元的人，也说过“梦中鲈脍紫莼菜”的话——纵然一时回不了家，做个梦也好呀！徐景福在常熟等县当县太爷，光绪年间，还两次被朝廷任命为江南的乡试考官，期间，当然也做过许多“还乡梦”：他梦见，南下杭州，再溯钱塘江而上，到了浙西南的遂昌县湖山琴淤，就可以追寻到周公源了。“周公源里接闽关，一水迢迢百二湾”，再溯周公源而上，一湾又一湾，弯过百二湾，就可以回到魂绕梦萦的茅阳老家了。

茅阳老家，虽然不见“莼羹”，吃不上阳澄湖大闸蟹，但是也有它自己的特产。周公源有“节斑鱼”，一尾尾，三指宽，一拃长，身有节节黑色斑条，肉质细嫩鲜美，它的味道绝不亚于大闸蟹。此外，还有什么呢？徐景福在他的一首《竹枝词》里写道：“苞萝秋熟玉生光，卓午家家薯蓣香。”看那秋熟的苞萝，颗颗饱满，黄灿灿如玉而生光；那正午烧得香喷喷、可以与苞萝一样当饭吃的“薯蓣”是什么呢？它就是番薯。有一句戏词说：“当官不为民做主，不如回家卖红薯。”在景福，该是“当官不为民做主，不如回家吃红薯。”

家乡的“红薯”可好吃了，那就是闻名遐迩的“黄沙腰烤薯”！

2010 年 3 月 23 日初稿于杭州

2013 年 7 月 1 日修改于遂昌

另类景阳冈

前日，看了一篇汤显祖的《遂昌县灭虎祠记》。剧作家写自己在处州府遂昌县当“县太爷”，亲自率领打虎队到白马山下打老虎，直把人看得浑身发热，豪气顿生！

中国妇孺皆知的打虎英雄自然是《水浒传》里的武松，喝了十八碗酒，跌跌撞撞上了景阳冈，赤手空拳打死了“吊睛白额大虫”。但仔细想一想，武松打虎其实是被动的，他多少带有一点个人英雄主义，不听酒店小二劝告，意气用事，弄得心慌兮兮，还好没有让老虎吃了。但四百年前的汤显祖率队打老虎，却完全是主动的，完全是“为民除害”。他决不像那些公子王孙围猎杀生只为闹着好玩；当然，也不是想要剥一张老虎皮做椅子垫显威摆阔。汤显祖先是听说有老虎从县境的东北方向过来，具体路线不详，但遂昌的东北面是与龙游、金华交界的，那里有一座山，名叫“老虎岩”，有千米之高，这该死的老虎，该不就是从那“老虎岩”过来，大摇大摆地来到自己所辖的县境，还把两个放牛娃咬死了。咬死两个小老百姓，这在一般封建官僚的眼里，真乃屁事，何须大惊小怪？即使人命关天，但“作案”者毕竟是老虎，县太爷完全可以置之不理。封建社会的为官之道是多一事不如少一事，大事化小事；但汤显祖却反其道而行，把小事化大事，竟说老虎咬人是自己的责任，把责任往自己身上揽，深深责问自己：“难道我平时有什么不检点，做错了什么事，老天爷要派老虎来到遂昌吃人，以此惩罚自己？难道是我平时审案糊涂，搞了冤假错案，老天爷故意要让老虎来震醒自己？”汤公真是憨态可掬。然而不管怎么说，老虎作孽，祸害一方，吃了人已是事实，此外还咬死黄牛、咬死猪，弄得我的老百姓不得安生，今天我就要对你老虎不客气。于是汤公就组织了一支打虎队，专门选拔了一些体魄强壮、行动灵活的青年后生，还有一些经验老到的老猎人，再牵上十来条训练有素、敏捷的猎狗，配上精良的刀叉弓箭，装束定当，汤公亲自压阵，出发了。此时的汤公，意气昂扬，他想起了什么呢？也许，他什么也没想；也许，他口中念念有词，正念诵着自己所敬仰的苏东坡的那首《江城子》：“老夫聊发少年狂，左牵黄，右擎苍。锦帽貂裘，千骑卷平冈。为报倾城随太守，亲射虎，看孙郎……”

一行人，过济川桥，经梅溪庵，山风呼呼，再翻过东峰岭头，走走歇歇，到得一个村庄，叫作“叶坞”。那只带头的猎狗，夹了尾巴，“呜呜”低吠，不肯走了。他们一行，就在叶坞住了下来。这叶坞村，就在白马山下，老虎出没是常有的事。汤显祖的打虎队，在叶坞住了十来天，老虎是撞着了，但其威不可迫。平日最凶的那几条猎狗根本不敢上前，远远躲着吓得直尿尿；打虎队员们也不敢贸然下手。

汤显祖是很会做梦的，他就是以《玉茗堂四梦》出名的。这次打虎，他就连做了两个梦。当初，得知有老虎从东北方向来到遂昌县境了，夜里，他就梦见了两个血肉模糊的鬼魂向他呼救。后来，真的发生了老虎咬死两个放牛娃的事。于是，他就到城隍庙祭祀。他对城隍老爷说："我们俩一起管理遂昌，我管人，你管鬼，我们要共同努力，把遂昌管好。如果人杀人，那杀人犯由我管，我把他抓起来判刑偿命。但是现在发生了老虎咬死人的事，都说老虎吃人，是有鬼伥领路指引的，这鬼伥本该由城隍你管，你没有管好，该是你的责任。这老虎原也是天生的，它当然也有在这世界上生活的权利。它是百兽之长、山林之王，它在山林里什么不好吃呢？但千不该万不该，它不该吃人。不管怎么说，虎贵不如人！人，才是大地之主。城隍爷呀，老虎昏了头，难道是你纵容的吗？对不起了，既然你没管好，那就我来管吧——杀人者偿命，天经地义，我要像惩罚杀人凶犯一样来猎杀这些老虎了！"

猎杀老虎在今天是犯法的。我国的"华南虎"如今几近绝迹。前些年，据说在浙江庆元县百山祖的深山老林里发现了几坨疑似华南虎的粪便，我们的野生动物保护者竟兴奋得睡不着觉，还将粪便采样，送去进行 DNA 检测。兴奋之余，我们的野生动物保护者还曾经"理智"地迁怒于四百年前的汤显祖，认为是汤显祖没有把华南虎的老祖宗保护好。我们的野生动物保护者就没有"理智"地想一想，今日华南虎"几近绝迹"的主要原因，乃是人为地破坏了华南虎的天然栖息地，代之森林的是烟囱，你倒叫华南虎怎么活？而汤显祖倒早就认识到"虎亦天生"，认识到老虎本是整个生物链中"天生"的一环，它本有"生"的权利，但当它侵害到了人，人当然也有保护自己不受侵害的权利，当然可以本能地去反抗老虎。现在"国际野生动物保护委员会"的一些虔诚会员，动辄裸奔，做出回归自然状，来表达自己极端的态度。你可以勇敢地脱光衣服裤子振臂高呼"反对猎杀老虎"，但你肯让自己赤条条去喂老虎吗？

汤公率领打虎队到达叶坞村的那一天夜里，又做了一个梦，这次，他梦见城隍老爷了。这城隍老爷，戴了一顶高高的帽子，披了一件长长的袍子，穿了一双软软的靴子，一副忠厚长者的模样，其实，骨子里养尊处优，他银须飘胸，腮帮圆鼓鼓的，不知吃过多少贿赂喝了多少油水。

这城隍老爷竭力阻止汤显祖打虎，而汤公那江西老表的犟脾气又发作了，他瞪着眼，怒气凛凛地与城隍老爷争了起来。天下之大，千古悠悠，敢与神明较劲的有几人？汤显祖与城隍老爷正色相争，憨劲十足。一个说“莫杀”，另一个说“必杀”，争得难分难解，气汹汹地争了一夜。城隍老爷心里也明白，面前的这个人，一犟起来，软硬不吃。这个人，才华横溢，年轻的时候写起文章来就笔锋泼辣尖锐，名气很大；当朝首辅张居正，想罗致天下名士，请汤显祖与自己的儿子同榜科举考试，他居然“嘿嘿”一声拒绝了。后来，大学士申时行想招致他，他屁账都不买。再后来，汤显祖当上了小小的礼部祠祭司主事，竟敢上《论辅臣科臣疏》，要去弹劾搞营私舞弊的申时行，还语涉神宗皇帝本人。城隍老爷心里清楚，这个“犟人”，天不怕地不怕，认准了一条理，九头牛也拉不回来，于是只好说：“好啦好啦，咱俩别争了，咱们再向‘枢密公’请示，问问他的意见看，由他来决定，好吗？”边说边陪笑脸，圆鼓鼓的腮帮一抖一抖，装出一副诚恳亲善友好的模样。

汤显祖可不管三七二十一，仍旧铁青着脸，一副正气。

不过，在叶坞村住了十来天，老虎竟然就在猎人的眼皮底下奔来奔去，有如示威；而你就是奈何它不得。这时，汤显祖终于感悟：想办成功一点事，总有人处处作梗、处处掣肘。想必是这个老奸巨猾的城隍老爷，预先钻到“枢密公”的房间里，叽叽咕咕，不知胡说了一些什么，也不知送了些什么……这枢密公可是管军兵的，动刀动枪的事，都由他管；在这些官僚的眼里，老百姓的命就是不值钱，就是贱；什么“法网恢恢”？老虎成患，都吃人了，但没有得到这些“有关部门”批准，就惩罚不了凶犯。唉！

这天夜里，月光皎皎。一向倔强的汤显祖，为了自己的老百姓，不得不对着月光，焚了一炉香，许下了一个愿：枢密公啊枢密公，请你答应我，让我把那吃人的老虎杀了吧！然后，我将会为你建造一个“灭虎祠”，供上祭品，永远祭祀你！

说也奇怪，刚许罢愿，汤显祖就听到外面人声鼎沸，狗也吠得汹汹，打虎队终于猎杀了一头虎。这虎很大，雄的，拖着根长长的尾巴，都说“虎死留威”，虽然死了，但样子狰狞可怕，还圆睁着眼，嘴里淌着污血。

还有一头母老虎，在附近山梁上吼啸了三天三夜，终于也被打死了。

老百姓感叹不已。汤公终于松了一口气。

因为公务繁忙，汤公一下子没顾上建造“灭虎祠”。才一个来月，县境又发现老虎出没，又弄得老百姓人心惶惶的。

汤显祖想：这个枢密公，真乃小心眼，俗不可耐。许下的愿才个把月没兑现，他就急不可耐，立刻怪罪下来。好好好，灭虎祠马上给你造！

汤显祖纠集了工匠，在县城报愿寺旁边的那棵大枫树下，很快建起了灭虎祠。祠里摆放着一张很结实的樟木香案，还有一个铜香炉。

说也好笑，这灭虎祠一建好，打虎队很快很轻松地又猎杀了十五只老虎，老百姓奔走相告。

汤显祖自然忘不了在灭虎祠里焚香烧纸，再供上一盘香果，还有一碟豆腐干，外加一碗大肥肉……还斟上一杯应该是枢密公很喜爱的老酒。

这以后，县境内的虎患，就再没有听到了。

君子山下，县衙的君子堂里，汤显祖背着手踱来踱去。他思前想后，该为“灭虎祠”写篇铭文。君子堂前槐树荫荫，细细的风吹过，簌簌作响。

那铭文，汤显祖很快就写好了。如果用现代白话文翻译出来，其中有几句话的大概意思是这样的：

高高的山上啊，有老虎还有野猫，

它们都由神管啊，神呀你可要把它们管好！

……

除去了虎患啊，老百姓能够安居乐业，

并不是我的功劳啊，全靠神呀把灾难消灭！

……

带给人世间的灾难啊，其实并不是豺狼与老虎，

仔仔细细想一想啊，全都是世人自己的缘故！

细细的风吹过，槐树簌簌作响。汤显祖想，这铭文将刻在石碑上，然后再将石碑竖在“灭虎祠”里，给神看，也给人看。

那神，当然就是枢密公。

至于还有另外那位城隍老爷呢？

1996 年出版的《遂昌县志》第 759 页，记载道：“城隍庙始建于明洪武年间，历经三次重建，六次扩修。庙内供奉史可法神像，故又称史公祠……城隍老爷是城乡百姓极为崇拜的神灵，常年香火不断。元宵节，城隍庙的祭祀活动尤为热烈。”

哇！原来，我们遂昌县的城隍老爷就是大名鼎鼎的民族英雄史可法，怪不得祭祀热烈、常年香火不断！遂昌的老百姓深明大义，恩怨分明！

然而，再细细一想，史可法乃是在清朝辫子兵血洗扬州时壮烈牺牲的，当然，他只能是牺牲之后，“英魂”才来到遂昌当城隍老爷。而“扬州城破”则是在公元1645年，它标志着南明皇朝的彻底灭亡，离汤显祖于明朝万历年间在遂昌当知县，正好晚了半个世纪了。所以，可以肯定地说，汤显祖当年与之争斗激烈的那位“银须飘胸，腮帮圆鼓鼓的”城隍老爷，已经“离任”了，“走”了，不在遂昌了，已经被民族英雄史可法取而代之了。

那么，那位“腮帮圆鼓鼓的”到底怎么啦？到底为什么会“离任”？为什么会“走”？下场到底如何？难道是被“撤职查办”了？那么，又为什么会被“撤职查办”？……

难道就是被我们犟头犟脑的汤显祖揪住要害而扳倒了吗？

——是的，答案应该是毫无疑问的！

2006年6月29日写于杭州老和山下

鸟　语

炳乾，唐山工作。

不知怎的，这个“乾”字，有时候是没有简化的，譬如说“乾坤”、“乾隆皇帝”的时候；但有的时候又简化为“干”字，譬如说“乾瘪瘪”“咸菜乾”的时候，就写成“干瘪瘪”和“咸菜干”。炳乾说自己的“乾”是“朗朗乾坤的乾”，不能简化。他也知道，一旦简化变成“炳干”，也就会被人说成“饼干”，自己就成了“松松好吃”的了。

这“唐山”也不是“唐山大地震”的“唐山”，而是我们小县城北去八十来里路的一座山。山深林密，炳乾就在山里的林业站工作。炳乾原先是在县城林业局工作的，坐机关的，根本用不着晒太阳。不知何故，一次他歪着脖子顶撞局领导“吃白饭”，这还了得？于是就被放到深山老林“磨性子”来了。

“性本爱丘山”，除了思念老娘，炳乾在这里工作得倒也很安心，工作也不是很吃力，只需收集收集树种，查看查看山林病虫；春天，指导指导一些临时雇用的农民工上山种杉树；冬天砍伐，丈量丈量木材；年终，再向局里写一个总结报告，向自己认为“吃白饭”的人汇报汇报。

林业站离村落两里来路，依山而居，倒也清静。三间平瓦房，办公室、活动室和卧室；边上是小披翼，茅草搭的，作厨房烧饭。有弯弯小泉流过，喝的水随手舀来，十分便利。

卧室小窗外，杂树掩隐。清晨，鸟儿啁啾。炳乾每日总迟迟起床，懒懒地躺在床上听鸟叫。山林，竟是如此之奇妙！

“姐——必求！姐——急必求！急必急必急必求！”

——这是画眉鸟求偶时欢快的鸣叫。

“哥哥！”

——不知是哪头莽撞鸟脆脆地回应。

整个山林热闹着。

但是也不是所有的鸟鸣都是欢快的。猫头鹰春夏秋冬、阴晴风雨会变换着叫声，但都凄厉，极其难听，尤其是当“咕噜咕噜噜”低沉地作“这是我的领地”演说的时候，你似乎听到一个老人痰闭在胸腔里作艰难的喘息，你听不出它的力量，却感受到它的恐惧与痛苦。此时，炳乾似乎听到远在家乡犯哮喘病的老娘，她无奈地呼唤儿子……乌鸦尚且反哺，炳乾没有，他远离了娘亲！

其实，炳乾是有多想娘啊！

开春了，炳乾家乡小河对岸的桕籽树上常有一种小鸟，如雀，躯体棕色，黄眉毛，翅膀羽尖为白色，尾巴一翘一翘的，体态优雅可爱，但神态忧郁可怜。炳乾娘说，它名字叫“徽州鸟”。它尾巴一翘，就叫一声“徽州”。有时，拉长声叫：“娘——徽州！”

炳乾娘说，这种“徽州鸟”是一个穷孩子变的。孩子的爹当兵死了，只剩孤儿寡母，家里太苦了，苦得没米下锅；孩子饿急了，哭，娘就说：“好孩子，娘给你做个饼，烤在这火堆里，你等着，娘去去就来……”于是娘就用田里的泥巴做了一个大大的饼，塞进火堆，就离去了——投河死了。而孩子还傻乎乎地等在火堆旁想吃烤饼，一直等到傍晚，还不见娘回来，于是到处去找，边找边哭边叫“娘——徽州！饼——焦了！”一路尖着嗓子凄凄凉凉地叫，叫着叫着，就变成了一只小小的“徽州鸟”，在河边的柏籽树上，暮色里，揪心地叫“饼焦了”。

当娘亲讲这个故事的时候，炳乾就有一种非常不祥的感受。因为炳乾的父亲也早年去当了兵，至今没有音信，娘给人纳鞋洗衣，母子俩相依为命。当娘说这个故事的时候，炳乾就紧偎着娘，流泪。

现在，炳乾当然知道这只是个故事，但他总还为这个故事流泪。

现在，炳乾也知道，这“徽州鸟”其实就是“鷦鷯”——它的名字犹如它的叫声“焦了”。

我们的祖先给鸟儿取名字的时候，往往就用它的鸣叫声当它的名字。古书上也说过，有一种鸟，白色的爪，红色的喙，是炎帝的女儿变的，会衔石填海，名叫“精卫”，鸣叫之声凄凄厉厉，如自呼其名……

其实，许多鸟都是“鸣叫之声如自呼其名”。

“里里里里”脆生生地叫，这是黄鹂。

“鹊鹊，恰恰恰”欢快地叫，这是喜鹊。

“呜哇——呱啦呱啦”，这是乌鸦，土名就叫“老鸹”。

“吉吉，雀雀”，边叫边有节奏地跳跃，这是山雀。

清明时节，有一种鸟，个头较大，灰颜色，融在雨蒙蒙的天空里，不停地飞，边飞边叫“布谷！布谷！”它就是鹁鸪。

这鹁鸪捉害虫吃；它的叫声诚恳，催人奋进。人都说它好。其实，它是天字第一号不要脸的鸟。它自己不会做窝，也不会孵蛋，但是要传宗接代，怎么办呢？因为它个子较大，于是就会冒充苍鹰之类，突然飞进树林，装出凶神恶煞的样子盘旋。树林里的山雀们都吓得逃走了。于是，它就把自己的蛋偷偷地下在山雀窝里。待山雀回来，也不问三七二十一，只顾继续孵蛋。岂知小鹁鸪却更早出壳，这小鹁鸪也同样是个天然的强盗，它会趁其他小山雀没有出壳之前，就一阵折腾，将它们都扒出窝去摔死，而后自己可以独吞养父母的喂食……

这就是达尔文的“物竞天择”！

当然，生物界的故事也不全是“血淋淋”的，有时，也生动凄美。

那一年，大雪封山，整个唐山都叫雪裹了。树，村落，山，天，搅成一色。炳乾只能躲在林业站里，出不去。还好有现成的干柴，可以烤烤火。外面，鸟兽绝迹。

炳乾就着火炉烤着，莫名的寂寞惆怅，随便寻了本闲书翻着。忽然听得外面似乎有人拍门。这种天气有谁会来呢？炳乾丢下书，去开了门，不见有人。正疑惑间，一头鸟撞了进来。这头鸟已经冻得发抖，站立不稳。炳乾没多思索，就把它捧起，放在火炉边自己刚坐过的凳子上。

外面的雪，还是满天的搅……

好一阵，这鸟周身暖和，开始用喙梳理羽毛。它原是一头很典雅的鸟，个体修长，披着黑羽毛，黑里泛着蓝色的光泽。尖长的喙，橙红色；细长的脚，也是橙红色。后脑披了两片对称的黄色羽毛，会让人想起高傲的女孩子将长长的头发分成左右两束，各扎了一方黄绸帕……它开始飞到桌子上，高高地张望，两眼有神，简直像一身夜行装束的女侠，不可侵犯。

炳乾认得这种鸟，名字叫“鹩哥”——在《红楼梦》之类的小说里，人又叫它“秦吉了”。

在本地的树林山野是极难得见到这种鸟的，它往往是人花大价钱从外地买来，笼养着玩赏。侍候它，就如侍候公主，笼而养之，养而宠之，宠而娇之，娇而骄之——主人往往将它炫耀于人前。

是它的主人出于什么原因把它放了，还是它自己挣脱了牢笼飞了出来？不得而知。也许它本就是一只自然鸟，要闯荡世界，离开父母从自己遥远的故乡飞了出来，飞呀飞呀飞到这里，迷了路，又遇上了大雪天……

古书上说，和鹦哥一样，“秦吉了”也会说人话的。确实，这种鸟很聪明。炳乾小时候在一位远房的四叔公家里见过这种鸟。客人来了，它会说“请喝茶！”客人坐久了，它会冷不丁冒出一句“修锁补铜壶哦！”——它在学那穿街绕巷招揽生意的永康小铜匠的吆喝，会让人笑出眼泪。

今天炳乾见了它，简直是“风雪故人”。

不是鹩哥落难炳乾救助它；而是炳乾落寞鹩哥给他带来了快乐！

炳乾忙乎着，打开食橱找出赤豆，喂这鸟。这鸟也大大方方毫不扭捏，啄了起来。

这鸟在林业站住了下来。

炳乾没有笼它，但宠着它，简直还在讨好它。炳乾特意寻到村子里，觅来鱼干，搓碎了，喂它。炳乾巴结着，想与它说话。可是它不叫、不唱、不说话。它安详地从桌上跳到地下，又从地下飞上橱背。炳乾说："鹩哥鹩哥你为什么不说话？"它就从橱背飞下，跳到炳乾的手上，还是没有说话，只啄他手上剩下的鱼干末。

生活，平添了许多趣味。

这样，过了好多天。

外面的雪融化了。松鼠可以从这棵树的枝头轻松地跳到那棵树的枝头。山林有了更多的生气。一天夜里，炳乾突然听见有野猫的狰狞叫声。第二天，鹩哥不见了。难道被野猫咬了？还是惊吓飞走了？炳乾深怪自己没有把门窗关好。

生活又恢复到原来的单调与平淡。

转眼到了春天。山茶花红艳艳地开，画眉鸟又开始"姐必求姐必求"的唱。

炳乾白天去查看了林区松毛虫的害情，回到林业站，点了煤油灯连夜给县里写害情报告。报告老是没有头绪，写不下去，于是干脆不写了。还不想睡，于是又随手拣了本闲书胡乱翻了一页，心不在焉地看。看了两页，才知道自己看的是《聊斋》。再往下看，居然看见有关"秦吉了"的片段：

（庐陵人）适读书匡山僧寺，夜初就枕，闻窗外有女子声。窥之，见三四女郎席地坐，数婢陈设酒，皆殊色也。一女曰："秦娘子，阿英何不来？"下坐者曰："昨自函谷来，被恶人伤右臂，不能同游，方用恨恨。"一女曰："前宵一梦大恶，今犹汗悸。"下坐者摇手曰："莫道，莫道！今宵姊妹欢会，言之吓人不快。"女笑曰："婢子何胆怯尔尔！便有虎狼衔去耶？若要勿言，须歌一曲，为娘行侑酒。"女低吟曰："闲阶桃花取次开，昨日踏青小约未应乖。嘱咐东邻女伴少待莫相催，着得凤头鞋子即当来。"吟罢，一座无不叹赏。谈笑间，忽一伟丈夫岸然自外入，鹘睛荧荧，其貌狞丑。众啼曰："妖至矣！"仓促哄然，殆如鸟散。惟歌者婀娜不前，被执哀啼，强与支撑。丈夫吼怒，龁手断指，就便嚼食。女郎踣地若死。（庐陵人）怜恻不可复忍，乃急抽剑拔关出，挥之，中股；股落，负痛逃去。（庐陵人）扶女入室，面如尘土，血淋衿袖。验其手，则右拇断矣。裂帛代裹之。女始呻曰："拯命之德，将何以报？"……

后，始知秦吉了即所救丽者也。

看得炳乾神思绵邈，浮想联翩，竟感到自己就是文中那仗义尚侠帮助秦娘子挥剑斩妖的庐陵人……

第二天，炳乾又早早去林区察看松毛虫的害情。竟然心里老念着那一句诗："着得凤头鞋子即当来。"

中午，回站里吃饭，收到县里一份重要通知，要炳乾带上半个月的粮票，立即去县里开会学习。

炳乾扒完中饭，就准备去县里开会，正打点行装，一道黑影突然从窗门闪了进来，他吃了一惊，再看，竟是鹩哥！

炳乾惊呆了。

那鸟熟练地停落在桌上。炳乾伸手引它，它并没有如往日一般飞到他手上，只是抖动了一下羽毛，这原先不鸣、不叫、不唱的鸟，此时却突然开口说了一句话："汇钱汇钱！你娘病哉！"

说完，又向炳乾点了点头，就飞出窗外，眼见它消失在了山林中。

炳乾怅然若失。

于是，炳乾急急离开唐山，火速赶往县城，但不是为了开会，而是向领导请假。领导很客气地问"请假干什么"，炳乾说"回家"；领导说"回家干什么"，炳乾说"看娘"；领导说"是看老婆吧"，炳乾说"我还没有老婆"；领导说"看娘为什么"，炳乾说"有病"；领导说"什么病"，炳乾说"气闭"；领导说"新病还是老病"，炳乾说"老病"；领导说"老病就算了，还是开会要紧"，炳乾说"老病是老病，可是新加重了"。

领导想了想，说："根据什么？"

炳乾也想了想，说："我的一个远房表姐捎的口信。"

领导说："口信无凭。"领导还说，"这次会议很重要，谁都不能请假。"领导又说，"开会是公事，看娘是私事，公事最小的事也是大事，私事最大的事也是小事，小事要服从大事，私事要服从公事，先安心开会再说。"

炳乾想想也是。总不能说为了莫名其妙的鹩哥一句"你娘病哉"就死活要回家。于是，炳乾给娘写了一封信，寄了两百元钱，就"安心开会"了。

但是，会议好像并不重要，领导先做了一个报告，就很客气地要参加会的人向领导“提意见”。炳乾开会也并不“安心”，他老是觉得，一个黑影从窗门闪了进来，向他说“你娘病哉”……他还好像老会听见“饼焦了”，还真真切切地听见老娘的哮喘声，她的痰闭在胸腔，艰难地喘息！于是，他根本不可能“安心”开会，心不在焉！

这次会很怪——以前开会，领导说得多；这次开会，领导一味要大家说，要大家帮领导改进工作，要大家提意见。大家说“没有什么意见”，领导客气地说“什么意见都行”。于是，一些人就搜肠刮肚地寻意见提。连“今年松毛虫比往年多”之类的都作为“意见”提了。领导听得非常专注，还不停地记笔记。

领导也多次要炳乾提意见。炳乾实在无心开会；领导要他发言提意见，他总是摇摇头，甚至还用讨好的眼神看领导，希望领导发恻隐之心准假让他回家看望老娘亲……

会，开了半个多月。

这次会，真的很重要。不过，意想不到的是，会的最后阶段，领导一反“客气”的态度，严厉地对“意见”与提“意见”的人给予了“回击”！后来，那些说“今年松毛虫比往年多”的人都成了影射攻击领导、居心不良、丧心病狂的人，被归为异类划入了另册。

而炳乾，由于什么意见都没有提过，而且当初有关“松毛虫害情”的报告也鬼使神差没有写成，于是又得到了领导的重用，从偏远的唐山林业站调回到县林业局，顶替了那个说“松毛虫多”的人的职务。

转眼又是炎热的盛夏。

县林业局办公大楼外有棵高大的梧桐，梧桐与三楼齐高，而炳乾的办公室就在三楼，开窗就是梧桐的浓荫。知了在浓荫里“知了知了”拼命地叫。炳乾早收到娘亲的回信，说“钱收到了。娘身体好，只是去年冬天有一点气喘。开春了就什么病都好了。”信中还嘱咐炳乾“凡事不能任性，在家听娘的话，在单位就要听领导的话，好好工作，精忠报国。”信中又嘱咐，要炳乾安心工作，娘现在都好，有一位远房的侄女时常会来照看。信最后叮嘱炳乾“今年过年一定要回家！”

好像今年的夏天特别热。炳乾久久地站在窗前吹风，听“知了”。

听着听着，突然感悟——当初在唐山，那撞进窗子的鹩哥，冒了会被野猫咬的生死危险，急急向自己说的并不是“汇钱汇钱！你娘病哉”，而分明是在说："危险危险！你要闭嘴啊！"

"知了"悠悠地鸣叫，夏日的风也是热热的，炳乾一身的汗。

十八娘子

明朝万历年间。

浙江处州遂昌县白马山下，某小村庄叫"李家山"，住有母女俩，以种麻织布为生。这种麻布人称"夏布"，精细耐磨，挺括爽身。有温州商人来收购，而后甚至远销南洋。因姓李，人称女儿为"十八娘子"。十八娘子正十八九岁，虽不漂亮，但聪明机灵，落落大方，气质非凡。

十八娘子的父亲原是猎人，遇上乌獐黄麂，百发百中。可是，一次打猎，不幸失足山崖，死了。

这日正好是父亲周年忌日。母女俩没有织布，杀了一只公鸡，烧了一盘豆腐，斟上一壶糯米红酒，点上香烛，流泪祭奠。

祭罢，母亲过于伤心，十八娘子就安排她早早睡了。十八娘子进到自己的房间，打开东窗，但见天色如水，新月如钩，不禁思绪绵邈。她又往灯盏里添满了青油，呆坐着。似睡非睡间，忽见父亲走进房来……

父亲对女儿说，自己打猎，杀生太多，实在不应该，现在追悔莫及。并对女儿说，往后祭奠，千万别再宰杀公鸡，只需豆腐一碟，家酿浊酒一壶，就足够了。父亲又告诉女儿，等一会儿，会有胸部受伤者来，务必好生侍候，为他疗伤……临走，他又指了指高柜，道："上层抽屉里有金创药，乃祖传良方，正用得着。"说罢，就走了。十八娘子觉得奇怪，追出柴门去拉父亲，却拉了一个空。父亲头也没回，飘忽而去。模模糊糊，似乎还自言自语了一句"缘分所系，可为我家续香火也"，就隐入了夜色之中。

十八娘子站在柴门外，叹息良久，抬头一看，新月已经西斜，星斗满天；时为十月，已近夜半，不觉寒意阵阵。她正想回房，忽听得后山松涛如潮起，其声越迫越近；不一会儿，其声自息，又冷寂得令人汗毛直竖。正惊恐间，山边的竹林又飒飒作响，似有人匆匆走来……果然，夜色里，一个汉子手按胸口，痛苦异常，踉跄倒在十八娘子面前，粗声喘息，道："小娘子，救救我……"

十八娘子赶忙将他扶起，搀入房间，让他半卧在床，而后端过青油灯一照，只见一支带羽的短箭，箭镞没入汉子胸口。十八娘子左手按住他的伤口，右手抓住箭柄，闭了眼睛，狠心一拔，把那箭镞拔了出来。那汉子也痛得咧着嘴直哼哼。

箭镞虽已拔出，但是瘀血漆黑，依旧积在胸腔——那箭显然是支毒箭，还好没有射中心脏，也没有射破大血管。但十八娘子知道，毒血不除，仍旧会有生命之虞，于是没多思索，就凑过嘴去，将毒液吸出来，边吸边吐在床前地下，大约吸出了一大碗。汉子也似乎疼痛缓解。十八娘子在高柜抽屉里找出金创药，小心敷在那伤口上。这药也确实神奇，一敷上，汉子竟疼痛立止；伤口虽未痊愈，但已黏合不再流血了。

汉子说："全靠小娘子救了命！再生之恩，不知何以为报！"十八娘子这才看清，这汉子胸毛浓密，胡须满脸，双眼炯炯有神，伟岸异常。十八娘子不禁脸红，在床沿侧坐，结结巴巴问道："大哥怎会如此？"那汉子说："我乃无辜；是一个江西人带了一班人围攻，被他们射伤的。"十八娘子说："你叫什么名字？家住哪里？"汉子说："我是南山人。人都叫我十八相公。"十八娘子心里不禁"咯噔"一下——哪有这样巧的，自己叫"十八娘子"，而眼前此人竟叫"十八相公"！于是自己觉得脸孔发烫，一直烧到脖子，问道："难道大哥也姓李？"十八相公说："我不姓李，我姓吴。不知小妹叫什么名字，他日好寻来报答。"十八娘子说："我，我，我叫十八娘子……"

窗外凉风吹过，簌簌作响；十八娘子想起，该把窗帘挂下。

深更半夜，两个年轻人，言语来去，情思无限。一个半卧在床，另一个坐在床沿为他轻抚伤口，肌肤相触，自然春心荡漾。一个曼语问道："大哥伤口还痛吗？"另一个柔声答道："小妹，不痛了。"

青油灯，灯焰跳抖，摇曳生花……

"疼痛"终于轮到了十八娘子。这是原始的冲动，野性的宣泄，十八相公身强势大，十八娘子感受到一种从未有过的莫名疼痛！原来十八相公鞭粗盈握，竟还生满肉棘。十八娘子吃惊非常！十八相公毫不闪烁，率直道："事已至此，怎可瞒你？我原非人类，我是南山老虎……"

十八相公说，自己虎族有虎十八只，居于南山，原本自由惬意。但是风云突变，横祸飞来——就是那个"江西人"，名字叫汤显祖，他做了遂昌县的县令，兴师动众，搜山打虎，才十来天，老虎就被杀十余只。

世界本是多彩的。浙西南千山万壑，树深林密。种种飞禽走兽，有吃草的，也有吃肉的；攀树的攀树，掘洞的掘洞；大的强健，小的敏捷，生性由天。此消彼长，相生相克，这是很自然的。十八相公还说，由凤阳山、九龙山、白马山等山组成的仙霞山脉，方圆几百里，老虎仅仅十八只，实在并不为多。兴风狂啸，当然威猛；人们往往"谈虎而色变"。这回，县令汤公登堂，听人说有两个放牛的儿童被老虎咬了，认为"虎贵不如人"，就下令灭虎；而真正伤人的老虎，其实是很少的。"山中无老虎，猴子称大王"，如果老虎尽灭，一旦猴子称王，上蹿下跳，为非作歹，对人类的危害，将远远超出老虎，信也不信？其实，在人类社会，争权夺利，钩心斗角，征战杀伐，比自然界惨烈残酷多了。就看看当朝吧——叔侄相残，直臣被割舌剜眼，甚至株连十族，良将被问罪腰斩，忠贞之士被剥皮楦草，悲惨的情状，有谁能说得清楚？……

更可恶的是那些捻着佛珠、念着阿弥陀佛的人，表面慈眉善目，其实是满肚子的淫乱邪恶。邑西尖山广仁寺的阔嘴和尚，胁迫良家妇女，藏之于庙中暗室，还生下孩子。孩子半夜里啼哭，哭声震动了附近村庄。阔嘴和尚怕事情败露，竟生生溺死了孩子。妇人舍不得孩子，就整日哭闹，和尚又杀人灭口，勒死了妇人……这种事，天理能容吗？因为广仁寺半夜小儿啼哭，附近村民已有所闻，事情传出，大家感到蹊跷。阔嘴和尚狡猾无比，就编织故事掩盖真相，妄言道："在广仁寺佛殿墙壁，有人偷偷画了一幅《妇人抱儿喂乳》图。夜里竟有小儿啼哭声，大家感到奇怪。寺僧用笔将乳添入小儿嘴里，后来哭声就没有了。"所谓佛殿墙壁上"妇人喂乳"的图画，酥胸丰乳，其实也是这个阔嘴和尚自己涂的淫画。如此妖孽，还美化自己"佛法无边"，妖言邪说，蛊惑世人，连县令汤公也被骗了！

阔嘴和尚的种种劣迹，我虎族兄弟夜间出行，都知道得清清楚楚。阔嘴和尚竟迁怒我族，于是造谣生非，说："老虎出没，县官无德。"危言耸听，以至于县令汤公一听有老虎出没，也就自责"余德不纯，气之不淑，余刑不清，威之不震”；再听说真有老虎咬人了，就立即下令将我族“绝杀”。风云变色，草木含悲，我虎族哀号悬崖，血染山林；秃贼却木鱼声声，阴谋得逞，在佛前掩嘴偷笑……

正唏嘘间，雄鸡已啼鸣二遍。

十八相公对十八娘子说：“娘子，天快亮了，我要走了，好自珍重！”

十八娘子说：“相公此去，万山隔阻，真不知前途凶险如何……”

十八相公说：“亡命天涯，若能逃过此劫，定将申冤报仇！”

十八娘子说：“陈陈相因，冤冤相报，何时了？”

十八相公说：“汤公本意还是为了他所管辖的老百姓好，为了老百姓安居乐业。他也做了种种‘劝农、兴学、宽刑’的好事。这样清正的官宦，当朝实在难得，我们是绝对不会伤害他的。至于杀生过多，自有天理……”

十八娘子连连点头。

十八相公又说：“汤公原是文曲星下凡，他有《临川四梦》传世。而四梦中的《牡丹亭》，尚在酝酿之中。读书的种子，自有天佑……”

十八娘子似懂非懂，仍连连点头。

十八相公又说：“最可恨的是尖山广仁寺的阔嘴和尚，十恶不赦。秃贼恶贯满盈，定当除之！”

十八相公说得恨起，竟把牙咬得咯咯作响。十八娘子听得心寒，轻轻道：“难道非要见血？”

十八相公说：“我辈啸风遏云，为百兽之王、山林之长，这阔嘴和尚想要苟延残喘，除非遁离山林，化作水族，不由我管！”

正说着，雄鸡又啼了第三遍。

十八相公说：“真的该走了”，就决然离去。十八娘子依依难舍，送到柴门外。十八相公说：“保重了”，就隐入了夜色。

只听得山边竹林飒飒有声；不一会儿，后山松涛阵阵，声如潮起，渐去渐远……此时，星斗皆隐。黎明前，天色居然变得漆黑。“会否就要下雨啊？”十八娘子想着，心神不定，怅然若失！

十八娘子走回房间，无意躺下，坐在床沿。灯焰摇曳，恍恍惚惚，对于这夜里所发生的一切，又都好像如梦如幻，尽在虚无之中……

东窗外，喜鹊叫得很吵，天亮了。

母亲起床了，走进女儿房里，十八娘子还坐在那里发呆。母亲问："昨夜，总听得你房里叽叽咕咕有动静，嘀嘀咕咕有谁说话。不会有什么事吧？"

十八娘子说："哪能呢？屋外风大，母亲听错了……"

十八娘子依然感觉是在梦中，经母亲这么一说，自己更吃惊了。等母亲离去，有意检看床前地下，一摊瘀血分明还在——那是自己替十八相公吸出的胸口毒血！

过了许多天，县城里传来消息：县令汤公，率队打虎，战果赫赫，杀死了十七只；唯一只，带伤逃逸，如今不知去向。十八娘子闻此，不禁欣慰；且又点香南祝，口中喃喃有词。母亲不觉感到奇怪。

还听说，汤公事后也想到"灾由人兴，非虎非豺"，似乎对自己的"灭虎杀生"行为有所追悔。他还叹息"神其罪余"，似乎总担心着神的责罚。过了几个月，汤公最心爱的女儿名字叫詹秀，才七岁，会读书，蹦蹦跳跳，活泼可爱，竟暴病死了；死的前一天，穿一件红衣裳，有如血染。紧接着，他的"七女"也死了，才半岁！接连死了两个女儿，汤公惊异莫名，自然伤心不已。

到了第二年八月，十八娘子居然产下一子，很胖，只是黑了一点，头圆额方，哇哇一哭，声撼山林。母亲知道了真相，又喜、又惊、又忧，去找她的一位堂兄，因为她堂兄是读过书的，就请他拿主意。讲清了情由，叹息道："尚无正式女婿，就有了外孙，岂不给人家笑话？"堂兄向来洒脱通达，听了笑道："好好好，大好！凡夫俗子羡慕都来不及哩，笑什么笑？此种好事，惟天作成！古人不是有'吞珠而孕'和'浸浴而孕'的事吗？我们也不妨就说'从风而孕'……"堂兄随口说出"从风而孕"，很快又联想到《易经》有关"云从龙，风从虎"的说法，不禁拊掌大笑——真是妙绝！于是又给小儿取名为"啸风"。他还说，此事真可以写成传奇，传于后世！

至于邑西尖山广仁寺阔嘴和尚的下场，众说纷纭，莫衷一是。

有人说，汤公打虎后的一个月，阔嘴和尚说他又见到了老虎，那老虎就在广仁寺旁边的山头蹲坐不走，总是对着广仁寺大门眈眈而视。有人说，哪有什么老虎，那无非是一个烂树桩。但是阔嘴和尚竟吓得整日躲在香案之下，不敢出来。即使是香客来了，他也缩在香案底下哆哆嗦嗦，人来缩头，人去探头，就如一只乌龟。

有人说，阔嘴和尚疯了，成天似乎与一个女人在说话，向一个女人苦苦哀求："你就饶了我吧，你就把我当木鱼吧，任你敲打……"

有人说，阔嘴和尚似乎与一位神人说话，说他愿意变成"水族"；但又总是讨价还价，不愿意变鱼、变虾，不愿意永远在水里待着，说那样太憋闷了，有机会最好还可以爬到岸上来玩玩……

在一个雷雨夜，阔嘴和尚突然消失了，不知所踪。

时间长了，人们也不再问阔嘴和尚的事，很快把他忘了。

直到明朝末年，出了一个有名的文学家，名字叫冯梦龙，他编撰了一本《古今谭概》，书中居然记下一则很有趣的事：

丁未年，遂昌县民宋甲，剖一鳖，中有比丘端坐，握摩尼珠，衫履斩然。

人都知道，所谓"比丘"就是和尚。和尚即使化鳖，事经多年，还是没有逃过被"剖"。只是冯梦龙先生没有写明，这个"比丘"，嘴巴不知"阔"否？

2005 年 4 月 2 日　写于杭州亚洲城紫云阁

泰亭闲坐

乔　公

乔公，早年毕业于上海同济大学。毕业后被分配到东北林业设计院做路桥勘测，在兴安岭的原始森林里钻来钻去，把那里的木材运出来建设社会主义。

他说，当时生活实在是异常艰苦，勘察队员除了要背上测量仪器，还要自己带上生活必需品：粮食呀、铺盖卷呀、药品呀……还要带上刀和枪，用于自卫，因为说不定会遇上狼和老虎。最可怕的还是“黑瞎子”——就是黑熊，它力大无穷，站立起来，比人还高，看似笨拙，其实极为敏捷，从树林后面突然闪出，龇着牙，一巴掌就可以把人劈死。

冬天，零下三十来度。天黑了，扫出一块雪地，点上篝火，人就钻进用狍子皮缝制的睡袋里蒙头大睡——那狍子皮毛朝里，人脱得赤条条钻进去，毛茸茸贴着身，才暖和。成天在森林里转，队员们衣服剐破如渔网，又不能洗澡，浑身发臭，头发如兽，胡须如贼，变成怪模怪样。

在北中国的原始森林里，日子长了，你就会知道，最可怕的其实并不是猛兽与寒冷，而是漫无边际的寂寞！七八个勘察队员，清一色的小伙子，白天忙活了之后，围了篝火，讲完了自己的故事，钻进狍子睡袋，接着就是对远方亲人深切的思念与彻夜莫名的烦躁……

乔公终于想明白了当年麦哲伦奉西班牙国王之命率船队环球探险时，途经马里亚纳群岛，他的队员掠杀岛上的土著人时为什么那么凶残——因为，那些男人在茫茫大海上长时间航行后，一个个早已疯狂。

这一夜，令乔公惊奇不已的是，他竟清晰地听见远处传来悠扬的手风琴声……这是多么美妙的琴声呀，又是多么的熟悉！对，就是它——曾经在黄埔江畔的大学校园里让大学生们唱得痴迷的苏联歌曲《喀秋莎》：

正当梨花开遍了天涯，
河上飘着柔曼的轻纱。
喀秋莎站在峻峭的岸上，
歌声好像明媚的春光……

乔公从狍皮睡袋里钻出来，篝火噼啪作响，月色正好，他穿上衣服，循着琴声走去……

如梦似幻，深一脚浅一脚，竟走到了河边。河的另一边就是异国。河面早已经结着厚冰。月光下的冰面，明晃晃的，还映着天上的星星，就像仙境。《喀秋莎》的乐曲正是从对岸传来。正当他踟蹰时，竟看到对岸也有一个与自己一样的人，是天人？乔公简直晕了。对岸的人慢慢移过来了，缥缥缈缈……直到跟前。月光下，乔公看清了，原来是一位美丽的俄罗斯姑娘！乔公嗅到了异族人浓浓的膻气，真切地感受到她呼出的热气喷到自己的脸上，乔公那颗年轻的心禁不住怦怦乱跳，好像要迸出来！

至于怎么被那姑娘大大方方地牵着走过结冰的河面，然后亲亲热热地相拥进入俄罗斯人的帐篷，自己几乎失去知觉而身不由己。隐隐约约能记得的是，那帐篷里好像烤着红红的炭火，比春天还要暖和，姑娘好像还给自己喝过一杯粉红色的液体，以至于立刻全身发烧……

等恢复清醒，却已躺在自己的狍皮睡袋里，仍旧全身酥软，依然有些发烧。勘察队的伙伴端水给他喝，并且追问他“以往是否有梦游的毛病？”乔公烧红了脸，支支吾吾，怎么也说不清楚。

这种事，后来当然还被添油加醋，当成笑话，在勘察队与设计院流传了好久。

等到这事再一次被提起，是在清理阶级队伍运动的时候，组织上很严肃地彻查乔公是否为“苏修特务”，勒令他必须老实交代。为此，乔公蹲了半年“学习班”，接受审查，规定天天要读“毛选”第四卷中的那篇著名的《敦促杜聿明等投降书》：“你们现在已经到了山穷水尽的地步……你们想突围吗？四面八方都是解放军……总归你们的问题是要被解决的。”

当时在“学习班”负责监管乔公的是一位林场的知青，满族姑娘，北京人。她每天“总归”是竭力要解决乔公的问题，喝令乔公“必须如实交代与苏修女特务睡觉”的事情。乔公也总是支支吾吾，说：“那种温柔乡之事，全是做梦哩！你信？”这种“蒙混过关的态度”，把阶级斗争觉悟极高的北京女知青气得“杏目圆瞪”。而女知青发怒的表情，不知为什么，乔公觉得很可爱；并联想到“娇嗔”两个字，乔公真的无法“突围”。

后来，事情当然是不了了之。再后来，乔公离开东北回到了杭州。现在回头想想也好笑，“苏联”也解体了，当初还真的把“苏修”当一回事。

这到底是谁说的话呢——“一位优秀的建筑设计师，必须是一位严谨的经典物理学家，同时又是一位想象丰富的浪漫诗人！”乔公，正其人也。当钱塘江又需要建造更多大桥的时候，这位早年同济大学的高才生，主持设计了其中最美的那座大桥。

大桥造好了，乔公退休年龄也到了。然而又被续聘，又干了许多年。前年，广东南海九江大桥被运沙船一撞，两百多米长的桥面猛然坍塌，造成多人死亡。对此，乔公说，事故可能是管理问题，可能是材料问题，也可能是施工问题，但只要坍塌发生了，桥梁设计师总是要跟着“豆腐渣工程”身败名裂。于是他认为，桥梁设计师肩上的责任实在太重了，自己已经年老昏庸，万一在设计上出点差错，造成的危害是不可想象的。没有他这个老头，年轻人仍然会干好，而且会干得更好。“离开张屠夫，不吃混毛猪”，自己还是彻底退休吧！

现在，他每日定时来爬老和山。有时，他会和妻子一起来。依稀听他说起过，他的妻子是北京人，满族，曾经是下放黑龙江的知青。于是，我们一起爬山的朋友们都怀疑，他妻子是否就是当年负责监管并喝令他老实交代“与苏修女特务睡觉”的那位女知青？但是，为了尊重隐私，我们都不好意思向乔公证询。

深秋，杭州举办烟花节的时候，被霓虹灯装扮得富丽堂皇的钱塘江大桥上空，绚丽缤纷的烟花升起，怒放在夜空，又倒映在水中……乔公无限感慨：真的是人生如梦啊！

老　郭

爬老和山，我认识了老郭。

老郭，杭州灵隐白乐桥人。他是个“大块头”，身高一米八，体重一百公斤，虎背熊腰。他说，年轻时可以提起两百公斤石墩，挑起三百公斤担子。他还说，三包水泥，一百五十公斤重，从灵隐一口气挑上北高峰，根本不用歇一歇。只是，人们觉得有点奇怪：三包水泥，他是怎么摆弄平衡挑起来的呢？

老郭声若洪钟，性格豪爽，爱打抱不平。一次，一帮外来打工的人在白乐桥小菜馆喝酒，三盅下肚，面红耳热，言语冲撞，以至于拳脚相加。一位沧州的彪形大汉把一位江西老表的鼻子都打歪了，还不停手。老郭看不过，上去劝解：“同是打工兄弟，劳苦赚吃，何必相残？”谁知那沧州汉子不但不听劝，反将一股无名火朝老郭喷来，竟抬起脚向老郭的裤裆恶踹。老郭侧身避过，一把抓住沧州汉子的脚脖子，顺势一拽，猛喝道：“你跪下！”那汉子就真的跪地捣蒜般求饶了。那沧州应该是梁山好汉豹子头林冲早年被充军的地方，那下三烂的汉子该是曾被林冲打翻在地的“洪教头”的传人？我们听了老郭自述的这个故事，都很佩服。

那“一拽”何以有如此神威？原来老郭还会“气功”。他小的时候曾拜灵隐寺某大和尚为师，做了灵隐的“俗家弟子”，他师父称他是有“根基”的人，特别培养他。老郭说，师父教他打坐，通过长期修炼，终获正果，现在盘腿坐上个把时辰，就会自觉有一股热气发自丹田，慢慢上升至头顶，而后直冲天花板。大家听了，无不咋舌。

老郭说，他的气是佛家正气，非同凡响。谁有腰椎间盘突出、肩周炎、痛风等，不必吃药，只要他运气发功给你捏拿几下，打通了督脉，包你就好。海洋研究所的老林有颈椎肥大症，老郭就替他捏拿，老林被捏得哇哇叫，说："算了算了，捏得太痛了，这么重的手，吃不消，实在吃不消。"老郭说："治毛病，你还想女人给你搔痒一样爽？怕痛，医不好。"

老郭说，佛家修炼，更重要的是认真念经。说着，他除了"南无阿弥陀佛"之外，还"米米馍馍瓮瓮钵钵"给我们念了一通。我们听不懂，他说："正宗的佛经，你们当然不懂，这是梵音。"老郭告诉我们，这佛经是很灵验的，一次，老和山的路旁松树枝上缠着一条大蛇，黑质而白章，比棒槌还粗，昂头吐信，游人都吓坏了；老郭说"大家不用怕"，于是双手合十，对着那大蛇"米米馍馍"地念《大悲咒》，念着念着，那大蛇居然就乖乖地爬走了。

老林觉得老郭牛逼哄哄，颇不以为然，说："那蛇受惊，本来就要爬走的，并不是你经咒的法力。如果原本无蛇，你念着经咒，能把大蛇乖乖叫出来，这才是你的真本领！"

大家听老林这么一质疑，都盯住老郭，看他还有什么话说。

谁知老郭摇摇头，居然说老林的孽障实在太重了，没救了，"念经把蛇叫来做什么？佛门总是讲究驱邪消灾的，怎么可以引蛇招灾呢？"说得理直气壮，掷地有声。

这老郭，无论气功还是嘴功，都是天下一流，无人能敌。

老 袁

老袁，湖南衡阳人。

他比我年长十来岁，个子矮小，微驼，很瘦，长得很精明，门牙掉了，没有再镶，所以瘪嘴，说话有些漏风，满脸沟壑，身体却极好。我第一次见到他时，是在秦亭。那天爬山，快到秦亭时，一抬头，见一老头坐在秦亭的石凳上，他的脑袋几乎呈九十度侧向一旁，耳朵朝上，一只解放鞋，鞋后跟搁在耳朵上，鞋尖朝上，双手拍着巴掌，随着巴掌的节奏声，那只解放鞋也一抖一抖，上下作颤，总是竖着，并不会倒掉，好像是在演魔术。我吃惊不小！再一细看，那只解放鞋其实就是他的一只脚——他把自己的右脚搁在了自己的右耳朵上，在练功夫哩！歪着头，还得意地斜眼看着别人呼哧呼哧爬山。

近八十岁的人还有这般软功，怎不叫人叹为观止？我上去与他搭话，才知道他有三个儿子，都是大学毕业，很有出息。他小儿子在杭州第七医院当医生，他现在就是和小儿子住在一起。

他原先是农民，身体也是一般般，并不太好，力气也不大。20 世纪“大跃进”时，领袖说“水利是农业的命脉”，于是全中国都大造水库。他去修水库挑泥土，挑不过别人，晚上收工还要挨整挨批。领导问：“别人一担挑两百斤，你为什么只挑一百五？”他说：“我力气小。”领导又追问：“你为什么力气小？”他说：“我身材小。”领导又追问：“你为什么身材小？”他说：“我娘把我生来就小。”领导就说：“那好，你饭也少吃一些。”于是分配给他的饭票也就比别人少，而且少得不成比例，只有别人的一半。于是，他差一点饿死，眼睛陷落成两个深深的窟窿。

他说，“寿命”这个东西很奇怪，身材小、力气小、吃不饱的人，也不一定寿命短；身材粗、力气大、吃得多的人，也不一定寿命长。与他同村的比他身强力壮的人，有许多现在都死了；而身矮力小的他，现在不知怎么的，还活得好好的，而且越活越有味，无病无痛，一点要死的迹象都没有。

他读书不多，文化不高，但天天看报。看《都市快报》，看得很认真，一张报纸看半天，每个字都不放过，有如吃饭，每一粒饭都吞下去，决不浪费，还会对报上的事情发表自己的意见，说得头头是道。

前些天，报纸上有一则新闻，社会反响很大。浙江工业大学一位大三的学生，姓杨，还是班长，二十三岁，天津人。在 2009 年的最后一个晚上，本来学校里要开班长会议，但他没有去参加，约了几个同学，去学校附近德胜路的一些小吃店里转悠，要抓小偷。因为他的一些同学，常在这一带手机失窃，他富有正义感，太痛恨小偷了，他要把小偷抓起来，为民除害。网鱼得鱼，网鸟得鸟；来到华容道，等曹操就来曹操。你说这事怎么会这么巧呀，他们几个大学生，还真的发现一帮小偷行窃，于是就冲上去抓，有几个小偷身手敏捷，挣脱越过马路逃了；杨班长狠命抱住了一个不放。那被抱的小偷说：“你再不放，我一刀捅死你！”小杨不怕威胁，死死不放。那小偷真的抽出刀来捅他肚子。小杨抱着肚子倒下地去。那捅人的小偷逃了。小杨被送到医院，抢救了一个多小时，但没有等到 2010 年元旦的钟声，他就英勇牺牲了。

因为犯了人命案，后来那几个逃走的小偷很快都被警察抓到了。经查明，那个杀人的小偷是甘肃人，二十五岁，也姓杨。

小杨同学死了。网上说，小杨的女友是小杨的同班同学。他们是大一暑假好上的，但后来分手了。很巧，就在出事的当天，他们又决定重归于好。岂知“第二次牵手”还没几个小时，他就死了，他的女友眼睛哭得红肿，说：“你怎么这么傻！”

小杨父母从天津赶来。后续报道不多，但他父母的悲伤我们可想而知。

《都市快报》后来只说，杭州市的领导很重视这事，还授予杨同学“见义勇为积极分子”的称号，并奖励他家十五万元人民币。报纸上还说，小杨同学在自己的博客里留下的最后一句话是：“男人可以没有才，可以没有钱，但不能没有责任感！”好像他早就预感到自己注定会这么死似的。

我们一帮爬山的“山友”，在秦亭一起说起这件事，唏嘘不已，都很感慨，都很敬佩杨同学，并痛骂那小偷。岂料老袁对此事有他独特的看法：“父母叫你念书，你不好好念；学校叫你去开会，你不去开，却去抢警察的饭碗，这算‘责任感’？”

我们说：“小杨可是见义勇为呀！”

老袁说：“真‘见义勇为’当然好。可这个人是和‘相好’分了，又和好了，太开心了吧，特地要去寻个小偷勇为勇为，给‘相好’看看吧？现在好了，你们看，找死了吧？”

我们觉得老袁的思想境界怎么会这么低呢，毕竟是农民思维。但是我们也说不出更有力的话反驳他，只是说：“小偷总是太可恶！抓小偷总是值得赞扬！”

谁知，老袁竟语出惊人：“苦了，穷了，有几个人不当小偷？皇帝都当过小偷哩！朱洪武都当过小偷！他把牛偷了、杀了，牛肉吃了，牛尾巴不好吃，藏到石缝里！”

大家听了，很吃惊。

不过，我倒是想起，好像是在《英烈传》里，真的看到过明太祖少年时干过偷牛的勾当。只是书里还把皇帝神化了：牛主人找来了，少年太祖骗他说牛不见了，是牛自己钻到石壁缝里去了。既然能进去就能出来，牛主人抓住牛尾巴拼命要把牛拉出来，岂知一用力，牛尾巴是拉出来了，却真真切切听见石壁深处牛被拉断了尾巴的痛苦啼叫声……

当过小偷的好像还不只明太祖，刘邦也当过。这在元曲《高祖还乡》里记得明明白白，"还酒债，偷量了豆几斛"，高祖当初是个十足无赖。"窃钩者诛，窃国者侯"嘛，许多居庙堂之高者，也都是先从"窃钩"开始锻炼的。有本事爽爽快快地在印度洋劫持大油轮，有资格与政府官员坐在同一张桌上抽雪茄谈判，那些索马里海盗，就有了本钱说"老子绝对不拿群众一厘一毫"。

老袁还说，"大跃进"的时候，他就偷过队里的苞谷。那时实在饿得慌，大人还好说，小孩是撑不住的，老袁的大儿子才两岁，饿得连哭的声音都轻得像小猫叫，再不弄点吃的，就要饿死了。夜里，老袁去队里的仓库偷了一袋苞谷，正要背出来时撞上民兵连长老宋，老宋带的一条黄狗都扑上来了，老宋却喝回黄狗，一句话不说，装作什么都不知道，牵了黄狗从岔路走开了。后来，在"农业学大寨"的时候，老宋带领大家修机耕路，不幸被一块滚下来的大石头砸死了。老袁带了大儿子到老宋坟头祭拜，老袁失声哭了："好心人不长寿，叫人怎么报答你呀？"

老袁还说，他前年回衡阳，在火车站，一转身，自己的旅行包就不见了，是一个十五六岁的少年拎走的，交给了另外一个人。那另外一个人什么模样没看清，逃了。老袁一把抓住了这个十五六岁的少年，一看，他脸色蜡黄，一双眼睛圆圆大大，水汪汪的……老袁心一软，就放了。还好火车票还在衣袋里。但自己上了火车后，却缺钱买吃的，饿得慌。很久没有这种饥饿的感觉了，这时，他回想起了大跃进时候的那种情景，自然也想起了老宋。他竟有一种怪怪的感觉：今天好像是报了老宋的恩了！……

我们听了老袁说的事，都沉默无语。

过了好久，不知是谁说："小偷杀人了，肯定要枪毙！"

有人说："现在不枪毙，打针了。"

老袁说："大学生把小偷逼成了杀人犯，死两个人！"

在秦亭，老袁的话震惊了几位大学退休的老教授。

老吕就是“见义勇为积极分子”小杨就读的浙工大退休的，他叹息道：“年轻轻的，一个二十三岁，一个二十五岁……他们的父母，以后怎么过？”

都说年轻人是花季，他们才开花哩。但是花一开就败了，尽管也有人赞扬其中有的花曾经开得很灿烂，但它毕竟没有结出果实。开花不是为了灿烂给人看，而是为了实实在在地结果。开花不结果，就是没有尽到它应有的责任。

电子科大退休的老张，曾在美国生活多年。他说，美国警察抓小偷，这小偷本属于社会问题中的小级别，如果把小偷往绝路上逼，那这警察就是犯了渎职罪。

美国人真令人不可思议。他不允许人闯红灯，不允许人乱吐痰，却允许小偷逃跑，甚至还允许他的士兵向敌人投降。朝鲜战场的美军，口袋里都藏有一份官方发的印有多国文字的投降书。奥巴马的竞选对手麦凯恩就当过越南人的俘虏，他并没有英勇就义，窝窝囊囊地活了下来，还差点当上美国总统。令人深思的是，他们这样做，居然成了超级大国，也没有听说他们尽出叛徒；相反，这个国度还不乏英雄烈士。

好好活着，好好过日子，是为自己，也是为别人，这就是一种责任。

冬日融融。“山友”们坐在秦亭，东一句西一句，漫无边际地聊着。老袁又顾自侧着头，把一只脚搭到耳朵上，啪啪啪地击着巴掌，专注地练他的软功。

老袁快八十了，该是人生的冬季了吧？冬季总是会下雪的，雪花飘飘，世界白茫茫很好看。但你千万别以为一下雪冬季就要结束了，冬季还可以下好几场雪哩。到底下几场雪谁也说不准，总之，那最美丽的一场雪还远远没有来！

老乞丐

在杭州古荡菜市场门口，会有许多乞丐。有的拉着板胡，琴声凄苦悠扬；有的会很夸张地突出自己的某种残疾——比方，会将自己的一条细腿吊到脖子上……但到菜场买菜的人，来也匆匆去也匆匆，不可能欣赏琴声；而对那些做出夸张动作并且故意凑到自己面前的乞丐，往往鄙夷甚至厌恶，即使同情，也少有人投以钱币。会投以钱币的，往往是老太婆，而老太婆，也不可能多投，往往是出于信佛之心，想今日“付出好心”，明日会获得“好报”。如有领导要来菜市场“检查视察”，或到了国庆五一等节假日，因为这些乞丐衣衫褴褛“有碍观瞻”，就会有“城管”出来，气势汹汹地将这些乞丐赶走，这些乞丐也就愈加显得可怜了。

相比之下，我想起了一位截然不同的老乞丐……

上半年，在老和山山梁与通往浙江大学山岭的交叉口，他席地盘坐，约六十来岁，略胖，微须，面色红润，抿嘴微笑，毫无自卑自贱之态，甚至显出几分自信与满足。衣服半旧，却不脏；面前置一瓷盘，瓷盘里有大把壹元硬币；身边还放着一个黑色皮革旅行包，一条擦汗用的白毛巾，还有一小包饼干，一瓶“农夫山泉”，毫不掩饰他的“富有”；

看见有成双成对的情侣走过，他会点点头，说“好！生活美满！心想事成！万事如意！”说话很有分寸，不肉麻。此时，男人会很优雅地给钱。每逢浙大年轻学生走过，他会以手加额，说“OK！去哈佛大学！”半句洋话，一副滑稽样，惹得浙大学子哈哈大笑，于是赶紧摸裤兜掏钱。看见爬山锻炼的老年人经过，他会抬抬手，似招似摇，表示并不想要钱，对退休老人来爬山不可能带钱表示理解，但他也会致意问好，说“好！爬山好，身体好！”

他就是以这种态度“经营”，不卑不亢，俨然行乞是正当职业，三十六行之一！

我曾与他攀谈，问：“今天还好吗？”他说：“还行！四五十块钱吧！”我想，这说法可能“留有余地”。我听他有北方口音，问他“哪里人”，他说“山东”。我说“山东是老区呀”，他似有难言之处，就不多说了。我问他“家里还有什么人”，他说“家里还有很多人”。我问他“山东哪里”，他说“山东聊城”。我问“聊城哪里”，更细一点的他又不说了，还反问我“去过山东没有”；我说“只去过泰安与青岛”，他感慨地说“那可是好地方呀！”我说“聊城有武松打老虎的阳谷县啊！”他听了，哈哈大笑。

我还问他到过哪些地方，他告诉我——除了港澳台与西藏，其他大中城市，他几乎都到过。

他很认真地告诉我：浙江真好！杭州真好！

暑期，我回遂昌住了一个多月，再回到杭州，每日去爬老和山，但再没有看到他了。

与我一起爬山的海洋研究二所的老林告诉我，七月初，他还在的。一天，一位浙大的女生，穿一条短裙，被一条无主的大狼狗追得直哭，幸亏这个山东老头在旁边站起拦住了狼狗。他脸带微笑，对狼狗温和地咕噜着“虎！虎！呼噜呼噜——虎！呼噜噜……”说也奇怪，那狼狗就像中了符咒似的，摇摇尾巴，安静下来了。人都说，他是“老江湖”，身怀绝技，还有一副古道热肠，咕噜了几声“虎”，就把凶猛的狼狗唬住了……但是他说，哪里有什么绝技？因为许多人都爱把自己的狗取名为“黑虎”什么的，也许这狗的名字真的就叫“虎”，被瞎叫着了。也许，许多狗，明明是“狗”，却总喜欢听别人称它“虎”，就爱戴高帽；不正是有些人明明是“庸才”，听到别人喊他“专家”，就连眉毛都笑弯了吗？也许……对这种很有敌意的狗，人原本就不该怕，不该逃，你镇定友好地对待它，它肯定会接受的；微笑，是可以消除敌意的！世界上的事总是这样奇妙……

高人哪！

天南地北，不知这位山东老汉，此时浪迹何处！

老 刘

在老和山的亭子里，我认识了老刘。他性情豪爽，健谈，幽默。他是辽宁铁岭人，说起“俺老家”，滔滔不绝。

他是很能干的人。改革开放后，他跑到黑龙江承包了一大片土地，每年可以有六七万块钱的收入，供一个女儿读书，考上大连理工大学，毕业后被爱立信的杭州分公司招聘了，成了白领，年薪有十来万。女儿孝顺，把父母接到杭州玩，已经住了半年多了。

我说："杭州好啊？"

他说："杭州风景好。"

我说："别的呢？"

他说："别的说啥呢？东西贵，夏天热。"

我说："吃的呢？"

他说："吃不惯。"

我说："难道杭州的东西不好吃？"

他说，不是这个意思；反正现在生活好了，就更讲究吃不吃得惯、合不合口味了；从前，困难时期，当然啥都好吃——那时，榆树皮都扒了吃！榆树皮碾了粉，搅成糊吃。小孩不爱吃，吃一口，吐了，大人给他一个"栗凿"："不许糟蹋了'饭'！"吃了那种"饭"，屙出来的屎不臭也不粘；干了，全变粉，风一吹，就吹没了，干干净净！现在可好了，东北啥好吃的没有？杭州的市场也堆着东北大米！而最好的东北大米，你们杭州人还根本没吃到过——锅盖一揭，那才是真正的香咧！

说起"不惯"，他最"不惯"的是杭州话，晚间看杭州电视台"阿六头说新闻"，别人笑倒，他是"说啥"也不懂！他说，东北话好，好懂，北中国，哪儿都一个样，都懂。别说是汉人，东北的满人、蒙人、朝鲜人，说的话都一个样，没有两个样。就是俄罗斯人吧，我们称他为"老毛子"，当年"苏联红军"来东北，见到中国女人，漂亮点的，他们也直了双眼，咧了嘴，"扑噜扑噜猫"，于是生下了许多"二毛子"；现在连"四毛五毛"都有了，根本分不出"他们"了，反正现在长相也一个样了，说的话都一样，都是"俺东北"了；到了北京，大伙儿都一样赶到天安门看升国旗！

我们还说起新近的电视剧《关东女人》。他说，那电视里的事全是真的，从前，东北"胡子"就是多，就是厉害。他还跟我说，从前东北最大的"胡子"就是张作霖。于是又说到"张作霖同吴佩孚打仗"。他说，他也是听"老年人"说的——开打前，双方的官都作"战前动员"，慷慨激昂。

官："俺把他小子干掉！中不中？"

兵："中！"

官："有没有志气？"

兵："有！"

官："有没有信心？"

兵："有！"

官："有没有决心？"

兵："有！"

官："有没有孬种？"

兵："有！"

最后的"有"一出口，大伙儿都乐了。

仗一间歇，双方的兵爬出阵地，凑到一块吸烟对火，还一块唠嗑"你家的媳妇俺家的地"。等"集合号"一响，双方的兵又说"兄弟保重"，各自回到阵地；官一下令"打"，大伙儿撅了屁股，抱了枪，朝天放。

就这样，打了两场"直奉战争"，今天你赢，明天俺赢，总共也没死几个人。当时张作霖和吴佩孚下面的"孬种"们心里捉摸透了——往"大"里说，这是"中国人不打中国人"；往"小"里说，这打仗，争权夺利，其实都是"上面"的事，"上面"不知道哪天又"握手言欢"了，下面"兄弟"的血岂不是白流？

我还问起他，小说《林海雪原》里说的那"东北有三宝，人参貂皮乌拉草"。他一笑，说："那貂皮也不算啥宝，皮袄已经没人穿了，也不知咋整的，现在东北的气候也变暖了，雪也下少了，穿皮袄嫌沉。现在东北人也爱穿羽绒了，轻，照样暖和。至于人参呢，那可真的成宝了，人多了，参没了，野参几乎采光了！原先那茫茫无际的林海都几乎没了——砍了，烧了，光了，整成地了，种东北大米了！

我一听，感慨不已。虽然他没说起乌拉草，但我知道，森林都不存在了，更不用提小草了。那"真正香咧"的东北大米，是真正来之不易啊！

不过，他说："现在东北的'宝'可多嘞。"

我也学着东北腔，侃了一声："啥嘞？"

他说："啥？'笑星'呗！范伟、黄宏、高秀敏、宋丹丹……全是东北人！光俺铁岭，就出了三宝：赵本山、巩汉林、潘长江！你看多逗乐！"

我一听，可不是吗——每年的春节晚会，多少中国人坐在电视机前，被赵本山他们忽悠得哈哈大笑，七颠八倒！

其实，就这老刘，也够逗的……

老　孙

老孙，绍兴人。他“参加革命时间”只差三天，就可以够上“离休”级别。换成别人，会无限遗憾；但是他，想得开，淡然一笑，说：“算了算了！退休金也够用了，吃饭香，睡觉香，天天爬山，身体健康，还求什么呢？”

不久前，中央台新闻说上海“社保基金”案发，许多高官纷纷落马。大家都破口大骂“某些官僚腐败”。老孙说，市场上有一些“红心蛋”，被检测出含有致癌物苏丹红，那是因为养鸭场的老板在饲料里拌了苏丹红，让鸭吃，吃了下红心蛋。这鸭子不得不吃那饲料，“游在江湖，身不由己”，它想下“清白蛋”都不行！老孙还说：“官场上混，想不贪不污也难。千不该万不该，心太贪，贪得太多了。如果少贪点，也就算了。”

大家都笑了：“少贪点是由你老孙说算了就算的？”

人们还谈论现在一些当官的和当老板的，都有“二奶”，甚至还有“七奶八奶”甚至“好几十奶”，说“那是身份的象征”，云云。老孙惊诧莫名，说：“要那么多‘奶’干什么？身体吃不消的！最多搞到‘三奶’为止，我看也就算了！”

大家大笑。老孙见大家笑，他又接着说了一个古代笑话：从前有个皇帝，三宫六院，他根本“忙”不过来。那些宫女，青春压抑，愁眉不展，朱颜凋零，衣带渐宽。皇帝请太医诊疗。太医开了一张药方：钢铁汉子二十条！后来，那些宫女果然“药到病除”，个个红光满面，精神焕发。但皇帝发现宫里蜷缩着一些极其猥琐的人，脸色菜黄，骨瘦如柴，于是问道：“他们是谁？”宫女娇滴滴答道：“是‘药渣’！”老孙的结论是：风流铄金，温柔销骨，“奶”

多了，“铁汉”也成“药渣”！

大家又是大笑，说：“你老孙只读古书，不与时俱进！现在社会发展了，你见到赵本山媚着眼做的广告‘蚁力神’了吗？‘谁用谁知道’，那可是‘神’了，再多‘奶’都不怕。”

老孙听了，直摇头，说：“身体总有一天要搞垮的。”

大家说：“老孙，你‘算了’吧，用不着为他们操心！”

老　李

我是在爬老和山的时候认识老李的，而且与他成了朋友。

老李，金华人。20 世纪 50 年代，大学毕业后分配到省委组织部工作。当年与他同一办公室的人，正常的都做到“副厅级”；甚至还有人做到“副省级”。他原来“起点”应该说也很好，但是，站错了队，接受了审查；后来被下放到农村“劳动”,“等待处理”。幸好政策英明，后来又从农村“抽了上来”，分配到“浙江工大”工作。退休时，他是“副处级”，现在工资与他原来的一些同事比，低了许多。

我们一起爬山的朋友都替老李惋惜。但老李自己却呵呵大笑，说：“身体好，天天爬山，这就是最好！钱多钱少，那是一样的……”

老李还总结出了“人生百岁”的许多“一个样”，说与我们听：

人刚出生时，是白是黑一个样。光着屁股，来到这个世界，哇哇大哭，谁能分辨出那哭声是英语还是汉语？人生而平等！

人到十岁，个子是高是矮一个样。个子高的，不要骄傲；个子矮的，不必气馁。发育有迟早，个子矮的，过两年完全有可能“后来居上”。即使“原封不动”，还应知道，今天高者，明天不一定都成“姚明”；今天矮者，明天也许就是“成龙”！

人到二十岁，家庭出身是贵是贱一个样。古人说“三十而立”，现代社会，二十就应该自立了。到了二十岁，还要依靠“有个好爸爸”，这种人是没有出息的！家里虽然穷一点，但只要自己努力，发愤图强，前途总是光明的。

人到三十岁，闯南闯北一个样。人到三十岁，活得最艰难也最有滋味，是最需要奋斗的年岁。天下之大，哪里的锅灶都是仰天烧。三十岁的人，到哪都一样干一样活，都需要付出艰辛，都可以找到幸福。

人到四十岁，长得俊长得丑一个样。都四十岁的人了，婚姻也稳定了，还在乎什么俊与丑？只有少数特殊职业，用“漂亮”来换饭吃；而长得丑，“情人眼里出西施”“儿不嫌母丑”，照样会有人爱有人敬。所以，到了四十岁的人，如果还要去整容，还要去“拉皮”，那纯是胡扯，出了毛病了！

人到五十岁，学历是高是低一个样。年纪轻的时候，你那本高文凭可以用来找个好工作，讨个好老婆；但到了五十岁，那本“博士”证书压在箱底也褪色了。更何况学历不代表学力，人家看五十岁的人，已不再羡慕你“什么毕业”，而是看你的真本事了。那位和尚出身的明太祖，到五十岁“知了天命”，一呼而令地动山摇，他根本没有读什么书，而天下所有高学历的知识分子，都要拜倒在他的脚下叫“万岁”！

人到六十岁，当官不当官一个样。原先是老百姓，到了六十岁自然还是老百姓，别梦想还会有“乌纱帽”从天上掉到你头上；原先是官，到了六十岁也该退休了。都说“无官一身轻”，还有人唱“咱老百姓呀，真哟么真高兴呀”，而有些官，名义上是“退休”了，却总还没过足官瘾，总想从“幕后”挤到“前台”插插手，不甘心当一个真正的老百姓，何苦哟！

人到七十岁，钱多钱少一个样。七十岁的人，难免血压、血糖、血脂有点高，清心寡欲为妙，大鱼大肉还是少吃点好，那“阿堵物”多了，反而害人。或者，你真的想和“葛朗台”一样，把钱带到“那边”去用？

人到八十岁，白天黑夜一个样。八十岁的人，不管怎么说，“迟暮已至”，夜里睡不着，白日却昏昏然。所以，如果还能保持头脑清醒，你和你的家人，应该特别感恩上苍的厚赐。

人到九十岁，是男是女一个样。九十来岁了，男与女已是“徒有其表”，他们的“实质”差别几乎不存在了。有一位九十多岁的著名“国学大师”，据说还会“老来俏”，总还想那年轻的事，但听他读那“关关雎鸠”，读成了“宽宽去鳅”，因为他牙齿掉光了，嘴也瘪了，漏风了！唉，毕竟“力不从心”了。

人到百岁，是死是活一个样。人能活到一百岁，实在不容易，但是，都一百岁了，他身体的每个零部件也必定磨损得差不多了！巴金是活到一百零一岁的，可是，听说他自己早就不想再活了，是别人需要他活着！心脏虽然还活着，大脑却早就“植物”了。身上有插鼻的管，有输氧的管，有输液的管，还有导尿的管……这位“激流三部曲”的作者，是别人要他活着，于是他也就为别人活着，多么伟大啊！

老李说的这些“人生一个样”，真是让人感慨！能够说出这些“一个样”的老李，是多么与常人“不一样”啊！像他这种“不一样”的人，怪不得原先那么好的“起点”，也被“浪费”掉了。

老李还与我说过一件事，让我惊讶不已。

他退休之后，独自一人，几乎把杭州的山头都爬遍了。一次，从将军山北坡爬，荒径逼仄，披藜而过，突然遇到一个孤坟！只见坟头祭供着两根香蕉、两个糯米团子、一只烤鸡、一瓶汾酒，还有一包“利群”香烟……还有纸灰一地，香烛尚存余烟。看来，那祭坟人前脚刚走，老李后脚就闯来了。老李这才想起，那天正是清明节。老李站在坟前，仔细看了看坟碑，是一个老坟。老李“呜呜呜”地乱叫了几声，不见动静，确信祭坟的人已经走了，于是不管三七二十一，抓起那两根香蕉，几口就把它吃了！那烤鸡是装在快餐盒里的，老李将它重新包好，放进自己随身带的塑料袋里；还有那瓶汾酒，也毫不客气，放进了塑料袋。那糯米团子粘了泥，脏了，于是没要；还有那包香烟，老李原本不会抽烟，也没要。

我说：“没想到，你可是个真正的彻底唯物主义者啊，竟敢在坟头打劫，百无禁忌！”

老李还告诉我，他把烧鸡带回家，骗他老婆说是百年老店“知味观”买的。

我说：“这可是货真价实的坟头‘只鸡斗酒’啊，嫂夫人也被你害苦了！”

老李大笑，说：“比起古代那位‘齐人’，独自偷偷地到人家坟头吃了祭品，回家还要骄其妻妾，我可是好多了！晚餐，我们老夫老妻，斟着汾酒，一同啃得满嘴是油。”

在老李看来，坟头的鸡与店里的鸡，实质是“一个样”的。

豁达狡黠，竟至于此，老李！

老　僧

爬老和山，有幸认识了一人。

他有些谢顶，然而一脸络腮胡却茂盛葱郁，卷而不乱，行为极其洒脱：外套脱了，两袖管拢到肚子前扎一个结，衣襟挂到屁股下方，任其披拂；拄一根桃木杖，那桃木杖仅稍事修削，褐皮依旧，疤节尚存，但早已光溜溜不磨手了，笃！笃！轻轻松松，不紧不慢，上下石阶，悠然南山。

有回下山，我不慎一滑，还好立马刹住。他正在我身后，哈哈大笑，连呼“善哉”，然后问我“贵姓”，我笑答：“免贵姓朱，未撇朱。”

“啊，五百年前是一家！”他说。于是话便多了起来。

后来，在老和山的山道上又一起走了几回，更熟了。

这位“善哉”老本家，是书法大家，颇有一些书法作品被国家博物馆收藏。他的小楷《孙子兵法》印装成册，被国家领导人作为国礼，送给了一位很喜欢搞笑的外国总统。

我是书法外行，没有资格妄评书法。我看过他的许多作品，只觉得他的小楷有一种清纯的美，一如清雅的兰花。

他说，墨池呕血，曾潜心临摹王羲之十八年，但总自觉不满。后来，一次梦中，见一白眉老僧，递给他一根法杖，接过后竟变成一支笔。醒后想想仍觉奇怪。一个多月后，去某名山旅游，进入一古刹，见一打坐的比丘，眉白如雪，竟极似梦中老僧；他诚惶诚恐，上去讨教佛殿楹联书法。那老僧也与他似有夙缘，但避答书理，只谈佛法。临别，那老僧送了他一册黄卷，他以为是佛经；回家翻开，却非佛经，竟是书诀！

此后，他依书诀所教练字，一丝不苟。每次写字，必先洗手焚香，打坐入定，心有静气，胸有成墨，而后润笔挥毫。如此又经十八年。一次书成摊在地板，家中养了多年的一头乌龟，居然爬过来围着墨迹未干的书法作品，转了两圈，探头缩脑，似有所语。于是，他知道到火候了，功夫终于到家了。

他抱了这幅被神龟首肯的作品，又去原先的古刹寻访那老僧。而那寺里现在只是些年轻和尚，他们都说，从来不知道寺里曾经有过眉白如雪的老僧！岂不怪哉！

我问他，那书诀到底说些什么，他笑笑，也不正面回答。他只告诉我，中华文化博大精深，书法无止境，佛法无边；静心研佛，慧眼一开，满世界都是书法作品！譬如今天爬老和山，看这白云流水、飞鸟穿林、树叶飒爽……哪一件不是美妙的书法作品呢？

同样，一枝一叶一菩提，每一幅书法作品，何尝不都是一个世界？

在某一幅狂草作品中，或许你可以体察到那字如其人而戾气十足，狡狯异常，你可以看到“公孙舞剑”，听到旗翻马嘶，甚至嗅到血雨腥风；在某一幅隶书作品中，或许你可以感觉到作者忠厚睿智，堪为治国之栋梁；在某一幅行书作品中，或许你又会如坐小舟，在湖中荡桨，迎面春风……

他说，《独醒杂著》中有载：苏东坡曾与黄山谷论书。苏评黄的字，说黄的行草峻峭有劲，却太瘦，“几如树梢挂蛇”；黄评苏的字，虽然雄奇，却墨浓笔重，“甚似石压蛤蟆”。他们听了互相大笑，认为都切中了彼此的毛病。由于“太瘦”，因此福薄，历经风雨总是坎坷不顺。由于“石压蛤蟆”，因此也总是一贬再贬，屡遭磨难。人的一幅书法作品，竟也冥冥中诠释了他一生的命运！

他还说，书法佛法其实是相通的。你走进佛寺，扑眼而来的横匾“大雄宝殿”，楹联“苦海无边，回头是岸”，全是精妙书法。而后念经谈禅，香烟绕指来，书法佛法，相得益彰。他甚至说得有点莫名其妙：唐僧西天取经，去的是印度。当时的印度是佛教圣地，而今的印度佛教却已衰亡。是什么原因导致佛教衰亡的呢？那是因为印度没有书法！

他真有点像高僧说法。而我领悟不透，也只能怪自己太笨，没有慧心。我讪讪问：“书法佛法既然是相通的，佛法是可以普度众生的，书法呢？”

他又是哈哈大笑。见我悟性实在太差，就不说“玄”的了，只告诉我一件实际的事。

去年，他去看望一位朋友。坐在朋友家客厅里，朋友给他沏了杯碧螺春，便向他叹苦，说长期失眠，看过许多医生，吃过许多药，都不见好。朋友还说，他儿子读书不用功，老考不及格，家庭作业也不做，家里待不住，总是外出闯祸。而他老婆和他母亲三天两头吵架，婆媳关系非常糟糕。朋友真的烦死了，身心俱惫，快崩溃了。朋友向他讨教有何良方。

他说：“善哉！”

他慢悠悠啜下一口茶后，指着客厅里挂的那幅书法作品，说：“你先把它拿下，然后，我再给你写一幅‘良方’。”

朋友不解，说：“你给我写一幅固然好。但这原有的是著名青年书法大师的作品呀……”

他说，那青年书法大师的字，属现代意象派，确是上品。但那作品颇为张狂，近看，每个字都桀骜不驯；远看，整幅作品像一堆碎玻璃。杀伐之气激烈，刀光剑影，再加上书中又有血呀铁呀等内容，这种作品，挂在将军营帐是适合的；但挂在家庭客厅是不宜的。治家，讲究的是平和！

他朋友听了，顿觉醍醐灌顶，马上就把那幅字收了。第二天，朋友换上了他的行书，风格端庄雅正，浑厚温和，是“音可以观”四个字。

说来也真神奇，一个多月之后，他朋友向他千恩万谢，告诉他，儿子进步了，婆媳和好了，长期折磨自己的失眠症也不见了！

我听了他说的这个故事，也很感动。但我始终弄不明白的是，“音可以观”这几个字，怎么就有如此神奇的作用呢？声音是听的，怎么“可以观”呢？

他笑道：声音都可以用眼睛看见了，这是佛学的高级境界！“音可以观”这四个字，其实是一句回文，当你读到“可以观音、以观音可、观音可以”的时候，你想，观音菩萨都坐在你家客厅里整天陪着，家中还有什么灾厄不可以消弭呢？

又玄了!

听他桃木杖“笃笃”地击打石阶，我竟然分明“看见”这书法家原是个敲打木鱼的老僧!

难道我也莫名进入到一个什么样的“高级境界”了?

善哉!

CHAPTER 02

XIAYU

夏雨

云烟片缕

捕鼠记

还住在西街老房子的时候，那里老鼠真多。

西街所有人家的房子都是土木结构，破旧，互相毗连。所以对老鼠来说，来来去去交通极方便，它们就不认谁家是谁家了——“西街老鼠共一家”。

街那一面的老鼠，也完全可以很自由地到街的这一面来。它们不必从街上过——免得“过街老鼠人人喊打”；街道两旁的房子往往会有电线互相拉扯，而老鼠就有本事从电线上爬过来爬过去，很轻松。原来老鼠的四个爪，并不像狗之类的那么缩着勾着，而是可缩可摊，摊开时巴掌很大，还极像猴子的手，很灵敏，所以它爬过电线的时候是用“手”捏住电线的，很稳，很安全。有一天傍晚，我就亲见一只硕大的老鼠，拖了一条比大人的大拇指还粗的尾巴，在电线上爬。起先，孩子们还在下面大喊大叫，吓唬那老鼠；还有人向它扔石块，可是没扔着。而它，竟像走钢丝的杂技演员一样，在电线中间停住，伸下尾巴招摇了两下，然后再抽回尾巴，毫不紧张，从从容容，优哉游哉，爬了过去。于是下面的孩子，还包括大人，都一致鼓起掌来，大声叫“好！”

在人们家里，白天，老鼠也会出来，房里房外蹿，楼上楼下跳。人们也“司空见惯”，知道自己也奈何它不得；老鼠也不必“探头缩脑”，它也知道人们奈何不了它。于是两两默契，相安无事。

在我们家，如果老鼠还只是局限于“咬咬衣柜磨磨牙”，而没有发生下面的事，我们都还会容忍它，与它和平相处。

那年端午节过了，孟珠花了一块钱，买了一对小鸭。鸭是北京鸭，不是我们这里原先的土生水鸭。小鸭子很漂亮，毛茸茸的；走起路来，一摇一摆，头一晃一晃，很可爱。孩子们都很高兴家里有了鸭。这种鸭不必养到水里，在家里就可以养，只要多给它点水喝喝就行。平日里弄些菜帮、涮锅水，若再有点残羹剩饭，小鸭就吃得很满意很快活。熹儿一放学就去挖蚯蚓给它吃，有时还去草地寻蚱蜢给它吃，伺候得公主似的，还记养鸭日记，五天一称，看长了多少，都记上。这种北京鸭长得很快，一个月不到，细毛还未褪尽，粗羽毛才出几根，体重已有两斤光景了。那年头物资紧缺，一年到头都难得吃上肉，于是这一对鸭子就成了我们全家的希望：再过两个月，我们就可以宰了它们改善生活，美美地吃一顿！

谁知，其中一只竟莫名其妙死了，身上血迹斑斑。熹儿捧着它发呆。当然我们也舍不得扔掉它，开水泡了，料理出来吃了。于是只得把希望放在另一只身上。

谁知才过了几天，小儿子冰儿发现另一只鸭把脑袋伸进地板下，还扑腾着。冰儿惊奇地叫我们看。开始我们还觉着好笑：难道它在地板下找着好吃的东西？再看，有点不对劲，它其实是在拼命挣扎，它似乎是想把自己的脑袋拉出来。冰儿以为它的脑袋被地板卡住了，就去帮忙拉，拔河似地拉了几下，只听地板下“吱吱”几声尖叫，有很多的老鼠逃走了，鸭子也拔出来了。鸭子的脑袋已经血肉模糊。一切都明白了，前一只鸭子的死也是老鼠干的好事！简直是匪夷所思，老鼠为什么要这样呢？是因为鸭子平日吃残羹剩饭，侵害了它们的权益了吗？还是它们本性就是如此凶残，合伙想把鸭子拖到地板下谋杀后生吃？

总而言之，两只鸭子都死了。于是，熹儿发誓要报复。

那时正好放暑假了，有的是时间。也许，熹儿正学了鲁迅的《故乡》，他学着闰土雪地捕鸟雀的方法，等大家都午睡了，他一个人在厨房的饭桌下用筷子撑起一个大脚盆，脚盆下撒了点碎米，用根长绳系着筷子拉到远远的躺椅边，他就躺着，一边等候，一边看书。居然真有一只灰兔一样大的老鼠从楼上下来了。中饭后，趁人午睡时，就到饭桌底下寻吃——这是老鼠的作息时间表。万万没想到，该它倒霉，这只灰兔般的老鼠今天入了“彀中”。

于是全家人都牺牲了午睡。因为这只老鼠太大了，我们舍不得把它扔进垃圾桶，我就把它剥了皮，斩了头尾，截去四肢，开膛破肚，掏尽五肝六脏，剩下红红的精肉，竟有一大盘。晚餐，加了辣椒，将它油焖了，再用来滚铜镬（就是“滚火锅”。在我乡，不知何故，把这种小铁锅一概称作“铜镬”）。再配二斤老酒，一家人吃得稀里呼噜。味道实在比原先被它咬死的稚嫩的北京鸭浓多了。

于是全家人都兴奋起来了，特意去买了两个鼠夹，一个鼠笼；父亲又用废弃的热水瓶铁壳，自制了一个鼠笼。轻重武器一齐来，对老鼠进行空前的围剿。

鼠夹结构简单，用一根细钢筋敲扁，锉出一个个齿，弯成“U”形，安在一块长方形的木板上可以灵活扳动，再装上弹簧机关就成。使用时钩上饵料，老鼠来吃，触动机关，U形齿就自动铡下。但老鼠极“鬼”，轻易不会上钩。后来，我们用刚出锅的炸油条当饵料，老鼠就再也抗拒不了这油条的香味了。铡住鼠头，它会即时毙命；但有时是夹住老鼠的一条大腿，它就拖了夹子拼命逃。好在我们已预先将鼠夹用细铁丝吊牢在桌脚，它再拼命也是徒然。它拼命还挣扎不脱的时候，它就“吱吱”高叫，向同伙发出信号。此刻，通常会有十多只大老鼠同时勇敢出现来帮助它。有的帮它拖鼠夹，有的竟会企图去咬断它的大腿，帮它挣脱鼠夹，它的大腿被撕咬得疼痛难忍，它又发疯似地乱咬其他老鼠，把它们赶跑。待一会儿，其他老鼠又照旧围拢，咬它的大腿，它们似乎明白，舍此别无良法；而它又忍不住痛，又把同伙赶跑……如此反复，终不成功——也许，如果后来没有人出面干涉，它们最终还是会成功的。勇敢且富有团队精神的可怜老鼠啊！

被笼子困住的老鼠，虽然烦躁不安，但是一声不吱，一秒也不停息地上钻下钻、前钻后钻、左钻右钻，努力地想撞出一条路来。它是说什么也想不起为什么当初仅为了那么一节油条，糊里糊涂竟一头撞进笼来。现在这节油条还在，但它已没有心思去吃了，只顾拼命去咬笼子，又哪能咬得破铁丝网哟！

这也会让人产生瞬间的怜悯，但一想到那两只北京鸭，我们就毅然决然要处它死刑！我们把笼子整个淹入水里，不出十秒钟，它就没力气了，轻微地挣扎，像电影里潜水员的慢镜头。一会儿，它嘴上洇出的血，如烟雾似地在水里飘开。可怜的灵魂，不知是否懂得忏悔……

后来我们搬到叶坦新家。在新家我们会看见老鼠在屋子下方的小河边蹿来蹿去觅食，它们不太会爬上我们家。即使有时会来我们家“串门”，但见人就逃，不像西街老鼠那样胆大妄为，所以我们也没有去“杀”它们。

抓雀记

这个故事发生在半个世纪前。年轻人听了，也许会觉得荒唐可笑，摇头不信；但在当时，却是严肃正经，决非瓜棚妄语。

那时，有一个载入中国历史的“运动”，叫“除四害”。这里说的“四害”并不是后来说的“四害不除，国无宁日”的“王张江姚”，这里说的“四害”，乃“苍蝇、蚊虫、老鼠、麻雀”是也。

麻雀有何危害呢？当时，著名的大人物郭沫若，就写过一首惊世骇俗的《麻雀诗》，诗中有两句，说：“麻雀麻雀气太阔，吃起米来如风刮……”在郭诗人看来，这麻雀小鸟，本质就像阶级敌人“地主老爷”一般，显威摆阔，饕餮糟蹋我们的粮食。这还了得？于是，上面发出指示，全民动员，要将麻雀坚决彻底地消而灭之！

我们全社会“运动”起来，就像执行战斗任务一样，轰轰烈烈地去捕捉麻雀。当时，我正在县中学读书，我们学校曾经停课三天，把学生组成一支支小分队，“分散出击”，去抓麻雀。学校布置任务，规定数字，限时完成——三天后，每个学生务必上交麻雀脚爪，老师只需清点脚爪，便可记录。

对于我们这些十五六岁的中学生来说，不用读书，实在是太令人高兴了！而且“停课抓麻雀”，实在是太好玩了！只是有一点点担心——怕完不成任务。

我所在的小分队有五个同学，分队长名字叫根明，他说，他的二舅在坑口村招亲，坑口村有座水碓，水碓舂米磨麦，会招来许多的麻雀，去抓，保证完成任务。我们问“到底怎么个抓法呢？”他说：“好办！我们预先埋伏在磨麦房里，先开了窗，等很多的麻雀飞进磨麦房吃麦，我们急速关上门窗，用扫帚，乒乒乓乓一顿乱打，想有多少就有多少。”

根明把我们心说得痒痒的。

但是，他又说：“只是坑口远了一点，有三十多里路，而且是山路，不好走。”

我们说：“不怕！只要有麻雀抓，不怕远，不怕山路。”

于是相约，午后出发，夜宿根明二舅家，第二天就“乒乒乓乓一顿乱打，想有多少就有多少”。

我们大约是午后两点来钟出发的。五个十五六岁的少年，山路虽然难走，但一路嘻嘻哈哈、打打闹闹，走得高兴，一点也不觉得吃力。

正是初冬时令，山上许多树叶都经霜变红，团团簇簇，景色特别的好！

山坡上还有一种灌木，土名叫“乌饭柴”，它结一种果实，粒大如饭，整串整串，深秋成熟，至冬不凋，颜色紫得发乌，所以名为“乌饭”。称其为“饭”，还有一个原因，就是“好吃”：入嘴，沙沙绵绵，酸酸甜甜，实在是味道好极了。我们几个人挡不住“馋”，便爬上山坡，采摘起“乌饭”来了。那乌饭吃得我们满嘴墨黑。吃还不算，我们还想装满衣兜……

磨蹭的时间太长了，分队长根明说：“我们还是快赶路吧！”

我们这才想起，还是赶路要紧。因为冬天，天黑得快，我们连“灯火”也没带，要是天真黑了，这山路，我们可怎么“摸”哦！

但这天，也真黑得快，说黑就黑，不多时真的就黑了！

等路都看不清了，我们就慌了。好在我们人多，好在还有一点点月色，根明带头，我们紧紧相跟。根明说“快了快了，快到了”，但不知“摸”了多久，总是没到。

天一黑，风便冷飕飕的，寒心。

月亮很快也“落山”了，只剩“星光”了，路根本看不清了。似乎听见有野兽在叫，叫得我们汗毛直竖。我们不敢走路外侧，生怕滑下峭壁跌死；尽量往路内侧走，居然又会因此撞进茅草窝荆棘丛。磕磕绊绊地走，前边的树影黑咕隆咚，又有藤条下挂，竟像传说中的吊死鬼。我们一再问根明“快到没有”，根明总是说“快了快了”。但他又自言自语说“奇怪了，那棵村口的糙榧树到哪里去了？”我们心里想，十之八九，他带错路了，但都没有说出口。事已至此，只能跟着他走。

突然，我们看见左前方有灯光，我们还似乎听见水碓轮子“嘎吱嘎吱”的转动声。根明说：“好了，就在那里。”于是我们都兴奋起来了，朝着灯光披荆而去。岂知这样一来，我们完全离开了原来的路。脚下失去了路，茫茫无措，深一脚浅一脚，真的只能乱摸乱闯乱撞了，叫天天不应。

灯光，有时也会骗你进入歧途的。

而带路人迷失方向带错了路，这实在是最可怕的事！

说来也怪，那灯光竟会时隐时现，明明灭灭；那“嘎吱”声竟会时起时伏，响响歇歇。不多时，那灯光全灭了，见不着了；那声音也全歇了，听不着了。令人毛骨悚然。

庆幸的是，我们是五个人，是一个集体，我们始终紧紧走在一起。但是，我们五个人，总是在那山包上转来转去，也转不到正路上。

根明再也没有说“快了快了”，只是说“奇怪奇怪”。前方，甚至身旁，总是黑影憧憧。脚下，常被藤蔓绊住。就这样，又冷又怕，又困又乏，我们不知转了多久。

这会不会就是传说中的“鬼打墙”呀？——夜行人四处奔走，却四处碰壁，前方总有“鬼”拦着。这种故事，我们是听说过的。

据说“鬼”是怕人尿的。根明大声说：“我们来撒尿吧！”我们都领会他的意思，于是我们都说：“好，撒尿！”于是，五个人站成“梅花”状，背朝里脸朝外，解开裤子，掏出“家伙”，朝五个方向尿了起来。有人憋着劲，尽力“扫”出去，想将“鬼”扫死或者扫逃。有人竟如顽童般恶作剧，扭动胯肢，且用手撮而转之，尿出一个圆圈，想把“鬼”圈牢捆住，让他动弹不得，无法作祟。

说也奇怪，等尿完之后，我们倒也镇定了许多。

我们干脆不再乱闯乱转了，站着歇息。

歇了一会儿，竟见前方有明显的灯火向我们移来。我们屏住气，站着。一会儿，隐约还听见有人的说话声。说话声越来越清晰，我们确信真的是“人”，于是我们就“呜哇呜哇”大叫起来。我们没有叫“救命”——那样会难为情。

灯火向我们移近，是三个大人。那个提“风灯”的竟然就是根明的二舅。他们都是坑口村的民兵，是去民兵营开会，开完会，连夜回家的。他们看见了我们，感到吃惊。根明说明缘由，他们哈哈大笑。他们说，坑口早走过头了，都过头十多里了，都快走到阴坑了。你们在这山包上乱转，还好没有到阴坑，如果真到阴坑，阴坑山势险恶，你们在黑夜里莽撞，真有可能跌死。

我们都像遇见救星，都跟着根明“二舅舅二舅舅”亲亲热热地叫。

二舅把我们带到他家。二舅妈烧了一锅苞谷糊给我们喝。我们肚子早饿瘪了，抢一样地喝。苞谷糊烫烫的，喝不快，我们却稀哗啦稀哗啦，喝得很响，真是天下第一美味。

根明一边喝一边说：“奇怪！村口的糙榧树到哪里去了？”

二舅说：“有什么好奇怪，那棵糙榧树去年就叫天雷劈了，我们就把它齐根锯掉了。”

我们恍然大悟。看来，失去了路标，黑灯瞎火地乱摸，是很容易走错迷路的。

夜已深。二舅抱来许多稻草，让我们钻稻草窝睡。

第二天，我们早早醒来，就要去水碓房抓麻雀。

那二舅妈说，麻雀在天上飞得好好的，抓它做甚？再说，冬天坑水枯了，水碓早不转了，长久未舂米磨麦了，水碓房也没麻雀。

我们不死心，去水碓房看了，真的没有麻雀。

二舅笑道：“麻雀鸟儿是会飞的，那么好抓？你们以为是自己裤裆里的鸟，想抓就抓？”

我们很失望。

这一次执行学校的“除四害”抓麻雀的“战斗任务”，我们只能无功而返。

学校很宽容，并没有因为未完成任务而批评我们。原因大约有三个：一，有好多人和我们一样，都是“两手空空”。学校即便想批评也不知道批评谁好。二，有一个同学为了完成任务，爬山梯去墙洞里掏麻雀，结果跌下来摔断了腿，他父亲破口大骂学校“不务正业”。别人劝他不要骂学校，因为“除四害”是上面的号召。但他心疼儿子，正骂在气头上，什么也不顾，竟乱骂“除他个娘”。学校也因为这事，更加谅解无法完成任务的学生。三，这次停课三天“除四害”抓麻雀，从总体上说，学校本身已经完成了上级交给的任务，取得的战果还是十分辉煌的——学生上交学校的麻雀脚爪，居然有一脸盆。

记得在哪本书上看过，古时打仗，有一个蛮将军，竟规定他的士兵在战斗结束时要上交敌人耳朵，以记战功。于是有的士兵就专门穷追老百姓，乱割普通老百姓的耳朵上交，冒领军功。事后也有学生说，为了完成任务，他们是不管麻雀不麻雀，见小鸟就抓，抓来剁了脚爪，上交充数。

呜呼，原来在这“战果赫赫”的一脸盆“麻雀脚爪”中，竟掺了假！还真不知掺杂了多少像“小翠鸟”之类的其他无辜者的脚爪呀！

善哉善哉！

打狗记

小城镇，环城皆山也！

过去，小镇人少，不足两千户，工业污染为“0”；白云悠悠，芳草萋萋。环城山上树木郁郁葱葱。山上的动物与家养的禽畜，会互相往来。家养的猫，会跑到山上，变成“山猫”，觉得山上更自由，便拒不回家。家鸡会到山上刨吃的，还将蛋生到山上哪个草窝里，过上个把月，又会“咯咯咯”地把整窝的小鸡带回家。院子里常会发现蛇，那蛇自然是从山上下来串门的，还会帮人抓老鼠。冬天下雪，山上的黄麂会到山下人们的屋里“暖和暖和”，人对它也友好，还会特意找点苞谷黄豆之类给它吃，烧点热水给它喝；它吃了喝了，也不打招呼，什么时候走了你也不知道。最奇妙的是，野猪会与家猪“苟合”，——有时是野猪到家来，有时是家猪到山上去！20 世纪 40 年代末 50 年代初，有“海狗”会从山上下到镇里来，有时一只，有时两只。

这里说的“海狗”是当地人的说法，意思不是“海里的狗”，而是“很大的狗”。也有人说“是海外过来的狗，是洋狗”，说这狗其实是日本人的军犬，日本人投降了，扔下这狗，这狗没人管了，成“丧家狗”了，四处流浪，跑到山上去自己找吃。生性使然，这种狗极其凶恶。当时我还小，听大人说，这狗会在山上或野地里刨死尸吃，吃得眼睛通红，还会咬小孩。因此，当时大人就禁止小孩到山边去玩。

海狗是否真的“刨死尸吃”，我不知道；而“咬小孩”是真的！

1951 年的夏天，一个中午，小镇西隅，好几个小孩在山下溪沟里玩水。太阳正猛，而那水是清幽幽的，孩子们光了屁股玩得高兴。突然，从山上下来一条“海狗”，拖着粗粗的尾巴，向溪沟走来。孩子们裤子都没穿，爬起来就逃，一路逃一路哭叫。一个姓林的小孩，动作慢了点，刚从溪沟爬上来，就被“海狗”扑倒……大人们闻声赶来，“海狗”只得丢下孩子逃到山里去了。姓林的小孩的右脸颊，从太阳穴到耳朵根，已被“海狗”咬得血肉模糊了。人们赶紧将小孩送到医院。一位医术杰出的医生给小孩清洗了伤口，再将伤口缝好，敷了药，还打了针，人们总算松了口气。但是医生说“危险期还没过”。果然，第五天，这小孩伤口感染，还是死了。死得很可怜，是全身抽搐死的。

人们说：“海狗真毒！”

于是小镇的人自动组织了“打狗队”，上山打“海狗”。有用火铳打的；有用活络箍去套的。那被“海狗”咬死的林姓小孩的父亲老林，原本是打猎的好手，但他上山却舍弃火铳而选用活络箍。老林说，用火铳“嘭”的一下就把海狗打死，不过瘾；要用活络箍套住海狗的脖子，再绞死它，这才解恨。

那套狗的活络箍当地人称作“溜筒”，机关其实也极简单：选用一根粗的毛竹，取五尺长短，捅去内部竹节；再用一根大拇指粗细、一丈多长的麻绳，两头并拢打结，即成一回环绳圈；将绳圈穿过毛竹筒，露出一个脸盆大小的圆箍，另一端则猎人自己用手控制。当遇到猎物时，只要将毛竹筒一端的圆箍照准套住它的脖子，一手紧握竹筒，另一手抽紧绳索，而后在竹筒绕几匝，那猎物龇牙咧嘴、左奔右突，说啥也挣脱不了，只有受绞死的份了。虽然，那畜生垂死反扑还想来咬人，但人可以用竹筒抵住它的脖子，人也总是安全的。当然，使用这“溜筒”的人，还是必须有足够的胆量，且有相当大的力气。

那天中饭后，老林肩扛“溜筒”，腰扎一把柴刀，便独自上山套“海狗”去了。

天都擦黑了，乌鸦哇哇叫，老林还没有回家。老林的老婆到门口张望好多次，心里也真有些怕。

点灯了，老林终于撞进门来。从肩上把一只“海狗”掼在地下，灰毛，足有五十来斤。

老林的老婆一见，掩脸哭了，肩膀一耸一耸，直唤自己孩儿的小名。

老林说：“不要哭了。今天在盘龙谷碰上两条海狗，同我兜圈圈。一条黄的，是日本秋田狗，狡猾，逃了。这条灰的，是狼狗，凶，还扑过来想咬我，给套牢了！抵了它半天才抵死。我还捡了块石头请它吃了两石头，把它太阳穴也砸瘪了。”

老林老婆抽泣了半天，终于止住了哭。

这种“海狗”数量原本也不太多，等到人们认真去对付它了，它也很快就被“消灭”了。

但是否“绝种”了呢？说也奇怪，当时小镇山边人家的一些母狗，生下小狗崽，有许多竟不像当地的土狗，而是身架粗壮，竖着尖尖的耳朵，模样极像“海狗”……

这些狗崽长大了，既像“海狗”似的彪悍、孔武、壮实、有力，又像当地土狗似的活泼、机敏、温顺、忠诚。

对于这种“改良”狗，小镇的人也都很喜欢，没有半点歧视。

镇鬼记

读《渑水燕谈录》，里面写了一个故事真有意思：

山中古庙，少有香客施主。住持与一云游僧合谋，由云游僧扮作庙中一泥塑罗汉模样，衣其衣，顶其笠，策其杖，入城理发。理毕，约至寺付钱，留杖为质。而后，理发匠凭杖来寺讨钱。住持故作不知。寻至罗汉堂，门锁生涩，坐榻积尘。内有一罗汉衣笠皆所见者，空手无杖，面前放古钱若干，恰为理发之资。理发匠惊奇不已。消息传开，古庙香火大盛，进山膜拜者络绎不绝。

不过，我读此故事，不知怎么的，总会想起另外一件事：

“咱们一衣带水”的东邻，有一个庙，好像叫“什么神社”，里面供奉了二战甲级战犯东条英机等的阴魂。也许是苦于香客稀少吧，当今他们的某些政要为了让其香火旺盛起来，时不时地去跪拜。祭自己的祖宗，本也无可非议，但你的“太公”血债累累，是给别人制造过旷世灾难的呀！对这几位政要，我想他们是否会像《燕谈录》中的云游和尚那样去模仿庙中的“罗汉”：策其杖、顶其笠、衣其衣，甚至是否还要“承其钵”？

偶像总是人塑造的。世上所有的菩萨与神明，都是人们依照各自的意愿塑造出来的。

在钱塘江的源头，我邑遂昌西乡有一庙，曰“蔡相庙”。庙中之神其实是普普通通的伐木烧炭之山民，远未达到“罗汉”的级别。他生前豪爽任侠，抗暴安良，穷人爱他尊敬他，并有二十三人追随他，于是结拜为二十四兄弟。他们共认一蔡姓老妇为娘，于是他们都改为蔡姓。一次在深山砍树，老大不幸失足跌下悬崖；其余兄弟义薄云天，相继跳下山崖追寻，结果可想而知。他们尸体均不可寻。老百姓都说他们“没死”，是被仙人度去了，于是立庙塑像纪念。庙就叫“蔡相庙”。称其为“相”，那是老百姓崇敬他。

相传，上面的故事发生在黄巢造反后不久。宋元明清以来，众人顶礼膜拜，香火不断，而且越来越旺。都说“蔡相”灵验异常，西乡人连黄牛走失了，给他烧炷香，就能找回来。明朝万历年间，御赐庙中匾额一方，上书“护国佑民”四个大字。于是，人们又把他从“相”升格为“蔡王老佛”。

蔡相自从荣膺“护国佑民”的匾额之后，西乡人就年年举行庙会，名为“秋赛会”。其时正值农历七月，故俗称“七月会”。届时，人们要从蔡相庙里将“蔡王老佛”佛像抬出来巡行。蔡相庙周边有十六个大村庄，当地人称十六坦。蔡王老佛坐轿按坦巡行，一坦一坦，有仪仗队开锣喝道，声势浩荡。老佛大轿停歇，还要演戏，演《水漫金山》《茶馆开弓》《武松杀嫂》之类。“看戏连买糖”，四面八方来赶庙会，看男相女，走亲访友，做生意，谈种田经，很热闹。

这欢欢喜喜、热热闹闹的“七月会”，从明朝万历以来，每年例行，雷打不动！

公元1942年，眼看又到农历七月。这年七月非比寻常，因为这年七月初四，日本兵占领了遂昌县城。“鬼子进城”，奸淫烧杀，一笔笔血债，在《遂昌县文史资料》上记得清清楚楚，本文就不细说了。我想特别提及的一点是：在遂昌县城，日本兵乌七八糟，竟会爬上老百姓家的灶台，掀开锅盖，将大便屙到烧饭的铁锅里，然后再盖回锅盖——天下居然有这么下流的兵！

西乡离县城只有几十里，当时腥风可闻，七月庙会还要举办吗？

当年庙会主持说：办！

不仅办，而且尽量办得更火！从十六坦选出两百多位英俊后生组成仪仗队，每人扎了粽角头巾，裹了虎纹绑腿。仪仗有尖锣、大鼓、唢呐、号角，有钢叉、大刀、铜锤、画戟，有红灯、彩球、火镰、鞭炮，有青龙方旗、蜈蚣条幅……与往年不同的是，还准备了二十四支朝天铳，装实火药，一点燃，天崩地裂非同凡响。

主持猛扯喉咙，一声高喊：“蔡王老佛起轿！”

顿时，锣鼓喧天，旗帜猎猎，火铳齐鸣，群情激烈……

说来凑巧，正在西乡人举办七月庙会的这一天，一队日本兵从县城出发，向西乡进犯，一路烧杀，到了离西乡还有十多里地的西岭，竟莫名其妙地停止前进，顾盼良久，又缩回县城去。西乡免了一场蹂躏荼毒！

事后，有人说，那是因为西岭陡峭路滑，日本兵的马队过不去。

有人说，那是因为西岭山高林密，日本兵怕有埋伏。

有人说，西岭者，西山之岭也，日本兵到了西岭，“日落西山”矣。

有人说，日本兵到了西岭，已经可以隐约听见远处的呜呜号角、隆隆火铳，他们胆怯了。

唯有七月会的主持说：分明是“护国佑民”的蔡王老佛，法力无边，把日本兵阻在了西岭以外，保了一方黎民平安！

主持说得活灵活现：

日本兵到西岭的时辰，正好是蔡王老佛起轿。当时，突然旋风飒飒，八位抬轿的后生觉得大轿沉沉，生了根一般，居然起不了杠。主持本人在旁是真真切切看得明明白白——看到轿里蔡王老佛牙关紧咬，胡须倒竖，圆目怒睁，脸孔涨得绯红，额头汗珠如滚豆……为了阻止日本兵翻越西岭，当时老佛正拼力捏诀施法。蔡王老佛太吃力太辛苦了，大汗淋漓，主持躬身用毛巾替老佛擦汗，毛巾湿透再绞，绞干了再擦，擦了又湿透……连绞了三次！

众人喟叹，对蔡王老佛感恩不尽。

主持还把替蔡王老佛擦过汗的毛巾给大家看过。毛巾当然早就干了，但汗渍斑斑，明显可见。

此后，谁家的孩子受惊，用那毛巾擦擦额头，立马就好。

蔡相庙香火长旺不熄！

后坑头

遂昌老县城，有一处地名叫“后坑头”，那是老遂昌人像叫自己孩子叫“老明头、老三头”似的，是昵称；地图上则写作“后坑路”。

遂昌方言，这个“坑”字读成“腔”音，意思是比溪还要小一级的小水流，譬如：山坑、门前坑、水碓坑……其流潺潺，其水清清！

南溪流过吴乐，流到东岳殿前面，先民们就在那里拦腰砌了一道堰，把南溪水引进西门头；然后，沿街路挖一条“坑”，这坑水就从西街流过南街又流向东街，水声淙淙，欢欢快快，一路流去……

这水流过西街水井头弄口时，老祖宗又把它分了一股右拐，进入西街1弄；在西街1弄流经程富春酱园，流经毛家花园，再左拐流过王家祠堂背后，七弯八曲，又流过华家祠堂，又流到孔圣人殿前的荷花塘，再穿过大堤涵洞，重新注入南溪。从华家祠堂打前的这一段路，就是“后坑头”。

这后坑头，还有与它互为腹背的青云路，其实就是遂昌老县城的“后街”。城镇的后街往往是民居的集中区，遂昌的“后街”也一样，人物芸芸。中国现代史上有一个很出名的人，叫李士群，就出生在这里。可惜这李士群人品不佳，他早年参加共产党，还到过苏联东方大学学习，接受过苏俄正宗的熏陶，但是后来却做了汪伪政权的特工总头目，最终却被日本人下毒药毒死。朝秦暮楚，两头不着。

就像说不清“是先有鸡后有蛋，还是先有蛋后有鸡”一样，还真说不清楚后坑头“是先有路后有坑，还是先有坑后有路”。不过，路边有坑，坑边有路，两边再构筑房屋，这是非常有讲究、非常科学的。坑水从民居流过，这景致有多优美！而且，可以防火消灾，还可以洗衣洗菜。至于“排污”的功能，这在当年几乎可以“忽略不计”，因为当年，工厂的污染是零；人体自身的排泄物，也都使用封闭的厕所，宝贝似地贮存起来，届时要运到田里当肥料；残菜剩汤，也绝对舍不得轻易丢弃，须倒入泔水桶，要拿来饲猪。万一有谁不小心把死老鼠之类的污物丢入坑里，给别人知道了，是要被骂死的。居民们都很自觉地呵护着坑水的清洁，所以，那水一年到头都清澈见底。清晨，妇女们还没有开始洗涮，那水更是特别的清冽，还可以用木桶或瓦甑汲来备炊。

坑水洁净，还有一个重要的原因，是人们会经常去整治。20世纪50年代初，十天半月便搞“爱国卫生”运动，后坑头也就经常得以疏浚。在国庆、元旦等重大节日之前，政府还会责令“地富反”劳动改造，去彻底清理后坑头。普通话中“抠耳屎”的“抠”字，遂昌方言读作“迪压”（紧读，入声）。我小时，就听到过“地富反”互相转告：“上面通知，明天‘迪压腔’，记牢！”第二天，就可以看见许多另类分子老老实实在“抠”坑里的残枝败叶，甚至把涵洞里的淤泥垃圾都抠出来，用小车拉走。这些人，平日里生活在人群中，谁也认不出他们是“地富反”；但把他们集中在一起，居然可以发现他们确实有些异样：他们委顿、拘谨，说话慢声细气。

约定俗成，大家都要保护坑水，不能弄脏。但小孩下到坑里摸螺蛳抓鱼，大人是放纵不管的。坑深齐腰，水深没膝，浅的地方只漫过“脚眼睛”，所以小孩下水很安全，绝不可能淹死，大人也放心。凡是南溪里有的鱼，坑里基本上也都有，譬如泥鳅、黄鳝，譬如白鱼、青条，譬如鲫鱼、鲶鲐，还有杨柳鬼……这杨柳鬼，最多两寸来长，身如柳叶，肉质极其鲜美；它总爱在水边石头缝里游来游去，吧唧吧唧，专门啃石头表面的绿垢。它名字叫杨柳鬼，其实一点都不“鬼”，动作缓慢，呆头呆脑，憨态可掬，小孩双手合为捧钵状，偷偷接近它，它也毫无觉察，于是一下就可将它捧上岸来。我小的时候，别的鱼抓不到，而这杨柳鬼却捧上不少。但是，如今在南溪再也见不着杨柳鬼了，它似乎绝了种。

在后坑头，除了在水里抓鱼，还可以在路边的石头洞里捉蟋蟀。鲁迅写百草园，说“蟋蟀在这里弹琴”，意境是很美的。蟋蟀“嘀瞿——嘀瞿——”有节奏地倾情弹琴，其实是它们正在成对厮磨发出谐鸣。而更多的时候，是“瞿瞿瞿——瞿瞿瞿——”作高昂并露出急躁的鸣唱，那是雄性蟋蟀的求偶之声。《诗经》说蟋蟀嘶鸣“七月在野”，说的真不错——盛夏，月色清朗的夜里，后坑头的路边“瞿瞿”之声此起彼伏，不绝于耳。那时还鲜有手电筒，孩子们便点燃火篾，循声寻去，往往就可捉到满意的蟋蟀以待来日互玩比斗。小孩子观察仔细，不同的蟋蟀额头会有不同的斑纹，有的白色，有的红色，有的黑色，于是就可分出“刘关张”。蟋蟀生性很好斗，就像雄狮遇见雄狮、公牛碰到公牛，一定要斗个你死我活——它们其实是争统治权，胜者为王，可获得“三宫六院佳丽三千”。蟋蟀角斗的场面其实也异常血腥残酷，它们怒脉贲张，獠牙恶露，拼命相龁，天昏地暗。几个回合下来，败者落荒逃到角落，灰头土脑，如同瘪三；赢者两根触须直竖，一对大腿横撑，振翅长鸣，俨然霸王。历来，“宫中尚促织之戏”，但总又提倡老百姓去读“人之初，性本善”，事情是很有意思的。

这下水抓鱼与斗蟋蟀，往往是男孩子的专利。女孩子呢？女孩子自有女孩子的娱乐。就在蟋蟀瞿瞿的夜晚，萤火虫也明明灭灭，在后坑头的低空飞舞。它们错落地从毛家花园飞出围墙，飞入邻家菜园，绕着南瓜架几上几下，而后又三三两两飞回毛家花园，飞来飞去，就是不肯停歇，似乎永远不知疲倦。而女孩子们手拿麦秸扇，追逐着萤火虫，追东追西，也不知疲倦。她们一边追一边不停地唱：“萤火萤火，墙头飞过；落来歇歇，给你麦果……”声音娇娇的，女孩子的嘴就是乖！偶尔扑到几只，她们将它捉来装在玻璃瓶里，挂到窗门上，痴痴地看。那萤火虫屁股发出冷光，一闪一闪，令人无限遐想。

白云悠悠，说的都是半个多世纪前的事了，已是多年不见萤火虫了，它恐怕也绝了种。在诡异闪烁的霓虹灯下，还可能觅回当年朴素的田园诗吗？旧城改造，如今，后坑头已经从遂昌县城的地图上被彻底“抹去”。“坑”被盖上了钢筋水泥，变为地下的排污道。后坑头与青云路的旧民居，在 21 世纪初全部拆迁，如今那里建起了洋房群，成了遂昌县房价最昂贵的小区——青云小区。文章前面提到的王家祠堂，粟裕率领红军挺进师离开遂昌时，曾经在那里召开过群众大会，新中国成立后，它就被改建为大戏院，后来新造公园路，掘土机轰隆隆地把大戏院也掘得无影无踪。华家祠堂，新中国成立后做了县总工会，前几年扩建县前路，又把总工会捅了，那位置似乎就是如今的“汤公酒楼”。至于孔圣人殿，原先门前两边都有石牌坊，是“文官必须下轿，武官必须下马”的地方，解放初那里做了文化馆，这倒可能正合了圣人的心意，但后来文化馆搬走了，孔圣人连同他的贴身弟子的塑像也被捣碎了，成了一摊泥，后来这里改建为县卫生院——就是现在县人民医院的前身；但后来县卫生院也搬走了，这里又改为县人民武装部；再后来，造平昌广场，原先孔殿的位置，现在也许正是广场上男男女女相拥跳舞的地方。

时代在发展，社会在进步！人是很奇怪的，鱼翅蟹膏享用多了，又想吃红薯黄瓜；高楼有了，空调有了，冰箱有了，宽带有了，数码有了，生活已经非常现代化，于是“低碳、原生态”又成了更高层次的追求。当听到宝马轿车在马路的人群后面“嘟嘟”乱叫，我竟又会想起瞿瞿长鸣的蟋蟀；当见到孩子们坐在房间里入迷地看动画片《喜羊羊和灰太狼》，我还会莫名其妙想起挽着裤管去抓杨柳鬼；尤其是听说猪肉可能含有瘦肉精，河鳗可能用避孕药喂养，并且切实感受到灰霾天越来越严重的时候，我就情不自禁想起当年后坑头的坑水清清冽冽地流！

啊！“萤火萤火，墙头飞过；落来歇歇，给你麦果……”

2011 年 12 月 5 日

仇天身世

遂昌县妙高山烈士陵墓的碑文中有一个名字，叫“仇天”；《遂昌县志》烈士英名录中也有“仇天”这个名字。“仇天”这个名字多古怪呀，他到底是谁？是怎样的人？我想，今日遂昌，除了我，知道仇天底细的人并不多，因为“仇天”并非烈士本名。所以，我认为，我有责任把我知道有关仇天的情况写出来，不至于湮没。

仇天是我表哥，我姑妈朱金翠的儿子，祖籍浙江青田。

仇天父亲叫林清泉，青田夏家地人。林清泉在民国初期就读于浙江省第十一师范（处州）时与后来成为蒋介石的五虎将之一并做了“中华民国副总统”的陈诚是同学。因与陈诚同学又是同乡，且又志同道合，所以他们还“义结金兰”。十一师范毕业后，陈诚弃教从戎，去了保定军官学堂；而林清泉则弃教从经，进了金融界。林清泉先后在处州、温州、杭州、上海等地做金融业务，并在 1929 年，到遂昌创办了“遂昌信达利钱庄”，自任钱庄的总经理，并接来家眷在遂昌安家。因此，完全可以说，林清泉就是遂昌县现代金融业的创始人。北隅文明路陈家大屋（今为“遂昌汤显祖纪念馆”）的主人陈可珍先生，是林清泉的好友。遂昌县政协编的《遂昌文史资料》第二期，有陈可珍先生写的一篇文章，题为《林清泉与遂昌信达利钱庄》，对林清泉其人其事介绍得比较详尽，本文不再赘述。

《遂昌县志》的《革命烈士》篇介绍仇天时写得很简单，但在他的籍贯栏中，却写得很细：妙高镇西街 4 弄 5 号。这妙高镇西街 4 弄 5 号是大宅，它东傍当时的“遂昌公园”，南临清清小溪，环境很好。1949 年遂昌县刚解放时，它就成了妙高镇人民政府的驻所；后来镇政府迁往南街，它又被县广播站使用；再后来还做过县机关幼儿园。可见它是一座比较好的大宅。确实，这大宅在当年是颇具气派的：中式建构，四合天井，厅堂敞亮；西式装修，玻璃推扇，窗明几净。后院很大，花木葱茏，有浓郁的板栗树，还有鲜艳的美人蕉。这大宅原来就是当年的“遂昌信达利钱庄”。大宅的主人林清泉，当时有两个儿子，大的昵称“大饼泥”，小的昵称“小饼泥”。大小两饼泥，都很聪明，但兄弟性格不太一样，大饼泥安分老实，而小饼泥却调皮活泼，更招人喜欢。大小饼泥当时都在遂昌县第一小学（就是现在的实验小学）读书。这大饼泥大名叫林炳仁，小饼泥大名叫林炳义。烈士仇天就是小饼泥——本名林炳义。仇天的少年时代，就是在“西街 4 弄 5 号”这中西合璧的大宅院度过的。但由于西街拆迁，老屋现在已荡然无存了。

这林清泉，除了经营金融业务，因为与陈诚的亲密关系，他还做过军需官，还在浙江省级机关任过职，所以他个人在遂昌的时间并不多，东来西去，许多时间都在武汉、重庆、南京、杭州等地到处“忙”。

1949 年年初，林清泉与家人住在杭州西子湖畔。新中国成立前夕，我姑妈不知为何，带着她的最小最疼的女儿回到了遂昌。当时大饼泥在外地读大学，林清泉身边只剩小饼泥和小饼泥的二妹。小饼泥在杭州读高中，他的二妹在杭州女子中学读初中。解放军进杭州城了，林清泉与其他一些国民党的要员，惶惶去了台湾，急乎乎抛儿别女，惨兮兮来不及回头一顾，悲切切这一去相思无尽、乡愁难割。

待多年之后，林清泉从台湾再回大陆时，却已是他最小的女儿捧回的一抔骨灰。

1949 年 5 月，杭州的天气已显得有些热。被抛下的小饼泥和他的二妹，成了失落的稚雁。此刻，他们当然还有其他许多选项，譬如，他们完全可以选择回到遂昌的家。可是，在这天翻地覆的历史紧要节点，小饼泥做出了一个颇有胆略的抉择：毅然中断学业，带着才十四岁的二妹，一起参加了中国人民解放军。

小饼泥林炳义变成了仇天！

“仇天”这两字，顾名思义，其实就是对旧社会旧制度的极度痛恨；甚至是对自己家庭自己父亲的彻底叛逆！

林清泉在台湾，也许做梦都想不到，他的儿子竟会成为共产党的革命烈士。而革命烈士，其实也不一定非得出身“苦大仇深”。

仇天是我的表哥，长我十二岁，他参加解放军的时候，我刚入小学，所以我与他并不相知。我与他最近距离的接触，是在 20 世纪 70 年代，我姑妈给我看了他的薄薄的一本日记。那日记是仇天中学时代写的，用的是钢笔，墨迹已经有些褪色，字体瘦长，不太好看，但勾画有劲。我不敢胡编烈士早就在日记中抒发了献身革命的豪情，不敢罔顾历史事实而恣意拔高仇天的青少年时代，但仇天的日记确实多有“吾日三省”，令人肃敬。我印象最深刻的一则日记，是他写到他的大姐恋爱了，小鸟偎人；但他又讥笑他大姐，说她总是依赖男友。仇天的理念很明确：人都有追求自由幸福的权利，但你必须具备独立精神，努力奋斗。

大约在 1948 年，我的这位大表姐，跟随她的丈夫去了美国。

1950 年，朝鲜战争爆发。毛泽东力排众议，巨手一挥，决定出兵抗美援朝！数十万中华儿女，雄赳赳跨过了鸭绿江。军令如山，仇天当时在志愿军第二十三军政治部文工团做政治宣传与战斗鼓动，他自然英姿勃勃意气昂昂。

真正的战争总是残酷的，往往流血漂橹，并不像现在的电视神剧那么浪漫。伟人说过：“要奋斗就会有牺牲，死人的事是时常发生的……”在 1953 年 6 月，那是抗美援朝的最后一场战役，战争已近尾声，然而硝烟依旧弥漫，子弹仍然横飞，仇天倒下了，他才二十三岁，就倒在异国他乡的土地上……

二十三岁，实在太年轻！

如今六十多年过去了……

魂兮，归来！

杭州豆腐乳

去杭州西湖的“柳浪闻莺”公园玩，竟发现园里有“夏超旧居”，绿树掩隐，如今被作为省级文物保护单位。

不禁想起有关夏超的故事，还是多年前我父亲说给我听的。

夏超，字定侯，青田九都人，官至国民革命军第十八军军长。定侯的父亲乃一介秀才，清贫塾师。（我的外祖父家，也在青田九都。听说我的大舅父刘耀东曾经师从夏超的父亲。）20 世纪 20 年代，夏定侯当上了浙江省省主席，便将父亲从青田老家接到杭州去享福。定侯官大，政务忙，不能成天陪着老父亲，只好吩咐下面的仆人好生侍候父亲。

仆人怎敢轻慢？一日三餐，桌上摆满大鱼大肉。

夏老先生原是乡巴佬，在自己老家节衣缩食，粗菜淡饭，艰苦朴素惯了，消受不了奢侈排场，舍不得吃那满桌的鸡鸭鱼肉，只是专挑眼前的一碗豆腐乳吃，别的都不吃，连筷子也不蘸。而那碗豆腐乳味道也确实不错，老先生咂巴得有滋有味：“毕竟是杭州豆腐乳，就是不一样！”

仆人见夏老太爷只挑豆腐乳吃，别的都不吃，后来干脆每餐只端上豆腐乳，别的鱼鸭之类全都免了。

老先生成天把自己关在书房读《易经》《诗经》，颇有“君子远庖”之古风。每餐只吃仆人端来的豆腐乳，那“杭州豆腐乳”固然好吃，但是餐餐吃，也吃得发腻。

一日，老先生偶尔踱步到西花厅，发现那里的廊下挂满了酱鸭。“总叫我吃豆腐乳，这里原来还有这么多的酱鸭，为何连个鸭爪也不烧给我吃？”老先生越想越生气，于是破口大骂。仆人知道情况后，哭笑不得，慌忙解释：夏老太爷吃的“豆腐乳”，原来是高级名菜“水晶鸭脑”！仆人平日见老太爷专吃水晶鸭脑，桌上别的佳肴连看都不看一眼，还以为老太爷嘴巴刁，架子大。为了保证老太爷餐餐能吃上新鲜鸭脑，每日必得活杀三四十只肥鸭剜取脑髓。而剩下的“鸭身”都成了“下脚料”，只好用酱油浸泡制成酱鸭。如今酱鸭不仅挂满了廊下，在厨厅里都已堆成了山！

夏老先生知道实情之后，顿足不已。

仆人重新在餐桌摆满大鱼大肉，可惜好景不长，老先生没吃多少日子。儿子夏定侯树旗誓师北伐，宏图未展，却兵败嘉兴。兵败原乃兵家常事，还可以逃走伺机东山再起，但这夏定侯事父至孝，在逃走之前，又先去安顿老父，以至耽误了时间，被孙传芳的部将宋梅村捉住杀了，时值英年。

白发人送黑发人，夏老太爷黯然神伤。重新回到青田乡下终老，老先生终是一个没有口福的人。

夏定侯死后，被追赠为民国陆军上将，葬在杭州灵峰山北侧。

但是，岁月悠悠，荒草萋萋，朔风野大，梅落成泥，堂堂民国功臣忠烈，如今坟墓早已湮没不可寻矣！

怕　狗

有的小孩怕老鼠，还有的怕毛毛虫。在我看来，毛毛虫之类实在不值得怕，我最怕的是狗！

我小时候在“女学堂”读书。辛亥革命后，县里办起了“女子学校”，人们叫它“女学堂”。没多久，这“女学堂”连男孩子也一起招收，但人们还一直叫它“女学堂”。新中国成立后，这“女学堂”归县实验小学，算是分部，只办低年级。我小学一二年级就在那里读的。

“女学堂”是一个多么纤弱的名字啊，但校门旁边却有一条雄赳赳的大黄狗。这狗，有的时候见人也友好，也摇尾巴；但它喜怒无常，不友好的时候居多，汪汪乱叫，龇牙咧嘴。

我去上学时，一旦见它怀着敌意、喉咙底下呜呜作响时，我就吓得尿裤子。大人说，狗并不可怕，再凶的狗，你只要故意一蹲，它便会逃跑的——它会以为你捡石块砸它。这一招我试过，并不灵。一次，这大黄狗对我示威的时候，我也曾壮胆一蹲，也许是更惹怒了它，也许是它把我当成了兔子，竟迅捷地朝我扑过来。幸好旁边有大人猛喝起来，它才没有咬下来。

有过这样的经历，我更怕这大黄狗了。

“女学堂”校址在遂邑青云路。青云路是一条笔直的路，它的东头与县前路相接，它的西头与青年路相连，三条路成“H”形。我家住西隅，去上学要过青年路，每当背了书包一个人走青年路的时候，我就默默祈祷千万别再遇见这狗。想不遇着偏遇着，一旦遇着，我就远远地等着，等它自己走开，或者等大人经过时与大人一起走。有一次，等了很久，也没有大人经过，它也总懒洋洋地躺在路中间不起来。万般无奈，我只好退出青年路，绕了一个大弯，绕到县前路，想从青云路东头进入“女学堂”。哪里知道，到了青云路东头，居然远远地又看见它竟走到了东头！它挂着尾巴，在墙脚嗅来嗅去，还撑起一条腿朝墙上撒尿。我怕极了，那一天我都不敢进学校，我逃了学。

就这样诚惶诚恐、战战兢兢，我在“女学堂”读完了小学低年级。

说来惭愧，一直到现在，我都还有些怕狗。

狗眼看人低，不管黄狗黑狗、公狗母狗，大多会无缘无故吠人，做出难看的样子。我在路上走时，总会遇上气势汹汹的恶狗。自己手上又没有木棒之类可以自卫，我想，能用皮鞋踢它吗？如果它趁势咬住了你的脚呢？能转身逃吗？它从背后扑上来呢？……更何况，即使有的狗不声不响，却又可能更加阴险，会偷偷来咬你。所以，对狗，我总是万分警惕。

其实，怕狗的何止我一人？《西游记》中的那猴头何等了得，却也栽在那二郎神的狗的头上！

我甚至在想，鲁迅说“赵家的狗又叫起来了”，他还担心落水狗爬上岸来耸身洒脏水……所以，“骨头是最硬的”鲁迅先生其实也怕狗！我甚至怀疑，鲁迅生动描写阿Q在尼姑庵被一条肥大的黑狗吓得爬树爬墙，是不是鲁迅先生自己就有过类似的经验？

会咬人的狗，真的值得一怕。

种豆摘瓜

白花地丁

这种草是我最早认知的草，母亲叫它“雪里白”。为什么会是如此高洁的名字，母亲并没有说。其实世界上还有什么具体的物质比雪还白呢？除非指它的某种品性。

它确实不白，虽然叶上有细细的白白的毛，但整株看起来是浅浅的、淡淡的、嫩嫩的绿。它会开小白花，但小花瓣上又会有一丝丝细细浅浅的紫。

它可以做药。母亲把它采来，放在瓷杯里，泡开水喝，也要我喝。不苦，喝过后，似乎还有微微的一点点甜，只是有一股清味。喝惯了，一点也不觉得难喝，反而觉得好喝。喝它有什么作用呢？母亲说：“清火。”

是啊，世界上似乎许多毛病都是由于“上火”。火气大了，就容易出毛病。我认识一位中医师，他说话很风趣，他说，西医讲人的毛病都讲“炎”，从头到脚，鼻炎、耳炎、牙周炎、皮炎、肺炎、心肌炎、尿道炎、关节炎……都是炎。“炎”是什么？“炎”不就是两个“火”嘛……是啊，能够“清火”的药，去火消炎，不就是良药吗？

母亲是有肺病的，她还会将“雪里白”剁碎，加点冰糖，炖鸭蛋吃。药效并不会“立竿见影”，但母亲说，常吃化痰止咳的。这种温和的药性，正是它的优点吧——不“损”人，平和。中医说“病来如山倒，病去如抽丝”，许多毛病是急不来的，需平和的药，“常吃吃”。

后来，一位草药先生告诉我，这种“雪里白”，它的大名叫“白花地丁”。初一听，大名只是“地丁”，远没有小名“雪里白”好，大失所望。可是仔细想想，叫“地丁”又有什么不好呢？这是很实在的呀！

它生活在地边与田边，它不会“钻”到地里田里与农作物争夺营养；它生活在路坎，它宁死也不会“瘪”在路间任人践踏。它小不丁的，决不哗众取宠，一点也不起眼，但也决不可怜，它与身边的其他花草相比，它有它特别的清秀。它把大片的阳光让给大树，但它决不放弃应该属于它的那滴露水！

它会在自己的“老”茎上抽出细细的新茎；细细的新茎越抽越长，然后贴着地面伸展，伸到适宜的地方，它决不“错过机会”，又马上“落地生根”，长出新的植株。从开春一直到初冬，它都会开花，断断续续地开，开出小白花，然后结出小小的椭圆形的蒴果。它不像柳絮之类，轻飘飘地“凭借好风，直上青云”；也不像覆盆子有漂亮的果实，引诱鸟儿啄食，然后在鸟的肚子里臭臭地走一遭，由鸟儿将它的种子带得远远的；它的蒴果，在完全熟透了之后，壳就自己爆裂，将那连肉眼都看不清楚的极微小的种子弹出去——完全依靠自己的力量，尽力地，将自己的子女尽可能远地弹出去！

这就是“白花地丁”——小名叫“雪里白”。

蛤蟆衣

还是在“大寺”读书的时候，我以为这种草的名字叫“蛤蟆医”。

所谓“大寺”就是现在的遂昌实验小学。它最早叫“遂昌县官立两等小学堂”，是戊戌变法的产物，办于晚清，校址在“报愿寺”，人们都称这个小学为“大寺”。“大寺”里有一处很大的荒园，荒园里就种满这种草。

不知哪个“小朋友”听了大人的话，说这种草可以医蛤蟆，可以让蛤蟆起死回生，于是我们纷纷实验起来。我们在荒园的草丛里找到蛤蟆，然后抓起它的后腿往地下掴，掴得它眼翻白，肚子鼓得老大，四肢抽搐。然后将“蛤蟆医”塞进它嘴里，让它衔着，看着它如何复活。等久了，它还没活，我们就顾自去玩了。等玩回来，它真的不见了。它是真的被医好了呢，还是原先装死，见我们走了就逃了呢？不得而知。

现在想想，实在是小孩子无知，恶作剧，且残忍。现在的实验小学已经没有过去的那种荒园，连操场都是水泥浇筑，现在的小朋友是不会也不能像我们过去那样恶作剧了。

后来才知道，它不是“蛤蟆医”，而是“蛤蟆衣”。为什么叫“衣”呢？我已经不像小时候那样对“医”深究，也许是它叶片的叶脉像蛤蟆背上的绺纹？

蛤蟆衣的学名是车前草。这种草很普通，但它的药用价值较高，化痰止咳，还可以降血压。它最特效的用处是利尿。我在西乡教书的时候，有一年暑假，公社组织老师帮生产队割稻谷。老师们都很卖力，决不偷懒，流了许多汗，太阳又猛，结果到了晚上许多老师都患了“尿胀”，想尿尿不出来，一滴一滴，很痛苦。农民说“无妨”，找来许多蛤蟆衣，煎了，给尿胀的老师喝。喝了，果然很快就好了。但农民说，好了就好了，不能多喝；喝多了，人会“损”的，利尿利尿，这种药是很“利”的。但我想，后面那个“利”还是用“沥”字恰当。这种药喝多了，把人体内的水分“沥”多了，当然会让人损乏。

喝多了到底会有多“损”？我还听说过，我们学校附近的一位孕妇，喝多了这种药，结果肚子痛得打滚。替学校烧饭的一位老太婆，神秘兮兮地说“蛤蟆衣就是车前子，会把孩子‘车’下来的”，不知真实性如何。但按药性分析，“是药三分毒”，某一种药吃多了，自然会产生副作用，会有另外的弊病。

不禁想起了《诗经·周南》中的《芣苢》，唱得多好听呀，“采采采采”地，又采又拾又捋又兜。“芣苢”是什么呢？许多书的注释都说它是“车前草”，还说它可以治“不孕与难产”。照前面烧饭老太婆的话，车前草确实会有“治难产”的功效，但“治不孕”呢？或许也能，但事物往往是两面的，它毕竟是药呀，不是一般的野菜呀，那么多的妇女，唱着歌，“采采采采”地，那么多采来吃了岂不太“沥”？简直有些不可思议。而且，整株车前草，要么是“拔”，不存在“捋”；如果“捋”的是车前籽，而其籽如芥，也并不存在“拾”

与“兜”。

《辞海·芣苡》另有一说，说它不是车前草，而是木本，果实如李。所以怀疑所采并非车前草者，不只我一人。不过我也怀疑并非是“果实如李”的东西，因为如“李”者，也不是“捋”的。我无端地怀疑，所采的会不会是“薏苡”——就是“米仁”，现在“娃哈哈”八宝粥里有一种成分就是它！它可以当饭吃，而且可拾可捋可兜！

存疑。留待有心者进一步探究。

犬足迹

有一年，我与家人在田野散步。那时女儿尚小，她一个人落在后面。我回头找她，她竟一个人蹲在田头采一种小黄花，而且已经采了一束捏在手里，见了我很高兴地举起来给我看。我一看大吃一惊，连忙叫她扔掉。因为我认得那种花叫“犬足迹”，很毒的。

“犬足迹”因叶子形状像狗走过泥地留下的足迹而得名。也有的地方把它叫得更威风，叫它“老虎足迹”。它春天开出漂亮的小黄花，但是它的叶子与茎都长有细细的毛，全株不好看，甚至丑陋。以前，农民养猪，往往放养，任猪在山坡野地自己找吃。猪是很聪明的，连很臭的鱼腥草猪都会吃，但这种“犬足迹”猪一点都不吃，因猪本能地知道它是有毒的。

“犬足迹”的学名叫“毛茛”，喜欢长在田边、路边、水边。

毒也有毒的作用，看你如何利用它。它的毒主要是具有腐蚀性。在旧社会老百姓很苦。有一篇小说，说的是村子里半夜听到狗叫，穷人会心惊胆战，因为此时保长进村抓壮丁来了。为了“逃壮丁”，穷人们竟会“自残”。自残的方法之一，就是将“犬足迹”捣烂敷在身上；被敷的地方，半天工夫就起水泡，腐烂了。当保长看到“壮丁”身上滋水淋漓，也怕了——怕“壮丁”患的是传染病。

有位草药先生，告诉我过这样的经验：他曾遇见一个急性喉症患者。这种急症很可怕，患者喉头红肿，而且病情发展迅速，几个小时的工夫患者就会因肿胀堵住呼吸道窒息而死。草药医生便赶快将“犬足迹”捣烂挤汁，调以蜂蜜，用竹管直接将药液灌进喉头，于是红肿很快破裂，吐出血水，即令生命无虞，然后慢慢调治。简直说得有些惊心动魄。

那草药先生还告诉我，“犬足迹”还治黄疸。人的左右手虎口交叉，背上那手的食指按在被压的拇指根的位置，那里正好有一凹窝，那是一个穴位，叫“列缺”。将“犬足迹”捣成糊，取拇指甲大小，贴在“列缺”，男左女右，半天即起水泡，用针挑破水泡，黄水如泉。不几日，黄疸即可退去。

上面所说的急性喉症与黄疸，在今天都算不上什么了不得的病，到医院很快就治好了，但是在中国漫长的历史中，草药先生就是用“土”方法，用这种有毒的“犬足迹”进行治疗，这需要多大的魄力与智慧！

金刚刺

它是草药，但不是草，是灌木。

一丛一丛，长在荒坡、山林，有两人多高，壮的，近乎两层楼。一根根荆棘条，刺很坚挺、锋利。荆棘条横在山路上，别说是人，连牛都怕它，极其张扬霸道。

荆棘条上长出一对对叶子，叶子也很厚实；叶柄的基部，还会长出两根粗粗的须，卷起来，像门神的胡子。

秋天到了，它也结出很可爱的果实。一簇簇，红红的，可说得上“晶莹剔透”。小心地避开刺，摘来，可以解馋。有核，皮厚，肉不多，但绵绵的，也甜。

它的根生得很深。根是黑黑的表皮，很粗，不规则，七棱八角，像许多水菱角连接在一起，一条块一条块，牵牵连连。把这根挖来，洗净，用柴刀斩了，里面有白色的淀粉。这根是可以当药的：多多的，煎浓了喝，可以治肺痈。

20 世纪 70 年代初，我在西乡教书，那里的农民起早摸黑拣空就去挖这种金刚刺根。那时挖它，倒不是挖来当药治肺痈，而是因为供销社会收购它。那时，农民在生产队里做，顶多“做点饭吃吃”，零用钱全靠自己搞副业。许多副业公社又不准搞，你搞是“搞资本主义”，要批判。连猪也养不起，人都缺吃，拿什么给猪吃？鸡可以养，因为鸡会自己到山上刨食，可以指望鸡下蛋换钱买盐，所以就有农民戏称鸡屁股是自己的“银行”，是自己的“盐钵头”。而那个时期供销社居然会收购“金刚刺根”，这种东西可以换钱，这可是天大的好事！于是农民兄弟们有的全家出动，起早摸黑去挖，挖来用柴刀一片片剁好，晒干，卖给供销社。一个正劳力，一天除了赶生产队出工，挖到的金刚刺根多的时候可以换五角多，这真是天上掉下来的好事呀！

供销社收它作什么？那时粮食很宝贵，酒厂就将这种金刚刺根碾粉作粮食“代用品”酿烧酒。这种“金刚刺烧”很便宜，五角六分钱一斤。酒瘾发作时去买点喝喝，抽屉里搜出七分钱，就可以打一盅——正好是十六两制的二两。喝是很不好喝的，有一点儿苦味，还有一种特别的气色，不好闻，有点呛人；但很凶，刹瘾。

供销社的同志说：“买点喝喝，有好处的，散风活血。”

那时年轻，血正活哩，也没什么风不风。买它喝，只图它省钱，凶。

这种金刚刺生命力也极强，它的根已被挖得一塌糊涂了，但到了来年的春天，它居然又抽出新芽，新芽茁壮，越抽越长，一下子又威风了。

草药先生告诉我，这种嫩嫩的新抽的茎顶上的“蕻”是可当蛇药的。他还将“蕻”摘下给我看：状如触须獠牙，极像蜈蚣的头！“以毒攻毒，蜈蚣是克蛇的。”他说。草药先生很好笑，他们有着诗人般丰富的想象，往往会以这种“相克”的理论用药治病，譬如他们还会用公鸡的血涂在被蜈蚣咬了的伤口上——因为公鸡是会吃蜈蚣的，甚至还会将敲碎的碗片入药——碎碗片很锋利，在当地土话里叫“碗爿锋”，“锋”“风”同音，所以就说碎碗片“祛风”。

有一年过年，DJ 送了我半瓶洋酒，说是正宗的法国酒，包装精美，说是很贵，一瓶要两千多元人民币（不知真否）。起先我舍不得喝，在橱柜里放了两个多月。后来经不起诱惑，心想，尝尝吧。打开倒了一盅，一尝，天哪——它的色香味，居然与我三十年前喝的“金刚刺烧”一模一样！

这样看来，三十年前，土里土气的“金刚刺烧”，与如今正宗的洋酒，是一样的名贵！

当年，我紧巴巴地搜出七分钱买一盅“金刚刺烧”，该是何等的奢侈！

一盅一盅地喝，现在算来，不知被我喝了几万元钱了哩！

（2004 年 3 月）

红豆杉

2000 年校园里移植了两棵红豆杉，一棵种在篮球场边，一棵种在靠 5 号教学楼的角落里，是云峰镇马头村一位师傅移植的。

红豆杉是植物中的熊猫，属于国家一级保护植物。移植不久，来了两位林业警察，要追究马头师傅的责任。马头师傅解释说，这两棵红豆杉的原生长地要造水库，它不移也要被淹死，现在移植到遂昌中学校园，那实在是做了一件好事，是保护了这棵“植物熊猫”。林业警察听了觉得有道理，也就算了。不过临走时还是警告马头师傅：这类珍稀树木，非同小可，以后若要移植，务必打报告，先要得到林业局的批准。最后又作了严肃的交代：既然已经移植了，就要努力种活！马头师傅频频点头诺诺连声。

马头师傅移植了这两棵高贵的红豆杉以后，确实也尽心，三天两头来校园呵护。篮球场边的那棵，很快就活了。角落的那棵，却总是长不出新叶，叫人揪心。到了夏初，它终于抽出了些许新枝嫩叶。马头师傅高兴得脸都红了，买来了毛竹与黑色塑披，搭了个高大的遮阴篷，对这棵红豆杉进行了名副其实的“一级保护”。人们问，缺了阳光，这样行吗？马头师傅说，新叶嫩，经不起夏天的太阳，不得不这样。然而“这样”一来，新叶竟慢慢地萎缩了。人们说，“这样”不行吧？马头师傅说，“这样”不行，不“这样”就更不行啦！马头师傅又在树梢装上一个喷雾龙头，接上水管，一天二十四小时喷洒——这份小心劲儿，简直像宫廷影视片中的“奴才”伺候“主子”。“这样”一来，原先萎缩了的叶子又坚挺起来，坚持绿着，但总是缺乏生气。马头师傅又去采了许多健康的红豆杉叶子，榨成汁，又添加了一些“激活素”，混合成“营养液”，用生理盐水瓶装了，挂在这棵红豆杉上，真正替生病的婴儿打点滴似地，将注射针戳进树皮里，外面再用蜡封了。马头师傅说：“这是最先进的技术了。”

尽管“最先进”，尽管“一级保护”，但到了深秋，那水胀的叶子腐烂了……

结果两棵红豆杉活了一棵，死了一棵。篮球场边常晒太阳的那棵活了，精心保护的这棵死了。

人们都唏嘘不已，尤其是马头师傅，像死了他的谁似的。

这种红豆杉，学名是“南方红豆杉”，其实，在农民的心目中原先是一点也不珍稀，闽浙赣一带多的是，村头山脚，连片连片的，“滥贱”得很。遂昌的农民原先也根本不知有什么学名“南方红豆杉”的，只知道它叫“榧树”，木质发红，绺纹也非常致密精细。但农家人也并不喜欢用它做家具，尤其不喜欢用它做桌子，因为以前遂昌农村习惯在桌子上放置小火炉滚火锅，而这种精细木质是极易被炭火灼焦的。后来不知是怎么回事，据说日本人研究出红豆杉的提取物是治癌症的特效药，它就身价千倍万倍了。后来又有文件，宣布它为“国家一级珍稀植物”。农民们这才感到稀奇好笑哩——“只道刘三……白什么改了姓，更了名，唤做汉高祖！”

不过，“村姑成西施”了，倒真的招人惹眼了，多少人想娶它，移它到自家庭院。

低贱者，原来也高贵；高贵者，原先也低贱！

（2001 年 5 月）

苦　瓜

三叔公是种蔬果瓜豆的能手。一年，光苦瓜就可收入近万元。

苦瓜在市场是很抢手的。苦瓜味苦，却清凉解毒，可治糖尿病，据说还可以抗癌，是绿色保健食品。吃腻了大鱼大肉的城里人很喜欢买苦瓜吃，所以苦瓜的价钱就远远高于其他瓜类，它的身价比那甜味的南瓜高得多，可以上高级宴席。

清明过后，三叔公把土刨得很深，基肥下得很足，地整成一垄一垄高高的，再小心地点下苦瓜籽——而后“种瓜得瓜”。到了夏天，苦瓜就爬满瓜架了。

苦瓜是白色的，样子很特别，中间粗两头尖，最特别的还是它的表皮——很不平整，一个疱一个疱，很像点燃的蜡烛挂满了蜡泪。

三叔公总爱将苦瓜种在水塘边。我知道，那是因为苦瓜原产热带，喜欢潮湿。可是，三叔公偏不这样说。三叔公竟然说——苦瓜长出来了，水塘就像镜子，可以照。苦瓜自己一照，那模样是那么丑陋——没有西瓜光溜，没有冬瓜肥胖，没有南瓜红润，没有黄瓜匀称，没有丝瓜苗条……尖嘴猴腮，满脸麻点，它哭了；它不服气，它又长出一个……水里一照，又是丑陋的，又哭了；又不服气，又长出一个，又是丑陋的，又哭了；又不服气，又长出一个……越长越多，从夏天一直到深秋，它拼命地一茬一茬地长！在水塘边，它比在别处长得多得多。它长那么多，你以为它满意了吧？不，它根本不满意，它内心苦着哪！你明白吗？

我明白啦！苦瓜有着南瓜黄瓜们没有的品质，那就是它敢于在水塘里正眼瞧自己，正眼瞧自己的丑陋；它不甘沉沦，敢于不服气地顽强地生活，同自己的命运抗争，一次一次地抗争。它内心痛苦，那是因为它能正确认识自己，有自知之明。它现在终于争得比南瓜黄瓜更高的地位，可以上高级的宴席，那是因为它具有独特的苦味——它把原来的“自卑”深深地掩藏在心底！

见我明白了，三叔公点点头。

（2002 年 4 月）

插 花

成成从学校带回一个作业：插花。而且要评奖。

九岁的小孩做这种作业，学校的意思当然是要家长“辅导”，共同完成。

我们到山上采了许多花花草草。

找了一个细颈酒瓶。

寒秋了，还是以“秋”为主题吧。

先插了两株狗尾巴，又插了一穗稻谷。它们都很饱满，谦虚地垂着头。

再插上一茎白茅——种子已被茅絮裹着远远飞走了，剩下的是蓬蓬的母体，自豪地昂着头。

再插上一株芒花——它极像芦花。花絮也早飘走了，剩下的是枯干的母体，整株成 7 字形，高高迎风，让人想起“雁南飞”。

所有这些显得简单了些。于是又插上两张蕨衣——棕褐色的，枯卷着，有如刀刻的图案。

秋意浓极了。但色彩肃杀了些。于是再插上一束野菊花，壹元钱钢镚那么大的花骨朵，有十来朵，一束，鲜艳的黄色！于是整个作品有秋意但不悲凉。

是成熟的秋……

整个“插花”作品完成了。成成与外公都很满意。

非常不起眼的野花枯草，居然可以构成一件艺术品！外公告诉了成成一个成语：化腐朽为神奇。成成似懂非懂地点点头。

成成抱着《秋》，满怀希望，到学校去参加评奖。

……

晚上放学，成成回家，一脸的沮丧。

全班所有参赛作品中，那些从花店买的艳丽的“插花”都得奖了，只有三件作品落选，《秋》是其中之一。一位当评委的老师，当面讥讽九岁的成成：“这些狗尾巴，这些老气的东西，算是什么花哟！”……

于是全家沉默。

外公心里说：“总有人视神奇为腐朽！”

但外公只对成成说："得不得奖没关系。就像那稻穗，低垂着头，心里踏实。秋天装到了心里，又何必写上奖状？"

九岁的孩子似懂非懂，点了点头。

（2002 年 11 月）

独　山

那年春天，我和我学校的阙君，还有王村口中学的管君，还有县史志办公室的夏君，四个人，一起去独山玩。

叫"独山"的山似乎很多，邻县松阳也有"独山"，也很出名；我们去玩的这"独山"是遂昌"独山"，在遂昌西乡，离城八十里光景。

独山位于乌溪江边，好像真的与旁边的山"相邻而不相连"。独山脚下的村庄名字也叫"独山"。所以，我说的"玩独山"是连山连村庄一起玩的。

这独山村，是浙江省首批公布的省级历史文化保护村。这样级别的村首批只公布了三个，一个在永嘉，一个在乐清，还有就是"独山"了。所以遂昌人说起独山来就一脸的自豪。

早在宋朝，有个尚书左丞相，名字叫叶梦得，松阳古市卯山后人，他的曾孙名字叫叶峦，不知何故，搬迁来到独山，定居了下来。结果是"风景这边独好"，人丁渐旺。到了明代，独山村就有模有样了。明嘉靖年间，村里出了一个名叫叶以蕃的人，很会读书，殿试中二甲第十九名进士，官做到工部员外郎——大约相当于现在的建设部某司司长。官也算不上多大，但是遂昌素来读书做官的人不多，所以出了个"员外郎"就非同小可了。于是村里造了座石牌坊，以示"荣膺天宠"。石牌坊现在仍旧保存完好。即便是红卫兵造反的时候，也不知为什么没有把它砸掉。也许是独山地处偏僻，外地的红卫兵不知这牌坊；而本地红卫兵又是姓叶的多，不敢也不愿把自己祖宗的东西毁了，使这封建色彩浓重的牌坊保存了下来，以至今天又得以炫耀，连县里的人到上海参加招商引资会时，都有了本钱说“我遂昌具有悠久的人文历史”。这牌坊建在村头，确实颇有气势。青色花岗岩雕琢，三间，四柱，五重。四柱柱脚都有“抱鼓石”前抱后拥，坚固稳重，完全经得起风雨。牌坊横梁镂空雕刻着狮子、麒麟、飞鸟、人物，参差安排，杂而不乱，很生动。祖宗的东西留下来真的是好，有了这牌坊，村子也多了几分静穆平和的气象，从明朝以来，村里“种田人家爱读书，书香门第重耕耘”，打骂斗殴的事极少。

村中间有一条窄窄的小街。街心是青石条铺设，路上偶尔也可看见鸡与猪悠闲地行走，但看不见鸡屎猪粪，因为村子里的女人们会经常及时地打扫，所以路面很干净。这种情况在别处的乡村是难得见到的。路中间会有狗躺着，人走过去，狗不凶，吠也不吠，甚至连站也不会站起来，顾自躺着眯了眼睛看你，只会懒洋洋地摇摇尾巴，尾巴只在地上扫来扫去，显得极温顺极友好。街两边屋舍排列，有的是木板门，看得出来过去是店铺，据说独山早年也繁华过，村里有盐店、布店、南货店，外地也常有商人来；有的门庭是古老的水磨青砖，门庭里有梅树、紫薇、石榴、慈竹，颇有“庭院深深”的味道。

村头村尾还有寨墙的残迹，而寨门依然完好，靠近乌溪江边。寨门上方有门楼，现在的村民都还是很“雅”地称它“谯楼”。据说，过去社会动荡有匪乱的时候，村民会自发组织起来保卫村庄，夜里会在谯楼上巡视，“梆梆梆”地打更。谯楼上现在还有一副对联：“里仁为美，还教聚万姓之欢；德义相先，庶可广一方之化。”字写得很好，可以看作是独山的“村训”。村子里还存有一口明朝的水井，石井圈上刻了“孤松清泉”四个字，篆体，笔势古朴。村中心有叶氏祠堂。祠堂是明朝的建筑格式，大门口坐了一对石狮子，眈眈相视，好不威风。汤显祖做遂昌县令的时候，与村里叶姓子弟叶澳、叶干和叶梧是好朋友，常会来独山玩，到好朋友家喝喝酒、吃吃炒豆、品品茶、谈谈天。

独山村的北面就是“独山”了，山并不很高。

从山的阳坡上去，小山路弯弯曲曲。山坡有几处石壁陡而光滑，刻凿了一些字，花花斑斑，字并不太好。有些人总爱刻字留纪念，在山坡石壁上留下芳名，对他们来说，自然比在树干、亭柱上乱刻“刹瘾”多了。路边长有许多毛竹，毛竹又壮又绿，微风中轻轻摇曳，美而不妖，身姿极其优雅；路边还有许多红红的杜鹃花。若只是一株杜鹃，那并不好看，但现在是许多杜鹃，红红的、一簇一簇，就很好看了！路边还有一些藤刺，牵牵蔓蔓，不时会钩住你的裤管，可见平时少有人来。

无须大口喘气，很快就到山背。在山背，同行的管君介绍了许多诸如“蟾蜍望月”之类的景点。对这些好听的命名，我向来不太感兴趣。这些命名与实景往往联系不起来，即使那块石头真的很像“蟾蜍”，看了也兴味索然——还是先不介绍的好，糊糊涂涂地看，朦朦胧胧地感受，有趣多了。

再从山阴寻路下去，景色比阳坡奇特。由于背阴，无风无雨也无晴，终日不见太阳，寒气逼人。路陡峭惊险，路上的石块终年阴湿，很滑。路边有很厚的腐烂与半腐烂的陈年树叶，还有绿绒般的苔藓，踩上苔藓，它会与泥土脱层，也会让人滑倒，所以下山要小心。好在路边还有青栎、木荷、乌饭柴，还有一些藤络，可供攀扶壮胆，要不，一眼到底，下面便是百丈深渊，岂不“吓煞人者也么哥”？青栎树上，有一种鸟，很美，不知其名，拖着两根长尾巴，时上时下地飞。管君说，这种鸟个头虽然不大，但三五结伙，会捕蛇；扁担般长的蛇，都叫它们合伙啄了，抬上树梢撕了吃。这种鸟样子美，但鸣叫声很凄厉。

慢慢下山，路旁还有一块鹰咀似的突出的岩石，上面平滑，因为此处离乌溪江江面已经比较近了，我信口乱说：“这里就叫‘钓鱼台’哩！”不料同行管君说，这里也算一个景点，真的是叫“钓鱼台”的，真好笑。这表明给一些所谓景点取名并不太难，并不一定得名人“金口玉言”，像我这样的庸人也可以“歪说正着”，至于再信口雌黄说这“钓鱼台上多少年前有著名者谁谁谁，都曾来垂钓过”，那就离谱了。

从钓鱼台再下去不多远，又有一个洞，叫作“武夷洞”。没有别的路可走，一定要从此洞钻过去。弯着腰低了头，从这个洞钻过，岂知洞外豁然有天——头上蓝天白云，而脚下，就是乌溪江水缓缓向东流去……“沧浪之水清兮，可以濯我缨；沧浪之水浊兮，可以濯我足”，而乌溪江之水终年不浊，你濯缨也好，濯足也好，整个人跳下去游泳也好，它总是那么清，那么绿，那么柔情脉脉。

就在这独山脚下乌溪江边，有一种灌木，坚槭不像坚槭，黄杨不像黄杨，虬枝错节，很有生气，别处少见。管君说，它叫“蚊母”，可以制作盘景。啊！这云雾缭绕的独山，独山下青幽幽的乌溪江，还有江上的石拱桥，和在桥上走过的背着书包的孩子……以及古朴的独山村，村前村后的田园，还有那新秧疏处甩着尾巴的水牛……这，岂不是天造地设的一个大盘景？

独山，真的很美 。

（2004 年 3 月改定）

稿 酬

友人小吴，妙笔生花，每年稿酬不菲。我曾问他“最可观时有多少”，他与我说了下面一件事。

暮春。太阳很好。

小吴有事，要到衢州，走水路。要在乌溪江水库的香炉岗码头上船。

水库千顷碧波，有古塔映在水中。水鸭笨拙地飞了两圈，又一头栽入水中。岸边有人垂钓，多用抛竿。年轻人可以将饵团甩出六十米开外。一老人只将饵团抛出二十米左右，却钓上了一尾两斤多重的鳜鱼，泼剌剌地拎出水面。

艄公五十岁光景，一部络腮胡，一脸豪气。船上一共有十几个乘客，有顾自抽烟的，有站到船头或船尾看水面的，更多的是凑一块天南地北乱侃瞎聊。不知怎么地，话题对准了艄公的女儿。

艄公女儿在县城中学读书，今年读高三。在县城开销大，读书学费也不便宜，女儿又不懂得节约，一年花费近万元。女儿读书也不太好，期中考试有两门课不及格。女儿自己也着急，用功是拼了命用功了的，可就是跟不上别人，前天还来信，要父亲给她买“脑白金”。

“不知今年大学好不好考，女儿能不能考上大学……”艄公叹息。

乘客们稀里哗啦凑热闹。

“上不了大学又怎么样？上得了大学又怎么样？大学毕业了又怎么样？就一定有好工作？”

“大学毕业到什么什么公司，听是好听，其实还不都是打工？”

“大学毕业，在人才市场转悠来转悠去，照旧有找不到合适工作的哩！还要回家等。”

“前几天报纸上还说，有一个女研究生被人贩子骗去当鸡哩！”

“哈哈哈……”

“你的女儿是不用怕的，考不上大学也不用回来。”

“回来又有什么不好？当个船娘……”

“高中毕业，回来也用不着当船娘。”

“你女儿肯定不用回来。生得那么白，那么漂亮，还怕在城里找不到合适的？……”

“哈哈哈哈……”

船在水库里平稳行驶，水面被船头“人”字形劈开。青山缓缓地向后退去。

众人嘻嘻哈哈的间歇，唯有小吴，很真诚地、很认真地、近乎严肃地对艄公说：“你女儿会考上大学的！”

说完这句话，小吴又很认真地、很真诚地向艄公点了点头。

顿时，船上的气氛突然严肃起来，嘻嘻哈哈的众人都沉默下来了。

三个小时后，船在衢州小湖南码头停靠。三个小时行程，船票是十元。当小吴掏出十元钱付给艄公时，艄公说：“你的船钱我绝对不会收！就凭着你的那句话，托你的吉言，我还真不知该怎样谢谢你才好哩！”小吴把十元钱硬塞给艄公，可是艄公死活就是不收。

小吴对我说：“你不是问我最可观的稿酬是多少吗？你算算看，我的那句话——‘你女儿会考上大学的’，才九个字，十元钱，每个字一块一毛一！还从来没有哪一家报社杂志社付给过我这么高的稿酬！”

我感叹不已。

（2003 年 10 月）

垂钓记

摆弄好钓竿，准备明天参加工会组织的钓鱼活动。

还特意去买了顶遮阳旅行帽，是那种鸭舌很大很长且后脑勺开叉有搭钮的那种帽子；还找到小儿子用过的帆布背包，用来放那些鱼兜呀、鱼饵呀等钓鱼必备的东西。忍不住“老夫聊发少年狂”，还穿了高筒雨靴，自个儿预先试着“武装”起来，在卧室的立柜门镜子前，左照右照——要是把近视眼镜换成墨镜，自认为就够得上标准的“骑士”。妻子进来了，看着我好笑。我说：“准备好，明晚吃我的鱼。买瓶好点的酒。”她骂我“臭美”。

第二天骑车上路，要去离城二十里的水库钓鱼。同伴们见我背的是竹制钓竿，都笑我“土包子”。他们是清一色的塑料钓竿，像收音机的天线，可以自由伸缩，拉接好有七米长，足有我的两倍，非常现代化。我心里说：“小米步枪不见得打不赢飞机大炮。到时候瞧！”

记得儿时钓鱼，用一枚大头针弯成钩，偷来母亲缝衣的麻线，随便找一段竹竿，系好就成。钓鱼嘛，不像现在，河流被造纸厂污染得一塌糊涂，小河的鱼已绝了种，须跑到这么远的上游水库才行。我们家屋后不远就是小河，是瓯江的源头。那时，河岸杨柳依依，河水清且涟漪，水质很好；鱼多，又大、又傻，你脱了衣服裤子钻到水里，它会在你的大腿间拱来拱去，很痒。想钓它，别说蚯蚓，饭粒也好，面筋也好，随手拍只苍蝇更好，一会儿就可以钓上很多，用柳枝串了拎回家。可是父亲很反对我钓鱼，他认为钓鱼的人都是游手好闲之徒，没有出息。那时，他根本不知道连美国总统布什都是个钓鱼迷。他还说，鱼也是一条命，钓它罪孽。凭他那副慈悲心肠，在今天完全可以充当国际野生动物保护委员会合格会员。尤其是有一次，我钓了一条特漂亮的鲫鱼，很骄傲地回家，他见了，居然同情那鲫鱼，夺过钓竿拗断，竟朝我的屁股打来。

此后，一隔三十多年没钓过鱼。今天重操旧业，不禁想起一位朋友的话：钓鱼可以钓回童年。

在水库边刚坐下，你会觉得水库很平静；但稍一坐久，你就知道水库是很不平静的：水底时不时有气泡往上冒，水面突然会莫名其妙地荡出一个一个的圆圈，飞虫竟稀里糊涂地撞进水里，鱼儿会欢快地跃出水面……

白云朵朵，清风徐徐，小鸟啁啾。实在是钓鱼的好天气。

可是，鱼却总不咬我的钩。而旁边的同伴，活蹦乱跳的鱼已经拎上好几条了。我知道，钓鱼本来就是磨性子的事，我沉住气耐心地等待。可这鱼就是成心气人，我的钓线浮标发了呆似的总是不动；边上同伴巴掌大的鱼是接连不断地往上拎。我的心也被拎起来了，嘴上也就念念有词地骂出一些难听的话。同伴无疑是垂钓高手，他见我急了，就过来给我传授“钓鱼经”。他说，现在是什么年代了？谁还用竹竿钓鱼？竹竿短，鱼线甩不远，自然就上钩迟。他还说，我用的蚯蚓也不行，落后，是“土蚯蚓”；而他们用的是“洋蚯蚓”，美国进口的，颜色鲜红，扁圆，蠕动优雅，鱼见了贪吃。真是不听不知道，世界真奇妙——现在连蚯蚓都从美国进口了，而且这“进口货”的诱惑力，连中国鱼都“挡不住”！

同伴无私地送了我十多条洋蚯蚓，让我把土蚯蚓换了。果不其然，换上洋蚯蚓不多时，我那浮标就如梦初醒地开始抖动了，而后停了一下，又开始抖动，接着飕地一下沉没下去……我惊喜地猛提钓竿，水面泛起了浪花，浪花里红光一漾，那是条大鲤鱼，足有五斤重！它又狡黠而顽固地下沉，我就与它拔河比赛似的，将钓线拉得比弓弦还紧。眼见一点一点就要拉出水面了，钓线突然一松，它竟像箭一般射了出去，钓线绷断了！

待我回过神来，手上只剩下一根没了线的“光杆”。我发狠地像扔标枪一样将竹钓竿扔进了水库，然后沮丧地骑车回家。路上，我想，那鲤鱼口腔里钩着一枚铁钩，吐又吐不出来，吞又吞不下去，嘴巴外面还拖着一根四米来长的尼龙线，今后的生活该是多么的艰难……

回到家，妻子见我两手空空如也，笑了笑。

我忙说：“本来钓了条大鲤鱼，红的，有八斤重，可惜，又逃了。”

妻子说：“逃了，你说十斤重也可以。它还好没有把你连人拖走。”

晚餐。妻子端上一瓶杏花村汾酒，还有一条喷香喷香的糖醋鲤鱼——那是早上我去垂钓，她上菜场买的。

（1992 年 8 月）

糊　豆

西乡人，春天插下稻秧，耘田一遍过后，就在田塍种下黄豆秧苗，叫“田塍豆”。豆苗活了，开始长大，人们就在豆根撒一把草木灰，然后从水田里捧上一捧烂泥，培壅在豆根，西乡人称为“糊豆”。

老本，当过兵，不善农事，性情懒散。别人家的豆早“糊”了半个月了，都绿油油的了，“茁壮”了，老本还是懒洋洋地在家里坐着。老本老婆见自家的豆苗黄稀稀，实在看不下去，尽催老本“快去糊”。老本终于去“糊”了，乱“糊”了一通，草木灰也撒得不多。

这年夏至过后，太阳越来越骄，长久无雨。奇怪的事情发生了：别人家的豆似乎都经不得太阳猛烤，都蔫蔫的；老本的豆却绿油油地“茁壮”成长着。到得秋天，别人的豆荚瘪瘪的；老本的却颗颗饱满，他笑呵呵地收获，担回家。

人说：真是懒人有懒福！

三叔公说：豆苗“糊”得早，从小得到过分的呵护，它的根“浮”在地表就有充分的水与养料可吸收，倒变娇变懒了，等到六月骄阳一烤，它就真的焦了！豆苗“糊”得迟，小豆苗自己就要努力挣扎，逼得它将根深深扎入地底，等长大了，遇上恶劣天气，它也可以从地底深处吸收到水和养料。

“糊豆”的道理，不值得人们深深思考吗？

校园里的樟树

1999 年遂昌中学从县城东隅旧址搬到了城西荷花滩。荷花滩校园风景很好，移植了很多樟树。假如有人问这些樟树我最喜欢哪棵，倒真叫我一时回答不出来。

是1986届高三（1）班同学“认种”的那一棵吗？这一棵确实样子很好，枝盛叶茂，干粗冠大。这一棵是2000年上半年1986届高三（1）班同学回母校开同学会，花了几千元，买了个冠名权，“认种”了，并且勒石纪念。1986届高三（1）班的同学读书很好。那时大学很难考，这个班的同学就有四十多位考上了大学，而且有考上清华的。我自己的女儿就是这一班的学生，她当年考上杭大生物系。这棵樟树长势很猛，十年之后，绿荫十丈并不是不可能！

但另外还有一棵，简直令我钦佩——就是三号教学楼前边的那棵。它有电线杆粗，但比电线杆还高，长脚伶仃，极不雅。三人高的地方才开出一个大丫杈，成两臂高举，作引体向上状。它是2000年开春的时候移植的，是从百里外的乡村移来的。移来时我亲眼见到，它的主要粗根都已遭到斧戕，留下了少量细根，用一些稻草绳绑着。由于长途搬运，全身脱皮露骨。园艺工人很潦草地将它种下，它于是半死不活地立在那里，在霏霏淫雨里垂头丧气。原有的叶子一片一片变黄，一片一片掉落。我很可怜地瞧着它，慢慢地，叶子似乎全掉光了。我的好朋友严君也很关心它，天天从教学楼三楼的窗口探出身子看它。“活不了吧？”我仰头问严君。“死是还没有死，还有十来片绿叶。”严君说。可是它总是抽不出新叶。很快到了夏天，它还是没有抽出新叶。放暑假了，我离开了学校，也就忘记了它。到八月份，又开学了，我回校时，它实在让我吃了一惊——一个来月，它经受了酷暑的“烤验”，居然长出了一身的绿叶！它现在不仅活着，而且活得很骄傲！

此外，还有一棵，就是办公楼东南角上的那一棵，它还很小，树干才盈拳粗，看起来普普通通。现在总时兴讲“标志性的什么”，讲到北京的标志，那自然是天安门；而埃菲尔铁塔，则是巴黎的标志；黄山呢？那便是迎客松。如果要给遂昌中学选一个“标志性的什么”，我倒要选这一棵小樟树。它虽然小，但很早就种在了这里，办公楼与教学楼还没建好，它便种在了这里。后来校舍建好了，要规划绿化区了，它竟站在四方形的花坛边沿上，而且十分“出格”地侵占了通道。这还了得！在许多讲究“统一美”的人眼里，它有碍观瞻，简直“触目”；它妨碍交通，简直有点大逆不道，完全可以将它砍掉！但是遂昌中学的人没有砍它，而是让出部分通道，用水泥砖围了一个半圆，成“Ω”型，把它宠了起来。这，难道不标志着一点什么吗？既然是一个生命，它就有权利活下去；既然是一片绿，终究有一片阴凉！人宁可牺牲自己的一尺活动空间，去保护另外一个具有意义又非常容易受伤害的小生命，这是一种什么行为？什么精神？什么理念？这是一种文明！一种现代文明！一种愚昧者所不可思议的现代文明！这是对生命的爱护！对个性的尊重！对审美的升华！

多么不容易啊……

校园里的樟树。

（2000 年 10 月）

喝茶聊天

寓言十则

1. 木 桶

这是一个漂亮的木桶，谁见了都说："多么精致的桶啊！"于是这桶得意地自我上下打量，觉得自己实在美不可言。

然而不知怎的，它对那根漆黑的桶箍却越看越不顺眼，越看越不好受。终于，它愤愤地嚷道："去你的吧，箍得我腰身疼痛！"

箍却心平气和地回答："要是真的去掉了我，你将变成一堆七零八落的木头，只能供人烧火。"

2. 农夫的马

农夫有一头马，很健壮，不幸被老爷看中了。老爷说："你家的马是啃了我家地里的草才长这么壮。这马给我，我给你一头驴。"农夫说："我的马是吃自己地里的草长大的。”老爷说：“你家地里的水，是从我家的土地上流过去的。”农夫无奈，把马换了一头驴。农夫把驴养得滚滚壮壮，又被老爷看中了，说：“你这驴原就是我的，还给我。我给你一头羊。”

农夫哭了！

哭有什么用？人家是“老爷”呀！至少目前应该庆幸：老爷还没有用鸡来换羊，更没有用鸡蛋来换鸡……一旦老爷来了兴致，他还可以用鸡毛来换鸡蛋——但他目前还没有这兴致。

3. 竹篙与木桨

竹篙瘦，木桨阔；竹篙一竿子到底，木桨“两边讨好”；竹篙心肠直，木桨“面子”大。竹篙走急流小溪，木桨行万里江湖！

4. “一”字

“一”字很好写，但很难写好。

细了，猥琐；粗了，霸气。

直了，呆板；弯了，乖巧！

如果在整幅书法作品中，长了，挤了别人；短了，委屈自己！高了，触目；低了，矫情！恰好处在正中，又会显得笨拙——书法家说，横幅，须写在中间略微偏下；直幅，须写在中间略微偏上！要看具体“环境”，有时稍偏上有时稍偏下，有时稍亢之，有时稍卑之，才是真正的不卑不亢。

在整幅书法作品中，“一”字笔画虽然简单，但可以帮助“纠偏”。周边的字紧了，它就舒一点；周边的字松了，它就缩一点；周边的字高了，它就降一点；周边的字低了，它就抬一点；周边的字左了，它就右一点；周边的字仄了，它就平一点！有它“纠正”，可以提高整幅书法作品的品位。

写“一”字，也可以悟出一点做人的道理来。

5. 扁　担

扁担雕了花，很美。

但它已无法挑重担。若挑重担，断裂，就在雕了花的地方。

6. 黄　牛

黄牛在路中间屙了一堆屎。过路人见了，人人大骂：“遭瘟的！宰了去，炒辣椒！”

这时，还有谁记得，它一生老实躬耕？许多人，总是没有良心。

有一个成语，叫作“一俊遮百丑”；这个成语也可以倒过来用：“一丑遮百俊。”

7. 毒　蛇

毒蛇与春天同在。

8. 球

球说：“我始终站着。”

球门说：“你始终躺着。”

球说：“我始终坐着。”

球门说：“你始终跪着。”

球说：“我始终不倒。”

球门说：“你始终倒着。”

球员说：“没有心肝、圆头滑脑的东西，滚吧！”于是狠狠踢了它一脚。

9. 猫头鹰

黄莺对猫头鹰说：“我歌唱太阳，你歌唱黑暗；我讨厌黑暗，你害怕太阳！”

猫头鹰对黄莺说：“太阳下山你就停止歌唱；在黑暗里我仍旧呼唤着太阳，我爱太阳之情比你更深长！”

10. 黄鼠狼做兽中之王

你信不信——

很古老的时候，黄鼠狼做兽中之王。那时，它放个屁，连狮子都说：“真香！”

你信不信？

小 明

小明，招亲又不算招亲，但整年住在丈母娘家。

小龙，正式招亲，标标准准的招亲，当然也整年住丈母娘家。

小龙，对丈母娘尊尊敬敬、客客气气、唯唯诺诺；有一点不是就主动认错，还给丈母娘买礼品。

小明，对丈母娘骂骂咧咧，什么礼品都不会买，只知道让丈母娘烧好吃的吃。

背后，小明的丈母娘总是夸小明。

连小龙的丈母娘都夸小明，但不夸自己的女婿小龙。

为什么呢？

因为小明骂骂咧咧之后，又会冲丈母娘叫：“妈！我那丢在床上的袜子脏了，快给我洗洗，我明天要穿！”

——贴心着哪！

人与人之间不存隔阂，有时竟会是以“骂骂咧咧嘟嘟囔囔”来表现的。

小 邱

小邱，是局长秘书。

一天，小邱与局长一起陪客人打牌。客人问：“到雁荡山远吗？”

小邱说：“很远！”

局长说：“很近！”

小邱马上说：“是的，说远也算不上很远，稍微远一点……嗯，还是不算远，还是算比较近的……是的，一点都不远，是近的，是很近的，真的是很近的！”

小邱的溜须功夫一流！

狐狸洞

我在西乡教书时，学校就在“五雷山”下。据传，五雷山的一个山坳里，有一个洞，叫“狐狸洞”。洞口并不大，但进去后，会越走越大，里面还有石桌、石凳、石棋子、石棋盘。洞深无比。相传，有好事者，带了两支“状元红”大蜡烛进去，点完了一支，仍旧深不见底，不敢再进了，赶忙点了第二支蜡烛出来。我们都知道，一支大“状元红”蜡烛起码可以点六个小时，洞深不言而喻。有人说，进去时怕迷路，是带着一布袋石灰进去的，走两步撒一撮做记号。一布袋石灰撒完了，不敢再进了，只好原路退出。你想，一布袋石灰撒完，洞该有多深？还有人说，好事者进去时带了一条狗做伴，人出来了，狗却没有出来。过了两天，那狗竟在百里之外出现！

“吾生也好奇”，那时我才二十来岁，听得兴奋，于是就与友人林法结伴探奇。两人带了手电筒，挎在腰间，电池是新买的，另备一对电池，以防不测。还带了一杆“红缨枪”，是电影《地道战》里儿童团背的那一种，用来防身。穿上解放鞋，皮带扎在衣服外面。请了一位知情农民带路。大约走了三四里山路，走进一山坳，披开荆棘杂木，有一洞，洞口才箩筐大，黑咕隆咚。农民说：“就是这里！”

我们问农民一起进去不，他摇摇头，不敢进，说在外面等我们。我们撒过一泡尿，又将皮带重新扎得更紧，就爬进去了。林法带头，我紧随其后。

洞身窄小，仅能容下一人爬行，根本无法挺身站立，连弓背转身都很困难。洞是石洞，洞壁嶙嶙，不平整，潮湿，有少许泥浆，没有其他动物的活动迹象。爬了七八米远，洞身有蛇曲向上的趋势。我们总希望洞身会逐渐变大，而后豁然开朗，会像《西游记》中的那些洞，出现石凳石桌……然而，洞却越来越窄小。我们继续艰难地爬行了十多米，林法说：“闭了，到底了！”我还不信，是否旁边还有别的洞呢？林法侧身躺着，让我再挤到前面看。我努力向前挤，只能挤到他的腰部，电筒照了几转，真的“闭了，到底了”，我们大失所望！

只好出去。但人无法转身，只能屁股朝后退。退了出来，那农民还在洞口，他说，他才吸了一支香烟！

神秘的传说与美丽的传说一样，往往虚假！

阴　币

冬至前几天，在老和山下，见一人避开市场管理人员，神秘地交易一担货物。货一叠一叠的，用黑色塑料袋装着。原来那卖的是“阴币”。币面大小与现在通行的人民币也差不多，只是纸质比较差。币面图案布局乍一看大致与人民币一样，但仔细看，它中间用的是“阴间通用银行”几个字，人物头像是一个古代官员，五绺长须——大概是阎王还是“阴间银行行长”之类的神物吧。印刷还是比较粗糙的，属于级别很低的那种印刷作坊印制。“阴币”的面值是伍拾圆与壹佰圆两种。

据我所知，过去清明冬至，人们上坟扫墓，烧给死去的亲人用的往往是锡箔元宝之类，还有纸钱，是将黄裱纸剪成圆圆的铜钱状，中间打孔，可以穿线。而今要烧这种“钞票”了，真是“时代不同了”。

这种“阴币”花二十元人民币可以买一袋，一袋据说有五十万元，你说合算不合算？

有几个女人与卖主讨价还价，想让他便宜些。他不肯便宜，说“已经够便宜了”。女人还是耐心地与他讲价钱；他不耐烦了，说：“如果你们想便宜，就买这一种吧——拾块钱给你壹佰万！”我大吃一惊，怎会有这种事？那卖主见我诧异，就在我耳边轻轻地说：“这是假钞——假阴币……在阴间，运气好的话，也用得掉的。”

《左传》里鲁庄公说：“牺牲玉帛，弗敢加也，必以信。”祭祀本该是神圣诚实的事啊……

那卖主见我依旧茫然，开导我说：“一样的，阴间的事与凡间都一样的！”

他的逻辑是这样的简单！

大头鱼饵

“大头鱼”，俗名也；正式名字叫“鳙鱼”。

这鳙鱼憨态可掬。在一般情况下，它不咬钩，人很难钓得上来。但如果钓法合理，鱼饵对路，这鱼“呆头呆脑”，又很容易上钩。

东隅阿二，是钓鳙鱼的“高手”。他制作的鱼饵极具“诱惑力”，他坐着钓，鳙鱼鱼头攒动，有如“赶庙会”，一条接一条的，连连上钩。

人们请阿二抽烟喝酒，向阿二讨教鱼饵制作方法，阿二也爽快，一五一十告诉人家。说，米皮糠与玉米粉各半，开水泡了，手捏成团，再蒸熟，塑料袋装好、封口；再放太阳底下晒一个星期，闻到有腐乳气味，就可以拿来钓了。

但是，别人照阿二介绍的方法去制作鱼饵，依旧钓不上来鳙鱼。

人们又请阿二抽烟喝酒，问他是怎么回事。阿二叫别人把鱼饵制作方法复述一遍；人们复述了一遍。阿二说：“是了，我忘了说了，在晒太阳之前，还要加两瓣蒜，捣碎拌了……”

但是，别人再照阿二说的加进了两瓣蒜，还是钓不上来。

人们又请阿二抽烟喝酒，问他到底是怎么回事。阿二问清情况，说：“是了，我还忘了，还要加两匙红糖！”

但是，加了红糖之后，别人还是钓不上来鳙鱼。

人们就气呼呼地骂阿二。阿二就说：“也许是我的手会出汗，是我的手汗与饵料搅拌在一起了，那鳙鱼才喜欢来咬钩吧？”

后来，阿二骑车去钓鱼，他的车停在路边。等晚上阿二要回家时，车胎却已不知被谁用小刀刺破了。

气功大师

80 年代后期，有一个大杂技团来我们小县城表演。我们学校工会集体购票，老师们都去看。有耍碗、顶缸、车技、空中飞人之类的，大路货，一般化。有个女孩子后仰弯腰，慢慢地，她的头又从自己的胯下钻了出来，并且嘴衔花朵，人成畸形，这种节目叫人恶心，我早就想退场，但想看他们的压轴节目气功表演，所以还是坚持看下去。

终于开始气功表演了。上来一位中等身材的男子，穿了件黑披风，没有说话，舞了一阵。旁边有位漂亮的红衣女郎介绍说，这位就是著名“气功大师”。

在舞台左前角摆了一张桌，桌上有一个花瓶，花瓶里插一束绢花。女郎拿起花瓶，拔出那束花，又把花瓶倒过来，抖了抖，以示瓶里并无异物机关；而后将花插回花瓶，再将花瓶放回桌上。“气功大师”又用一根魔杖，围绕花瓶，顺三圈反三圈地画了画，以示花瓶并无人眼不见的丝线牵连，只是老老实实地摆在那里。

音乐声起，灯光闪烁。

“气功大师”站到舞台的右前角，在距花瓶三米远处，开始运功作法。他左右手的中指与无名指都勾着，小指自然弯曲，突出食指与大拇指，人作骑马半蹲状，两手放于胸前，食指上竖微微发抖——样子很像电视里那个张无忌在练什么九阴神功。

据红衣女郎介绍，“气功大师”在三米远处发功，可以把花瓶推倒。我们都伸长脖子看得认真。“气功大师”食指抖动好一阵子，终于凌空做出向花瓶推去的动作。只见花瓶朝大师的用力方向倾斜了一下，又恢复原状——第一次没有成功。（虽然花瓶没有倒下，但毕竟“动”了，大家还是觉得奇怪。）大师又努力发了第二次功，花瓶还只是抖了抖，未倒下，还是没有成功。

大师走到台前抱拳表示歉意，稍作休息，又进行第三次发功。这时他的骑马步蹲得更矮、食指抖得更凶了，可见他更努力了。他终于吼了一声，双手推出，三米外的花瓶砰然倒下了。于是全场喝彩，掌声雷动。

第二天，我们学校的老师展开了激烈的争论。一派说，那气功是假的；另一派说，那气功当然是真的，是我们中华的国粹！

说假的一派代表人物是物理教师小邵。小邵说，第一次不倒第二次不倒，那是一种表演“噱头”，其实，“气功大师”想它什么时候倒就什么时候倒，简单极了。大家觉得不可思议。小邵说，以色列人的无人驾驶飞机在天上飞，人在地下都可“遥控”呢，何况三米远的一束花？绢花中什么感应器不好藏？

说真的一派代表人物是体育教师老余。老余自己平日也练气功，而且据说功力到家了，已经到了可以运功替人治病的境界了。老余说，昨晚气功表演，那花瓶一次不倒两次不倒，那是因为自己恶作剧，坐在台下暗暗发功干扰了他。别人不知道，那气功大师自己是知道有人干扰他的，于是他在第三次发功前，走到了台前抱拳作揖，那是求干扰的人放他一马。老余想想出门在外的人挣碗饭吃也不容易，于是不仅放过他一马，还暗中发功帮了他一把——于是第三次那花瓶很快就倒下了！

老余有一个外号，叫“余大泡”。他讲上面的话的时候，一脸的真诚实在。

但是，有好事者找了一个茶杯放在桌上，请老余发功试试看能不能让茶杯动一下；老余白眼斜睨，表示非常不屑。

驼　子

一百年前，遂昌县西乡出了个了不得的人物，他膂力过人，声若洪钟，武功高强，生性尚侠，但是其貌不扬，是个“单边驼”。走路的时候，单边驼的那只手甩不太开，只好搭在后腰；而另一只膀子前后甩动幅度很大，就如单桨划船。曾经有麻衣相士给他看相算命，说他是“鹤形”相，只可惜折了一只翅膀；要不然，将会一飞冲天，贵不可言。可是，即使“折了一只翅膀”，这“驼子”也依然扑腾过一阵子。

那是辛亥革命前夕，“驼子”号令上千名西乡农民造了反，从西乡一路反到县城。那时，清朝的遂昌县太爷姓朱，叫朱兆蓉，一听农民造反进城，便吓得屁滚尿流，逃到隔壁龙游县去搬救兵去了。驼子进县衙找不着“对话”的人，一发狠，上了妙高山，点了一把火，把山上的“遂昌县官立两等小学堂”烧成了灰烬。这就是遂昌县近代史上有名的“赖驼子造反”。

“造反烧学堂”，西乡人领了“革文化命”的风气之先。过了半个多世纪之后，真正意义上的“文化大革命”来了，西乡自然有更多的人更加兴致勃勃，“造反”造得堂而皇之、有理有据而且有滋有味。

那时，我正在西乡教书。

乡里，突然在一夜之间，涌出了“红卫兵”。这红卫兵造反，“抄家、游斗”自不必说。抄家抄出来的那些古字、古画、古书，甚至连《本草纲目》与《说文解字》，只要是线装的，或者是纸质发黄的书，全属“旧文化”，全都堆在学校操场，也是如同当年的“驼子”一样，一把火，立刻纸灰乱舞，红光烛天，甚是热闹。

除了“烧书”之外，比较有趣的是，全国红卫兵都学北京红卫兵的样，刮起了一股“改名字”风——“彬彬”改“要武”嘛，一些大街小巷都变成“反帝街”“反修巷”，广场都叫“东方红”，很有气势。我们乡里，那些“坟山岗”“八角丘”之类的土名字实在难听，却极其顽固，一下子改不过来。于是红卫兵下令，暂不改“土”先改“洋”，因为“洋”字最可恶，是帝国主义侵略的印记。“洋油、洋火、洋车”，一律改成“煤油、火柴、缝纫机”。连“阳历”都“他妈的有问题”，因为红卫兵以为“阳历”是“洋历”，也是帝国主义那里进口的。然而，他们不记着“立春、清明”等二十四节气，恰恰是“阳历”，是根据地球绕太阳公转所处位置而计算出来的“太阳历”，我们中国古代早就有了，其实这正是中国古文明的骄傲。

据说，北京“全聚德烤鸭”有浓厚的封建味，于是改成了“工农兵烤鸭”，便无产阶级化了。不知为什么，西乡的红卫兵竟想到“老师”这个词语也有点封建味——有香火榜“天地君亲师”为证，于是，就规定学生叫老师都直呼“老张小李”。而对被抄过家挂过牌的老师，那就必须“夹屎夹尿连名带姓”地叫。这是多么新鲜而且好玩的事啊，革命小将们都欢呼雀跃。于是，隔溪隔田畈，朝着老师，也都伸长脖子，气壮山河、响响亮亮地直呼“张胖李瘦”了。

斯文扫地，竟是这么简单！

灶 君

灶君，该是级别职称最低最小的神祇。在家里灶头烟囱的外壁，贴一张红纸，那就是“敕封东厨司命灶君尊神之位”。

老百姓很敬畏他，因为他大概是有点像鲁迅先生说的那种“包打听”，由上苍派到你家里，负责监督你家的日日常行为规范，一年三百六十五日，几乎时时刻刻监视着你！日耕夜读、吃喝拉撒、猫来狗往，都逃不过“灶君尊神”的眼睛。他详详细细记着一本账，到阴历腊月二十三，他便上天，向天庭汇报“情况”。到除夕，他又按时返回，瞪着眼睛，与你家一起过“大年夜”。

按照吴真先生的说法，遂昌人还在灶君神位的两旁贴着一副对联：“上天奏好事，回宫降吉祥。”这是老百姓对灶君由衷的祈求——灶君尊神啊，我家就是你的“宫”，你除了上天奏事的几天，都住在我家，我们已是“一家亲”了，务必和谐相处，为我们“奏好事降吉祥”才好呀！于是，每当阴历初一和十五，老百姓会给灶君上炷清香，保持感情联络；到了他要上天奏事的腊月二十三日的凌晨，则给他供上一杯糖茶，一边祭拜，一边祝道：“请灶君菩萨吃糖茶，嘴巴甜甜，好事传上天，坏事丢一边。”

有着两千多年封建历史的封建制度是很完善的。别说什么“山高皇帝远”，其实“上面”可以把统治触角伸入到社会的每个角落，可以把“眼线”安进家家户户。

而普通老百姓的对付办法，其实绝少“暴力”，最常用不过是“请吃糖茶”——可见“贿赂”真的也是无奈的“传统”！

传说中的灶君，并无塑像，所以也不知那灶君“尊容”到底如何。但我想，如果一定要给他塑像的话，因为他坐在灶头，通年都吸烟吞火，他全身上下，甚至五脏六腑，应全是墨黑的！

贫　农

此事是杨老师与我说的，20 世纪 60 年代他在遂昌中学教书，有个学生名字叫黄泰杰。

有一次，上课铃响，杨老师走进教室，发现扫帚横在讲台上，便问：“这是谁干的？”

“是我——贫农黄泰杰！”回答声若洪钟。

“我是贫农我怕谁？”当然底气十足，豪情万丈，就像《水浒》里的“天煞星”，打赤膊，挥舞板斧，与人叫阵，厉声道：“我乃——黑旋风李逵！”

全班同学“轰”地笑开了。

杨老师脸涨得绯红，因为他是“地主”成分，只得忍声吞气、息事宁人，自己把扫帚从讲台上搬下来，拿到教室后面的角落摆好。

但杨老师也不是太好惹的——他的大哥当年在省城念书，正好解放了，他大哥与许多同学一起跟着解放军走了，后来还立了功，当上连长；所以他家的家庭成分虽说是“地主”，但又算是“军属”，处境与别的“地主”当然不一样。杨老师也沾了他大哥的光，还入了团，学校领导也信任他。于是，课后杨老师越想越蹊跷：这个黄泰杰，名字就有一点怪，当时在当地，真正的“贫农”名字都很“俗气”，往往带有“根呀、土呀、水呀、金呀、火呀”之类，而“姓黄名泰杰”，非同“凡响”！因此，杨老师就很慎重地向学校领导请示，要到“贫农黄泰杰”的户籍所在地去“调查核实”。

调查核实的结果真如杨老师所料：这个黄泰杰是个“李鬼”——他家庭成分其实是“富农”，而且也没有“大哥”或者“叔叔”当解放军！

黄泰杰冒充“贫农”，该当何罪，最后会受到什么处分，杨老师没告诉我。但我知道，“冒充成分”历朝都有。

我曾听我父亲说，以前，还没有“家庭成分”一说，但会有人冒充“身份”，譬如，会有穷人冒充“富人”：有穷人，在门扇后挂一块肥肉，三餐后拿肥肉擦擦嘴唇，使嘴唇油油的，然后大摇大摆走出家门，到人多的地方对着大家擦嘴巴，装出一副吃过大鱼大肉的模样。

还有人，其实是文盲，却在上衣口袋插两支钢笔，装出富有“学识”的样子……

《聊斋》中有一个故事很有意思：

顺治间，滕、峄之区，十人而七盗，官不敢捕。后受抚，邑宰别之为“盗户”。凡值与良民争，则曲意左袒之，盖恐其复叛也。后讼者辄冒称盗户，而怨家则力攻其伪；每两造具陈，曲直且置不辨，而先以盗之真伪，反复相苦，烦有司稽籍焉。适官署多狐，宰有女为所惑，聘术士来，符捉入瓶，将炽以火。狐在瓶内大呼曰：“我盗户也！”闻者无不匿笑。

老刘，曾与我说起一个故事也很有意思。

老刘有一个远房的弟弟，为人调皮。一次，两只大公鸡在打斗，相互打得鸡毛乱飞。老刘的那弟弟用一根木棍欲将那对公鸡分解开来，并喝道：“你们应该是‘亲密战友’啊，怎么可以你死我活打得这么凶？”当时正好林彪事件出来了，老刘的这个弟弟，才十五岁，因为这句话，被判了十二年刑。还好，后来形势变化，老刘那弟弟提前释放了。出来时，那弟弟也二十多岁了。不过，正赶上好年头，当时县里有一个工程，许多人争着承包，而那弟弟因为蹲过大牢，人就觉得他更有“能耐”，他就“胜出”了。那弟弟现在成了远近闻名的包工头，发了财。

蹲过大牢，好像也与拿到专科、本科文凭一样，真的成了一种“资格”。而今天街头巷尾贴着许多“办证”的“牛皮癣”,“专科、本科”都是可以“办”的，可以冒充的；同样，社会上也有许多小混混争相冒充“蹲过大牢”——与人争斗时，那小混混会口出狂言：“俺可是蹲过大牢的，什么世面没见过？要命，这里有一条，你来拿吧！”话是够吓人的，但是如果认起真来，去“调查核实”一下，那小混混基本上还算“清白”，根本没有蹲过大牢。

所谓“盗”者，原来并不光彩，但由于某种历史的原因，形势使然，当“盗”也有吃香的时节，而这时，就会有许多狡狯如狐者，竟也冒充为“盗户”了！

腌白菜

早上去买菜。

菜场外面的拐角处，有一老汉，身旁一辆三轮车，车上有两个塑料桶，桶里装满了腌白菜，老汉吆喝叫卖。这里“城管”出没无常，驱赶小商走贩，轻则喝骂，重则没收，甚至踏扁货筐、拗断秤杆。对于城管，媒体也常有曝料，有打死人的，有把妇女踢得流产的。这老汉胆大包天，竟不把城管放在眼里，光天化日，敢在这儿叫卖“腌白菜哩，香哩！”

他的腌白菜绝对是上品，菜叶翠绿，菜柄白中透黄，酸香四溢。我问他多少钱一斤，他说三元，我说买两斤。他给我拣了两棵，为了少带水分，还主动把卤水挤了挤，甩了甩，再称。他说有两斤半，我说也行。我拿了十元钱给他找。在他找钱的时候，我发现他的外套竟印有“警察”两个大字，还有英文“POLICE”。我笑着说：“老哥还是警察叔叔呀！”他也一笑，有点不好意思，说：“我儿子是警察。衣服是儿子的。”他还说，穿这身衣服主要是为了吓唬吓唬城管。城管当然不会拿他当警察叔叔，但见了这身衣服，就会知道他是有警察背景的，就不会再来找麻烦，“城管精得很哩！”

他把钱找给我，又说：“吃了好吃再来买！”我说：“好！”

拎了两斤半腌白菜回家。想想我们的老祖宗也确实厉害，除了四大发明，还发明了白菜可以用盐腌了吃。

原是新鲜的白菜，见了盐就萎蔫软瘪，且一身酸味。

真乃“这里的奥妙，说不清”哩！

辫 子

1951 年，我家住在遂昌县妙高镇南隅街，那时我还小，常会靠在家门口看街上来来往往的人。有些乡下人来城里，样子奇奇怪怪。

有一位老人，他是担柴来卖的，应该是住在出南门的深山里。这老人还留着辫子——清朝男性的那种辫子。那辫子根本不像现在电视剧中的清朝人物的辫子那么溜光柔顺，长长的，直拖在屁股后，很潇洒的样子，一甩一甩，美不胜收，好像唯中国特有，很得意的样子。那可是一根真实的辫子，细细的、短短的、焦黄的、干枯的、硬硬的、扭曲的、理不清的、打结的、猪尾巴似的戳在后脑勺上翘着。

1951 年，辛亥革命都过去了四十年了，真正的清朝王室与王室的后代，也都剪成“西洋发”了；而一位山里头担柴卖的农民，一位真正的最底层的劳苦农民，居然还留着辫子，习惯也罢，愚昧也罢，这应该是中国历史上最后的为数不多的留辫子的了人了。

如果，他寿命长一点，活到 1966 年，那真有他的好看了！

如果，他寿命再长一点，活到今天，他那根猪尾巴似的辫子，会给人什么样的惊诧？

因为，翘着猪尾巴似的辫子担柴卖的老人，我是真真切切地见过，所以，今天看泛滥的清朝宫廷电视剧，那些官员都梳着油光发亮的长辫，一直软顺地拖到脚弯，我就觉得有些虚假，觉得大多数导演，不知为什么，总在有意无意地美化清朝统治，简直有点恶心。

白马山

白马山是遂邑避暑名胜。

如今，人上白马山往往坐着汽车，绕道北界，慢慢地从盘山公路开，开到大坪殿，下榻宾馆“白马山庄”。一夜一个床位要一百多元人民币，而那床，他们一宿往往只睡两三个钟头——因为那些所谓上山“消夏度假”的大款阔佬与小姐贵妇，要打牌搓麻将，要玩到半夜才睡。

其实，去白马山最好的线路是从十三都出发，由南侧徒步爬山。山路崎岖逼仄，爬出一身臭汗，但你可以亲身领略山间云蒸雾绕的奇观。运气好，还可看见乌獐之类被你惊吓逃窜。脚力好的，两个多钟头即可到达大坪殿。夏天的夜里，寻到空旷处，无声地仰望苍穹，看星星月亮，这里的星星月亮会比别处的离你更近；碧空云海，荡涤你胸中的渣滓，一切名利都可以抛弃。

要上顶峰，还须爬五里更险的山路。叫人扫兴的是，路边巨石上，居然有一自称为“包拯子孙”的，刻下“白马山上和尚庙，和尚原是大强盗”之类的歪诗。新编《县志》说，在白马山顶，“衢州、金华两治隐约眼底”，这说法也是荒唐可笑的。“衢州、金华”远远处于“金衢盆地”，遂邑海拔千米以上的高峰有七百多座，白马山还不是最高的，重山阻隔，无论如何都望不到“金衢”！《县志》本应纪实，撰写人却喜作浮夸之词。好在登顶路上，有许多野生黄花菜，鲜丽可爱。这黄花菜就是“萱草”，古人还叫它“忘忧草”。

白马山的最佳处，其实不在峰顶，而是——在十三都的随山涧溯流而上的“名不见经传”的峡谷。这里行人罕至，没有现成的路。只可以在水面的大石块上跳跃腾挪，在水边山沿披荆钻过，或手牵藤萝努力攀登。一路可见小瀑布倾泻，还有深潭、“水帘洞”……两侧则是峭岩绝壁，愈行愈险，愈险愈幽。真乃“造化也吝啬，胜境藏深谷”。

这里，我与家人曾多次去过。不敢“私自占有”，我曾告诉过我的一些喜欢爬山的友人。某年，我与马君、阙君一起，由我带路，又作探险猎奇。那次，我们带了一袋橘子，还有一袋炒米糖上路。到了峡谷深处，我们盘坐在水中央一块突露的巨石上，吃了几个橘子，还吃了几块炒米糖。因为前方的路更难了，贪图轻松，我们就把剩下的橘子与炒米糖放在那水中央的巨石上，空手继续攀登。大约半个钟头后，我们回来了。奇怪的是，那巨石上半袋炒米糖还在，而半袋橘子竟不翼而飞了！深山僻谷，当时除了我们三个人，不可能有“第四者”存在。

难道真有传说中的“山怪”？

有什么野兽会涉水攫取袋装的橘子？

到底是哪一路“英雄好汉”，掠走了橘子，却留下了炒米糖？

永远是个谜！

兆 头

曾看过一则小故事。1908 年，溥仪才三岁，由父亲淳亲王扶携参加登基大典。仪式隆重，大臣朝拜，山呼万岁，小皇帝吓得尿尿。淳亲王赶紧安慰：“乖！别哭别哭。快了，就快完了！”结果怎样？大家都知道，清王朝真的很快就完了。

老楼也告诉过我一个故事。他爷爷严重“迷信”，做事总想听好话，盼个好兆头。那时穷，平常日子家里吃杂粮，甚至吃“瓜菜代”，吃不饱。孩子们营养不良，一个个满脸菜色，骨瘦如柴。那年的正月初一，爷爷好歹给每个孩子都盛了满满的一碗白米饭，其实是想孩子说些“今年白米饭碰鼻头”之类的好话，讨个好彩头。孩子们果然欢呼雀跃。小弟弟人矮，坐在桌前，一碗白米饭摆在他面前真的“碰鼻头”了，小弟弟竟说：“这碗饭山一样高，对面坐的爷爷我都看不见了！”爷爷听了，如跌入冰河，一下全凉了。当年秋天竟死了。

爷爷的死，其实是因为无端的忧愁，得了“抑郁症”。

有的人，自吹是“彻底的唯物主义”，其实呢，好笑得很，剃头洗浴都要翻老皇历，做事情总要挑个 8 月 8 号 8 点钟的好日子好时辰，图个“发发发”

的好彩头。鬼知道，那“888”怎见得就不可能是“趴趴趴”了呢？

其实，人还是豁达一些好，几句好话有什么用？几句坏话又奈我何？

记得我在西乡教书时，一次去粮站买了一瓶茶油。我将那瓶油绑在自行车后，骑了不远，那瓶油就滑脱了，“啪”的一声摔了。当场有一老人预言道：“倒霉莫过倒油。摔油是很不好的兆头，今年还会有更倒霉的事轮着！”当时一个人一个月才限量四两油，一瓶油摔了，也真太亏了；当时正值“运动”，“麻烦”满身，已经够倒霉了。还有什么“更倒霉的事轮着”呢？无非乞丐身上再加颗虱子吧！我竟吼了句豪气冲天的话：“更倒霉的事？来吧！老子卵都不怕！”后来，确实“倒霉事”接连不断，但也搞不清哪一件“倒霉事”是摔油引起的。虱多不痒，搔几下，很快也就麻木了。

没多久，“运动”也结束了。

做事情，心态最要紧。心不浮，气不躁，披荆斩棘，逢水搭桥，逢屎绕弯，前途自有芳草花香！

百无禁忌，姜太公在此，不怕！

村长死了老爸

村长死了老爸。

村长的老爸死了，这可是一件不得了的大事。为什么呢？因为村长是村长，村长老爸是村长的老爸！

村里张三的儿子去广州打工，临出门，张三叮咛道：“到广州，千万要自重，千万不要把那种病带回来。如果不幸把那种病带回来了，那你媳妇也就有了；你媳妇有了，那村长也就有了；村长有了，那全村的人就都有了！”这个笑话不知真假，但可以证明村长到底有多大的权力——正合一条古谚：骏马与美女属于酋长！

“骏马”呢？骏马是“飞马饮料开发公司”。村长兼任这家饮料公司的董事长。这饮料其实就是村头那窟冷泉。冷泉不叫冷泉了，现在叫“矿泉水”了。城里人叫得更好听，还把它叫作“绿色饮料”，说它卫生，有“硒”呀什么的微量元素，防癌抗癌，喝了健康长寿。于是那窟冷泉哗哗流的都是钞票；村长衣兜里的钞票也就哗哗流。

财大气就粗。村长老爸的丧事办得可火了。

坟墓与棺材是老早就造好了的，当年花了多少钱今天就很难统计了。而如今别的不说，光香烛鞭炮礼花，就花了上万元。下葬的时候，纸钱冥币、锡箔元宝之类，大约烧了上百斤。最令村里人大开眼界的是，村长自己说是学习“温州模式”——在坟前烧了一辆纸扎的“奥迪”轿车！还烧了纸扎的“海尔”冰箱与空调，还烧了纸扎的“松下”洗衣机与电视机……至于家用电话机、手机，还有电动剃须刀之类小件的电器，则是实实在在地从商场买来，连同使用说明一起被封进了坟墓陪葬！

出殡送葬，几乎全村的人都去了；晚上喝丧酒，自然全村的人也都来了。

开始，村长穿了孝服来给乡亲们敬酒，眼圈红红的，向大家表示谢意；大家也都很严肃很沉痛的样子，劝村长“节哀”。

席间，有人说，老爹走得太仓促，才八十一岁，日子正旺哩……

有人说，人固有一死，活到老爹这个份上，应该没有什么遗憾了。

有人说，村长真是一个大大的孝子！

有人说，老爹到了“那边”，日子肯定也是甜甜蜜蜜的。

边说话边喝酒，话说多了，酒也不知不觉喝多了。酒喝多了，话也就更多了，慢慢地竟然不着边际了……

“老爹活着的时候，坐车子有现成的司机，可到了那边，这奥迪谁给开呀？”

“老爹自己学着开呀！”

“八十一岁的人行吗？”

“活到老学到老嘛！”

“这种年纪的人，即使学会开，也容易出车祸的。”

“那边都是死了的人，还怕把谁撞死呀？”

“哈哈哈……”

整个酒席都乱套了。连村长自己都喝多了，一边继续给大家劝酒，一边竟用洋话“OK！ OK”乱叫。还有人在席间就吐了起来，翻江倒海。还有人莫名其妙地唱着“啷格里格啷”……

老叔也喝多了，瓮声瓮气唾沫横飞，说：“还有一样东西没有陪葬——”

“什么呀？”

“发电厂！”

怎么用“发电厂”陪葬呢？人们都说老叔真傻。

老叔不服气，红着眼睛，一声猛喝，石破天惊：

“村长才真傻！没有发电厂，所有陪葬了的电器有屁用！”

（2001 年 3 月）

钓　鱼

那年冬天，我和老周、老林，还有另外几个好友，到西乡湖山水库钓鱼。

冬天的鱼是很难钓的。天冷，鱼基本上不活动；晒了半天太阳，有点暖和了，鱼才慢慢醒过来，缓缓游动，遇上吃的，也一点不馋，爱理不理，轻轻吞吐，半吞半吐，很容易脱钩。

老周是急性人，连提了几竿，鱼都脱钩了。于是就骂骂咧咧道：“今天是怎么弄的？婊子的！又脱了！”

老林说：“婊子的——又脱了？”

老周说：“今天都脱光了！”

老林说：“都脱光了？”

大家大笑。

等老周明白过来，也跟着大笑。

钓鱼就是这样，刚才还很恼火，转眼又很快活。即使在冬天，但是太阳很暖和，坐在水库边，眯着眼，懒洋洋地看着鱼标，一帮钓鱼伴，说说笑笑，管他有鱼没鱼，日子十分好过。

老烂脚

老烂脚，又名烂脚筒。“筒”是指烂的位置在胫部，而胫骨，俗称“筒骨”，也有人叫“火筒骨”。“老”是指难愈。这老烂脚其实就是炭疽病，在青霉素问世之前，谁若不幸得病，鲜有治愈；甚至有人年轻得病，至死不愈。

从前，我们这儿患这种病的人特多，深受其害。患上这种病，烂肉外翻，臭水淋漓，老皮死黑，苍蝇叮集，不能下田干活，不能挑重担，尽惹别人讨厌。我的邻居老包叔，给我讲过一个关于老烂脚的故事。

永康方岩是很出名的，那里不仅是风景名胜区，而且有“胡公大帝”庙。相传，“胡公”是很灵的，于是去朝拜的人络绎不绝。方岩岭上，善男信女三步一拜五步一跪，诚惶诚恐。岭上还有“丐帮”，一路伸手乞讨，死纠蛮缠。是香客谁都愿意做善事，但兜中余钱有限，施不胜施。可是如果碰上“老烂脚”来乞讨，你就不得不给了，因为，一是同情，二是恶心——有谁受得了那老烂脚臭烘烘地挡在你的面前？于是急忙布施，自身赶快逃走为妙。

有一年老包叔去方岩还了“太平愿”，夜宿岭下一家小旅馆，居然遇见了白天遇到过的那帮“丐帮”兄弟，他们在一起喝酒划拳。白天见到的那个流着涎的“大头傻”，也不流涎也不傻。还有那个“哑巴”，竟开口大骂“老烂脚”：“臭臭的！现在还不给我收起来？”那“哑巴”好像是“帮主”，一开腔，那“老烂脚”就驯服地掏出一把刮刀，将“烂脚”搁在凳子上，变魔术一般，一刮刀就将“烂肉”刮了下来。再将“烂肉”篦在一块布上，好像还要备用。而那“烂脚”原是精光的健康脚！

老包叔看傻了眼。那“老烂脚”友好地说：“今夜我们同宿一屋，有缘，我也不瞒你，这些烂肉原本是捣碎的猪肝，明日涂到脚上又成烂脚……”

老包叔结结巴巴地说：“这这不是骗骗骗人吗？”

“老烂脚”朗声大笑，其声如雷贯耳：

“混沌世界，连同‘胡公大帝’，有几个不骗人？”

三相公庙

村头有三相公庙。

三相公，不知何许人。唯知原为三位异姓兄弟，仗义行侠，泽被一方，后“化”为神。人们在庙里塑神像三尊，一白脸，一红脸，一黑脸。黑脸者栩栩如生，尤其天真可爱。

红卫兵破“四旧”时，村里人就在庙里堆放了些耖耙、稻桶、晒簟等大型农具，把它当了生产队仓库。庙墙上还用红油漆刷了一行语录：“备战备荒为人民！”庙门外加了一把大铁锁。门上还用粉笔歪歪扭扭写了“仓库重地，闲人勿入”八个大字，只是把“闲人”写错了，写成了“闷人”；“勿入”也写成了“匆入”。

城里中学的红卫兵小将来是来过，但一看“仓库重地”也就罢了；且指着“闷人匆入”哈哈大笑，走了。

时至今日，这三相公庙成了县文物管理委员会重点保护的“文物”，还成了旅游景点。因为别处的“庙”呀“宇”呀往往“重塑金身”，或者“修旧如旧”，而“三相公”却是“原汁原味”。

导游小姐还编排出一个生动的故事：

当年，城里中学的红卫兵要来砸“三相公”。一个红卫兵手持铁锤，爬上神坛，却突然呆住，从神坛上滚了下来。其他红卫兵也吓得不敢再爬上去了，七手八脚，仅仅砸了神坛前的案桌与香炉，就唱着“下定决心，不怕牺牲”的语录歌，走了。后来，那“滚下来”的红卫兵说，他正准备砸“相公”脑袋时，那黑脸相公突然变脸，龇牙狰狞，怒目射火，不由你不怕。而那几个砸过案桌与香炉的，也都手骨肿了十多天。

村里的农民暗暗好笑：导游小姐说得有声有色，没有的事可以说成有，巧舌如簧，也太厉害了！怪不得许多广告里的减肥茶、增高剂、生发精，全都立竿见影、神乎其神；甚至还有壮阳药，居然做到两粒敲定、旗枪永不倒！

蜈 蚣

孩子在地头看见一条蜈蚣，大叫说："一条大蜈蚣！"父亲过来一看，真是一条大蜈蚣：背是褐色，还闪着蓝光；每一节都叉着两腿，有许多腿在爬动，样子狰狞。

父亲找来一根竹篾，并不打它，只是搁在蜈蚣的前头，叫蜈蚣爬到竹篾上去。蜈蚣起先并不想爬上去，但父亲三番五次总是挡住蜈蚣前行，逗它玩似的，非要它爬到竹篾上去不可。蜈蚣终于不顾一切地爬上去了。父亲就把竹篾竖起，插在地上。蜈蚣原来是水平爬的，现在是垂直向上爬了。它顺着竹篾爬到了顶。然后头翘起来顾盼了一番，继续努力爬。身子的这一边继续向上，而另一边，头已经挂下去了。当挂到一半，蜈蚣不敢动了。上又不能，下又害怕。尽管它的脚还在不停地爬搔，但是叫天天不应，叫地地不灵，蜈蚣定格在那里了。

儿子很好笑。父亲说："你明天再来看它吧。"儿子说："它明天不会逃走吗？"父亲说："它逃不走了。"

第二天，儿子再去看时，蜈蚣已死在那里。

西方有一句谚语，说——上帝要他灭亡，必先叫他发狂！

现在可对蜈蚣说——人把你树得高高，那么你离死亡也就不会太远了！

零言碎语

航　航

我们家人的语言能力都很差，笨嘴笨舌。

小孙女航航三岁了，结结巴巴，还不太会说话。

我们问她：“你聪明不聪明？”

她大声回答：“通（聪）明！”

我们问她：“你傻不傻？”

她大声回答：“塔（傻）！”

我们哈哈大笑。她有点茫然，觉得自己有什么说错了。

我们再问：“傻不傻？”

她大声答：“不塔（傻）！”

我们再问：“聪明不聪明？”

她大声答：“不通（聪）明！”

我们大笑。

她彻底茫然。

唉！世界就是这样，被“大人物”两下一耍，“小人物”就彻底“塔”了！

航 航（二）

航航长大了，读了实验幼儿园的种子班（幼托班）。

她用班里发给的劳工剪刀，把她外婆家里凡是可以捞到剪的东西，譬如窗帘呀，书本呀，甚至放在桌上的单据呀，画片呀，都一一剪过。外婆发火道："谁闯的祸？乱剪！"航航说："不是我！"外婆说："不是你还有谁？"航航摇摇头，说："那我不知道。"

一天，航航把她舅舅的隐形眼镜也给剪了。舅舅在茶几上拣起那被剪的碎片，说："这个五角星是谁剪的呀？剪得真漂亮！"航航歪头挺胸，赶紧响亮地回答："是我！"

人，总是爱听赞扬；但往往被"赞扬"击败。

航 航（三）

航航从幼儿园的种子班升到苗苗班了。

她爸问她："漂亮和聪明，这两样选一样，你选哪样？"

她不假思索，回答："漂亮！"

她发现爸爸似乎有些失望。于是她嘀嘀咕咕，问："可以重新选吗？"

她爸很高兴，以为她会改选"聪明"，就说："当然可以。"

她又想了想，问："可以两样都选吗？"

她爸说："不可以！只准选一样！"

嘀咕了好久，她认真说："那还是选漂亮！"

……

航航在选择漂亮的同时，她选择了不屈从爸爸的意愿，还选择了诚实——广义地说，诚实是一种最重要的人性美。爱美是人的天性，人追求自身美，也追求世界美，人在对美的追求中，不断创新，于是才会变得更加聪明。

航　航（四）

航航在幼儿园读苗苗班时，打电话给奶奶（电话是她妈妈给拨的），问奶奶：“你猜我现在在哪？是不是在外婆家？……”奶奶说：“是的，你在外婆家！”咦？奶奶怎么一猜就猜中？

航航后来读幼儿园中班了，自己会拨号码了。她打手机给奶奶：“奶奶，你猜我现在在哪？是不是在外婆家？”奶奶说：“对，你在外婆家！”航航咯咯笑道：“我不在外婆家，我现在在广场玩哩！”

航航读大班了。她又打手机给奶奶，问：“奶奶，你猜我现在在哪？是不是在外婆家？”奶奶说：“你才不在外婆家里哩，你在广场！”航航笑得咯咯响，说：“我正在外婆家里哩，奶奶又猜错了！”

人长大了的标志，就是变得狡黠，会迷惑别人，会诱导别人犯错误。

阳　阳

前些天，我去老和山，在山腰凉亭，见一位浓妆打扮的五十多岁的女人哭丧着脸说：“是你对，是阳阳对，是宝宝对！全是我的错，好不好？还生气吗？我认错还不行？……”

听着，我想，这杭州女人对自己的孙儿也太宠了；小皇帝一样地供着，这孙儿将来长大了，能有出息？

但左看右看就是看不见她的孙儿。后来才明白，她原来是在与一条京巴狗说话！

她一口杭州腔，说她这“宝宝”名字叫“阳阳”，“莫奥聪明莫奥乖”的……前天多给它吃了个鸡腿，拉肚子了，昨天带它上“医院”，“大夫”给它做了检查，打了一针“SMZ”，还开了几颗“克利痧”。医疗费倒并“不贵”，只需千把块钱（相当于农民工半个月的工钱），只是“阳阳”打针有些怕痛，病今天还不见好，真是急死人了……也不知那鸡腿含不含“苏丹红”！现在这些食品厂老板赚黑心钱，在食品中乱用有毒的添加剂，真坑人……

“都是我的错，给你吃了鸡腿，……我认错还不行？……”说着说着，她流下了眼泪。

那条京巴狗无精打采，根本不理她。

她真让人“莫奥”同情的！

教授相争

杭州有好多山，这些山都有好听的名字。其中有两座山，名字很有意思，一座叫“将军山”，另一座紧挨将军山而稍矮的叫“美女山”——美女傍将军！那美女山，走近了，其实一点也不“美女”——山头岩石嶙峋，一毛不长，倒有点“将军”气。但站在美女山头南望，却景色妖娆，西子湖就在眼底，游船点点……天色好，还可以看见钱江一带！

前些日子，大概是古荡小区的退休老人，在美女山头搭了一张长长的毛竹椅，供人坐着看西湖，那就让人更添了一分雅致。

那天，我与浙工大的李老师、电子科大的章老师，还有海洋研究所的老林，一起登上美女山，坐在那毛竹椅上，瞎聊。

章老师咕噜咕噜喝了两口“农夫山泉”，很满足地说：“这竹椅真好！”

李老师认真看了看竹椅，并且挑剔地用力拍了拍那毛竹，说：“可惜竹子太嫩，你看这竹节这么疏，大约是今年的竹。雨打日头晒，很快就会开裂，会夹屁股的。”

章老师正满足于“竹椅真好”，听了李老师的话，很不以为然，说：“你别胡说八道好吗？有竹椅坐，又去愁夹屁股！这竹嫩吗？今年的毛竹能有这么粗吗？今年的毛竹最多只能有甘蔗那么粗吧！”

李老师说：“你才胡说八道！你认为今年竹子是甘蔗一般粗，明年会长得茶杯一般粗？竹子的粗细是在笋脱壳的时候就定型了的！”

章老师和李老师，争得很认真，连“真蠢”这个词都互相说出口了。我和老林也插不上嘴。确实，竹子的粗细是在笋壳脱落时就定型了的，它不像树，会一年年变粗；但是，凭着“竹节疏”来判断“竹子嫩”，也是错误的，因为竹节的疏密，同样也在笋壳脱落时就定型了的。

章老师和李老师，他们精通的是量子力学与抛物线，却来争论竹子嫩不嫩，老教授一说题外话，上帝就要发笑。

至于竹子，自有人把它视为“最爱”，譬如王徽之，譬如郑板桥，他们“宁可食无肉，不可居无竹”，嗜竹如命，一日不可无“此君”。这些“竹子”问题，还是留给那些文人雅士们去争论吧。

放眼西湖，小瀛洲浮在湖面，雷峰塔立在湖边，远山如黛……

老教授们还是顾自看风景吧！

洪教头

夜读《水浒·林冲棒打洪教头》，蚊虫偷咬，骚扰不停，只得掩卷熄灯。竟睡不着，乱想不歇，臆想情节，而自觉好笑。记之。

沧州道上。柴大官人庄院里。

林冲一棒扫在洪教头的小腿上，洪教头“扑通”一声翻倒在地。

柴进拊掌，说：“好棒法！”

林冲说：“这根青柴棍，沉手，使得顺心……”

洪教头趴在地上，愤愤道：“棒，这厮竟说成‘青柴棍’！乡巴佬！……哎哟，哎哟……痛死……气死我也！”

庄客们哄然大笑。

世上不乏洪教头这种人，自己都被打翻在地了，还歪着脑袋挑对手的毛病，还要维护主子的权威。在他看来，庄主柴大官人都说“好棒法”，你林冲怎么还敢把“棒”说是“青柴棍”？

教游泳

我的父母是禁止我游泳的，因为怕我淹死。但是，小孩子爱玩，夏天天热，与一帮小伙伴偷偷地逃到水里泡着，乱蹬乱刨，那是多么惬意的事啊！于是，我也就糊里糊涂学会了浮水学会了游，那是我十二岁的事。

那年暑假，我家熹儿八岁，与他的同学小徐，也闹着要去南门桥下学游泳。我是赞成熹儿学游泳的，因为我知道，想要不会淹死，就必须会游泳。

小徐的父亲老徐，似乎比我更重视教孩子游泳。他原是海军军官，由于家庭成分不好，转业到了地方林业局，运动中又出了点什么事，当然也就“受挨”了。“挨”过之后，还要慢慢受审查，等待处理，当时的流行语，这叫“挂着”。那时老徐正“挂着”，在家等“落实政策”，闲着没什么事做，只做些无聊杂活，譬如，从烧过的煤球里仔细剥出没烧尽的煤，再加点水重新捏煤球，可供第二轮烧。于是，他有充裕的时间，可以天天下午带孩子学游泳。

老徐教小徐，先教蛙泳，可认真规范了：老徐先分解蛙泳动作，然后讲动作要领，自己再一遍一遍不厌其烦地做示范，再让小徐一个小动作一个小动作跟着学。譬如蹬腿，就得标标准准像青蛙一样，一要两条大腿分开成

“八”字；二要将两膝慢慢收缩提起，使大腿与身子成 90 度角，大腿与小腿成 30 度角；三要将两脚急速向两侧用力蹬出，而后再又顺势慢慢将两腿伸直夹拢……大概每个小动作都要教二至三天，然后把这些小动作再连贯协调起来做。老徐说，等到能够连贯协调做了，功到自然成，游泳就学会了。

小徐学得异常艰苦，但也非常认真。手，手臂，大腿，小腿，肚子，胸，头，各自都有动作要领，小徐终于每个动作都学会了，并且都做得很规范，也进行“连贯协调”了。可惜，小徐连贯协调做这些动作的时候，胸前都还得套一个救生圈。如果把救生圈一拿走，小徐就每个动作都失去规范，立刻沉入水中，两手乱抓，非呛水不行。老徐就急忙把小徐抱起，再重套上救生圈，让他慢慢再“协调”。

熹儿学游泳，当然是我教的。

开始，我由他在水浅的地方自己趴着玩。他觉得在水里趴着、泡着，舒服极了。当然，我是在旁边随时看着的，防止他滑到深水里淹了。这样，他自己在水里泡了几天（次），他觉得好玩，同时也许慢慢对“水性”有了点感觉吧。接着，我鼓励他在水里憋气——整个头没入水中，憋气时间越长越好；最好还能在水中张开眼睛，看真正的水里世界。

这样玩了五六天（次）吧，我就与他一起玩一个“更好玩的游戏”。我靠岸找了一个水深约一米五左右的地方——总之，在我，水深及胸；在孩子，水深已经没顶。我让他坐在岸沿，我退到离他一米远的水中，让他向我扑过来，我再接住他。这样“扑”了几次，他也觉得好玩，并且很信任我。但是，当他又一次向我扑来时，他上当了——我没有像前次一样接住他，我后退了，他扑空了！他很自然会乱蹬乱划，而且必须靠自己乱蹬乱划，才可能浮着。蹬划得失调，或不用力，会偶尔下沉，但他先前已经学会憋气了，所以不至于呛水。我不停地后退，他不停地拼命蹬划，努力向我靠拢……在他的脸涨得绯红时，我再抱住他。他大口大口地喘气，但他知道，凭着他自己的力量，已经会浮了！当他回头看，已经离岸两米多了，他发现自己已经会游泳了，欣喜若狂！

接着，我再教他游泳时如何呼吸。我们平常是用鼻子呼吸的，但是在游泳时也用鼻子呼吸的话，水会吸入鼻腔，会呛着的。所以，游泳时应该用嘴呼吸——吸气时，自觉张开嘴巴，把水也自然吸入嘴中半含着；呼气时，自觉地又把水喷吐出去。

我根本没有教熹儿什么泳姿。他后来游泳比我强多了，仰泳、蛙泳、蝶泳、自由泳样样会，高台跳水也会，也不知后来他自己是怎么学会的。他就这样游，小溪、水库、长江……直至太平洋和印度洋！

我用相同的方法，后来还教会了圆圆、冰冰；还教会了成成。圆圆和成成会游，是七岁时。冰冰则更早，是六岁时。

当初，熹儿会游的时候，那姿势是很难看的，连“狗刨式”都谈不上。双脚乱蹬乱踩，好像快快地要踩逃走的臭屁虫；两手乱刨乱抓，就像在草地上去抓迅速逃走的蚂蚱。当他独自用这种难看的姿势游到小徐的身边时，小徐依然套着救生圈，在他爸爸老徐“一二一二”的口令中，两腿一张一剪，规规矩矩地做着“蛙式”的标准动作。

海军出身的老徐，对我熹儿的难看的泳姿是很不屑的，他依然“一二一二”坚持着“要学就学标准来”。但小徐就不同了，看得出，他是很羡慕他的同学已经会游泳了。

一个多月过去了，眼看暑假都快要结束了，小徐依旧套着救生圈两腿张呀剪的。我开始同情起小徐来了。我主动说：“我来教你一下吧！”小徐愉快地跟着我。我把他的救生圈摘了，像教熹儿一样，叫他“扑过来！”结果，由于小徐都已经熟悉“水性”一个来月了，他一“扑过来”，就会浮也会游了。不过，不是像“标标准准的青蛙”，而同样是连“狗刨”都谈不上的“乱刨乱蹬”。其实，丢了救生圈，只要敢“扑过来”，游泳也就这么简单。

小徐会游泳了，老徐当然也高兴。不过，老徐可能也有点不爽，因为他每天下午不必再定时当儿子的游泳教练，这一课不上了，那么，生活又回归到更加的无聊：很空闲，“挂着”，在家等“落实政策”，剥剥烧过的煤球，剔出没有烧尽的那一点点煤，拌水再重新捏煤球……弄得双手黑黑的，有时把脸也抹黑了。

这些都是三十多年前的事了。

小徐如今在丽水市电业局工作，单位很不错。他现在可以在瓯江游，水阔天高，该游得很自在吧？

诗的力量

小马，娶妻阿华。郎才女貌，恩爱有加。

小马当民办老师，阿华在家开了间小裁缝店，夫妻俩都可以不晒太阳就有钱赚，人人羡慕。阿华鼓励小马努力工作，争取民办转正式公办。

小马在离家二十多里远的公社小学教书，骑自行车，车破路陡，需要一个多钟头。小马只有星期天回家，不是星期天不回家，在校备课批作业，住在学校。校长表扬小马工作认真；学生和家长也都说小马真是个好老师。

同校洪老师，是正式公办教师，但是工作马虎，常受校长批评，校长要洪老师向小马学习。

“叫公办向民办学习？笑话！”洪老师想想就生气。

一次，小马正在灯下批学生作业，洪老师阴阳怪气地说：“这么积极呀？”小马听了，也不搭理，顾自批作业。洪老师走到一旁一声叹息，还自顾自念了两句歪诗：“老公不回家，野蜂采黄花！”

小马听了，怎么想也总觉得后面一句就是“野蜂采阿华”，心里老大一个疙瘩。

后来，洪老师对着小马，总是很含蓄地笑，意味深长。

“难道这个老洪背后掌握了什么名堂？”小马想道。于是他在心里排查了许多人：一个是养蜂的，一个是做风车的，还有四个名字中带“锋”字的，两个带“峰”字的，一个带“丰”字的……最可疑的是名字带“锋”字的大队书记与名字带“丰”字的箍桶匠！于是，竟“疑人偷斧”似地，觉得那大队书记与箍桶匠都越来越像“野蜂”了。这以后，即使不是星期天，小马匆匆批完作业，也总是踏辆破自行车，顶着夜色匆匆往家里赶。第二天，天一放亮，又满头大汗往学校赶。

人的精力毕竟有限，等到期末考试，小马教的班级学生的考试分数并不好。校长是讲实际的，见小马这样不争气，也就驴起脸说：“怎么？经不起表扬？你不想转正式公办了？”

暑期过去了，又开学了。小马下决心仍旧和以前一样，仍旧不是星期天就不回家，都在学校住，备课批改，还给学生补课。

眼见班级学生的成绩又好起来了。

这时，梧桐瑟瑟，天气有点凉起来了。那洪老师拿了一本《诗经》，反反复复总在小马面前念：“……七月在野，八月在宇，九月在户，十月蟋蟀……入我床下！”音调怪怪的。

起初小马也不在意，但反反复复听洪老师念“在野在户”，甚至“十月入我床下”，小马听得头皮发麻。于是，即使没有回家，但是在给学生批作业的时候，眼前总是晃动着相映重叠的两个人影：大队书记和箍桶匠……

秋天了，天气一天比一天凉，梧桐树叶也一天比一天黄，小马居然也一天比一天憔悴！

覆盆子

最早接触到“覆盆子”这个名字，是在课文中读鲁迅先生的《从百草园到三味书屋》。鲁迅写道：“如果不怕刺，还可摘到覆盆子，像小珊瑚珠攒成的小球，又酸又甜，色味都比桑葚要好得远。”

对“覆盆子”的解释，当时老师说：“它就是野果‘国公’！”

而我们当地土话叫“国公”且受儿童所喜爱的野果有两种：一种是草本，另一种是木本。草本的，“像小珊瑚珠攒成的小球，又酸又甜”，是空心的；那种木本的是灌木，枝条上的刺比草本的刺要厉害得多，果子也是“像小珊瑚珠攒成的小球，又酸又甜”，但实心。鲁迅说的“覆盆子”，到底是草本还是木本？

后来，我在中药铺看到，名字叫“覆盆子”的“小球”，纯是木本的，没有草本的。但是，这种实心的“小球”，形状根本不像“盆”，何以命名为“覆盆子”？我百思不得其解。

后来，我在丁口中学教书的时候，遇见一位老中医，向他请教了这个问题，终于得到一个有趣的解释。他说，这“覆盆子”其实是属于壮补类中药，它的功用是“补肾、壮阳、固精”，可治“阳痿、遗精、溲数”。所谓“溲数”，就是如今说的“尿频尿急尿不尽”。“溲数”患者，服用了“覆盆子”，可以“缩小便”，可以一夜都不必起床撒尿，那“尿盆子”可以倒扣弃之不用，“覆盆子”因之得名。

呜呼，此名字的来历真乃“情节曲折”，可见国人的想象力是多么了得！

我还见过更有趣更高深的另类“覆盆子文化”。

老黄，有两个儿子，老大生于“抗美援朝，保家卫国”时期，于是老黄给老大取名“卫国”；生老二的时候，国家正开展“拥军爱民”运动，于是老黄给老二取名“拥军”。老黄取这两个名字，无须搜肠刮肚花多大心思，但紧跟形势，政治意义好，叫唤起来，又铿锵响亮，老黄很是满意。

“文化大革命”的时候，老黄在县中学教书。县中学的老师，许多人的家庭出身都有点“问题”，比起来，老黄算是最好的，是“中农”成分，于是大家都推选他当学校革命委员会的副主任。当了革命委员会的副主任，管的事情多了，免不了要得罪一些人。于是，那些被得罪了的人，暗中联合起来，决心要找老黄的“茬”。自然也有老黄的好朋友来提醒老黄，告诉老黄“要小心，有人想扳倒你”。 老黄说：“站得正坐得正，怕屁？”老黄太天真了，那时候，意想不到的事情都会发生，就连国家主席，一夜之间就会变成“叛徒内奸工贼”，你老黄自说自话“站得正坐得正”算哪根葱？

老黄的反对派只贴出一张大字报，就轻松把他扳倒了。

那大字报写道：老黄曾经把一枚毛主席像章随意放在粉笔盒里，结果粉笔灰把“宝像”涂白了，这还了得？这不是明摆着往毛主席他老人家的脸上抹灰吗？标准的现行反革命！再看老黄两个儿子，一个名字“卫国”，一个名字“拥军”，连起来就是“卫拥国军”，“国军”不就是“国民党军”吗？老黄给儿子取这样的名字，可见其反动意识是根深蒂固的。

大字报的想象力是惊人的。

又有行为又有意识，老黄的革命委员会副主任自然是当不成了，还被送去“干校”劳动改造了半年。

至此，老黄终于大彻大悟，感慨地说：“搞运动，谁想整你，实在是易如反掌，尿盆屎盆，要扣你的头就扣你的头！”

是呀，“文化”一旦“革命”了，不怕你“站得正坐得正”，随时都可能被“覆盆子”……

车 祸

小车一溜烟地开！

小楼坐在司机旁边的位置。这个位置好，有人叫它“副驾驶舱”，视野开阔。小周坐在小楼的后排，打瞌睡。小周瞌睡打足了，醒了，提出要与小楼换位置，换到前面“副驾驶舱”看看风景。于是司机放慢了车速，小楼与小周换了过来。

车子继续一溜烟地向前开。半分钟不到，在一个岔路口与迎面而来的一辆大货车撞了起来。

结果，“副驾驶舱”撞瘪了，小周撞死了；后边的小楼撞断了一条腿；司机头碰了一层皮，流了一点血，没大碍。

小楼住在医院里。朋友们买了香蕉苹果还有花，去看他。朋友们说：“生死半分钟！还好换了位置，要不然死的不是小周而是你！”有的朋友说：“天意！你命大，小周坐到你原先的位置代你死了。”

小楼自己也庆幸不幸中之大幸——还好换了位置，虽然断了一条腿，但命是保住了！

赵顺是老司机，三十多年的老开车，听了情况，说：“什么‘还好换了位置，命大’，狗屁！要不是换位置司机减了速，车子照原来的速度开，在岔路上早与大货车交错过去了！什么事也没有！死的不死，断的不断，伤的不伤，太太平平，万事大吉！”

开　刀

1970 年 8 月，丈母娘患乳腺癌，已是中后期了，老丈人陪她在杭州肿瘤医院开刀。住了三个月的院，回来了。丈母娘自己说："癌是连根割掉了，但人很'损'，因为开刀时出血太多。开刀的时辰不对头，正好是涨潮的时辰。"

我们觉得这种说法很荒谬，没有科学依据，因为从未听到哪个医生有过这种说法。

丈母娘辩解道，青田人做酒，都要避开涨潮的时辰做。如果在涨潮时辰做酒，那酒水发酵时，会涨溢出酒缸，流一地。涨潮时辰开刀，血当然容易喷溢出来。

人与自然，人与日月星辰，有着一根纽带，这根纽带是上帝给拴的，谁也别想扯断它！今日想来，丈母娘说"涨潮时辰开刀，血当然容易喷溢出来"，也许正合了上帝的心意哩，只是还不见有科学家给出"科学解释"。

写此文，留待有兴趣的人研究，也许有一个"诺贝尔医学奖"正等着！

催生子

1991 年暑期，我曾去普陀旅游观光。

佛教圣地，天高海阔。僧侣摩肩，香客接踵。

吃的东西都很贵。海螺也很贵，黄鱼贵得吓人。我只吃了几次"红焖带鱼"和"青椒乌贼"。临走前，同行者都到小店去买纪念品；我也去了。那家小店老板拿出一种据说普陀才有的"催生子"给我们看。那"尤物"原是一种小贝壳，其状如半瓣黄豆，背拱腹平。老板介绍说，它生活在东海，早已死亡，肉质早就腐烂，只剩贝壳，是浪潮又把它冲上了海滩。岂知上了海滩，经风一吹，又显示出生命迹象。若有妇人难产，吞下一颗，即可保证母子平安，所以叫它“催生子”。老板还找出一面瓷盘，放进若干颗“催生子”，再往盘里倒入一匙食醋。说也奇怪，那“催生子”真的开始呼吸，从它的腹部冒出了细细的泡沫，与螃蟹从嘴里噼噼啪啪不停吐出的泡沫类似，只是更加细小。不多时，它居然开始簌忽滑移，有时快，有时慢，在盘中滑来滑去，奇妙极了。

我也花了五元钱，买了两颗这种“催生子”带回家。

带回家后，我也学普陀老板的样子实验了一番，“催生子”同样“活”了起来。

思索再三，终于想通了其中的“奥秘”。这贝壳的主要成分无非是“碳酸钙”，放入食醋，碳酸钙就与醋酸起了化学反应，释放出二氧化碳。看起来，它就在呼吸吐出泡沫。当泡沫破裂，自然产生一股动力前推，就如喷气飞机的原理，它就在加了醋的表面阻力极小的瓷盘里滑动了。

至于它“催生”治难产的药用效果，“信者灵，不信者不灵”。有许多毫无实质作用的药，也是可以进行精神抚慰、心理按摩的呀。

啊呀！我为什么要“想通”它呢？懵懵懂懂，永远保持“奥秘”，这本该是多么神奇多么美好。

海是东海，有一座缥缈的仙岛，叫普陀，那里住着大慈大悲“南海观音”，她手持宝瓶圣水，脚踩一朵莲花祥云，她会保佑你无病无灾，她会给你送子送福……

杭州好

游西湖，见湖畔有“杭州百姓送太守白居易”铜塑，白居易下马拱手，形象逼真。是夜，竟梦与诗人凑趣。醒来，想想好笑；略作整理，记录如下：

杭州好，湖边垂柳条。
到处浓荫飞笑语，蝴蝶翩翩花枝俏。
能不说妖娆？

杭州好，江滨可垂钓。
草坪绿茵搭帐篷，没鱼就吃羊肉烤。
满嘴乌巴焦。

杭州好，灵隐香烟绕。
善男信女磕破头，北高峰顶财神庙。
弥勒咧牙笑。

杭州好，风景争拍照。
山下建起武松墓，桥头修了新坟包。
又见苏小小。

杭州好，美食随你挑。
西湖醋鱼楼外楼，街头小吃煮水饺。
偏爱豆腐脑。

杭州好，奥迪满街跑。
君想出门省脚力，出租汽车随手招。
一溜烟直冒。

杭州好，公园不买票。
国庆长假人如织，险些挤塌西泠桥。
彩球高高飘。

杭州好，高楼入云霄。
房价一方八千二，装修还要贴钞票。

钞票比楼高。

杭州好，只是蓝天少。
最高气温四十一，匆匆来去闹罴罴。
洗个桑拿澡。

杭州好，迷煞外国佬。
格好格好杭州话，欧开欧开夹洋调。
多多黄头毛。

九月九日

那年暑期真热！都到中秋了，还热！迟迟没有开学，都阳历九月了，还没开学！

我天天带孩子去游泳。孟珠也跟着一起去，洗衣服。午后三点半去，玩两个小时，回家刚好烧晚饭。天天准时。

当时住西街老家，从后门穿过弄堂，到小溪只两百来米。溪里有一道拦河坝，两米高，是造纸厂筑的；拦住水，提高上游水位，造纸用。水从拦河坝溢出去，再从两米高往下冲，久而久之，坝脚居然冲出了深潭。我们游泳，往往在那潭里游。但我们不会在小溪北面的潭里游，因为这里脏，造纸厂会把废料倾倒在这里；而且这里从坝面冲下去的水势更大，形成涡流——一只旧塑料拖鞋，漂过这里，会突然被吸入水肚……看看就知道存在着危险。我们都是从拦河坝走到小溪南边去游。

中秋节的第二天，阳历是九月九日，吃了中午饭，我们正准备午睡，灶间的广播喇叭响了——那时，我们拉了一只有线广播喇叭，装在灶间的柱子上——喇叭里预告，当天下午三点钟，有重要消息，叫大家注意收听。于是，我们决定打破原有的“作息时间”，当天在一点钟就去游泳，三点钟赶回家听“重要消息”。

可以提前到一点钟就去游泳，孩子们都异常兴奋。

熏儿十二岁，早就会游泳了，会蛙泳，还会蝶泳，还会从高墈跳下水去潜泳。他高兴地融合在比他还大的孩子中间，去显示他的“本领”。我和孟珠都说他“显骚”。

圆也会游了，虽然是女孩，才八岁，但已经会蛙泳，她也会与比她还大的孩子在一起，在水里追逐。

冰儿才三岁，还不会游。到了小溪北岸，我们给他脱光衣服，而后再用一个 28 寸的自行车内胎，绞为三匝，用绳子扎牢，充了气，当“救生圈”，套在他的胸前。才套好，他便光了屁股，迫不及待地噼啪噼啪从拦河坝上向南边奔去，拉也拉不住。到了南边平时玩的深潭，他便独自跳了下去，水溅得老高，连头都淹没在水中；因为有“救生圈”，一会儿就自动浮上来了，他“咯咯咯”地呛着水，乱蹬乱蹬，还朝我们笑，傻乎乎的，自以为本领高强。孟珠说：“真憨！”

在梧桐树荫下，孟珠顾自洗衣服。我也任冰儿自己在水里乱蹬，让他自己感受水性，反正有“救生圈”。他瞎踢腾，在水里一圈一圈乱转。我自己也在南面水潭游了两圈。

两圈游过，我搜寻冰儿，他却正朝北面蹬去。我慌了，小溪北面原就危险，而当天的水势比平时更大，可能是上游电站发电放水。我急忙向冰儿游去。冰儿当然不知道当时水中的形势，他看见我，傻乎乎地笑。我一手抓住套在冰儿胸前的那自行车内胎，一手用力划水。分明可以感觉到有一股暗流拉住我，已经不能轻松自如地游了。我憋足劲拼命划拼命游，终于挣脱了暗流，远离了那北面深潭的涡流怪圈，游到平稳的水域！

冰儿一直傻乎乎地笑，以为好玩。因为他才三岁。

后来回家，孟珠挎着一篮洗好的衣服，我牵着冰儿，熏儿和圆在前面追来追去地玩。对刚才发生的事，怕孟珠受惊，我什么都没有说。

到了家，孟珠到楼上晾衣服。我坐在灶间椅子上，想着刚才“拼命游”的情景，惊魂未定，我已忘了听“重要消息”。

孟珠晾好衣服，从楼上下来，说“三点啦”，于是拉了一下柱子上的拉线开关，接通了有线广播喇叭，万万意想不到的是，中央人民广播电台的播音员哽咽着宣告：

毛泽东主席逝世了！

这个哽咽的声音伴着低沉的哀乐，在中国的大地上回荡……

老 陈

下面的故事，是老陈讲给我听的。

老陈是老杭大外语系的老师。杭大后来合并到浙大了，他是浙大退休的。退休前，一次算是比较重要的考试，学校组织了六个老师阅卷，他是其中之一。纪律规定，六个人必须在一个教室一起阅卷，不得分散。当时正是暑期，杭州的夏天本就很热，人们都被热得臭汗淋漓。有五个老师，本来都想把空调温度打得再低一点。但有一个老师，就是章老师，他不行，因为他很瘦，体质差，怕冷，怕感冒。于是，其他老师也就陪着章老师，熬着，一直到阅卷结束，始终没有打低空调。

章老师心里很过意不去，说："难为大家了，跟着我享受酷暑。"其他老师说："应该的，谁叫我们是同一团队呢！冷，是会把人冷坏的；我们身体好，热是可以熬的。"

老陈的这个故事，是个"暖故事"，很感人的。其实，这个小故事，还包含着一个社会学的大道理：

文明社会，并不是一定必须"少数服从多数"；相反，少数人的利益，不能忽视，弱势群体的需求，应该尽量予以满足；如果硬以"投票选举"的方式，要以多数去压倒少数，将会发生"多数暴力"，那是不文明的，会造成不和谐、不稳定。经以时日，在不同的境况下，多数中的分子，谁都难免会沦为新的少数，谁都难免会被新的"多数"专政。而芸芸多数，有时却代表了陈旧。伟人毛泽东多次说过，"真理，往往掌握在少数人手中！"诚哉，斯言！

天下事，悠悠万事，唯此为大——那就是“真理”，而不是所谓的“多数”！

老陈之二

老陈还与我说了下面的故事。

老陈家住杭州城西。他所在小区，老板很多，都很摆阔，动辄放烟花爆竹，一放就是好几千甚至上万钞票。他们庆祝喜事，往往是由算命先生挑过日子定过时辰的，所以往往在半夜三更就突然噼里啪啦放起爆竹来了，让人在睡梦中惊醒，接着是一炮一炮烟花巨响，让人心惊。

政府也有规定，市民是不应该乱放烟花爆竹的。媒体宣传不要乱放烟花爆竹，也有很多理由。有哪些理由呢？随便说说，就可说出很多：污染、浪费、不安全……但放烟花者，也振振有词：你说污染，那几个炮仗，一炸，风一吹，偌大天空，能留有多少 PM2.5？浪费？真是笑话，又没有放你的钱！而且消费还可拉高 GDP。不安全？因为放炮仗到底有过几次火灾？因为放炮仗到底把几个孩子炸成熊猫眼了？噎过一次，就都不吃饭了？我们不过是图个高兴嘛！

老陈说，问题的要害，是在“我们不过是图个高兴”这句话。这个“我们”，其实人不多，但很强势，他们有钱，腰板粗，喉咙粗，霸道。小区里反对乱放烟花爆竹的人，往往比较安分，他们希望过着安静的生活，他们反感那烟花爆竹的扰人噪音。老陈说，譬如他的母亲，八十多岁了，还有心脏病，突然听到“砰”一声炮仗，接着都得口含几颗速效救心丸。而霸道的人，只为自己图高兴，就硬逼小区全体成员都得听那震天动地之声。耳朵可不比眼睛，不愿看的东西，你可以闭了眼睛不看，不愿听的声音，它会强塞入你的耳朵逼你听。噪音袭人，有多专横。

老陈说，他小区里的包工头大老张，是不管三七二十一都坚持认为放烟花爆竹是人的一种自由。而且，火药是中国的四大发明之一，烟花爆竹是民族的，是传统的，发扬光大传统的民族文化，何错之有？

他还发了一条微信：

“谁不愿听我们小区鞭炮的欢快之声，就请他滚出我们的小区！

蚂蟥烧灰

20 世纪 70 年代初，中华大地有数不清的“学习班”，让有“问题”的人住班“学习”，把自己的“问题”说清楚。北京的季羡林等老先生把这种“学习班”戏称为“牛棚”，意为“牛鬼蛇神”住的地方。而在我们小县城，当年并无“牛棚”一说；因为如果有谁敢把严肃的“学习班”戏说为“牛棚”，名义上自谑为“牛”，其实是怨气冲天对“棚”，这种对抗情绪，你以为聪明的革命群众会看不出来？你简直是不要命了！

县中学的语文老师张老师，见了雷锋“雪地送大娘”等做好事的照片，说“怎么雷锋做好事总有记者跟着拍照”；还说“雷锋做好事不留名，结果件件桩桩天下扬”，这些话被革命群众听到了，革命群众心里亮堂着呢，这不就是怀疑雷锋吗？这岂不是要对抗最高指示“向雷锋同志学习”吗？对不起，张老师就被请进了“学习班”。

还有生物老师周老师，体育老师黄老师，也都有一些各自一时说不清道不明的“麻烦事”，也一起住进了“学习班”。

好在他们“出身”都还好，不是“地富反”，不算阶级敌人，还可以“接受再教育”，脱胎换骨，重新做人。

“学习班”的学习主要是“劳动”。在劳动中学习，在劳动中改造。

管他们“学习”的班长名字叫根长，是贫下中农代表，年轻时跨过鸭绿江到过朝鲜战场的。根长不像别的一些班长成天是“霜杀了的脸”，他很会说笑话。他很生动地说“朝鲜很冷”，刚撒下的尿，立马就结成弯弯的冰棍……鼻子都会冻得掉下来，他就在战场上捡到过一个茶壶嘴似的东西，仔细一看，原来是一个美国佬的大鼻子。说得大家哈哈大笑。老张、老周、老黄都由衷感到根长来管自己是“三生有幸”。

有一次，他们在水田插秧，一条大蚂蟥叮在老黄的小腿肚上，老黄怎么扯也扯不下。根长走过来，朝老黄的小腿肚猛拍一巴掌，那蚂蟥立即缩成一团滚落下来了。到底是贫下中农有经验有本领。

老黄怕那蚂蟥又会来叮咬自己，像孩子似的要报复那蚂蟥，就把那蚂蟥捉到田埂上，再去找石块，想将那蚂蟥敲碎。

根长见老黄要找石块，就说“万万不可把它敲碎”。接着，根长又谆谆教导他们：蚂蟥是敲不死的。你们见过蚯蚓吗？锄头把它锄成了两截，两截都在泥地里发飙，再钻入土里，就成了两条蚯蚓。蚂蟥更厉害，你把它敲成七节，一入水，不几天，它们就变成七条小蚂蟥！你甚至把它烧成灰，撒在水里，过几天，就会变出数不清的小蚂蟥！

一条蚯蚓被锄成两截，会变出两条蚯蚓——这一点老黄从什么书上见到过；而蚂蟥具有如此强大的再生能力，老黄今天才听说。根长，懂得的知识实在太多了，真够自己学一辈子的。

此事过去了大约一个多星期。

这天，老黄老周还有老张，从田里回来，洗了脚，吃过晚饭，再回到宿舍。那老张竟神秘兮兮地从床底下端出一个搪瓷罐，叫老黄和老周一齐来看。老周一看，就明白终于是怎么一回事，立即哈哈大笑。老黄只见搪瓷罐里大半罐的浑水，上面浮着黑不溜秋的一个小“丁钩”，状如少了小圆点的半圈“问号”。

老黄问：“这是什么？”

老张说：“这就是那天的那条蚂蟥呀！”

老张说，那天，他听根长说得有意思，就把那条蚂蟥用手帕包了回来。拿到伙房，放到火锨上，还蠕动着，生命力真的很强，很难死。然后把它放入炉膛烤成了炭，再养到搪瓷罐里，这罐里的水还是田里舀来的。后来就天天看它，一连观察了七八天，它根本没有活过来的迹象，更别说“变出数不清的小蚂蟥”。实验结果：根长的话是错的。

面对着这个总爱用自己的头脑思考的语文老师，老周笑道：“根长说的原本就违背科学，不值得去做这种实验。‘蚂蟥烧成灰’，生命体都变成灰了，彻底炭化了，早就死了，还能变出无数‘小蚂蟥’？岂不荒唐？平常，人说‘一条蚯蚓锄成两截就变成两条’，其实这也是想当然的，假的；一条蚯蚓锄成了两截，虽然开始两截都发飙，但是不久，往往就都不会动弹了，死掉了！只有少数情况，两截中的大半截，而且那大半截是具有心脏的前半截，那么它可能存活下来；而另外小半截是肯定要死的！”

听得老黄目瞪口呆，问：“你怎么知道的？”

老周说：“我怎么知道的？你忘了我是生物老师啦？”

“你当时为什么不对根长说清楚？”

“许多事情，一时说不清楚。”

体育老师老黄觉得眼前这两个人不可思议。

一个，有着丰富的生物知识，虽然心中明明白白，却金口难开。别人是不懂装懂，他是懂装不懂！另一个呢？因为怀疑“雷锋做好事”而吃了苦头，居然不接受教训，死不改悔，今天又怀疑班长的话，背地里偷偷地做实验，并且验证出班长那话是错误的。

两个臭知识分子！

CHAPTER 03

CHUNHUA

春花

夜读随笔

打开鸟笼

有诗：打开鸟笼，把自由还给小鸟。

打开鸟笼，把自由还给鸟笼。

有“高人”评此诗，前两句是平常思维，平常人都写得出来；后两句才有点特别，有点新意。浅陋如我，深受启示。一般人往往认为，原谅别人，放开弱者，那是出于恻隐之心，是一种恩赐；殊不知，你在放开别人的同时，也释放了自己。善良，是一种境界，只有善良的人才拥有心灵的自由。小鸟何辜？是因为它的羽毛特别出色、鸣唱特别优美，反而被人抓去关到笼子里欣赏？

整个大自然都需要和谐。小鸟不自由，树林也含悲！小鸟被笼囚，天空也流泪！

读了前面的诗歌，我斗胆涎脸，冒昧续貂：

打开鸟笼，把自由还给天空！

民可使

子曰“民可使由之，不可使知之。”

这句话的意思连初中文化水平的人都知道，那就是“对老百姓可以不怎么严厉地去管他，但是不可以让他们受太多的教育而变得有知识变得聪明”。因为老百姓有知识变聪明了，就会独立思考，会独立思考了就会明辨是非，一旦辨明了是非就会“坚持真理”，就会犟头犟脑，就会成为“刁民”，就不太好管理了。这是孔老夫子教给统治者的愚民政策。前些年，人民政府决定对老百姓进行“普及法律知识”教育，有的基层官员对此就很感冒，很反对，认为这是政府做“傻事”，因为老百姓一旦懂得法律了，就会用法律来保护自己，基层官员要是随便拆老百姓的房子、随便抬走老百姓家的毛猪、随便捆绑老百姓、随便敲老百姓的竹杠，老百姓就可以诉诸法律，用“侵犯人权”来控告基层干部，这“父母官”还有法当没法当?

不久前，在一篇文章上看到，有一个人重新给孔子的话点了标点，把它断成“民可使，由之；不可使，知之。”哇！意思与原来的完全相反了——“老百姓如果是听话的，那就可以不必怎么去管他；老百姓如果是不太听话的，那么就应该去教育他，使他们变得文明起来。”

事隔两千年，中华大地居然生出一个脑袋那么尖的人物来，重新句读，轻而易举就把一句早已深入人心的话彻底翻案！太可怕了，制造文字狱竟在于句读之间!

文字狱对于孔丘本人，已经没有任何意义了，仲尼早死了，毫无知觉了。19 世纪，洪秀全要把中国所有的孔子牌位砸烂；20 世纪“批林批孔”，江青要把中国历来的孔子流毒批臭，所有这些行为，即使想要对孔丘“鞭尸”也找不到一根毫毛了。可怕而又可悲的是，我不知道孔老夫子说“民可使”的时候他自己真实的思想到底是什么，如果是后者，那么他的思想竟然被人强奸了两千年；如果是前者，那么他的思想在两千年后还遭人强奸!

学雷锋

报载：有人在街头摆地摊，一纸歪歪扭扭书曰：“学雷锋忍痛大甩卖！”市场管理人员叱逐之。对曰：“你们学得，偏老子学不得？”

真太“幽他妈的默”了！

“雷锋到沈阳，好事一火车”，雷锋是何等崇高！

浅草三月，燕子呢喃。街头码头，到处都举着红旗打着横幅学习雷锋，一道道风景线是多么亮丽！

你摆地摊的小子也配“学雷锋”？竟敢把“忍痛大甩卖”与“学雷锋”等同起来？在我们市场管理人员的眼里，这自然是一种“亵渎”。

不禁想起《阿Q正传》里的两个细节：

1. 阿Q扭住小尼姑说：“和尚动得，我动不得？”

2. 赵家遭抢，没有阿Q的份，阿Q太失落了，于是心里骂道：“不准我造反，只准你造反？妈妈的假洋鬼子……”

在阿Q的心里，凡和尚都是邪的；小尼姑是假正经；那“不准我造反”的“洋鬼子”是“妈妈的”“假”的！

当这个摆地摊的小子说“你们学得，偏老子学不得”的时候，其实他心里在说：“你们邪得，偏老子邪不得？你们假得，偏老子假不得？妈妈的……假正经！”

阿弥陀佛——罪过罪过！

拍马屁

《逸闻》：北宋真宗屡钓不着。宰相丁谓献诗曰：“莺惊凤辇穿花去，鱼畏龙颜上钩迟。”

世界上任何活，都有优劣之分，“拍马屁”也一样。

有县里的官到乡里“指导工作”，上厕所恰巧遇见乡官，乡官忙不迭地哈腰，说：“啊！书记，您亲自来啦……”这“县官”根本不予理睬，而且是一脸的秋霜；这乡官“热脸贴到了冷屁股”，终于意识到自己说得十分不妥，忙想纠正，但又急不择言，他也许想说得文雅一点，知道这厕所城里叫“洗手间”，于是又嗫嚅道：“来，来，来……来亲自洗手啦？”

这乡官“拍马屁”不及格！

相比这位乡官，人家丁谓毕竟是“宰相”级别，话说得多有档次——“鱼畏龙颜上钩迟”，让“龙颜”听了自然“大悦”。“宰相”就是“宰相”，和别人就是不一样！“龙颜”要到什么地方去，“宰相”就得先到那地方走一遭；“龙颜”要吃药，“宰相”就得把那药先喝一碗……

比起丁谓，还有一位“侍臣”更加了不起：

有一次，皇帝带了一帮人马出猎。意想不到的是，“坐骑蹦蹶，上大不快”。此时此刻，左右文武大臣来都来不及去保护“圣驾”，而一位“侍臣”却独自赶忙躲到一旁，用污泥把自己的衣服和脸庞都抹得一塌糊涂，然后再耷拉着手站到皇帝的身边，样子极其滑稽。上问其故，侍臣回答道：“道路坎坷，太糟糕了，奴才所以狼狈落马，还没来得及换衣服。”于是“龙颜大展”，哈哈大笑道：“你马术太差！”

其实，这侍臣的“拍马术”一百分！

不过，对这些“马屁精”，被拍者是需要警惕的。

三叔公曾经给我讲过一个故事：

有一种兽叫“魈”，身子细瘦，极机灵；行动诡秘，来无影，去无踪。如果有马在树林里吃草，这魈就会替马赶赶蝇虻，马前马后殷勤侍候。马吃饱了，打盹了，这魈就去轻轻地拍马屁股。拍拍，抓抓，又拍拍，又抓抓。马得到了从未有过的“五星级”享受。殊不知，此时魈已从马的肛门里掏出一节大肠，并轻手轻脚地把它缠到了树桩上。等马发觉后狂奔，就自己把自己的肚肠全拉了出来——马死了，魈把马肉吃了。

三叔公是个农民，不识字，此故事无据可查。但冯梦龙的《古今谭概》中有类似的记述却让人更加毛骨悚然：

有一种猿猴名字叫“猱”，腾挪敏捷，爪牙尖利。森林之王老虎的脑袋不知被什么虫叮了，甚痒。这老虎自己也懒得到树桩上蹭两下，于是猱就不失时机地替老虎搔痒。猱一边轻轻搔，另一只利爪已深深嵌入虎脑——也许有如当今医术不凡的中医，找准了某个穴位，银针一头扎下去，病人是麻痹不知的——猱从老虎的脑袋里掏出白花花的脑髓，有滋有味地咂巴，顺便还送一点给老虎自己吃，老虎也觉得味道不错，甚至认为猱对自己是一片忠心，实该嘉奖。等到脑袋被掏空了，老虎才觉得不对劲，再要找猱算账时，这猱早已躲到高高的树上去了。老虎大吼一声，呜呼哀哉了。

悲乎！

恋　栈

《逸闻》：崇祯十年，国事已不堪问，而辅臣犹贪恋禄位却无所事事。有与首辅张至发相友善者，劝张称病辞官。至发沉吟良久，曰：“奈何贱体颇康！”

也许人们都会对这位张首辅嗤之以鼻，好像恋栈者都缺乏大丈夫气概。

其实，我们是不在其位不知其苦，难道官就一定很好当吗？崇祯皇帝出了名的心胸狭窄、性多猜疑，连抗清名将袁崇焕都遭腰斩，在位十来年，首辅走马灯似的换了十多个，“伴君如伴虎”，张首辅会没有体会？当代有一位著名城市的市长写过一副对联，道尽了其中甘苦：

“是处风寒，高处不如低处暖；

此山路险，上山容易下山难。”

想当初，历尽千辛万苦、披荆斩棘，全身被石棱割得血肉模糊，好不容易上得山来，殊不知“高处不如低处暖”，然而又是“上山容易下山难”；既然是“下山难”，那就不妨在“山上”再多待会儿喘几口气吧。

我乃布衣，本不知“官”情。但我想起1976年“四人帮”被粉碎的时候，北京人总爱串了四只螃蟹下酒庆祝，意即“看你横行到几时”。他们把蟹与官联系了起来，由此，我又想到我浙西南山区的蟹。

浙西南多山。山涧小流生活着许多蟹。这种蟹，名不见经传，山里人给它起的名字很土很俗——“山坑蟹”。这山坑蟹不同于梭子蟹，也不同于毛蟹，它全身光滑无毛；形如板栗而大许多，壳很硬；背青，腹白。当它发觉有敌人侵犯它，它还会挺起身，舞动两只大螯，非常威武，叫人想起《水浒》里挥舞两扇板斧的黑旋风李逵。秋风起了，女人们会酿出甜甜的“酒娘”；然后把活的山坑蟹与酒娘一起拌了，再加进嫩嫩的紫芽山姜，装罐；罐口用箬叶封上，扎好存放。封罐半日，隔着罐壁你还可以听见罐里的蟹骚动的声响——它们是在互相撕打，还是垂死挣扎，还是被酒娘灌得“如痴如醉”？休要管它！只要耐心等待半个月即可开封食用。这种浙西南山区特有的“醉蟹”，香味特异，鲜美无比。外地的客人有幸来此“把酒持螯”，咂巴完一只后，哪怕原是吃相最文明的人，终于还是熬不住将自己的手指头塞进嘴里吮吮，叭叭有声。

女人们制作这种醉蟹似乎不难；但男人们抓捕它却不容易。山区本来就比平原冷，秋风一起，就落霜了。男人把沥了酒后剩下的红色的酒糟分成拳头大的一团团，再用箬叶包好，趁着月色下到山涧溪流中，二十来步一间隔，一团一团放好，再压上石块。这是为了诱蟹。第二天天蒙蒙亮，就要背上背篓去抓捕了。在昨天放了酒糟团的地方早已诱拢了许多蟹，少则十来只，多则几十只。此刻，男人就要勇敢而迅捷地双手去抓，不能怕被钳，更不能慢手慢脚，要不然这些“横行霸王”就会稍纵即逝；你须抢一样地双手猛抓，抓住就扔进篰篓。蟹扔进篰篓后，不必加盖，你大可放心去寻第二窝蟹，因为入篓的蟹是不会逃走的。为什么呢？蟹不是不想逃，而是逃不走。当一只孔武有力的蟹迅速地向篓口攀爬的时候，就有许多别的处在下层的蟹联合起来，把攀爬的那一只拽下来！“王侯将相宁有种乎？”凭什么就你攀得高？

不行，下来！就这样互相拽扯，大家都上不了；除非特别幸运的少数几只蟹，能爬到高高的篓口。

当官不也是这样吗？人往往只会看见有的官踩着别人的肩膀向上爬，却看不见有许多人联合起来把上面的官往下拽！你说人家张首辅爬到今天的地位容易吗？所以，即使“高处不胜寒”，冷了一点，但是“贱体颇康”，牙齿咬紧，暂时还耐得住冷！

张首辅，你说是么？

索 贿

《龙文鞭影》：四川刺史安童伯，性贪婪。闻州民邓姓家巨万资，并以善棋出名。童伯召其对局，落子迟缓，终日如此，又不与饮食。邓困倦至极，连日被召，殊以为苦。有人提醒他道：“刺史对局，意不在棋，何不献赂求免？”邓依从，献千金而了结。

索贿，毕竟是件不太光彩的事，不能堂而皇之进行。怎么办呢？先让你吃点苦头，让你觉悟，然后再让你乖乖交出你的“赂”来！

但这位安刺史自己付出也多了点，因为他在让对方吃苦的同时，“落子迟缓，终日如此”，自己也陪着花了很多宝贵的时间。比起这位安刺史，清朝柴萼《梵天庐丛录》中写到的一个太监就高明多了：某太监至开封索贿，事甚小，术甚巧。语某县云“天寒，老佛爷最恶寒。汝须日备炭三十斤，每支长一尺五寸，圆一寸五分。不可有节，有节则生烟。不可有裂纹，有裂纹必爆，或烧衣服，或惊圣驾。汝其慎之！”某县曰：“此种炭不知何名？他省或有，实在不出在河南。”某太监怒曰：“汝做皇家官，三十斤炭尚不能为老佛爷尽心，万一老佛爷冻着，汝吃罪得起？”愤愤欲去。某县婉转哀鸣，某太监愈怒。旁边太监随从喝道：“你小子有银子便好商量！”

这些古代人做事倒颇有“艺术手腕”，但毕竟是古代人，拖泥带水，不干脆，缺乏现代意识；现代人时间就是金钱，办事是多么的干脆爽快呀，君不见书上有云：男女初识，男方就说：“我想干什么，你肯定知道；你想干什么，我也知道。咱们就直直爽爽、光光溜溜、痛痛快快把这事干了吧！”

男女之间是这样干脆爽快，权钱之间何不也这样干脆爽快？“我想干什么，你肯定知道；你想干什么，我也知道。痛痛快快开个价吧！”——这是“钱”向“权”说的话，是行贿人说的话。而索贿人呢？他的话与行贿人当然有别。《龙文鞭影》中的邓财主本来完全无求于安刺史，只是安刺史给他吃了苦头，他不堪其苦，并且也不想再吃这个苦了，只得“献赂”花钱消灾。所以，“权”对“钱”有时是这样说的：“我想干什么，你肯定知道；你不想干什么，我也知道。你以为你想不想就可以不想吗？你想不想就得先想想我的想！好！不饶舌了，快把我想的东西拿来！”

痛快痛快！

（2004 年 1 月）

滟 滪

古谣：滟滪大如马，瞿塘不可下；滟滪大如象，瞿塘不可上……

小时候，听母亲说“某处很险恶”，她常会用老家方言的一个词——音为 yàn yù ，但我不知道这个词究竟该怎么写。当读了上面这首古谣之后，我想这个词就是“滟滪”。

滟滪是瞿塘峡口的一块巨礁。这块巨礁现在已经被炸了。没炸之前，舟楫至此，寒气逼人，流急猿哀，行船常会撞得粉身碎骨。礁岩峭峭，江水滔滔，滟滪堆下，多少冤魂哭号！

所以，要形容某处险恶，就说“那里滟滪得很”，这说法实在是很精到的。

西乡有座山叫“五雷山”。传说，有青田人名叫端木国瑚，清道光进士，精通五经。端木国瑚曾来西乡访友吴世涵，不幸染疾。初，仅小恙，世涵陪端木游玩散心，端木见一山，山势险峻，问：“此山何名？”世涵对曰：“五雷山。”端木大惊失色。原来，端木通《易经》，会卜卦，他曾为自己算命，算来算去，自己将“遭雷击”，他总以为自己素来行善，不至于此；不意今日境遇竟与所算暗合！终于在这五雷山下，一病不起，死在朋友吴世涵家里。死前大叹一声：“五雷山，好滟滪哪！”

五雷山中有一谷，谷中有石蛙。石蛙肉味鲜美，清肺滋阴。山民常于夜间去捕捉，竟常会在谷涧中滑倒摔死；也常会遇见蕲蛇被咬死。于是一般胆小的人平日都不敢去那里。

由于平日少有人去，那里的树木便长得特别繁密，也便显得更加阴森。有一年，一群天不怕地不怕的少年，竟瞒了父母，结伴到那里砍柴。第一天，大家都砍了一大担很好的柴回家。第二天，依然没事。可是到了第三天，山坡上居然莫名其妙滚下一块车轮巨石，砸死一人砸伤一人，血溅树梢。老人说：“那个地方是滟滪得很哪！”言语中，这里的“滟滪”还带有迷信的色彩，好像那个地方是“出鬼”的。

“滟滪”这个词，引申出去，还有“倒霉”“遇上晦气”的意思，犹如鲁迅先生说的“运交华盖”。

乡人无知，无端地认定“白狗娘的血”“女人的短裤”等东西都是很“滟滪”的，一旦受污，那将倒霉至极！俗话说“狗血喷头”，那狗血应是“白狗娘的血”。相传，西乡原有叶姓，明代在朝廷当官的很多，那是因其家“风水”好，子孙将出七斗七升芝麻之数的官。岂知后来，叶姓当官的又被纷纷削职回家了，有的甚至被杀头充军。原本他们系因“党争”受害，但乡人偏偏说那是由于叶姓的祖坟被仇人用白狗娘的血给“滟滪”了。

看来，滟滪是可以“被”的！人可以被滟滪，那么滟滪也自然可以被人去除。什么时候去除呢？应该在国运昌盛的时候！譬如，改革开放了，几十万极其滟滪的“右派分子”帽子，就去除了。

“滟滪大如龟，瞿塘不可回；滟滪大如猴，瞿塘不可游”，瞿塘峡口的那个黑礁“滟滪堆”，早就炸了，早就不必担什么心了；更何况，三峡已经造大坝，连被炸的滟滪堆的碎石，都将永远淹埋在三峡库底了，长江行船，放心开足马力则是！古谣，所唱的只是悠悠的历史……

以牙还牙

《深圳特区报》：美国德洛岛地方法律：牙科医生如果错拔病人的一颗好牙，病人就有权请铁匠用老虎钳把牙医的牙齿活脱脱地拔下来。

好家伙！

在物质文明高度发达的美利坚合众国，竟还有“以牙还牙”如此野蛮的酷法，简直不可思议。

我不禁又想：如果那个牙医本来自己就是一颗真牙也没有，如果拔错了牙，那么别人对他何以施法？

——其实又何须我这个中国乡巴佬替他们瞎操心。

追究过在德洛岛当牙医的被病人执法倒拔牙的到底有几位？患牙病的，不比患内科疾病，哪颗牙齿疼，哪颗牙齿松动，就诊之时是诉得明明白白的。张开嘴巴，两排雪白的牙齿陈列在牙医面前，也是清清楚楚的。在这种情况下，牙医如果拔错了牙，除非他是个睁眼瞎！有此法律在先，牙医为免自己牙齿被倒拔，为免声誉扫地、生意丢光，为了饭碗，稍微小心一点，就不必担心被“追究法律责任”。

在东半球的我们这里，好像没听说过“拔错牙”的事，更不存在“病人请铁匠用老虎钳去拔牙医的牙齿”。但是类似于“拔错牙”的事到底有没有呢？

曾经在《光明日报》上读到一则消息：有一位未婚少女患卵巢肿瘤腹痛，去医院求医。结果被妇产科医生诊断为“怀孕”。陪少女去看病的母亲连连叫屈，结果还被医生骂了一顿“老昏！当今社会，什么事都会发生，你能保证你的女儿不出事？”于是硬给少女打了两针催生针。这少女被逼得差点自杀。类似的事情在《民主与法制》上也报道过，可见绝非少数。至于后来那位妇产科医生被如何追究责任，因为没有看见后续报道，就不得而知了；但是我想，这位妇产科医生大可放心——决不会有人首先宣布她已非法怀孕，然后强捺住她，给她也打两针催生针。

更让人心寒的是看到2004年3月5日《中国青年报》登的一篇文章：

云南省财贸学院学生孙万刚，于1996年某日，与女友在城郊草地聊天，突然被人用钝器击昏，而女友后来被人害死。第二天，孙万刚被警方带走。经受了吊、打逼供。虽然“作案工具一直没有找到”，证据不足，但是他仍被昭通中级人民法院以“强奸杀人”罪判处死刑。后经两次上诉、两次复审，云南省高级人民法院改判为“死缓”。孙万刚及家人不服，不断上诉，终于在2004年1月15日，由云南省高院做出无罪判决。孙万刚释放后，与父亲一起，泪流满面地给云南省高级人民法院与检察院送了一块匾额：“实践三个代表，纠正冤假错案。”

当人民法官与人民检察官收到这块匾额的时候，是否想过：一个无罪的人，被判“死刑”，在监狱里关了将近八年，那可是三千个日日夜夜呀，何其痛苦！到底要不要追究一下当初把这个“命案”办成“冤假错案”的办案人的责任？

是的，许多责任是不可能“以牙还牙”的。世界上的责任，往往是越小越好追究；大了，往往就难以追究；越大越难追究，大到某种程度，就根本无法追究，不能追究。譬如：中国明代的一位兵部尚书于谦被英宗皇帝诬以“谋逆罪”杀了；又一个兵部尚书抗清名将袁崇焕，被崇祯皇帝诬以“里通外国罪”杀了；许多忠臣良将被朱皇帝误当“病牙”拔了。这些责任都是根本无法追究不能追究的。但当责任到了无法追究不能追究的时候，付出的代价是：整个大明王朝的覆灭！

呜呼！

衣

《诗》：岂曰无衣？与子同袍。

李白：云想衣裳花想容……

《唐诗三百首》压卷：劝君莫惜金缕衣……

人，首先要穿衣服，然后要求穿好一点。

古人云“衣食住行”，把“衣”字放在第一位，是很有道理的。

有的人总认为“食”字第一，“民以食为天”嘛，这当然也不错，但从某个角度来看，还是“衣”重要——动物都要以“吃”第一，但一旦成为“人”了，就应该承认“衣服比饭还重要”。

苏东坡曾经说过一个笑话，有两个穷“措大”言志，一个说：“我以后有钱了吃饱了就睡，睡醒了又吃。”另一个说：“我有钱了吃了又吃，吃了又吃，还要睡什么睡！”其实，这两位仁兄说这个话的时候，肯定还有一件破衣遮体的，要不然，赤身裸体，一旦有钱，总还是赶紧去买件衣服遮羞为第一要义。

人类学家曾经说过，从古猿进化到人，从树上下来了，人就开始找点树叶或兽皮什么的来遮一遮。这也绝不仅仅是“御寒”，更重要的一点是“遮羞”。要不然人是连野兽还不如的。因为野兽尚有尾巴，还可遮一遮。人已没了尾巴，而且还直立起来了，完全暴露无遗，非用衣来遮住不可。而一旦有衣了，也就“知耻”了，懂“礼”了，也就讲“伦理”了，也就不会“近亲繁殖”了，人类社会也就更进步更文明了。

随着社会的进步，人又赋予衣服许多新的文化内涵。

人会把衣服作为一种标志。周人喜欢穿黑色衣服，因为他们打败了商；而“商人尚白”，商的一些后人流亡到海外去了，一直穿着白衣明志。至于荆轲刺秦王，易水送别的时候，“风萧萧兮易水寒，壮士一去兮不复还”，人们都穿了白衣服，那是为了表示一种决绝而悲壮的情怀。《左传》里写到晋军去攻打秦师，号令三军穿了黑色的衣服作战，于是“败秦师于崤”——当时穿黑衣，意义决非如今军队穿“防弹衣”“迷彩服”，而纯粹是为了激愤士气。到了近代，人们穿四个兜的中山装当然是为了表示去革旗袍马褂的命。再到“文化大革命”时期，清一色的解放鞋、绿军装，胸佩像章，手捧红宝书，女同志剪短头发，一律军帽……

前些天在电视里看到，法国规定，在大学校园里禁止穿阿拉伯长袍、戴阿拉伯头巾。阿拉伯人就闹起来了。闹什么？争死争活争什么？还不就是争一口气？争一个民族的尊严？

现在中国人也穿起西装来了。从本质上来说，这与两千多年前的赵武灵王“胡服骑射”是类似的，都是为了学习先进的文化，改革开放，走向世界。所以，当年党的领导人在公开场合第一次穿西装亮相的时候，敏感的西方记者就断言中国要与世界接轨了。

具体到个人，喜欢穿什么衣服完全是个性的体现。

屈原，在江边行吟，“带长铗之陆离，冠切云之崔嵬”，这就是一种个性的张扬，显示自己与众不同，表示自己决不与小人同流。关云长身陷曹营，曹操费尽心机收买他，送他锦衣玉带，但关公就是不脱刘备给他的旧袍破褂，“富贵不能淫”，死不变节。

意大利街头的烟花女子总爱穿皮裙子，孔乙己总不脱那件臭长衫，这些也都是他们个性自然地流露。爱因斯坦，还有鲁迅先生笔下的藤野先生，似乎都不修边幅，都不讲究衣着；其实，他们的“不讲究”正是从另外一个层面表现出他们对“衣”的讲究——伟大的科学家、伟大的学者，在众多的、令人眼花缭乱的衣服里，早已极精确地找到最适合他们的那一套服装！

当今世界，朝霞瑰丽，落虹奇幻，牡丹雍容，水仙清雅，西装长袍，短裙面纱，赤橙黄绿蓝靛紫，大千世界，无比美妙。似乎是你爱穿什么就穿什么。但很重要的一点，谁都不能无视：世界不是你一个人的，你是属于社会的！所以，你就不可能穿着海滩上的那种“比基尼”，或者穿着巴黎时装表演会上那种露脐裤子，头上插满羽毛，然后大摇大摆跑到联合国会议厅去高声地叫：哈罗！

（2004 年 2 月）

疥 疮

《事林广记》：陈大卿患疥疮，上官者笑之。公曰："君无笑，此疾有五德可称，在众疾之上。"上官曰："君试言之。"公曰："不上人面，仁也；喜传于人，义也；令人叉手揩擦，礼也；生罅指节骨间，智也；痒必有时，信也。"上官闻此语，大笑之。

我未生过疥疮，想来绝大多数人也未生过疥疮。于是去翻了翻医书，这位陈大官人讲得还真不错！疥疮有五个特点：

（1）小孩子会长到脸上，大人则不会——好像它居然懂得照顾"大人"的面子。这就是陈大官人所说的"仁"。

（2）它会传染。不清不洁者极易受传染。这就是"义"。所谓"义"就是去寻伴结伙！

（3）痒起来，当左手抓右手时，左手自己又发痒了，又急需右手去抓左手。一下左手抓右手，一下右手抓左手，左手右手抓来抓去，"礼"尚往来。

（4）它喜欢长在手指缝里，长在肘腕弯曲的地方。会隐蔽起来，很"鬼"。这就是"智"。

（5）往往会定时发痒，夜间被窝发热时肯定是最痒的时候，很准时，讲"信用"。

疥疮竟有五德，那么还有什么痈疽不是宝贝？陈大官人的口才，实在是令人佩服，他完全胜任"大学生辩论会"之类的第四辩手！

可是某县一家污染严重的化工厂王姓老总对陈大官人的口才不以为然。人们问他为何，他总是笑而不语。

一次喝酒，王老总酒喝多了，终于说了："你们以为陈大官人说出疥疮五德让上官发笑这是本领呀？说出七德八德，说得越多，越没本领！说出一德，上官就笑，这才是真本领！"

大家不信。

王老总又"咕嘟"一声喝下一杯五粮液，说："我办厂的时候，对环保局局长只说了一句话——‘算你老婆的股份！’——他就笑了！”

开会迷

南宋某太守领船赴都，夜半急召船人，至则别无话，但曰“……逆逆逆风不得张帆。”

看来，“开会迷”自古就有。

太守你当你的官，自有你太守的职责；船人你行你的船，自有你船人的职责。太守管行船似乎有点“外行管内行”。但现在太守“高瞻远瞩”到的这个问题绝对不是“外行”问题，更绝对不是小问题——“逆风张帆”是会出大乱子的，人命关天，这可是一个原则问题。原则问题就绝对马虎不得，即使三更半夜，也要雷厉风行，召开紧急会议！

但这位太守还是相比之下“水平欠了一点”，还没有大摆开会的架子，还没有“桌毯、花、暖瓶、茶、香烟”“这个那个甲乙丙丁一二三”；而是“直奔主题”，会开得太短了。

大凡有资格召集会议的人，地位当然都要高于来“听”会的人；地位高的人，水平当然高；水平高的人，说话当然有“分量”；所谓有“分量”，当然就是话讲得深刻讲得长！要是让水平高的人来开这个会，起码要讲清这些问题：行船的基本目的是什么？什么风叫“逆风”？逆风为什么不能行船？逆风行船有哪些危害性？如何去洞察这种危害？如何去避免这些危害？行船必须具备哪些基本条件？如果缺乏这些条件，就应该怎样来创造这些条件？所以还必须讲讲“主观能动性”……

不过，太守果真如此长篇宏论，那么，“船人”上厕所的就会特别多！还有一些人则会很认真地计算太守的口头禅，可以精确算出在十分钟里他讲了二十三个“这个这个主要问题是这个”。表面上还有一些人，表示“洗耳恭听”，实则歪着头，眯着一只眼，用一根火柴梗掏耳屎。还有的，则脱掉鞋子袜子，扳开脚趾，搓脚丫……

脚气，熏得整个会场臭烘烘的。

逃 熊

寓言：一班人在森林里干活，突然来了一头熊。有人说：“我们一起把熊打死吧！”可另有人说：“我们逃吧！”“我们怎么逃得过熊呢？”“傻瓜！只要落下最后一个人喂熊，其他人就没事啦！”

现在，许多单位都搞起了“末位淘汰制”，学校里也搞。

在一个单位里，首先建立一套“评估方法”，把每位成员平时的思想表现、工作成绩进行“量化”，到年底，可以统计出总的数据，然后，就有了明确的铁一般硬的证据，让“末位”“另谋高就”。

“末位淘汰制”比起过去的“大锅饭制”当然好多了。

过去的“大锅饭制”，大家都捧着铁饭碗，干好干坏一个样，谁都没有积极性，即使“大锅饭”成了“大锅汤”，大家也只好一起喝。

而“末位淘汰”是引进了“竞争机制”，谁都有了“危机感”，谁都努力地干，于是成绩明显、效益显著。当领导的只要一开始把“评估方法”制定出来，接着就很省心了，算算数字就行；下面的人看见领导手中的那张统计表格，就会很自觉地“干呀干”。领导好当多了，下面的人听话多了，还有谁敢向领导白眼犟嘴？巴结还来不及哩！

现在报上常见“小姐选美”。如何选呢？先给每人分项打分，头发几分、面容几分、肤色几分、身段几分、大腿几分，然后加出每人总分，再进行比较。现代科学系统论告诉我们：“部分之和并不等于整体。”但是有的单位末位淘汰的评估方法就是将人这样分项打分的：思想几分、出勤几分、业绩几分……

选美的时候，有的小姐为了自己能选上——或者说是为了把别人刷下去，也就会预先向评委塞红包！

本来，只要发扬团队精神，就可以把一件事情做好；但现在在一些地方一些部门，一些人的观念是：做好事情可以放在第二位，第一位是刷下别人来“喂熊”。

想起了中央电视台赵忠祥主持的《动物世界》中的一个镜头：

非洲大草原。

一群羚羊惊惶失措地四向奔逃。一头狮子狠命地扑向羊群……它终于咬住了一只（绝非最瘦弱的），就坐下来慢慢啃咬，场面极其血腥。意想不到的是，此时所有的羚羊都安静下来了，重又悠闲地吃着草。有的就在狮子十来步远的地方吃草，一抬起头就可看见自己的同伙正被狮子撕成肉条，但它们一点都不怕。

为什么呢？因为它们清醒地知道，已经有一个同伙牺牲了，所以在狮子再次饥饿之前，自己是绝对安全的。

“大锅饭”是绝对要废弃的，竞争是必需的，但“末位淘汰制”还需要不断完善。

我们人，不应该像非洲草原的动物！

土　地

流沙河·《旧时故乡异人记》：临近故乡解放，何矮子以高寿仙逝。事后，县城有人在云顶山下路遇何矮子，问他为啥到此。他指后面说：“搬家到这里。”那人朝前走，不见住户，但见土地庙。回城才晓得何矮子已死半年之久，便相信他做了云顶山的镇山土地菩萨。

流沙河这段文字写得极生动。“土地爷”原来是人死后变的，人情味极浓。流沙河在前面还写到，这个何矮子生前是个地主，家有良田数百亩，但极节俭。节俭到何等地步？他到城里，与推车抬轿的苦力挤在一起喝红苕粥，有人来告诉他，他的两个败家的儿子在东街小菜馆里吃红烧鲢鱼。他听了气急败坏，发狠心道：这个家要败就大家一起败——来，再来一块霉豆腐！你想，这样的人，死了当得了大官吗？最多也就当当“土地”。

到处的土地爷都差不多，敝邑的土地爷也老实迂腐。

敝邑民风古朴，旧俗尚存。一旦死了人，死者亲属逢七就要上坟，七七四十九天，凡七次，叫“做七”。“做七”时，点燃香烛，烧化冥钱，摆上供品。供品有鸡、肉、鱼、豆腐之类。鸡是全鸡，且最好是公鸡；猪肉一斤重，切成一大方块；鱼是巴掌大鲫鱼，三尾；豆腐片片煎黄，一盘；此外排场些的还有金针、木耳、乌贼丝之类，算是“山珍海味”。还有米饭，还有酒。酒是白酒黄酒均可。不过如今也作了些“改革”，死者若生前嗜啤酒，那就供上啤酒；死者若生前滴酒不沾，就供上“可口可乐”甚至“旭日升冰茶”之类。

祭者一边摆供品，一边叽叽咕咕念念有词，意思是叫死去的亲人快来享用。酒是一边斟一边泼向坟头，算是让死者喝了。最令人莫名其妙的是，筷子竟是摆一双半——三只！这是旧俗，年轻人百思不解，去问长者，长者也一脸茫然，只说“自古如此”。我也好奇，后来向一位叫“三伯公”的讨教，才终于破译谜团，恍然深省！

原来“做七”上供，土地爷也不能不请。而土地爷来了，供品有限，又怕自己的亲人享用不足，于是只给土地爷备下一只筷子，让“他老人家”一边听热情的邀请“请吃请吃”，一边捏了一只筷子，肉也夹不了，饭也扒不了，干着急，何其尴尬！一方是请过吃，面子做了；另一方是吃过请，虽然没吃着什么，但人家礼数已到，也不好“发作”。人竟这样捉弄土地爷！

仔细想来，我们的祖先也实在聪明，但聪明得近乎天真；也实在机灵，但机灵得近乎狡黠；也实在幽默，但幽默得近乎恶作剧。可仔细想想，他们这样做也实属无奈——旧时，生产力低下，生活窘迫，请吃也请不起，只能想出“三只筷子”的办法，倒也不是存心与土地爷过不去。先人原有“不怕官只怕管”的古训，如果能管着你，那就不得了，“班长班长，炮楼一躺，半个皇上”，就算是小小的“班长”，既然管着你了，那他就是“皇上”！这些道理，我们的祖先不会不懂。但千百年下来，“做七”都是这么做，“三只筷子”也都是这么摆，而土地爷也真是温厚迂腐到了极点——从未听说过“他老人家”因此不高兴而发火报复。

我们“现代人”简直理解不了过去的土地爷。还好没听说现在有哪位局长之类的死了会变土地爷。如果有，那么巴结都巴结不过来，愁都愁请不来；来了，“大驾光临，蓬荜生辉”，早已是“三陪”的境界了，“鸡肉鱼豆腐”，什么玩意！“三只筷子”？哼，简直是自我作践！你能保证使用一只筷子的肯定是土地爷而不是你自己死去的亲人？完全有可能你亲人在请吃的时候，早已识趣地把一双筷子双手递给土地爷，而自己则一边捏了一只筷子“多吃多吃慢吃慢吃”装腔作势瞎捣。其实，若果真是你自己亲人使用一只筷子可能还是件好事，若让土地爷去捏一只筷子，到时候，叫你死去的亲人“吃不了兜着走”，就有好看的了！你就不为你死去的亲人作深层次的考虑？

冥纸化烟，朔风野大，如果真有鬼魂存在，那还有什么情况不可能发生？

呜呼！

火到猪头烂

俗语：火到猪头烂；钱到公事办。

以“火到猪头烂”来比喻“钱到公事办”其实还不是太妥帖。

“紧火粥，慢火肉。”想将肉烧烂，往往宜用慢火，即烹饪书上所谓的“文火”。我邑遂昌西乡人是很讲究“吃”的，用现在时兴的说法是“吃得很有文化品位”。譬如想吃烧猪脚蹄，就有非常烦琐的程序：先是将蹄爪一节一节斩好，洗净，在沸水中略煮，捞起，再拌以食盐、红糖、黄酒等佐料，然后装进一肚大口小的陶罐；另外，再配一帖中药，名曰“三两半”（黄芪、党参、当归、牛膝四味药材按规定比例配成），煎成汤汁冲进陶罐；而后再将陶罐盖封好，埋在炉堂，陶罐周身围以带灰的炭火——文火，慢慢地慢慢地煨！只听见陶罐中发出“哔卜——哔卜——”轻微的沸滚声。大约半天就可以启盖。一旦启盖，奇香四溢。那猪蹄爪油而不腻，烂而不泥，该不会亚于梁实秋先生笔下的“熊掌”。

至于“猪头”，比起“猪蹄”来倒成了“粗货”。整个猪头装在大镬里，火依旧是文火，但烧的时间不必太长，至多烧七成烂即可。猪头往往是用以祭祀的，祭天祭神祭祖宗，摆放在祭桌上，必须是成形的，高高耸着，所以不能太烂，太烂了瘪塌塌的，不好看，神与祖宗会不喜欢的；猪头肉、猪耳朵、猪鼻筒、猪舌头，往往是作下酒物的，片成片，酱油蘸蘸，韧而带脆为佳，所以煮猪头是七分火候就足够了。

至于“办公事”呢？

谁都心知肚明，这里说的“公事”，决非“公事公办”的“公事”，而是“私事”！真的公事，公事公办，堂而皇之，何须“钱到”？这里说的“公事”，当然也不是一般意义上的“私事”，而是必须依靠“公家人”才能办得好的“私事”！这“公家人”是老百姓的说法，你绝对不可将其简称为“公人”。那“公人”要么是历史上的那种喝五吆六的下级差吏，要么会让你想到当今泛滥的宫廷电视剧中的“太监”；而这“公家人”毫无贬义色彩。“公家人”又往往自称“公仆”。“仆”字云者，也丝毫不带贬义，尤其是出于他们自己之口，反显得有谦谦君子之风。绕了许多弯，这“公家人”规范地说，就是“公务员”！

中国的公务员当然是公正廉洁的多，他们自有公家发给他们薪金，你要办事，照章办理，该办自然办，不该办绝对不能办；该办的无须另外“钱到”，不该办的，“钱到”也“办”不了，绝对行不通。在这类公务员面前，有时是“不用钱到，公事即可办”，有时是“钱再多，公事也不能办”。把这些话返回原先的“喻体”中去，那就是“根本不用火，猪头也会烂”和“火再猛，猪头也不烂”，说得通吗？所以说，原先的比喻就是不妥帖的。

那么原先的比喻对“少数”公务员呢？说白了，对“腐败”的呢？——也还是不妥帖！

“火到猪头烂，钱到公事办”，火到钱到，似乎势在“必烂必办”，其实远没有这么简单。首先，即使是腐败分子，“钱”也不是很容易“到”的。琵琶女总是羞羞答答“犹抱琵琶半遮面”。以“远华走私案”的赖昌星为例，他在使钱以前，首先，须“感情投资”——就像“行雨”之前，先得呼呼呼吹老长时间的“风”。光用钱还不够,“糖衣炮弹”与“肉体炮弹”务必一齐狂轰滥炸。其次，煮猪头是用文火，办“公事”则要猛火猛攻！最后，如前所说，煮猪头只需七成火候七成烂，而办“公事”不到十足火候时绝对行不通！

还是前人说得好：最好的比喻都是蹩脚的！

因老而朽

《庄子》：伐木者不砍无用之材。庄周曰：“此木以不材得终其天年。”

庄子的话自然不错，好的树老早就被人砍去用了；又歪又细的树，人自然不会去砍它。但也有人可以举证反驳“以材而得终其天年”，譬如黄牛，会耕地的，当然养着；不会耕地的，早就把它杀了吃。

依我看，世上的事，不追究也就罢了，一追究，许多事的因因果果往往被人弄颠倒了。譬如，当今桥头巷尾公园凉亭有许多麻衣相士，他们总是说“耳朵长主寿”；其实，追究到底，应该是“寿者耳朵长”。生理学家说，人身上的器官，唯耳朵特别，它“终生”都在长大，不像眼睛，长到一定程度就不再长了。只是耳朵长得极细微，短时不易觉察罢了；不过时间一长，也就可以发现。所以，一个人到了老年，他的耳朵比青年时总是要长一些的。再加上一个人到了老年，脸部肌肉松弛下来，也会把耳朵拉长。《三国演义》里的那位被他的政敌骂作“大耳贼”的刘备，“双耳垂肩”，这还得了？照相士的说法该是长命百岁了吧？然而他六十三岁就死了。如果他真能活到九十、一百岁，那么照他耳朵原来的基础，还会再长一些，届时罗贯中该会说他“双耳垂乳”哩！

世界本来就是复杂的。庄子说“以不材得终其天年”，其实他老人家也是把因果关系弄反了；我们把“被颠倒了的重新颠倒回去”，那就是“以终其天年而成不材”——因为太老了，就变成没用了。可不是么？树，年岁老了，愈加变得盘根错节虬枝百折，除了供观赏、作摆设外，此“材”还有何用？牛，原先是会耕田的，老了就不会耕田了，杀了吃连肉都咬不动，还有多大的用？唐朝那位颇有名的皇帝李隆基年轻时多有作为：任用贤臣，整顿弊政，发展经济，被誉为盛唐“开元之治”。可是年岁一老，变老昏了，原先的“材”成了“不材”，原先的明主成了昏君，居然迷上儿媳妇，“春宵苦短日高起，从此君王不早朝”，结果被安禄山追得天昏地黑屁夹郎裆！

“老朽”云者，材乃因老而朽矣！

（2004 年 2 月）

猜 谜

谜：1. 生在山里，总在娘身边；长大闯荡江湖，辛苦不提也罢，提起来泪洒江天！

2. 等在门边时，身子瘦如柴；巴得团圆日，不觉泪满腮！

这两条谜，谜面非常凄美。猜出来之后，你就会觉得它的构思有多精巧。

我是不擅长猜谜的。但有一个夏天，我也猜过许多。

还是在西乡教书的时候，有一个夏天，天很热，学校不放假，开会、学习、大批判与搞运动。有一位年青的代课老师，叫小严，他很有意思，常常不知从哪里弄来一些谜让我猜。由于很专心地投入去猜，也就比较轻松地打发一点时光。

有些当然不算谜，不用猜。譬如“红旗飘，战鼓擂，当今世界上究竟谁怕谁？”

有些谜不难猜，但很有意思。譬如“因为自大一点，惹得大家讨厌。什么字？”——“臭”！

有些谜也不难猜，没什么意思，但会觉得好笑。譬如“木头一个，张开大嘴，躲在角落；夜里起来，摸它不着，踢它一脚！是什么？”——粪桶！

有些谜，不好猜。譬如“有个东西，头拄天，脚拄地，拄得乾坤不透气”，是什么呢？我想了许久想不出，小严就告诉我，我应该反问他“有个东西，头顶西，脚顶东，顶得乾坤不透风”，而他也猜不出，那么我就可以说，我的东西是把他原先竖着的东西放平了！

小严还会给我讲些有关猜谜的故事。

从前有个学者与一个樵夫一起坐渡船，无聊，樵夫就提出来与学者猜谜打赌。学者认为自己学识渊博，看不起樵夫，认为自己一定赢，就很乐意地答应了，并且还定下游戏规则，学者输，出钱十元；樵夫输，出钱五元。于是樵夫出了个谜：“有一样东西，在水里一百斤，在岸上十斤。是什么东西？”学者百思不得其解，于是输了十元给樵夫。学者问樵夫是什么东西，樵夫说“我也不知道”，于是找还学者五元。学者想要理论，但船已经靠岸了。

有些谜不好猜，小严也不急于告诉我，我也不想他告诉，譬如开头“提起来泪洒江天”那两条谜，我就一直想，开会时坐在角落专注地想，以至于会上大批判批些什么我也没听。

后来在吃中饭的时候，那两条谜都让我猜出来了。第一条谜的谜底是：撑船的竹篙；第二条谜的谜底是：雨伞。

那餐中饭我正花了一角四分钱买了十六两制的四两白烧喝，这种白烧是用金刚刺的根碾粉酿成的，不好喝，很凶。一边喝一边琢磨那两条谜，“生在山里，总在娘身边；长大闯荡江湖，辛苦不提也罢……”想着想着，我居然热泪盈眶。

小严还会弄一些“智力测试题”给我做。有“红帽白帽”；有“狮子、老虎、豹子，带了狮仔、虎仔、豹仔过河”；有“十二个乒乓球，其中有一个次品，且不知次品轻重，用一台无砝码的天平，称三次，就要找出次品来。”……小严还自己制作了一副“曹操棋”玩，记得，走七十几步，就可以把曹操从华容道放出去。

小严的父亲是在某师范大学外语系当系主任的，听说，还当过翻译。1977 年恢复高考，小严就考上了武汉大学物理系。现在不知他怎么样了。

常常会想起那个夏天，那个夏天很热……

比 诗

郭璞诗句:“青溪千余仞,中有一道士。”石某曰:“青溪两千仞,中有两道士。我诗胜璞一倍。”

郭璞的两句诗,意境清幽;这位老“石”的诗近乎开玩笑。“中有两道士”就胜郭诗一倍?“道士”越多,诗越胜,三四五六乃至百千,其“道场”岂不就像广州交易会了?

玩笑归玩笑。20世纪60年代末,却也确实闹过类似的笑话。“心中最最”,为了表示“忠”,就比“最”字谁用得多,我就曾见有人连用七个“最”字。现在,许多人认为用一个“最”与用七个“最”表达的意思是一样的;其实,也不一样。诚信的人,一诺千金,话一出口,掷地有声,一个“最”字足矣;而“最”字用得多,唾水四溅,指天画地,生怕别人信不过,这种人倒有虚情假意之嫌,不可信。

事情往往就是这样,有时话说多了,反而显得苍白。

譬如,现在如果还有人说“我国杨利伟上天又一次证明地球是圆的”,就会让人觉得好笑。如果还在继续“又一次证明”,那只能表明你对“地球是圆的”这个客观事实心里还吃不准;“地球是圆的”已经根本不用再证明了,谁都不会去否定的。

但是,我在报纸上却还常会看见这样的消息:某地又新发现当年大屠杀的罪证……云云。好像对那一场大屠杀,还必须要有更多的证据去证明。

毋忘国耻。当年大屠杀的历史,我们决不忘记;血与泪,一笔笔,我们及我们的子孙决不忘记!“大屠杀”是客观事实,无须再去证明。当今,有些人闭着眼睛不承认历史事实,那是他无赖!

友人周俊与我说过他家乡的乡俗。

在他家乡,如有谁破仓盗牛,即为“大贼”;若大贼当场被抓,即可将其胫骨敲断,令其跛,使其无法再作恶。有一年,有一刁姓贼竟把周俊祖父的一头大黄牛偷走,赶到五十里外的刘庄杀了卖。周俊祖父查悉后追到刘庄,牛皮牛头尚在，刁贼抵赖不得。周俊祖父素有少林武功，远近闻名，他举掌运势作力要向刁贼小腿劈去，如果这一掌下去，刁贼定成废人。刁贼见势不妙，连忙跪下求饶。周俊祖父念其尚有家小，只喝了一句“少作孽”便饶了他。后来这刁家子孙因做木头生意家境渐好，周俊家原也宽容，克制不提刁家祖辈劣迹，也愿意与他家子孙友善相处。岂知刁家少数子孙竟常常蛮头拗颈，还厚颜无耻道：“若吾祖盗牛，为何双腿完好而不跛呢？”周俊父亲知道，与这种涎皮厚脸的无赖多费口舌只会徒增烦恼，于是只喝一声“少作孽”，狠狠瞪他一眼足矣。刁家这少数子孙听到“少作孽”一声断喝，也会咋舌噤声，老实许多 。

在这世界上，许多恶人他本来就是不讲理的，你和他讲理有什么用？只要一句：“少作孽！”然后再瞪他一眼！

缺氧锻炼

《剪报》载，有病人吸氧，示意护士将氧气量开大点，护士照办，病人舒服地睡着了，可也永远地睡着了。死因是：氧气中毒！——人会因为有足够的氧气而懒于呼吸致使呼吸停顿。

“呼吸”得太舒服居然可以令人“永远睡着”。这与先哲欧阳修说的“逸豫可以丧身”的道理是一样的。

人有的时候还是“缺点氧”好。据说国家运动员特意要去进行“高原训练”，这样会提高运动成绩。

所以，人不必为“曾经苦过”而不平，相反，还应该时常反省“苦得还不够”。

我家熹儿未满周岁就断了奶，由我母亲带。由于原先就是早产，先天不足；如今 奶水又没吃足，所以体质很差。脖颈细细的，眼睛却又大又圆，咳嗽不止，我与孟珠都愁他是不是也得了我母亲的那种病——肺结核，可是去医院查，又查不出什么病。假日我们从教书的地方匆匆赶回家，熹儿由我母亲抱着，瞪大眼睛向我们一笑，直笑得我们心酸。

他一岁多一点时就开始搞运动了。那时，我们全家都开始“憋着呼吸”。

每一个居委会，每一个单位，都必须有几个“对象”供批判用。我们是异乡人，很容易成为“对象”。更何况，七弄八弄，也真的可以弄出许多“问题”。

我母亲姓刘，是青田九都人，地地道道的刘伯温的后代。她有一个同父异母的哥哥，比她要年长三十岁。这个哥哥名字叫刘耀东，20 世纪初到日本留学，与胡汉民、汪兆铭、沈钧儒、陈叔通等人是同学，并参加了蔡元培的光复会。1912 年，处州“光复”后，他是第一个被委派到松阳县当“知事”的。母亲还有一个堂兄，就是刘劲持，官做到国民党 98 军军长，新中国成立后当了浙江省参议室的主任。而母亲自己呢？她出生四十二天，她母亲就死了，她便被送出去给别人“带”；三岁时，她父亲就死了，她的兄长就没有把她“带”回去。

我父亲是青田小溪仁宫下湾人。父亲说，他的太婆曾经讨过饭。我父亲自己年轻时挣扎着到德国谋生。最糟糕的是父亲有个亲妹妹，嫁了个丈夫名字叫林清泉，这个林清泉在处州读书时居然与国民党的二号人物陈诚是同班同学，甚至还与其“义结金兰”，1949 年又去了台湾！

这些社会关系现在看来当然不算什么事，20 世纪 90 年代，县长江华东，人大主任朱子渭，后来的县长陈瑞商，都还来我家看过我父亲；我父亲也泡茶给他们喝。可是在当时，这些社会关系却是要人命的！

于是，熹儿从一懂事就受人欺负。这种“崽”不打，打谁？熹儿回家，头上常常是一个包连一个包；他还瞒着不肯说，生怕我们又会打他。

我和孟珠都教书，没有时间也没有心思去教他。他五岁了，我带他到溪边，那里有许多白鹅，我指着一只问他，他说“一个”，我指着两只问他，他说“两个”，我指着三只问他，他就说不上了，只说“多”。我的心一阵悲凉。他哪像现在的孩子早就会背“春眠不觉晓”之类优美的诗？

我家不远处就是一家吃店。那里煎葱饼，熹儿站在旁边闻着香直流口水。我硬把他拉回家，因为没钱。他若和他妹妹争点吃的，我总是打他，而且打得很凶。

好在他身体慢慢地好起来了，也没吃什么药。只是我父亲去挖了些马兰头煎了，让他日日喝。为了炼他的筋骨，每日逼他去爬妙高山。冬天还逼他洗冷水，他也不敢不洗，因为不洗完全有可能挨打。九岁就跟他爷爷上山砍柴；有时也跟我上山挖树根，太阳落山了，挑两个树根回家，十来斤重，一晃一晃，上气不接下气。

他就这么“呼哧呼哧”，严重“缺氧”地锻炼着磨砺着，居然在十六岁还不到，就考上了杭州大学物理系……直到成了中国紫金山天文台天体物理学博士。他现在负责国家自然科学研究课题“关于共生星研究”与“天体元素研究”，居然将眼光投向了茫茫的宇宙……

总而言之，一个人饿饿肌肤磨磨筋骨，总是有好处的。

当然，现在我们的生活与三十年前相比已有天壤之别。电视里总是在做“美容减肥”广告；就在前些天，我们国家已经启动“嫦娥奔月”计划了。但是还要不要不通过“减肥”药而特意去“饿饿肌肤磨磨筋骨”呢？很多人都听说过“中日学生夏令营”的故事。我们的东邻已经是公认的“富翁”了，但他们要求下一代受得了冻、耐得了饥、经得起累、吃得了苦，他们故意让下一代经受挫折，锻炼身体，也磨砺意志。他们这样做，难道不值得我们想一想吗？每当看到我们学校（包括中学）的门口停满了小车，家长忙乎着接送子女，我就感慨不已。

思维定式

《文摘》：有位“神算子”，心算能力极强，几乎没有什么问题可以难倒他。一日，来了一位老者，说要让他算一个题目。“神算子”说：“你说吧。”老者说：“有一辆公交车，车上有43人。在一个停靠站下去7人，上来了12人；下一站又下去9人，上来了6人；下一站又下去13人上来了11人；再下一站上来了9人，下去了5人；下一站又上来6人，下去了15人……”老者越说越快，终于作了停顿。“神算子”不屑地说：“你问题说好了吗？现在就需要我告诉你车上到底是几个人吗？……”老者说：“不！我是问你车子到底停了几个站！”“神算子”愣了。

当老者向“神算子”交代题干的时候，“神算子”一听，就表现出一种轻蔑的表情：你不就是考我加加减减的题目吗？真是小菜！我还有什么难题没算过呀……岂知老者连“减法”都不用“神算子”算，只让他一次次累加，居然把“神算子”难住了。这位老者竟像肖洛霍夫笔下那个顿河边的骑士，举着马刀向对手驰去……当对手看准了这位骑士，满怀信心要与这骑士决一死战，岂知在双方相接的一刹那，骑士训练有素的战马竟从对手左面擦过，而骑士已将马刀从右手瞬间换到左手，一刀从左面劈去，只那么一招，就制敌于死命了！

思维一旦定了势，有时是会害人误事的。

鲁迅《祝福》中的祥林嫂，“单知道下雪的时候野兽在山坳里没有食吃，会到村里来”，她“不知道春天也会有”；结果，狼是不管雪花桃花，春天也到村里来了，叼走了她的正坐在门槛上剥豆的“阿毛”，丢下一只小鞋。祥林嫂后来反复自责“我真傻”，其实也就是自责当初“春天没狼”的思维定式，可是已经晚了。

友人小余，同我说过这样的笑话：

有个女人，确实很不错，被提拔当了局长。局长才当了两年，习惯了别人给她端茶，习惯了进门别人给她接衣服，习惯了钻小车时有人用手在她头上虚盖着保护着别让她头碰着车门顶。当然，也习惯了打官腔。她满脑子是下面的人求她，要她批条子。当局长的，当然要掌握原则，要认真考虑是否可行，不能轻易答应；必须细致调查，好好研究，再郑重决定。

后来，她在家里，一次丈夫要求和她亲热一下，她竟脱口说：“打个报告来吧！”

思维，一旦陷入这种“势”中，人情，将丧失殆尽。

蚯　蚓

荀况·《劝学》：蚓无爪牙之利筋骨之强，上食埃土下饮黄泉……

小学读书时，书上就说“蚯蚓”是益虫，它耕地松土；而吃的又是地下的死茎烂根或一些动物的尸体，可以加速这些“废物”腐烂，有利于农作物吸收。所以蚯蚓实在是农民的“好帮手”。

后来读了荀子的《劝学》，对蚯蚓更为崇敬——“蠕”而弱的东西，由于专一而努力，顽强地生活，也就争得了它自己的生存空间。

更小的时候，在夏天的夜晚，我在树下乘凉，不远处有南瓜架，有萤火虫在那里飞上飞下。地上有晒干的蓬蒿捆成的小束燃着用以熏蚊子，气味很浓很香。母亲还会说些故事。她没正式读过书，自然不会说书上的典故；她也不说乡村人常说的那些鬼怪之类，因为她已信奉天主教。她住青田城里的时候，她的表姐是信教的，会带她去天主教堂听神父“讲道理”，她居然“觉悟”了，皈依了天主教。她竟也会讲“挪亚方舟”与“鸽子衔橄榄枝”的故事，还会讲天主教的“十诫”，我印象最深的一诫是“不得说谎”。

南瓜架下会有一种“吱噜噜——吱噜噜噜噜——”的声音，极优美。母亲说那是蚯蚓在吹箫。

蚯蚓竟会吹出那样好听的曲调，所以，我对它是极具好感的。

不过，也有对蚯蚓畏惧的时候。

以前的小男孩往往穿开裆裤。每当我蹲在或趴在地上玩的时候，母亲会来打屁股，并且说地底的蚯蚓会上来“吹”小男孩的“小鸟”，一旦被“吹”，那将是不得了的！我真的见过一个小男孩，他的“小鸟”红肿如红萝卜。母亲说那是被蚯蚓“吹”了的。治疗的方法是，让小男孩坐在桌上叉开双腿，然后捉来番鸭，将番鸭的嘴扳开，嘴根用一根竹筷压牢，防止鸭子嘴巴合拢，再将张开的鸭嘴套在小孩的“小鸟”上呵气。治疗的原理是：鸭子会吃蚯蚓。很多看热闹的人凑在那里喝三吆六，小男孩则坐在桌子上大哭。

因此，我对蚯蚓也平添了几分神秘。

后来，在丁口教书的时候，王老师又给我讲了一个“蚯蚓吃蜈蚣”的故事。

蚯蚓会从坚硬的地下钻出一个洞，爬出地面，在洞的周围打滚、蠕动一番，似乎是游戏，其实是天大的阴谋、圈套。因为它已把自身的黏液与气味都故意留在地面，自己再躲回洞中。等到那不可一世的蜈蚣经过这里时，闻到了蚯蚓的气味，以为发现“美食”了，就拼命搜寻。当它发现洞口时，竟探下一只脚去“侦察”。不探也罢，这一探，正好把自己的一只脚送给了蚯蚓。蚯蚓的嘴巴就如一个吸盘，吸住蜈蚣的脚，自己的身子一收缩，就把蜈蚣的一条腿撅了下去当了美餐。这还了得？蜈蚣于是勃然大怒，寻求报复，于是一圈圈地在洞口叫战。一不小心，蜈蚣的一只脚又陷进“圈套”，于是蜈蚣又失去一条腿。蜈蚣至死不悟，腿就这样一条条少去；最后爬不动死了，整个的成了蚯蚓的猎物。——这叫“柔能克刚”！

王老师讲的这个故事，我始终没有证实。这个故事很生动而且有意义，并不需要证实。但前面有关蚯蚓的行为，我是努力求证过的。

蚯蚓“吹”小男孩的“小鸟”是百分之百的子虚乌有。我见过的小男孩那东西“红肿如红萝卜”是另有原因，或许是感染，或许是过敏，总之，与蚯蚓无关；说是它“吹”的，那是冤枉。

蚯蚓不会“吹”。所谓夏夜吹箫，连《酉阳杂俎》都说“宅外有槐树，有一穴，每夏月雾后，有蚓众鸣，往往成曲。”而生物学家说，蚯蚓是没有发声器的，所以根本不可能“吹箫”。我儿时所闻“吱噜噜噜噜”的优美鸣声当然不是蚯蚓发出的，而是其他虫类所鸣，也许是“纺织娘”之类吧。蚯蚓是白白捡了个“笛子演奏家”的美名。

至于蚯蚓是农民的“好帮手”云云，我也曾在园里种过蔬菜，据我仔细观察，蚯蚓实在不是“好东西”！它会啃咬农作物的根！幼小作物的根一旦被它啃了，就会死亡，白菜、四季豆之类的菜苗被它啃了，就全死了。而它又好像更喜欢啃咬幼小作物的嫩根，极其可恶。一些作物的根被它啃了一部分，虽然不会死去，但是“成长”已遭挫折。地下如拳大的番薯也会被它钻得七窍八孔，“体无完肤”。蚯蚓其实是农作物的“杀手”，它决不像小学课本所说“只吃腐败的草根”，它会那样善良懂事？

至于说它会松土也值得深究。当你挖地时，一锄锄下，翻起一块泥土，确实会有一道道蚯蚓钻过的“隧道”；但从整体而言，由于它的黏液分泌，整个土块竟也变得更加板结！

因此，我总怀疑，当初说它是“益虫”，真不知是哪位学者专家，并未深入研究，就臆断了，有意无意说了谎！而后竟以讹传讹，造化了蚯蚓这厮！

世人竟会如此皂白不分：并不属于它的错误，会栽在它的身上；并不属于它的灿烂美丽的桂冠，却又莫名其妙强戴在它的头上。

（2004 年 3 月）

七绝

明·高启《贫妇》
新妇舂粮独睡迟，
夜寒茅屋雨来时，
灯前每嘱儿休哭，
明日行人要早炊。

这是一首“七绝”，诗中的舂粮新妇，爱丈夫、爱儿子、爱家庭、爱生活，任劳任怨。诗歌意境清新，诗句朴实如白话，实在是不可多见的好诗。能写出这样的诗的高启，心境是何等平和。

就是这个高启，在苏州，知府因造府堂，请他写了一篇《上梁文》，为了讲好话，他在文中用了一句“龙盘虎踞”，被朱元璋知道了，这还了得？苏州府堂怎敢称“龙盘虎踞”？岂不是想谋反？于是下达最高指示，将诗人“腰斩”。史载，高启被斩成了八段。

一个心境平和的擅长写七绝的诗人，一不小心触犯了龙颜，转眼尸分八段，咔嚓咔嚓只消七铡刀！

于是真的“七绝”！

用 活

清 张潮《幽梦影》语：藏书不难，能看为难。看书不难，能读为难。读书不难，能记为难。能记不难，能用为难。

“智商”稍高的人都觉得还可以再添两句：能用不难，用活为难！若能“用活”，那可真是一件多么美满的事情啊！想要“治国平天下”，半部《论语》就够了；想要“齐家”，只要四个字——阴阳相吸；想要“养身”，只需一味黄芪，加加减减，就可提高免疫力，什么“神经衰弱”，什么“非典”，全都“刀枪不入”；问题是“用活”真的是一道“活络”的代数题，真的是“蜀道之难，难如上青天”，君不见那位“活学活用”的“顶尖”人，算计一向精明，可以达到“常胜”，但最终“人算不如天算”，最后不还是葬身于蒙古国吗？

既然如此，书也不必多藏，玻璃书橱里码两排精装的，案头再摆几本装装门面即可；也不必多看，有的书说黄巢是伟大的农民领袖，有的书则说黄巢是残暴的吃人魔头，公说公有理，婆说婆有理，你看多了反而被搅糊涂了；当然也不必多记，只需记住“四大发明、晓风残月”，外加“爱因斯坦、弗洛伊德、苏格拉底”等几个外国人的名字就够了。诚如是，糊弄糊弄人，混碗饭吃，那是很轻松的；甚至还可以到处做做学术报告，顺便免费旅游，潇潇洒洒，岂不美哉！

如此者，还真不是少数。

夫子迂见

漫谈语境

有则外国幽默，讲的是一位叫查理的有个习惯——每当出门总要吻别小儿子。偶尔忘了，小儿子就要哭闹几个小时。有次查理的朋友约查理去办急事，查理竟忘了与小儿子吻别就同朋友匆匆走了。就在门口临上车时，查理的朋友听见查理的妻子跑出来大声嚷道：“回来！吻一下！要不，今天我可受不了！”

这则幽默是怎样形成的呢？显然，是查理的妻子没有留心语境而“大声嚷”出来的。

我们说话一定要留心语境，要注意话的内容与说的形式，既要看与说话人的身份是否相称，又要看与说话的场合是否相宜。如果相称相宜，那么就得体中听，就容易达到说话的目的。反之，则不然。查理的妻子说的那句“要不，今天我可受不了”，对查理而言是准确无误的信息，因为他知道缘由；如果没有“第三者”在场是完全相宜的，无论嚷得有多厉害，与妻子的身份也相称。可现在除了查理外，还有查理的朋友在场，对查理朋友而言，他不知原委就会误解，就会惊讶；此时此地那么凶凶地嚷，就会有失一个“女人”的身份。话的内容让人误解，说的形式有失体统，让人惊讶，于是幽默的效果就产生了。

写文章同样要留心语境。电视剧《杨乃武与小白菜》中的杨乃武吃了冤枉官司，将被“秋后问斩”，他把最后的希望寄托在姐姐到刑部大堂滚钉板。写了上诉状，并嘱咐姐姐，此状可找“白眉先生”过目修改。后来“白眉先生”看了诉状，反复推敲，只改了一个字，即将原句“江南无日月，神州无青天”改成“江南无日月，神州有青天”。杨乃武囚首垢面，冤深似海，原句两个否定排句，骂是骂得痛快淋漓，然而无济于事。试想，此状是为了申冤，阅状对象是清朝最高司法机关（甚至连慈禧都过问了），如果，表达形式尽是“泄愤”，这些清廷大员若是见了“神州无青天”，那么，这个杨乃武不杀也得杀！幸好白眉先生深谙此理，改成了“神州有青天”。这么一改，从文学的角度分析，自然远不如原句有激情。“江南无日月，神州无青天”，冤水决堤，一泻千里，写得何等有力量！但诉状可不是文学作品，它务必遵守语境规则。在诉状上，哪些话需说，哪些话可以说，哪些话不能说，都务必搞清楚，出不得半点毛病。申诉人万万不能忘记自己的身份，不能忘记昭雪的目的。骂骂“江南无日月”，骂骂让自己受尽冤屈的“基层组织”，一吐心声，无伤大体且有必要；而说“神州有青天”还表明申诉人对最高统治者仍然寄予希望，对最终洗清不白之冤仍然没有丧失信心，倒也不是说杨乃武就在怎样地“拍马屁”，反而能证明他的的确确有冤情。

最后杨乃武之所以捡回一条命自然是有着许多原因，而白眉先生善于揣摩语境，把“无”改“有”，也确实是“有”作用的。

我们说话写文章，逃避不了语境的制约，但也不是完全被动的，有时也可以主动地去创造适宜于自己的语境。

《资治通鉴·赤壁之战》中有这样的情节：曹操率大军南下，浩浩荡荡，下战书给孙权，说“今治水军八十万众，方与将军会猎于吴”。好一个“会猎于吴”！军事家的气派，政治家的风度，文学家的风采，外交家的辞令，没有训斥漫骂，却柔中含刚，咄咄逼人，以至于孙权属下见了，“莫不响震失色”，张昭之流就纷纷劝孙权投降。孙权召开御前会议，可是人多口杂，莫衷一是。主战派人物鲁肃，在这样的场合，也只能急在心里而“独不言”。因为他清醒地知道，这种时候，这种环境，自己面红耳赤地争论，实在也解决不了问题。此时，孙权也许心烦，也许与鲁肃递过眼色，就起身去“如厕”了——肯定不是真的“里急”需要“方便”，他其实是很聪明地去另外设置一个良好的语境。于是鲁肃也聪明地抓住时机“追于宇下”。此时此地，避开了投降派的哄闹，只有君臣两人，还有什么私底话不好说呢？孙权又进一步拉住鲁肃的手——完全消除了君臣之间的地位差，有如平等的朋友。亲热至此，其实又是进一步创造了一个可以掏心掏肺的氛围。在这能够肝胆相照的语言环境中，鲁肃也就直言不讳，甚至说出“我可以投降，你不可以投降”的话，痛陈利害，坚定了孙权抗战的决心。最终孙权终于表示“孤与老贼势不两立”。江东英主一言九鼎，而决策，原是形成于“宇下”这么一个语言环境。

可见，小至日常生活，大至国事活动，都无法挣脱语境的制约。

触龙的说话艺术

先秦历史散文，记述了许多谋臣策士的说辞。有的轻松，有的冷峻，有的气势逼人，有的委婉含蓄，有的是洋洋宏论，有的是娓娓寄情。真可谓百花竞奇，精彩纷呈。而《触龙说赵太后》一篇，更是语焉隽永，令人常读常新。

赵太后刚执政的时候，“秦急攻之”，而齐国又非得要长安君做人质才肯出兵相救，在这国家兴亡的关头，赵太后又舍不得让长安君去做人质遭罪。群臣强谏，赵太后就说，谁再多嘴，“老妇必唾其面”！“老妇”云者，不由使人回忆起现代也有一地位如“后”者，常自称“老娘”，动辄对人唾沫喷头。这类女人蛮横恶毒，何其相似乃尔！于是群臣自危，噤若寒蝉。就在这种情况下，左师公触龙自告奋勇要见太后。而太后也就怒气凛凛地等着触龙。

这触龙进得殿来，是“入而徐趋”。

好一个“入而徐趋”！

“徐”是慢，“趋”是快步走。“慢慢地快步走”或“快步慢慢地走”，这是怎么回事呢？有人解释说这是“按君臣礼节，触龙应该快步走，因他脚有毛病，所以只能‘徐趋’”。这解释也不错，但仅及字面。其实，“徐趋”这个动作，是触龙故意很夸张的“艺术表演”。他一方面突出自己的脚有毛病，另一方面又表示对太后的尊敬，一个老头子就那么一跷一顿，动作神态是那么的滑稽！见了这滑稽的动作，边上肯定有不少卫兵免不了掩嘴葫芦；即使是“盛气”的太后也难免被逗乐。这“入而徐趋”，确切地说，就是左师公触龙无声的“肢体语言”！通过这无声的肢体语言，触龙成功地破坏了太后原先制造出来的严肃紧张的氛围，一下子让朝廷上的气氛变得轻松起来。人们常称赞一些演说高手能够“先声夺人”，而左师公触龙“无声”就能“夺人”，他一上场，就轻而易举地从赵太后手中夺取了语言环境的控制权。

接着，左师公触龙又采用“迂回”战术，挑起话茬，说自己“病足”（该是现代人所说的“骨质增生”或“痛风”之类吧），这种病是老年人的通病，赵太后也正好患有这种“贵恙”，于是同病相怜，自然有了共同语言。太后也自称行动不便只好靠坐车，饮食只能靠喝粥——太后胸中的怒气不知不觉消除了。

触龙刚上殿见太后时，开口一个“太后”，闭口一个“太后”——“恐太后玉体之有所郄”“故愿望见太后”；而一旦见太后“色少解”，竟然开口称“媪”，左一个“媪”，右一个“媪”——“媪之爱燕后”“媪之送燕后”“媪尊长安君之位”“媪为长安君计短”……“媪”呀“媪”的，简直很幽默。这个“媪”字很难用现代汉语来翻译，稍觉贴切一点的，应该是“您老太”这一词语吧。这样一称呼竟神奇地消除了君臣之间的地位差，君臣变得非常融洽，不禁使人想起现代公园的石板凳上坐着的一对异性老年朋友，絮絮叨叨聊天，那男的开口“您老太”闭口“您老太”，那位“您老太”听得耳顺心暖，不连连点头才怪呢！

触龙的迂回战术，从“起居饮食”开始兜圈子，其实是很顺溜地引着赵太后进入自己设计好的“彀中”，看似漫不经心不着边际的套热乎，其实是步步向着自己认定的“父母之爱子则为其计深远”这一话题逼近。赵太后开始处理“国家”与“私情”的关系时，天平无疑是倾向于“私情”的。如果谁仍旧不知趣地以“个人利益必须服从国家利益”的大道理去说教，那结果肯定是蒙受一脸臭唾。左师公触龙身为赵国大臣，显然是为赵国利益着想的，但他却聪明地避开“公与私”的大道理，紧紧抓住太后的“爱子”心理，能设身处地为赵太后的“爱子”着想，去说出另外一番大道理——什么是真正的“爱子”？真正的爱子就应该为他们考虑长远，如果“不及今令有功于国，一旦山陵崩，长安君何以自托于赵”？这话对赵太后来说犹如一声惊雷。赵太后可以置国家利益于不顾，但长安君今天无功于国，将来就不能立身于赵，这是赵太后所不愿看到的，所以她终于答应“恣君之所使之”，听任长安君去齐国作人质了。

窥破对象的心理需求，迎其所需，迂回出击，左师公触龙说赵太后成功了！

左师公触龙的说话艺术值得我们三思，值得我们学习。

（2001 年）

妙哉，包子名曰“狗不理”

天津“狗不理包子”中外驰名。包子取名“狗不理”，实在妙哉！

日常往往有许多特殊的事物会激起你非同一般的感情。这些事物与感情，倘若只用一般的语言一般的方式来表达，往往言不能尽意；而聪明人往往会寻求一种非同一般的语言与方式来表达，这在作文上就叫作“异常笔法”。

“狗不理”的命名者就颇精通异常笔法。包子的美称很多，唯独“狗不理”这名字，俗得不能再俗，难听得不能再难听，然而鬼使神差，下至卖浆者流，上至达官贵人，都爱上这“狗不理”，就连慈禧都冲着这名字大快朵颐，吃得稀哩呼噜。

异常笔法运用恰当的话非同凡响。历尽磨难的白娘娘断桥重逢许仙，一声“死冤家”，着实胜过一万行眼泪一千个亲吻一百句“亲爱的我的夫哪”。

异常笔法之一是褒贬倒用，似褒实贬，似贬实褒。鲁迅先生写到对目标的追求，怎么样的人才会获得成功呢——须“执着如冤鬼，纠缠如毒蛇”！贬词褒用，话讲到了这个份上，算是讲到根了！海涅有一首诗，叫《西里西亚的纺织工人》，其中写到老德意志“只繁荣着耻辱和罪恶”。这“繁荣”一词就是褒词贬用。细想一下吧，这里“繁荣”一词，比起“滋长”等词，要令人痛心许多。

异常笔法之二是讲反话——修辞学上叫作“反语”。丁玲的《太阳照在桑乾河上》有一节写到李宝堂再也不用给地主看园子了，其他翻身农民打趣道：“宝堂叔享不到这福了。”老实巴交的李宝堂此时居然答道：“可不是？咱福都享够了，这回分二亩地，叫咱也受受苦吧。咱这个老光棍还清闲自在了几十年，要是再分一个老婆，叫咱也受受女人的罪才更好呢。”很难设想，还有什么别的语言比李宝堂此刻的“反语”更能表达翻身农民的喜悦心情！

异常笔法之三是抑而扬之扬而抑之。据说先前有位诰命夫人的寿辰上有人送了这么一副贺联：“这位婆娘不是人——九天仙女下凡尘；每个儿孙会做贼——偷取蟠桃献母亲。”在众多“寿比南山”的颂辞中，唯此联独特。如果光看前半句，会让人惊心莫名，待后半句一出，却叫女寿星惊喜不已。至于诗人袁水拍在《马凡陀山歌》中高呼“民国万税万税万万税”，则是利用谐音，给人以“扬”的错觉，而实则“抑”之。

异常笔法自然只能在异常情况下运用，如运用不当或滥用，那是会弄巧成拙的。这里不多说了。

（1987 年 11 月）

“议论”之妙

有人说：“会议论者，得文章之活法。”这话一点也不假。荣生新近读书，对这又有更深的体会。

一

《渑水燕谈录》中记有一个故事：

宋代有一贵侯，少年时曾经屠猪营生。史馆要为他作传记，史官们很为难——照实写嘛，不好措辞，不小心会有损贵侯的“光辉形象”；避开不写嘛，“讳之非实录”，有违写传记的原则。有一位名叫胡旦的人，文思敏捷，史官与他商量，他稍作思考便说：“这有何难？何不写‘某，少尝操刀以割，而示有宰天下之志’？”众人无不绝倒。

这位胡旦也真有两下子！“少尝操刀以割”，看似文笔简练且不失“实录”，但陈述含含糊糊，“割”什么呢？胡旦故意省略了宾语“猪”字，于是就让人有了更大的想象空间：会不会是蛇？是虎？或是贼人的首级？总之，他成功地制造出了一个假象：一位少年，提刀四顾，威风凛凛！更令人“绝倒”的还是那句“而示有宰天下之志”的议论——胡旦耍了一个“滑头”，把“宰杀”之“宰”偷换了概念，变成“主宰”之“宰”。溢美拔高，“文峰奇突”，把这位贵侯少年时代的那些低俗之事、猥琐之气，一扫而光！

虽然胡旦未免有“马屁精”之嫌，但人们还是不得不惊叹他的文章“议论”功夫。

二

《清人逸事》中有一则故事也很有意思。

咸丰年间，发生了桩科场案，主试官柏俊罹罪。咸丰皇帝手握朱笔沉吟道：“罪不可逭，情有可原……”这时大臣肃顺（就是后来与慈禧作对被砍头的那位）站在咸丰皇帝身边，见皇上犹豫不决，进言道：“虽然情有可原，但是毕竟罪不可逭！”于是朱笔一点，柏俊死定了。

柏俊原先还以为皇上会“法外施恩”的，及至临刑，才仰天大哭“完了完了”。他至死也不会明白自己是死于肃顺的“议论”——那位肃顺原是“议论”的高手，顺势接过咸丰皇帝“罪不可逭，情有可原”的话，倒说成“虽然情有可原，但是毕竟罪不可逭”，虽然看起来是轻轻松松颠倒了个儿，但顺顺溜溜地“牵”着皇上进行“逆向思维”，结果就产生了不可逆转的逻辑力量：因为毕竟罪不可逭，所以才非杀不可！

三

依旧是《清人逸事》中的一个故事。

镶蓝旗人胜保镇压农民起义有功，连太平天国后期的名将英王陈玉成都死在他手中；咸丰皇帝嘉奖他“忠勇性成，赤心报国”；“两宫政变”，他又站在那拉氏一边，因此荣宠有加。但是他“被成功冲昏了头脑”，后来就为所欲为、趾高气扬起来，得罪了许多同僚。

同僚们抓住他的把柄纷纷弹劾他，或曰“贪财渔色，贻误军机”；或曰“带妓赴任，并纳贼妻”，结果是“朝廷均置不问”，区区生活小节，在大清王朝算得了什么呀？当时的御史丁绍周弹劾其“冒饷纳贿、纵兵殃民”，结果“朝廷亦不为所动”，丁点腐败行为何伤大雅？后来河南巡抚严树森请了一位桐城作家方宗诚写了一本奏章，称：回捻起义，不过是“癣疥之患”；太平天国革命，也无非是“肢体之患”；而胜保常常宣言“军中只闻将军令不听天子诏”，不将朝廷放在眼里，“不臣之心，已可概见”“冒功侵饷，乃其余事”，农民军领袖苗沛霖、宋景诗反复作乱，都是胜保出于“养痈遗患，挟制朝廷”，这胜保才是真正的“心腹大患”。此本一奏，“胜保死矣”。

仔细分析方诚宗为严树森写的奏章，其实罪状无非只有“常常宣言‘军中只闻将军令不听天子诏’”一条。这一条又算得了什么呢？无非是引用了汉代周亚夫军细柳时彻底负责任的豪言壮语而已！其余均属莫须有的构陷。所谓种种“患”者，是故意与农民起义军缠上瓜葛。瓜葛纠缠不清、挣扎不脱，“不听天子诏”自然成了“不臣之心”的明证。所谓“疥癣之患、肢体之患、心腹大患”，都是文人舞笔，桐城作家抓住了要害问题——政权问题进行“议论”，让“危言”更加“耸听”，引起了慈禧的高度警觉，从而把一位统治阶级“忠勇”的奴才送上了断头台！

的确如此，会议论者任意指点，恣意纵横，既可以妙笔生花，也可以铄金销骨。

因而，我们也就不能不在阅读他人文章中的议论时进行认真思考，仔细琢磨，力求透过纸背，看出实质。如果说“会议论者得文章之活法”的话自有道理，那么，我们也不妨这样说：欲识文章之真髓，就要读懂文章中议论！

（1996年）

鸣蝉·黄牛

记得小时候读过一则关于“口技人”的故事。有位口技人能模拟多种鸟兽虫豸之声，尤其擅长蝉鸣。有位“好事者”偏不服气，于是相约在某日比试，先由口技人表演，但闻蝉声悠扬激越，听众无不引颈侧目，拍手叫绝。继而由好事者表演，他一副不屑的神气，一手插兜，另一手掩嘴，头一仰，发出“晒死晒死”的蝉鸣，其声噪耳。于是听众哄堂大笑，都说“不像不像，太差劲了。”岂知好事者不慌不忙，从衣兜里掏出一只真蝉，一声冷笑，说：“难道这蝉的叫声不像蝉？”说罢用手指在蝉腹一阵挠搔，又响起了“晒死晒死”的噪鸣。于是听众们目瞪口呆，不胜尴尬。故事的寓意很明显，它是讽刺那些阿谀奉承的“听众”。

随着年岁的增长，我却慢慢为“听众”抱不平了。因为这故事实在还尖锐地反映了一个重大的文艺理论问题：生活是否就等于艺术？无独有偶，据说莫斯科有一次上演《普希金》，诗人普希金居然心血来潮，自己去扮演“普希金”。结果，观众大喝倒彩：“嘘……一点也不像普希金！”

蝉不像蝉，普希金不像普希金，究竟是什么道理？难道把现实生活原封不动地搬到舞台，搬上银幕，搬入画面，搬进文章，就算是艺术作品了吗？远没有这样简单。曾经有个戏班子上演《牛郎织女》，为了追求真实的形象，竟牵了头真黄牛到舞台上。殊不知“哞哞”一声，牛郎吹不成短笛，织女也扭不成舞。黄牛还肆无忌惮地在台中央屙了一大泡屎，风景大煞，满座哗然，艺术何在？

须知，只有通过艺术加工的蝉鸣，其声才悠扬；只有通过艺术加工的文章，韵味才深长。

（1986 年 1 月）

归谬与谑谬

《履园丛话》中有一则故事很有意思。过去科考，考生也有类似“准考证”的证件，只是没有相片，只写些“体貌特征”。有位考生体貌是“微须”，岂知这位长着稀疏胡须的考生，竟被考官斥之场外，理由是：“朱子训诂——微，无也。”范仲淹的《岳阳楼记》中“微斯人，吾谁与归”不就是“无斯人”吗？这位考生当然不服气，争辩道：“如果‘微’只能作‘无’解释，那么孔子‘微服而过宋’不就是没有衣服了吗？老夫子脱得赤膊精光，成何体统？”

显然，这位考生是采用了“归谬法”辩驳。考官执意认为“微”字只能作“无”字解释，那是对考生的故意刁难。考生顺着考官的话柄，抬出儒学老祖宗的事，指出了对方显而易见的错误，考官自然无话可说。可见“归谬法”确是一种辩驳的好方法。

但运用“归谬法”得有个前提，那就是对方的观点确实是“谬”的，那才有“谬”可归。如果对方的观点是正确的，而你定要强词夺理，鸡蛋里面挑骨头，那就不是“归谬”，而是无理取闹，是“谬归”了，只能说明你自己的荒唐。《雅谑》一书中，有位迂公酒喝多了，对着别人的大门呕吐。房主提意见：“你怎么可以朝着别人的大门吐污秽之物呢？”迂公答道：“谁说是我朝着你的大门？明明是你的大门朝着我的嘴巴！”房主又好气又好笑：“我的大门是早就造好这么朝着的。”迂公答道：“难道老子的这张嘴巴是今天才长的？老实告诉你——你的大门还没造我娘就把它生好了。”于是房主哑然。对着别人的大门呕吐是不文明的行为；人家提了正确的意见还挺脖子狡辩，还洋洋得意，认为自己最终胜利了，这种“谬归”只能暴露自己的鄙俗与蛮横。

在生活中，人与人交往时，对方有时提供的话题显然是荒谬的，你如果一本正经地对待，过于严肃化，长篇大论地进行辩驳，这样也不一定切中要害。此时你如果聪明而不失幽默地调侃一下，自己也故意“荒谬”一下，会收到意想不到的效果。笔者权且把这种方法称为“谑谬法”。

《文苑滑稽谈》中载有一事：以前科考，有位考生在卷子上加写道："同邑某相国系童生亲戚。"他是想引起考官注意，亮亮底牌，扯扯关系，希望给"相国的亲戚"开开后门。可惜这位考生把"戚"字误写成"妻"字。考官阅卷，不禁掩嘴而笑。但是他并没有严肃地去批判"不正之风"，也没有指明考生的水平实在太臭，只在卷上批了一句："该童生既系相国亲妻，本院断不敢娶。"考官故意把"取"写成"娶"，开了个玩笑。这就是"谑谬法"。

马南邨在《燕山夜话·学问不可穿凿》中引用了一个故事：王安石问苏东坡"鸠字从九从鸟，亦有证据乎？"堂堂相国穿凿学问到了钻牛角尖的地步。东坡如果回答"此乃形声字耳"，那就未免失之浅薄，不上档次，太乏味了。好一个东坡，竟解释道："诗曰：鸠在桑，其子七兮；和爷和娘，恰是九个。"将王相国安石着实幽了一默。

无独有偶，著名学者陆侃如先生在法国进行博士论文答辩时，"洋"导师突然发难："《孔雀东南飞》中的孔雀为什么不作西北飞？"陆侃如信手拈来《古诗十九首》中的两句，从容答道："西北有高楼，上与浮云齐。"——西北方向，有与浮云齐高的楼台，孔雀如何飞得过呢？于是只好飞向东南！

苏东坡与陆侃如的辩解似乎是荒诞的，但又都是最准确的，因为，在轻松的戏谑中闪烁着智慧的光芒，找不出还有其他回答更能令对方折服。

谑谬法，寓庄于谐，需要高度的机敏。对这种谑谬法运用自如且到了炉火纯青地步的，还要数鲁迅先生。20世纪30年代初，学者赵景深对翻译主张"与其信而不顺，不如顺而不信"。翻译要求"信达雅"，向来"信"是首要的。赵景深的主张显然有悖翻译的原则。而赵景深自己在翻译英文"天河"时，就将它翻译成"牛奶路"；在翻译"上半身是人下半身是马的怪物"时，又误译为"半人半牛怪"。于是鲁迅先生就信笔演绎了"牛郎织女"的故事，写了一首诗相嘲："可怜织女星，化为马郎妇；乌鹊疑不来，超超牛奶路。"玩笑指谬，少少许胜多多许，真是妙绝。

谑谬法作为一种思辨方法，有时竟无须语言表达。我国南朝时，湘东王萧绎（后来的梁元帝）娶了位妃子徐氏，徐妃长得不太漂亮，萧绎很难得宠幸她，"大红灯笼"要两三年才"挂"到徐妃房间一次。其实，萧绎自己也决非"美男"——因其"目眇"，五官不全。可是封建君主却对别人挑三捡

四、厌七嫌八，真乃“大谬”也。徐妃当然是很值得同情的。但徐妃生性聪明，她不哭、不闹、不争、不吵、不撒娇，等得某次萧绎终于临幸时，她居然精心勾画了半个脸蛋来迎接“夫君”！结结实实把这位“独眼龙”戏谑了一通！

这就是历史上有名的“徐妃半面妆”的故事。徐妃的想象是何等诡谲！她不着一字却尽得“谑谬”之最高境界——高，噫吁嚱！危乎高哉，徐妃！

（1996 年）

剃光头的肯定是和尚?

是和尚就要剃光头，但剃光头的不一定是和尚。认为“剃光头的肯定是和尚”，这个判断违犯了逻辑学的“充足理由律”。

在《中学生文史》第 14、15 期（合）中，赵仲才先生谈到“诸葛亮为何断然斩郑文”，那是因为诸葛亮做出一系列判断，而后断定“郑文假降”，于是将郑文“推出斩之”。对此，诸葛亮的部属无不佩服得五体投地；而赵先生本人也认为诸葛亮“英明正确”。

不妨把赵先生对“诸葛亮英明正确判断”的分析，罗列于下：

司马懿是了不起的统帅，他决不轻易用人；
司马懿用秦郎为前锋，秦郎肯定是了不起的将军，武艺定然高强；
投降过来的魏军偏将郑文，只一个回合便把“秦郎”杀了；
所以这个“秦郎”肯定是假秦郎；
所以郑文的投降肯定是假降。

其实，这里诸葛亮的一系列判断，并非全都正确无误，而且同样犯了一个人们常犯的逻辑毛病：理由不充足。

司马懿确实是了不起的，但“人无完人”，“智者千虑，必有一失”，谁都有犯错误的时候；“决不轻易用人”，并不表明就不会用错人。具有“经天纬地之才”的诸葛亮自己就曾经错用过马谡，以致失了街亭！武艺高强的前锋被偏将一个回合杀了，这种情况也是正常的；因为，偏将的武艺不一定就不如前锋高强。即使郑文平时武艺不如秦郎，但在特定的时候，只一个回合便杀了秦郎也是有可能的。譬如某位乒乓弱手与冠军江加良对阵，突然“喂”了一个擦边球让江加良饮恨也是完全有可能的。乒乓球比赛当然不是一个回合定胜负，但两军对垒，如果强手临阵时突然因坐骑软了前蹄，那么只一个回合也就会被弱手刺死的。现在，诸葛亮凭郑文一个回合便杀了“秦郎”判断此“秦郎”必假，郑文必为假降，于是“推出斩之”；那么，这个判断就决不属于赵仲才先生所说的“英明果断”，而只能算是：武断！

（好在《三国演义》中的诸葛亮，还不至于像赵先生说得这么“武断”，他只是用“推出斩之”吓唬了一下郑文，郑文便坦白交代“确为诈降”，然后又利用了一下郑文，等到“得胜回寨”，再“将郑文斩了”。）

不知怎么的，有许多“聪明人”讲话总爱“必定肯定”，斩钉截铁，好像非此就不能表现自己伟大，就不能表现自己果敢，就不能表现自己的大丈夫气概。

譬如，有一个很有名的寓言《智子疑邻》，说的是“宋有富人，天雨墙坏，其子曰：‘不筑，必将有盗。’其邻人之父亦云。暮而果大亡其财。其家甚智其子，而疑邻人之父”，且不管这则寓言的寓意如何，而这里面的某些判断其实也是违犯了“充足理由律”的。首先，我们看富人儿子的判断——墙坏不筑，必将有盗，何以“必将”呢？诚然，“墙坏”确是给“盗”提供了方便的机会，但是，也许当时当地压根儿就没有盗呢？即使有，也许盗信息不灵，还不知道富家墙坏呢？或者，虽然有盗知其墙坏，但由于种种原因种种顾虑而不敢贸然下手呢？狡猾的“盗”如果存心要偷，偏偏要等到富人筑好墙，趁其放心睡觉之夜再下手，这种可能也有嘛，未必定要乘“不筑”之隙嘛。所以，对墙坏应做的正确判断，该是个“或然判断”，即墙坏，恐将有盗 。

再看那“邻人之父亦云”，跟在别人的儿子后面，也说“必将有盗”，结果好人没当成，惹了一身臊，也实在可怜。可谁叫你装成先知先觉预言家一样，“必”呀“必”的，非要说些过头话？过了头的热心，有时也真会让人觉得你是“卖乖”，甚至是别有所图。

“暮而果大亡其财”，邻人不幸言中，于是富人就怀疑到邻家的老头身上。众多读者都认为如此狐疑实在不应该。其实，这里富人仅是“疑”，他所下的判断只是个“或然判断”，倒不能说他错。疑者，怀疑而已，在没有真正破案之前，做出“或然判断”，认为盗者会有可能是邻人之父，且只在自己心底“疑疑”，绝不在嘴巴上哇啦哇啦大喊大叫而造成人身攻击，倒也未必就是大逆不道。君不见，作案报案，有时不就是同一个人吗？

问题是，检察机关务必谨慎，千万莫背离事实，乱作“必然判断”，乱搞逼供信，铸成冤假错案。

剃光头的肯定是和尚。

——这样的判断人们会感到很滑稽。

富家墙坏被盗，盗者肯定是墙坏之时站在边上“笑”的人；

山林失火，肯定有阶级敌人破坏；

男女同行，必有奸情……

——这样的判断是会要人命的！

但这一类判断的错误性质，是相同的。

（1986 年 12 月）

简 历

曾看过媒体介绍某领导人的简历，说他某某年在某某农场劳动锻炼，某某年在某某部队当兵锻炼……

劳动就劳动，当兵就当兵，这里为什么还要加“锻炼”一词呢？农场劳动与部队当兵，原就是自然的事嘛，决不会不光彩。但一些人（譬如替领导写简历的人），会觉得纯粹的农民躬耕南亩，只知脸朝黄土背朝天，那是“燕雀”；只有有目的地“锻炼”的人才是“鸿鹄”。那些“不想当元帅的兵就不是好兵”，只有有目的地“锻炼”的兵以后才可以成为“拿破仑”。而如今这位领导人，好像生下来就命中注定是要当官的，原先的“农场劳动与部队当兵”都是为后来当官“锻炼锻炼”用的。

替领导写简历的人呀，让别人怎么说你好呢……

代　表

中央台“感动中国”栏目有一期有位香港演员成龙，微笑着说：“我是中国人，我代表中国……”

成龙说“我是中国人”，这当然没错；但他说“我代表中国”，这就很不合适了！你成龙怎么可以代表中国呢？960万平方公里的土地，五千年的历史，中国共产党的领导，十三亿人民，你成龙怎么代表得了？是谁让你代表的?

世上的事就是这么怪：成龙如果说他代表张三，这张三肯定不干，成龙也不敢妄自代表个体张三。但成龙却敢大言不惭地说“代表中国”，他的脸却一点都不红。为什么呢？因为中国的许许多多的张三李四，都是大大方方地想：我只不过是十三亿中的一员，我的利益即使受到侵害，那也只不过被侵害了十三亿分之一，太微不足道了，不来计较。

成龙如果继续脸皮厚，以后还可以继续代表。

坐公交车

在杭州坐公交车有“温馨提示”：

车子开动时，会说：“请抓好扶手！”

车子停下时，会说：“请保管好自己的行李钱包！”

听到前一条提示，心里很温暖；但是听到后一条提示，心就好像被猛泼了一瓢冷水。

美丽的西子湖畔，难道隐藏着许多如同“鼓上蚤”一样的好汉，眼睛盯牢你，随时要对你“下手”？

这“提示”当然比“千万不要忘记阶级斗争”之类“温馨”多了，但人与人之间的距离，还是“唰”的一下被隔得远远的！

《夜》的时令

叶圣陶先生是我们语文界的老前辈，小说也写得极好，风格向以朴实自然、严谨冷峻著称。入选高中第三册语文课本的《夜》是先生的代表作品之一，它写了一位老妇人的女儿女婿惨遭反革命屠杀，老妇人听了弟弟带回的消息后，由怯弱变为勇敢，“决定勇敢地再担负起一回母亲的责任”，好好抚养外孙大男，小说很感人。这篇小说我教过许多遍了，但在备课时，总觉得里面有个问题颇费解，浅陋如我，如骨鲠在喉，不吐不快。

这《夜》，到底是什么时令的夜？

叶圣陶老先生的这篇小说发表于1927年10月，是以1927年“4·12”大屠杀为背景的。当然，“大屠杀”是有延续性的，老妇人的女儿、女婿不一定就死在4月12日，而更大的可能是在4月12日以后，那么到底是死在什么样的时节呢？细细读来，小说中有几处是可以反映出时令特征的。

当老妇人的弟弟去探听消息回来——

他见大男啼哭，想起袋里的几个荸荠，便掏出来授给他，“你吃荸荠，不要哭吧”。

小说接着还写到大男“一面抽咽一面咬荸荠”。什么时节有荸荠吃呢？江浙一带栽种荸荠于水田，冬至左右挖回。从前水果保鲜技术差，冬季原少果鲜，而荸荠此时正好补充其他鲜果之不足，可以零吃，也可以上宴席。《辞海》生物分册荸荠条也写明：荸荠又名“地栗”“马蹄”，球茎作水果或蔬菜，冬季采收。那么，整个故事是不是发生在冬季呢？

反映时令特征的还有一处，即弟弟与行刑人去墓地时——

……是闷郁得像要压到头顶上来的黑暗……偶或有两三点萤火飘起又落下，这不是鬼在跳舞，快活得眨眼么？……却有微细的嘶嘶声在空中流荡，那是些才得到生命的小虫子。早上还下雨，湿泥地不容易走……

这一段描写，虽然没有明确指出是什么时令，但读者不难体会到，这正是夏秋的夜色！若是冬天，不可能有“才得到生命的小虫子”嘶嘶地“在空中流荡”。杜牧曾吟“轻罗小扇扑流萤”，那正是农历的“七夕”。也许有人会说“飘起又落下”的萤火不是萤火虫，而是俗称的“鬼火”——即使是“鬼火”，鬼火者磷火也，那“磷”也只有在“闷郁”的夏秋之夜才能自燃成“火”！

总而言之，1927 年“4·12”大屠杀到 1927 年 10 月小说《夜》在《小说月报》发表，这段时间是没有荸荠可吃的；吃荸荠与萤火飘起落下，绝不可能是发生在同一时节！

真实性是艺术的最基本原则，文学的生命在于真实，时令是不能胡乱穿越的，作品细节失真，只能说是很遗憾的“硬伤”。

文章千古事。作品一旦发表流传，读者将是千千万万（作者当然也是希望读者越多越好），千千万万读者中，难免有人挑挑剔剔，挑挑剔剔者也决非对作者不恭，因为中国人自有古训：尽信书则不如无书。欧阳修成了文豪了，写文章仍然细细推敲苦苦修改，他夫人说：“你难道还怕有先生骂你吗？”欧阳修说：“我哪里是怕先生骂，我是怕后生笑！”说得何等好啊，欧阳修的话是值得写文章的人深思的。

（1997年）

试 验

高中语文第二册第三单元“写作训练”，提供了二十个材料作论据，让同学写《坚持就是胜利》之类的议论文。其中第四个材料是：“爱迪生整整花了十个年头，经过五万次左右的试验，发明了蓄电池。”

这的确是很感人的。爱迪生是美国的“发明大王”，发明过许多电器，为人类做出过重大贡献。学生写作文，也动辄“爱因斯坦、爱迪生”，他是中学生心目中的偶像之一。

不过，我们再把上面的那则材料认真推敲一下，做一道简单的数学题：

“十个年头，经过五万次左右的试验”，十年五万，一年五千，一年三百六十五天，平均每天大约要做十四次实验！

一天要做十四次试验呀，除去吃喝拉撒睡，大约一个小时就要做一次试验，这可能吗？科学试验应该是严肃认真慎重的，试验前要认真思考设计，试验时要认真观察记录，试验后要认真检查总结，如果一个小时就可以做一次“试验”，那不可能是缜密的科学试验，而是小孩子玩积木。

“假大空”文风的形成自有许多原因，看来其中一个主要的原因就是：不动脑筋，信口开河，盲从！

两　难

《列子》中有一则故事：有两个小儿辩斗，孔老夫子“不耻下问”，一小儿说“日初出大如车盖，及日中则如盘盂”，根据“近大远小”的道理，因此推断早晨的太阳离人近；另一小儿说“日初出沧沧凉凉，及日中如探汤”，根据“近热远凉”的道理，因此推断中午的太阳离人近。那么，太阳到底是早晨离人近还是中午离人近？因为“近大远小”和“近热远凉”的道理都是对的，都无法否定，所以凭孔老夫子当年的科学知识，他挠破后脑勺也回答不了。这“辩日”问题，在逻辑学上即属于“两难推理”。

类似的问题在中国历史上还发生过。汉初，儒道争鸣，儒家主张“改变”，道家主张“不变”。结果这变与不变之争“孰是孰非，汉王不能评判”。为什么呢？因为汉王心中明白：如果判“改变是错的，不变是对的”，那么，理论上就得延续秦政，而汉政权的取得就不合法；如果判“改变是对的，不变是错的”，那就意味着汉也可以由别人去“改变”。

许多雄辩家，往往善于运用两难推理，置论敌于窘境。据说，一位红衣主教在布道时大肆宣扬“上帝是万能的”，一位异教徒只问了一句：“试问，上帝是否能造出一块他自己也搬不动的石头？”红衣主教便张口结舌不知所云了。因为主教明白，如果回答“上帝不能造”，那么，上帝诚非万能；如果回答“上帝能造”，然而造出后他又“搬不动”，所以亦非万能。只需一句反诘，居然可以从根本上动摇唯心论的理论基础，可见两难推理的逻辑力量是多么的巨大。

聪明的文学家还往往构思出“两难”的情节，使自己笔下的人物进退维谷，从而暴露性格。一个很典型的例子是莎士比亚写的《威尼斯商人》中的一个情节：夏洛克由于拒绝鲍西亚“应该慈悲一点”的劝告，结果坠入了“两难”的深渊——要么动手去割取安东尼奥胸前的一磅肉，而自己也必然会贴上一条命；要么，就要把自己财产的一半划归安东尼奥，而另一半没入公库。最后夏洛克不得不声嘶力竭地嚎叫：“把我的生命连着财产一起拿去吧！”残暴贪婪的高利贷者，终于像狼一样，被猎人夹住了后腿，进也进不得，退也退不得，龇牙咧嘴，岌岌待毙。读至此处，读者无不拍手称快。

与《威尼斯商人》有异曲同工之妙的是鲁迅先生的《祝福》。祥林嫂历尽人间磨难后，受尽了极度矛盾的煎熬：既希望有鬼魂，又希望没有鬼魂。如果有鬼魂，那么她死后可以重见亲人，但是身子要被锯开，让祥林与贺老六各扯一半；如果没有鬼魂，虽然可以免受锯身之苦，但是就再也见不着她的阿毛，不能搂抱她的阿毛了。多么揪心啊，一个人连幻想都处于“两难”的时候，该是何等的裂胆断肠！鲁迅先生就是这般“狠心残酷”地让自己笔下的祥林嫂在封建礼教这根正、反两面都带刺的皮鞭下悲惨地死去！

可见，无论是喜剧还是悲剧，不管是议论说理还是文学刻画，只要存乎一心，运用得妙，“两难推理”都可以显示出不可估量的逻辑力量与非凡的艺术魅力。

（1986年5月）

鄙人浅识

延庆塔

松荫溪不急不躁，在松古盆地缓缓流淌。独山，当地人又叫它“蛤蟆山”，它真的很像一只硕大的青蛙踞坐在松荫溪的南岸。而在松荫溪北岸，与独山遥遥相对的，是延庆塔。延庆塔建造于北宋，有一千多年历史了。

我是在 1970 年结识延庆塔的。

我在塔寺下的“五七干校”度过了那一年的秋天与冬天。

秋天一天比一天凉，冬天一天比一天冷。干校的学员，无论是在居所的门口，还是在担粪桶的路上，抑或在锄草的地间，只需一抬头，便可以望见延庆塔。

当年的延庆塔是破败的。塔身经风沐雨，已成黑色；塔檐的椽木已腐烂。塔身就像意大利比萨塔与苏州虎丘塔——斜仄着。傍晚暮色里，有许多乌鸦，还有八哥，一群一群，盘着塔边飞边叫。延庆塔虽历尽沧桑，身子都歪了，但还是倔强地站在风雨中，挺立在天地间，颇具悲壮之美。我依然清楚记得，在塔顶还长着一棵不知名的小树。不知道是什么鸟，衔来一颗种子，恶作剧地丢在那里，那种子居然发芽了，还长成一棵小树。那几乎是没有水分与养料的地方，真不知道这棵小树是怎么能活了下来！然而这棵离开大地与绿色群体的小树，在延庆塔的塔顶，孤独地，挣扎着，竟活下来了，而且还活得很绿！

延庆塔就像一位饱经风霜的老人，天天陪伴着干校的学员，注视着这一特殊的人群，他的目光是那样慈祥而忧郁。

我对延庆塔有一份特殊的感情，曾用一首小诗来纪念它：

松水日夜流，
独山不说话。
秋风秋雨里，
冲天立古塔！

直到二十年之后，在1990年的秋冬之交，我去松阳中学听课。听罢课，我去看一位在松阳的老朋友，想同他一起去塔寺下旧地重游。他与我说：“去什么去呀，那里正在大兴土木，面目全非了！”我问：“旧塔拆了？”今日想来，朋友当时可能是随口答应“是的”，于是我就一直认为旧塔真被“拆”了。我一直耿耿于怀，恼恨“松阳人”那么不懂得珍惜历史文化。这，甚至成了我长久的痛。

后来，我去过好几次松阳，但都不愿再打听古塔的消息了，因为，我已不可能追寻我的古塔了。有一次去松阳，一位朋友主动同我说：“去塔寺下望望吧，益我海险海险了！”（“益我海险海险了”是松阳土话，直译出来就是“现在好得很好得很了”）。但我认为，越是“益我海险海险”，就越是面目全非，就越不是我的梦中故人。时过物非，不看也罢！

直到2009年的冬天，我在杭州，收到了车震亚先生寄的延庆塔新照。那塔的新照，确实是“容光焕发”，很美。更可喜的是，它还是歪斜的，似乎风骨依旧。

但为什么能够做到“修旧如旧”？有人告诉我，那是在旧塔身外面多包了一层砖！

这一说，又让我吃惊不小！意大利人为了保持比萨斜塔的原貌，又怕它持续歪斜倒塌，这竟成了举国（甚至世界）难题。如果让中国专家去把比萨斜塔“外面多包一层”，难道还不是举手之劳？

唉！

人的文明层级不同，价值观不同，于是对历史的态度，对文化的认知就会迥异。

在那场的浩劫中，多少文物古迹毁于一旦，而现在，又大兴土木“造”回去。譬如杭州灵隐飞来峰的石刻石像，当时被红卫兵豪迈慷慨地砸得一塌糊涂，而今，凭着现代人的科学技术，基本上都修复回去了。“砸掉”当然可惜，但砸掉之后留下的残迹也属一段真实的历史，本来也极有纪念意义；埃及的人首狮身像，据说那“人首下巴”是拿破仑远征时心血来潮，莫名其妙用大炮给轰了的，但至今西方人谁也不愿把它“修复”。

如果是文物古迹，即使像似乎就会倒塌的比萨斜塔，你如果珍爱它，就只能是去“保护”，而不是去“修”！因为，“修”出来的，就不是原来的！

有感于此，叹吟如下：

徐娘不肯老，
隆胸又植毛。
古琴新漆后，
难弹旧时调。

遂昌城墙

遂昌县什么时候才出现城墙？在汤显祖做遂昌县令的时候，都还没有城墙。到汤显祖之后的第三任县令，名字叫辜志会，才组织人力物力，修了城墙。城墙修好后，辜公很高兴，就请当时已经退休在江西临川老家的汤显祖写铭文来纪念。汤显祖没有因为“这政绩是别人的”心里泛酸；相反，他很大度很愉快地写了。铭文现载《遂昌县志》。我怀着对汤公的仰慕之情拜读了铭文。读古人文章最好的方法就是翻译它。今将它翻译成白话，全文较长，但为了让人对遂昌历史有所了解，还是照录如下：

遂昌新筑土城墙碑文·明 汤显祖

遂昌在括苍郡的西南，县城就在千山万壑之中。它处于松阳与龙泉之间，与它们毗邻。由西北向南，可以通到衢州、严州、婺州及新安江一带；曲折颠簸，还可以通到江西上饶，还可以通到福建。道路绵延崎岖，如果发生什么紧急情况，文书传递极不方便。

遂昌田少家畜少，而山多树木多。那些在山上砍伐烧炭的，往往是邻境过来的穷人，其中也就有许多是隐姓埋名的朝廷“逃犯”。而那些乡村中的无赖之徒，也暗地里与他们结伙，生死相共。因此盗贼啸聚出没无常，无法追寻。谁有什么要紧事须夜里出门，山里又多虎患。僻远处有好几个银矿，近年朝廷有令，禁止开采，但那些“刁民”根本不管不怕，盗采银矿是家常便饭。我当遂昌县令的时候，还没有城墙。县城里只横躺着一条街道，徒步一下子就走到头了。居民们都以南溪作为“防线”。溪上一座桥，桥头筑有桥门。然而这桥门又管得了什么用呢？强人是一闯就闯进来了。考虑到县里财政困难，无法妥善施政管理，于是我就谨慎地严肃法纪。我组织人员猎杀了十七头老虎。还抓捕了十来个盗贼头领，并判了他们死刑。这样一来，起了一定的震慑作用。后来连续四五年，也都没发生什么重大的治安问题。然而，我又何尝一刻不想能有一座保护老百姓安宁的城墙？

我离开遂昌一年，就发生了光天化日之下在集市杀人的事。杀手杀了人，一脚踹翻了南溪桥门，扬长而去。老百姓呜呼哀哉。

我之后的第三任遂昌县令是晋安辜志会公。辜公凭着他良好的名声德望来治理遂昌。辜公品质纯真，风度潇洒。他做事中正不阿，即使有权有势又刁钻的人也丝毫奈何不了他。他一心要为老百姓办事，总是用自己的薪俸来待客。他穿的吃的都很节俭，身外并无什么积余，不能为儿子留下遗产，甚至不能为女儿置办嫁妆。他办案精明，眼光可以洞察秋毫，心肠却有如菩萨宽大。他清廉能干，好名声播扬千里之外。老百姓接受了教育懂得了法令，那些罪犯也就一天比一天少。

辜公在任三年以来，最牵肠挂肚的一件事就是要给县城筑一堵城墙。他常语重心长地对老百姓说：“县城是这么一副样子，怎么行呢？难道就不能有一点保护措施吗？我没有能力为你们修筑千仞石城，但为你们修筑几仞土城，该是办得到的吧？”为此，他一面向上请示，一面又同下面的人谋划，哪怕是很细小的事都亲自过问。他对山坡溪流进行了测量和估算，并且画了图。对财力物力人力，也都进行了筹算。还向有关人士和懂行的人士进行了咨询，甚至还燃香问卜。神说：“干吧，还有什么可以犹豫的呢？”于是开工了。绳牵索拉，运泥不断；夹版捣土，声声不歇。修理工具，拉风箱生火打铁，叮叮当当不绝于耳。弯了腰，抬着大石块，“嗨呼嗨呼”喊着号子，山民们还扯着喉咙唱着不成调的山歌。一些有地位有身份的人也积极参与了这个工程，很乐意完成分摊给他们的那一份义务。整个城墙修筑工程进展很快，工效比平时的官役不知要高出几倍。明知不可为而为之，做官的亲履其难，能像治水的大禹那样，与老百姓一起吃苦，老百姓还能有什么怨言呢？

数百丈的城墙，数十日的工夫，由于辜公与老百姓一起作息，竣工了！地方民众选了个好日子进行庆祝。宰了猪，宰了羊，载歌载舞，庆祝从今有了一堵城墙。大家都欢呼叩首，对辜公表示感谢：“遂昌立县以来，这城墙可是从来未有过的啊！”辜公带头，后面跟着属官与百姓，在城墙脚下走过来又走过去。人们仰天感叹：“这工程啊，虽然没有城楼，但仍旧显得高大；虽然没有瞭望台，但也可以看得很远；虽然没有粉刷，但还是显得华美；虽然没有铜门铁闩，但照样很坚固。这都是辜公您给我们造福啊！”辜公却低了头谦虚致意：“愧为父母官，为了保护我县的百姓，能够让百姓安全无忧，我只是做了我该做的罢了。县城原是那么没有遮拦，还好国家都还没有什么大的变乱。往后如果有灾祸临头有兵匪骚扰，现在这个城墙还是不顶事的。那时，县里的有识之士，沿溪再筑一道更坚固的城墙，或者跨过南溪，在溪对面筑一道城墙，造得比现在更好，这都是完全可能的。古人不是说过吗：因为想要造车方便运输，于是就先去修一条大路。我们现在因为想要县城安全，就累石筑土为墙，这也不是我的什么创新。虽然城墙可以对安全起一定作用，但古人认为，人的意志还是可以超越金城汤池的，若守城的人意志垮了，最坚固的城都是可以攻破的。遂昌县城虽小，四境难道就缺少忠心耿耿的勇士来保卫吗？你们好自为之啊！我将要离任走啦。”

不久，上面来了监抚使，要为辜公办理离任手续。人们都希望留住辜公，或者希望辜公能升任括苍郡官，能继续为遂昌、为括苍成就一番业绩。但是没有如愿，后来朝廷把辜公调到边远的海南管理万州。于是遂昌的人民就愈加思念辜公！

为遂昌县城修筑一堵城墙，这也是我的夙愿。辜公千里来信，告诉我城墙造好了，并且希望我写一篇铭文。我原来想做而没有做成的事，辜公做成了，现在仅仅是要求我动动笔墨，我岂敢推辞？

铭文如下：

上天造化平昌，险乎险哉不可登攀。
地形起起伏伏，丘陵簇拥着高山。
有城却没有城墙，平白缺少了威风的模样。
与邻县相连的边境，正是盗匪出没的地方。
官府想要抓捕盗匪，难哟难于上山猎狐打狼。
辜公来遂昌治理，政通人和太平吉祥。
人民安心生产，少了许多犯罪少了许多野蛮。
有德性的人爱施仁政，盗贼也就离得远远。
辜公说“这样当然很好，但是城墙还是要造。”
君子即使身居草堂，思维却张开翅膀。
崇山是伸向天空的手，桥梁是通向幸福的喉……
溪水是大地心头的血，君子心忧君子何求？
大山不能将人锁住，打个隧洞就是平坦的大路。
整个县城实在寒碜，筑起城墙才能解除痛苦。
一边求神一边自己奔走，百姓举锄荷担纷纷出手。
汗如雨雨如汗，豪气直逼云天。
顺了山势高高低低，沿着水流曲曲弯弯。
城墙突兀眼前一新，看呀看又融入了自然风景。
断断续续迁迁延延，墙接着墙山连着山。
嘭哒嘭哒一捶一捣，嘭哒嘭哒一分分增高。
跨过山梁就像霓虹，爬上山坡就像彩云升空。
自从有了辜公调度指挥，人力财力多出了好几倍。
夜里月亮白天太阳，做事情总有规矩可讲。
要求发展要求进步，持之以恒还有一定的速度。
桥头再不会有人收“买路钱”，出远门再不必心惊胆战。

男男女女朝朝暮暮，成双成对且歌且舞。
羊呀牛呀晚上从山上回家，咩嘿咩嘿哞哈哞哈哈。
平平安安生活甜美，再不用担心可恶的盗贼。
从赤乌年建县以来，老百姓还没有如此舒眉。
事业成功要靠时机，弘扬道义要靠人努力。
历史翻过一页又一页，辜公真是人中杰！
杀了三牲摆上美酒，土地神啊谢谢您啊请您喝几口。
我以此文纪念辜公的功德，此文将在石碑上深深铭刻。
遂昌啊你终于有了城墙，今天的事世世代代永志不忘！

遂昌建县是很早的，汤公说，在吴（三国时期）赤乌年间就建县了。但无须遮丑，因地理环境的原因，它素来闭塞落后，在汤公当县令的时候，人患虎患都多得不得了。

辜志会做遂昌县令，平心而论，他也是一个好县令。他有很高的德望，刚正不阿。他做遂昌县令，接待客人，是自己掏腰包，用的是自己的薪俸；做了多年的官，女儿出嫁，他竟置办不了嫁妆。他真的是个清官！辜公还一心为遂昌老百姓谋划，惨淡经营，在遂昌县城修了一道土城墙。辜公的出发点当然是好的，一是为了治安；二是为了让遂昌县城“气派”一点——也是当时的“形象工程”吧！

这个城墙很快就造好了（汤公说“数十日之间”）。按照当时的生产水平，一无钢筋水泥，二无挖掘机推土机，在“数十日”里造出“数百丈之城”，想要造得多么坚固壮观，那实在是不太可能的。汤公在铭文中，把这土城描写得很美，但这一方面是对旧治的良好祝愿，另一方面是对后任的赞扬，这“霓虹”般美丽的土城，实在是属于虚无缥缈的想象，因为汤公当时并未亲见，他当时正在临川，也许正在组织戏班人马，咿咿呀呀地演唱“良辰美景奈何天”哩。

修城墙到底好不好？修城墙当时的主要目的当然是“治安”，为了防治“旁邑流佣”，但主观愿望确实也有着“闭关”的成分。客观效果呢？也许就会使得原先闭塞的遂昌更闭塞！

一个地方要发展，一定要开放。遂昌如今之所以由原来的“落后”变得比较“先进”，其实就是由原来的“闭塞”变成了“开放”。“打工”“流佣”是历史的必然。据我所知，遂昌的庄山、东岩、金岸、渡船头，妙高西门头，整个村几乎都是青田、温州的移民。新中国成立以来，大帮外地人涌来遂昌：新中国成立初的南下干部，造纸厂初始阶段的宁波籍工人，60年代的新安江移民，绍兴、杭州等地的下放知识青年，兴建永新化工厂、解放机械厂的大批外籍技术员和职工，遂松合县时来的松阳人……后来，还有大批的北京、上海、杭州的大学生分配来到遂昌。即使是许多“老遂昌”，一经追问，他们的太公也是“从福建迁来”的。正是这些“外人、旁邑人”共同参与了遂昌的建设，遂昌才成了今日的遂昌。

正像“今天的遂昌人”说的，今天的遂昌人已有点像“美国人”了——他是由众多的外来人组合起来的。所以，遂昌虽是山区县，但“今天遂昌人”的特点却是包容的、开放的、进取的，他们科学与民主的意识是超乎寻常地比许多“大地方人”更强烈，他们的“时髦”程度可以赶上深圳人！

想要社会稳定，想要人民安居乐业，主要是靠提高人民的素质，靠善政，靠制度，而不可能靠泥筑的城墙。两千多年前的孟子就说过了：地利不如人和！

造城墙，是为了表示“政绩”而搞“形象工程”吗？不管怎么说，地方官建造“形象工程”比“刮地皮”总要好万倍。怕只怕企图通过形象工程来进行贪腐，怕只怕所谓形象工程是“豆腐渣”，怕只怕“形象工程形象差”，花钱吃力不讨好。照汤公铭文所写，辜公的土城墙是沿南溪而修筑的。虽然汤公赞美这城墙是又“固”又“华”，虽然城墙建好之时，有许多人跟在辜公屁股后面“欢呼稽首”，但遂昌人与熟悉遂昌地理的人知道：遂昌好就好在青山绿水，好就好在人与自然和谐相处。但人为地筑起一道灰黄的土城，把一道绿幽幽的南溪挡在了城墙之外，这实在是大煞风景！

好在那道土城不知什么时候倒了，四百多年前的“形象工程”连踪影都没了。南溪，又呈现在遂昌县城人的面前，青青的垂杨清清的水……

在铭文中，汤显祖似乎对自己没有给遂昌人民留下诸如“土城”之类的“形象工程”而内疚自责；但是，他给遂昌留下了诸如“劝学兴农、纵囚观灯”等善政，遂昌人今天都还怀念着他！遂昌人至今还在“消费”着“汤显祖文化”。

汤显祖当遂昌县令，因治理有方，后来已是讼事稀少，他竟可以有空

“借俸著书”。据纪勤等先生研究，《牡丹亭》就作于汤公遂昌任上。何须什么“形象工程”？汤公留给后人的是不朽的“国色天香”！

遂昌不要城墙！

要什么呢？太令人吃惊了，四百年前的汤公在临川老家一边唱“赏心乐事谁家院”，一边竟在寄给遂昌的铭文中提到“隙隧如夷，出没我乘”！

打个山洞隧道吧，通到杭州只需两小时！

溪流悠悠

20 世纪 50 年代，我在遂昌中学读书。先是遇上反右派，反右派之后是“大跃进”。所以，当时没有读到什么书。

反右派主要是老师的事。许多很有学问的老师都被打成右派。怎么会被打成右派的呢？他们自己也有些糊涂，说，人家也没有什么依据，只是分析来分析去，说你是右派，你就右派了。好在二十年后，还是为他们昭雪了，恢复了他们的名誉。历史终究是公正的。

反右派之后，紧接着是大跃进。大跃进是不论男女老少，人人都参与。学校不怎么上课了，学生要劳动。修水利，炼钢铁，深山烧炭……许多重活苦活，我都拼命干过。学生还要搞宣传，努力参与。

我搞过什么宣传呢？有一件事，现在还记得很牢。那一天，很热。班主任把我和长白两人叫去，说，你俩今天不用参加劳动，另有任务。什么任务呢？原来是要我们两人去画壁画。记得大跃进的壁画都是漫画类型，很夸张。譬如，要表现公社里的猪养得肥大，就在墙上画一头圆鼓鼓的猪，还在猪背上再画两个人，就像两个小孩骑大象，再旁注一首诗：“公社养猪如大象，就是鼻子长短不一样，要想把它运过江，只苦十吨大船不能装。”你说这猪大不大？我和长白，拿了画笔与颜料，就在北门桥头妙智堂的墙壁上画。我在禅堂南面墙上画，画了一幅农民种田图，把稻秧画得很密很密，意思是宣传“农业八字宪法·小株密植”。长白在禅堂东面墙上画，画了一幅“弹弓打麻雀”，意为响应领袖号召“除四害”。领袖把麻雀判为“四害”之一，郭沫若马上跟着吟诗，骂“麻雀麻雀气太骄，虽有翅膀飞不高……”长白画的麻雀，张开翅膀气急败坏飞不高的样子，而弹弓就对着它屁股后面打。

我完全是瞎涂鸦。好在风吹雨打，颜色褪得快；加上禅堂南墙有别的标语经常覆盖，所以我的“杰作”很快就消失了，人们也就很快忘记了我画技的蹩脚。但长白的画技是甲等的，画得很好，于是那“麻雀图”就长期保存在东墙。直到十来年之后，妙智堂成了县的“公路段”仓库，那麻雀图还赫然在目。记不清这公路段仓库何时改建了洋房，整个妙智堂被轰然推倒了，麻雀图才跟着彻底消失。

当时少不更事，岂知在妙智堂墙上乱涂乱抹实在是斯文扫地。后来才知道，这妙智堂原先供奉的是大慈大悲观世音菩萨，神明岂是可以随意亵渎的？而且，妙智堂和明朝县官汤显祖还有着一段非同寻常的情缘：汤显祖离任回临川老家之前，曾将行李铺盖搬来这里，颇住过一些时日。如今，遂昌要把自己融进“长三角”，要发展自己成为旅游强县，正努力打造“汤公品牌”，怪不得现在北京的一位遂昌籍的汤显祖研究专家，还在大声呼吁：“把妙智堂在原址造回去吧！”是啊，如果这妙智堂还在，该是一份多么珍贵多么沉甸甸的文化遗产呀。杭州的、上海的、北京的客人来了，我们的导游小姐就可以把他们带到妙智禅堂里来，让善男信女跪倒在观音菩萨的莲花宝座底下，焚香膜拜，求子祈福……然后，我们的导游小姐又把他们引进寺庙经房，请他们喝“龙谷茶”，并且给他们讲说汤公的故事：当年全国著名的佛学大师达观和尚，大老远跑来遂昌妙智堂看汤公——达观就坐在游客老李现在的位置，汤公就坐在游客老张现在的位置……达观一边喝“龙谷茶”，一边笑对汤公吟诗——“汤遂昌，汤遂昌，不住平川住山乡。赚我千岩万壑来，几回热汗沾衣裳。”可见达观与汤公的情谊是多么纯洁高尚。导游小姐还可以再插白几句逗逗乐：各位客官听好了，汤显祖是江西临川人，但今天，他的挚友达观和尚，叫他什么来着了？是叫他“汤遂昌”哩！想想，这意味着汤公与遂昌是什么情缘？

茶碗里龙谷茶的热气袅袅，朵朵茶叶悠悠展开，这是多么美妙的情境呀！

导游小姐还可以向游客娓娓诉说明代万历二十六年的情事：汤公离开官

场，在回江西临川之前住在妙智堂的这些时光，该是他一生中少有的清闲日子。谁能否定，也许就在这段时日，汤公把箱篚中的《牡丹亭》书稿又翻了出来，又作了一遍呕心沥血的润色？白鹅飘浮在水中，牧笛从远处传来，汤公沿着梅溪慢慢地走，春草沾湿了鞋子甚至裤管，他也浑然不知。抬眼北望远山，万历二十一年的春天，汤公正是从那侵云山岭走了进来。一待就是五年，这是多美的地方啊，他不禁哼起昨晚刚改定的词句：山也清，水也清，人在山阴道上行，春云处处生。官也清，吏也清，村民无事到公廷，农歌三两声……

可是，实在可惜，而今可以凭吊怀古的妙智堂已经毁了！

然而，妙智堂前面的北溪，依然跟四百年前一个样地流。妙智堂前的那座北门桥，虽然几度风雨几经变化，但毕竟还是一座完整的桥，依然在老地方无声而倔强地挺着！

当遂昌在20世纪30年代建起了第一条公路，人们去杭赴京，就可以坐汽车了，路线是由东出城，过金岸再折向北到龙游……于是，妙智堂就变得“门前冷落车马稀”了；妙智堂前面的这座北门桥，自然也就显得憔悴了。

不要小觑它今日憔悴的模样，也不要小觑它今日满身的伤痕，岁月沧桑，它曾经可拥有过无限的辉煌！

它大名济川桥，“古名永安桥，又名河桥”（见《县志·1996版》）。在造通龙游的公路之前，遂昌人要去衢州、金华、杭州，这桥可是必经之咽喉。汤公来去临川或赴京汇报工作接受考核，也都得从这座桥上过。颇为遂昌人乐道的蕉川马埠的板龙，每年上元进城，若不从这里过，难道要去绕道翻山越岭？正月十五之夜，城隍庙当然是最热闹的，而“各神祠、家庙设祭……鼓吹喧阗，爆竹声震山谷，游龙灯火照耀如白昼”（见《县志·光绪版》）；妙智堂又岂能免去“结彩张灯”？

于是，汤公在遂昌知县的任上，泼辣辣来了一笔惊人之作——元宵佳节，圆月中天，放出牢里的犯人，在此桥赏灯！有诗为证：“《平昌河桥纵囚观灯》：绕县笙歌一省图，寂无灯火照圆扃。中宵撤断星桥锁，贯索从教漏几星。”此外，汤公还曾在大年夜放犯人回家过年，同样有诗《除夕遣囚》为证。在中国漫长的封建社会里，汤公不管三七二十一，敢于这样做，确实属于“另类”。汤公的纵囚遣囚，与他在《牡丹亭》中表现出来的反封建礼教的性格特点是一致的。如今遂昌人总结汤公对遂昌的精神遗产，纵囚遣囚就是典型的仁政；汤学研究也总要提到这两件事。所以，这河桥就显得更加有意义。

但不知何故，遂昌有几位博学老先生就是不肯承认这北门桥就是汤公当年纵囚观灯的河桥。

他们的理由是，这里“一片荒凉，历来是龙灯不到之处。”老先生有点自说自话了。要说“荒凉”，遂昌山区县，“邑治万山溪壑中”，大明王朝从成化十八年到嘉靖四十一年，有过九次人口统计，全遂昌县的人口，还没有一次超过两万五千人（见《县志·1996》）。汤公也说县城只“横亘一街”。所以，也真的谈不上“繁华”。不过，元宵佳节如果有灯火盛会，蕉川马埠的板龙要到城里来，这北门桥总归是必经之地！

他们理由之二是雍正《处州府志》有记载，这北门桥因系“康熙五十五年知县何其伟重修，易名何桥。”于是老先生说“县志误‘何’为‘河’。”我没有看过《处州府志》，但我细细看过《县志·光绪版》，这北门桥不仅清朝何其伟重修过，此前的明朝崇祯年间，有一位叫何廷栋的知县也重修过。如果有何姓者重修，就易桥名为“何桥”，那么，不待康熙时，崇祯时就可以“易何”了。所以，《处州府志》倒有一点漏洞。所谓“误‘何’为‘河’”，这四个字并不见经传，没有依据，也是老先生在自说自话，自度自猜。但我相信，因为人们会感激修桥者，会以修桥者之姓来呼其桥，这也确实是情理之中。但是，你总不能因为此桥在康熙五十五年后有人称它“何桥”，就判定它此前此后就不会也不该叫“河桥”。记得遂昌白马山半腰有一山岩，高耸前倾，状如栖鹰，于是人们名其为“老鹰岩”。因为其下平坦宽阔，又可避风雨，所以20世纪40年代，共产党人殷铁飞搞“地下革命”，就常住宿于此。于是，人们又称它为“老殷岩”。如果人还叫“老鹰岩”，你总不能就说他是“误‘殷’为‘鹰’”吧？总不能因为有人称“老殷岩”，就去否定“老鹰岩”吧？什么逻辑呀！

老先生为了证明这北门桥是不可能观灯的，于是就去证明这桥很小，他们终于从《县志·光绪版·水利·济川桥·陈逵记》里找到一句话，说这桥“修二十五步，广十分之一”。桥长二十五步，桥宽两步半，啊呀，“如此小桥，怎能聚众观灯？”

也不知老先生是真糊涂还是假糊涂。所谓“步”，古今概念原就不同。古人说“不积跬步，无以至千里”，古人的“跬”是今人的“步”，古人的“步”，是正反两“止”，是左右脚各一跨，也就是今人“两步”的概念。而这里“修二十五步”的“步”，又是另外的概念，是长度单位。那么一步有多长呢？《辞海·步》说“旧制以营造尺五尺为步”。营造尺俗称鲁班尺，不同时代不同地域会有差异，它略短于市尺。折算起来，修二十五步，广二步半，大约就是长四十米，宽四米。古桥能造到如此规模，很不错啦！所以，列在四米来宽的桥侧，看看蕉川龙灯经过，是完全可以的啦！

对“步”字的理解，搞不清老先生是“真糊涂还是假糊涂”，但老先生有一个做法，倒确确凿凿是一点也不糊涂。那就是老先生对“济川桥·陈逵记”只摘引了一句“修二十五步，广十分之一”，这句以下的文句就全都视而不见。今不妨将陈逵对济川桥的描述多摘引一点出来：“修二十五步，广十分之一。屋十有三间，中与两端为亭，余为庑翼，为栏。栋高十有一尺……傍砖协檐，以茈梁木，文以藻绘，远近骇观如市。”好了，不用多说了。老先生把“屋十有三间”以下内容全都放弃，说明老先生丝毫不糊涂，而是清清楚楚明白得很。

既然否定北门桥是“河桥”，那么“河桥”在哪里呢？老先生把“河桥”安到了原遂昌中学门前的那座“三车间桥”，说“它在‘县东前溪，即河头桥’，简称河桥。”

遂昌中学门前的桥，我是熟悉的。我在遂昌中学读书时，常常走过它，去对面瓦窑头开山种番薯，去牛角尖挑黄泥筑水库。常常在夜里，学生们轮流去牛角尖教夜校，给农民“扫盲”，教他们读“水利是农业的命脉”，读“点灯不用油，耕田不用牛”。走过这桥时，稍走快一点，木头的桥面就一弹一颤，我们还常会故意用力蹬跑去吓唬胆小的同学。这座桥有过一些什么名字呢？据我所知，它叫过“三官堂桥、三车间桥、瑞仙桥、登瀛桥、东廓桥、南溪桥”。

真实的“河头桥”在哪里呢？它就在遂昌中学再往下五百米处的叶坦潭。《光绪版·山水》介绍南溪时，说它“发源于贵义岭，川行八十里，归于邑南眠牛山下，直出河头，与北溪合流。”这里的“河头”其实就是南溪之尽头，即叶坦塔潭。接着南溪就要与北溪合并为“襟溪”了。所以，今之叶坦桥就是旧称的“河头桥”。它还有过“浮桥、惠通桥”等名字。

老先生说“‘……河头桥。’简称河桥。”老先生治学还保持了几分严谨，因为“简称河桥”四个字是私货，没有文献出处，自说自话，只是他个人的推测，并没有贸然把这四个字塞进引句里面去。

但这种推测并不科学。河头桥是河头桥，河桥是河桥，不能随便简化混同。“河头桥”与“河桥”的概念是完全不一样的。当这个“头”字不作一般的词缀，而是在表示方位时，你是不能随便简化省略的。试想，“桥头、岭头、田头、河头”与“桥、岭、田、河”的意义是相同的吗？你把“桥头堡、岭头寺、田头柳、河头桥”简化成“桥堡、岭寺、田柳、河桥”，人家不笑话你才怪。

意想不到的是，在2001年，全国性的汤显祖纪念会在遂昌举行，在这个会议的前几天，遂昌县文史界的官方把一块“河桥——汤显祖纵囚观灯遗址”的大理石涂金石碑，堂而皇之地镶在了“三车间桥”的桥头，供全国各地来遂昌开会的汤显祖研究专家瞻仰。“三车间桥”连做“河头桥”的资格都还没有，“河桥”的桂冠就已经迫不及待地正式给它戴上。张冠李戴，移花接木，做学问，拉郎配，心浮气躁何至于此！

历史无声。“达观和尚坐这个位置，汤公坐那个位置”——导游小姐带着灿烂的笑容告诉游客，就这么轻轻松松地把“位置”分配了。此时，有一个人，心里其实是最明白的，他在家里偷着乐。我，似乎看见了一个聪明顽皮的儿童，给导游小姐的后背贴了一块肮脏纸片，而导游小姐却全然不知，顽童做成了一个恶作剧，掩了嘴躲在一旁哧哧笑。

我从遂昌中学毕业，过了二十来年，又回到遂昌中学教书。在遂昌中学教了十八年的书，退休了。退休之后，住到了杭州。在杭州，无所事事，几乎每天都去爬老和山。一帮爬山老朋友会问我遂昌的情况。我会同他们“牛”：遂昌可好哩，论资源，有金矿；论特产，有菊米；论风景，有南尖岩；论人文，有《牡丹亭》……我发现自己对遂昌竟是那么钟情。其实，“河桥何桥”与我何干？但人就这么犯贱！

每年的暑期，我都要回遂昌过。现在已经不必从金岸绕弯了，青云岭已打了隧道，高速公路直通过来，从省城到遂昌，“宝马奔驰”，只需两个来小时。北门再也不“荒凉”了，简直变得车水马龙。我回遂昌，就住在小乾家；小乾家正好在北溪边。吃过晚饭，出去乘凉，常常信步走上北门桥。

从“交通”角度来说，这北门桥实在失去存在的意义了，因为在它上游不远处，又造了一座宽宽的桥，由北街经它可以直抵青云岭隧道。如今的北门桥默默横跨北溪，似乎成了一位失去亲人照顾的孤老，境况凄凉，桥面失修，栏杆残缺，晚风吹来，北溪水从桥下悠悠流过，真令人感慨。

从“学术”的角度来说，各抒己见，老先生的精神是很可贵的。说实在话，我打心底惊叹老先生文笔的厉害：说“这里不是河桥”，要害处只简简单单用了四个字：“误何为河。”说“那里才是河桥”，要害处也只简简单单用了七个字：“河头桥简称河桥。”

一破一立，总共才十一个字，真所谓一字千钧。

抹黑容易漂白难，搅浑容易澄清难。我想把事情说清楚，却费尽笔墨。

许多正规的志书都明明白白说“北门桥是河桥”，但“三车间桥”的桥头如今又赫然镶着“河桥”的石碑。到底谁错了呢？谁该有愧？当年镶石碑的人，如今如果没有勇气把这块石碑搬走，那么又有什么能力把志书文献中的“错误记述”去一一订正？

戴帽容易摘帽难，竖碑容易搬碑难。错误的桥碑，即使不搬，也总有一天会磨灭的，但溪水将永远悠悠地流……

2009 年 8 月 12 日于杭州

也谈汤显祖的两块匾

汤显祖在遂昌当了五年县官，留下了两块匾。一块“林下一人”是为宋代诗人王月洞先生题写的，这块匾原挂在遂昌县城南街的王氏宗祠里；另一块“中兴良将”，是为宋代军官周景庆题写的，这块匾原挂在遂昌县城“西郭周”周氏宗祠里。这两块匾现在都挂在“遂昌县汤显祖纪念馆”里。

对这两块匾，凡是遂昌人都很感兴趣，因为它是遂昌人所尊敬热爱的父母官汤显祖题写的；题写的对象王月洞和周景庆，都是自己的遂昌老乡亲，一文一武，也都很有成就。这些，可都是“我遂昌”的骄傲啊。

由于感兴趣，也就有许多学者尽力去研究挖掘这两块匾的内涵，并对它们的真伪进行考究。考究的结果对王匾“林下一人”大家基本没有异议，认为它货真价实。但对周匾“中兴良将”几乎所有学者都表示怀疑，甚至明确说它赝品。我也认真想过，所以不妨凑个热闹，不揣驽钝，冒昧献芹。

人们对周匾“中兴良将”提出质疑的理由主要有两条。第一，“据现存汤翁之手迹对照‘中兴良将’之笔迹，似非汤翁所书”。这话说得倒也公道客观，因为凭笔迹只能得出“似乎”的结论。可不是吗？即使是文物鉴定权威或公安局的笔迹鉴定专家，他们的笔迹鉴定意见，也往往还是“仅供参考”。也许，我们今天见到的“汤翁之手迹”是他的手稿小字，行草居多，仅凭小字行草还很难对照鉴定他的题匾大字楷书。汤公留在遂昌的题匾只有两块，有人将“林下一人”与“中兴良将”两相比照，认为字迹迥异。但是我想，仅凭两块题匾互相比照，就有点像审官司仅听两个当事人互相争吵公理婆理。而且，同一个人，由于挥毫的时间不同，墨水不同，纸张不同，总之会有种种“不同”的原因，而写出一块形体“呆滞”，另一块形神“秀逸”，也并不是太奇怪的事。

有时，字迹“逼真”的倒可能是“水货”。因为，假的卓别林有时比真的卓别林更卓别林！“模仿秀”古代也肯定有。现代不是常有人会把名人的字墨东挖一个西挖一个，而后凑成自己需要的一块招牌吗？甚至还有过这样的故事：有人常在某书法家的窗户外撒尿，书法家大为恼火，就写了一张“不得随处小便”的字条贴在窗外的墙上以示警告。岂知这张字条很快被别人当宝贝揭走，将其稍作“挖拼”就变成了“小处不得随便”，并将其裱糊成条幅，堂而皇之地挂在自己的客厅里。这种招牌与条幅，字确实是某名人写的，但能算是某名人自觉自愿题写的书法作品吗？古人如果想要做假，这种“挖拼”的功夫，肯定也用不着现代人去教。

总而言之，我们今天不应该太相信自己辨识“笔迹”的能力，从而来判断历史人物的书法作品是真是假。

对“中兴良将”提出质疑的第二条理由是这块匾的落款时间为“万历二十一年正月”，而汤显祖到遂昌当知县是万历二十一年三月十八日的事，那年的正月，汤公尚滞留在临川老家，怎么可能为素昧平生的遂昌西郭周人题写匾额呢？这里的时间问题的确是“硬伤”。因此，有人就断定，这块匾是赝品。

然而且慢，硬伤归硬伤，但不能就此构成“铁案”，非得认定这块匾是假的不可。

我们不妨从另外一个角度想一想：我们今天的人对汤显祖是何年何月来遂昌，何年何月离遂昌都搞得一清二楚，而古时候的遂昌人难道就糊里糊涂？我们今天的学者一眼就看穿这块匾的时间落款“万历二十一年正月”出了毛病，而古时候的遂昌西郭周人“或以文学显，或以武功著”，他们乃邑之望族，人才济济，既然有心造假为自己装门面，难道不会稍微小心一点，而偏要犯这种时间与事件相矛盾的低级错误反而大丢脸面？

一般情况下，故意造假的人都会仔细琢磨，尽量让赝品“完美”，在时间表达上反倒会尽量做得天衣无缝。相反，有的真品，由于作者随意疏忽，倒还会闹出些明显的疵病来。譬如，鲁迅先生在《范爱农》一文中写道：“直到革命的前一年，我在故乡做教员，大概是春末时候罢，忽然在熟人的客座上看见了一个人，互相熟视了不过两三秒钟，我们便同时说：——‘哦哦，你是范爱农？’‘哦哦，你是鲁迅？’不知怎地，我们便都笑了起来，是互相的嘲笑和悲哀。”这里鲁迅说到的“革命的前一年”应该是辛亥革命的前一年，即是1910年。而鲁迅先生的这个“鲁迅”笔名，是在1918年的《新青年》4卷5号上发表中国现代文学史上第一篇白话小说《狂人日记》时才首次使用。所以，1910年时范爱农便叫起了自己的同学到1918年才开始用的名字“鲁迅”，岂非怪哉？但是，我们却没有因为这里的时间与事件对不上号，便犯傻幼稚到去认定《范爱农》一文是赝品的地步。所以，判断真伪，有时我们并不能过分拘泥于“时间”。

那么，到底该怎样来正确认识“中兴良将”这块匾额呢？

首先，我们得了解匾额的制作过程。制作匾额，第一步，要有书法内容。这书法内容当然是先由名人或书法家写在纸上，就是所谓的“墨宝”。第二步，当然是由艺匠将“墨宝”精心拓制到木匾上。这一步其实是艺匠对“墨宝”的“再创作”。既然是“再创作”，就不可能百分之百地“克隆”，有时，不可避免会掺入艺匠的审美观与匾主人的意愿。

一块制好了的匾额，我们不妨将它分成两部分：一是它的主体部分，也就是它的内容，譬如“中兴良将”这四个大字。二是它的辅配部分，就是它的落款，譬如上下款的小字“赐进士第知遂昌县事临川汤显祖为 宋武举授武节郎隶都督驻镇江兵马都监升左武大夫周景庆立 万历二十一年正月吉”。

我们先来分析周匾“中兴良将”的辅配部分。这辅配部分，即它的上下款，我认真想过，也认为它确实不是汤显祖题写的，而完全是遂昌西郭周人按他们自己的意愿制作的。

我的理由倒并不是“万历二十一年正月”这个时间出了毛病，而是认为周氏考虑不周，以致造假露出了马脚。我前面说过，对时间问题我们大可不必拘泥纠缠。不久前，有人发现“大名人文怀沙”自报的年龄与他个人档案里自填的年龄竟相差十岁。白纸黑字，孰是孰非，自有怀沙老人难以讲清的苦衷。今天不是也有人会不喜欢 4 而偏爱 8 吗？也许是同样的原因，西郭周人恰恰认为“正月”更“吉”，于是制匾时特意嘱咐艺匠选用了“正月”这个月份。当然，也许有“不足对外人道”的永远都讲不清的原因。

这里的辅配部分概言之是“汤显祖为周景庆立”。这个“立”字实在用得太好了！如果用的不是“立”字而是“题”字的话，那就必须要求这些落款小字都应该是汤公亲笔，是汤公原意；而现在用了“立”字，西郭周人就给了自己更大的自由度，简直可以在这辅配部分里随心所欲地表达自己的意愿了。

我认为这部分不是汤显祖的亲笔，而是周氏在表达自己的意愿。主要原因是，我觉得这部分的语言格式并不是题匾人汤显祖的语言格式，而纯粹是匾主人周氏所需要的语言格式。周氏得到的汤公“墨宝”，也许只有“中兴良将”四个字；如果还有落款的话，可能不合周氏心意，所以他们弃之不用了。且看汤显祖题写王匾“林下一人”的落款——“万历二十六年三月　为　月洞先生题　临川汤显祖”，多么简洁啊，“临川汤显祖”，仅仅五个字，并不是放在上款，而放在下款末尾，清清爽爽，谦谦虚虚，看似简单，实则大气，潇洒一挥毫，显得真真实实诚诚恳恳，这才是汤显祖！即使不是汤显祖，而是一个普通人题款，只要稍具一点文学修养，也不可能把自己的名字高高摆在上款，而且还把自己的功名学位、职称官位一一罗列标榜出来。以汤显祖的品性，他对匾主人几乎无谀辞，“月洞先生”一个称呼足矣，又亲切又敬重。但在周匾上，对周景庆的介绍却颇为详细，“武举、武节郎、兵马都监”，最后升到“左武大夫”，拉拉杂杂，啰里八嗦，一个不落全写上；而且，做的兵马都监还不是一般的兵马都监，而是由主帅“都督”直接领导的，驻地又在“镇江”好地方，这些全都写上，该是多么阔啊！

不过，周匾“中兴良将”的辅配部分，若确是周氏自撰，也还算得体，不失大雅。他们把“汤显祖”放在上款，那是对汤公的尊重；“进士、县太爷”

的头衔本也不虚，怎么可以浪费呢？因为题匾人身份越高贵，给的面子也就显得越大。把“周景庆”放在下款，那是周景庆后人自谦；但是，周景庆的所有光荣称号都已标明，周氏后人的意愿表达已经到了极致！

其实，匾额的辅配部分用这种格式表达，已经光明正大地告诉人们：这部分其实是匾主人自己所撰。而且，即使落款时间明显出错，也不排除这是匾主人善意的狡黠：人们啊！我们光宗耀祖的用意，你们看出来了吗？

我们再来看周匾“中兴良将”的主体部分。

所谓主体才是最重要的。主体与辅配，恰如手表与表带。评判一块匾额，如果它的主体是真实的，或者说，你拿不出足够确凿的证据来否定它是真实的，你就不能轻易地“可以断定，这是赝品”。

我倒认为，从上面西郭周人自撰匾额的辅配部分（权且就这么说吧）来看，他们想光宗耀祖的情绪，是那么的强烈；他们的态度，是那么的慎重，那么的严肃，那么的正经，这正可以证明“中兴良将”这四个字确为汤显祖所题。要不然，自尊心极强的西郭周人，把一块冒牌货高高挂在自己的祠堂里，一挂几百年，这不是出自己的洋相打自己的脸吗？弄虚作假，最后真正受到伤害的是自己——哪怕只有中等智商的人，都会懂得这一点！

遂昌西郭周氏先人周景庆，武功卓著，当年（南宋）官至左武大夫，确实曾经“伐金有功”，为国家做出贡献，这是汤显祖可以题写“中兴良将”的基础。

汤显祖来遂昌当县官，与西郭周人的关系也很好。汤公还写过诗歌《和宋周太常平昌草堂四咏》，这周太常，就是西郭周氏三世祖周述。周述在他的《平昌四景・月岩夜读》中的最后两句是“清白流芳无别业，诗书满架酒盈缸”；汤显祖在他的《草堂四咏・月岩夜读》中的最后两句是“如今更有闲官烛，只听吾伊三两声”，汤公与周述这份恬淡的情趣是何等的相似！我们不说“汤公引周述为知己”，但说“汤公读懂了周述”，毫不为过吧？汤显祖还为周氏三世祖周从中写过《周道像赞》：“我瞻公仪，公仪可畏。我度公心，秉心维直。”可见汤显祖认为周氏先祖品行是端正的，人格是值得敬畏的。《周道像赞》中还写到周氏“开数百载之似续，树绵绵之瓜瓞”，可见遂昌西郭周氏家族在明朝万历年间是很兴旺的，而汤显祖对这个“望族”也是很推崇的。

老实说，当时的遂昌县，可以让汤显祖认为值得并且愿意为之题写匾额的人并不多。既然“不多”，也就弥足重视，而周氏景庆应是汤公认为值得并且愿意为之题写匾额的“不多”的人之一，那么汤公欣然命笔“中兴良将”，就自在情理之中。对此，遂昌今天的学者大都是认可的。

唯纪勤先生对汤公题写“中兴良将”四字表示“难以置信”。纪勤先生在他的《汤显祖手书两块匾额考》一文中说：“‘中兴良将’语属封赠性质，非区区县令所能随意褒奖，除非有历代帝王敕封，否则焉敢贸然落笔？”对古人的东西，纪勤先生从语意与语境角度进行揣摩辨析考证，确实难能可贵，如今还很少有遂昌学者会从这方面去下功夫。

但是，如果我们顺着纪勤先生的思路再进一步去深入思考，那么，我们还是会发现：汤显祖是可以并且会写“中兴良将”的。

中国历史上，皇帝总盼“风流人物当朝多”，为了拉拢人心，对忠于自己的臣子，自然是会表彰奖赏的，赏金赏银赏官爵，出手也不吝啬，要不然谁会卖命？但是，除了特殊情况，当局用“中兴”一词去褒奖当朝的“良将”却是比较少见的。为什么呢？因为若说你是“中兴良将”，那就意味着当朝曾经“中衰”，而承认自己中衰，这是一件多么失脸面多么痛苦的事啊。所以，如果周景庆生活在明代，即使功劳再大，汤显祖吞了十个豹子胆也不敢题匾“中兴良将”，因为这是犯大忌的。

那么，对于先朝的重臣，当朝会称之为“中兴良将”吗？基本上也不会。先朝的忠臣，往往是今朝的敌人；先朝的贼人，往往是今朝的良臣。历史就是这么怪！今朝对先朝的人物很难进行历史公正的臧否。甭说是今朝对先朝难以做到公正，就是今皇对先皇都难以做到公正。就拿大明本朝来说吧，出了个大憨人方孝孺，傻乎乎效忠先皇建文帝，而对今皇明成祖却咬紧牙关死也不肯叫“吾皇万岁万岁万万岁”，弄得朱棣很不爽，龙心一不爽，孝孺倒大霉，结果被割舌剁手遭了磔刑，还被“瓜蔓抄”，连带九族和学生，一共死了八百七十三人。所以，如果周景庆生活于元朝，他是元朝的功臣，那么往往也就是朱明王朝的眼中钉，汤显祖如果敢说周景庆是“中兴良将”，你是想“兴”谁呀？对不起，你汤显祖可能也要被“割舌剁手”。真那样的话，也就没有《牡丹亭》了。

还好，周景庆是南宋人，他生活于先朝的先朝。隔朝隔代隔远了，倒不敏感了，倒变得好说话了。人是越老越昏，但历史老人是越老越清醒、越老越明白、越老越公正，这是一个怪圈。更何况，统治阶级还需要用历史来为现实社会服务，还需要从历史里找出一些事件与人物，作为“教材”，按照统治者的意志来教化臣民。明朝，阶级矛盾尖锐，民族矛盾尤其激烈，北方的满族人时刻窥探机会欲“南下饮马”，统治者当然希望能多一些能臣良将为自己效命。在这种情况下，像南宋人物周景庆，曾经在抗金战争中立过功劳，被地方政府树立起来标榜一下，这完全是情理之中的事，汤显祖何乐而不为？

再说，“中兴良将”这四个字，其实并不是敕封语，它与“文昌侯、荆国公、征西将军、靖国元帅、诰命夫人”等是有区别的。如果它真的是“封号”之类，而周景庆又未曾获敕封，那么，不仅汤显祖不敢擅写，任何人都不敢乱写，西郭周人即使虚荣心再强烈，也不敢造假挂这种匾额的。因为这不像今天骗子冒充“博士”被戳穿了也无大碍，在封建社会假冒圣意伪造封号可是犯大逆之罪的。“中兴良将”其实是比较宽泛的一个褒奖词语。所以，想要在历史文献里去考证朝廷是否敕封过遂昌西郭周景庆为“中兴良将”，那无疑是水中捞月。不过，像周景庆这样级别的人物，在我们遂昌小县来说，当然已属凤毛麟角，但从全国的视角来看，比起岳飞与韩世忠这些抗金名将来，够得上“中兴良将”了吗？唉！封建世俗就是这样，说你坏，脚底流脓头顶生疮，打倒还要踏上一脚；说你好，好上天，百世流芳，永垂不朽。所以，一块匾额也难以免俗，表彰用语稍微言过其实一点是完全可以理解可以接受的。

总而言之，汤显祖题写周匾“中兴良将”，我是认可的。

有的权威人士，只要他开始质疑发难了，便会显得异常固执，他会说：你拿不出确凿的证据来证明“中兴良将”四个字就是汤显祖写的，或者拿不出确凿的证据来证明“万历二十一年正月”这几个字就是汤显祖写的，就应该否定周匾“中兴良将”。但是，我的意见是：只要没有确凿的证据证明“中兴良将”这四个字不是汤显祖写的，就不应该否定周匾“中兴良将”。这是两种不同类型的思维方式，世人到底赞同那一种思维方式呢？

我明白，我这篇文章还根本不能完美解答某些人的质疑，我还根本没有足够的力量来转变某些人的固执。我多么渴望对历史文献文物的鉴定能像DNA作生物鉴定一样，让一切谜底都大白于天下！但是，这似乎永远都不可能做到，历史似乎永远都说不明白。

有的权威人士，用斩截的语气，断定周匾“中兴良将”是赝品，说它是假古董，要把它封存起来，不宜公开展出，以免鱼目混珠云云。何苦哟！由于汤公的魅力，今天幽幽的遂昌神龙谷，都不断演绎出《牡丹亭》中美丽的爱情传说，为什么对一块古匾都不愿意表现得更加理性大气一点呢？

2009 年 4 月 8 日写于杭州老和山下

魅力汤公

遂昌举办了“2006 中国·遂昌汤显祖文化节”。听说，县政府为此花了一千万元人民币。为了表演大型文艺节目，在原体育场搭了一个台，就花了六十万元人民币。为了发展遂昌经济，提高遂昌的文化品位，遂昌县政府确实用了大手笔，显现出非凡气魄。

文化节第一天的广场文艺表演，并没有请外面的“大腕”。如果要请，据说即使是“小燕子”赵薇这种级别，登场费也要三十万元。所以，县政府还是决定“用最少的钱办最大的事”，表演就全是“遂昌自己人”。想不到“自己人”表演得相当成功，好评如潮，市民与贵宾都说“甚至可以和 CCTV-3‘同一首歌’媲美”。

第二天，在县城的飞鹤桥头剧院还有戏曲表演，来参加文化节的上海昆剧团团长，著名表演艺术家蔡正仁先生，上台表演了“柳梦梅”，把遂昌市民看得如痴如醉。

第三天，还搞了“民俗”文化活动——踩街。踩街之夜，妙高镇沸腾了，草昆十番，石练台阁，云峰车龙，妙高舞狮，畲家婚嫁，还有退休老妈的腰鼓，一路吹吹打打，热闹极了。

一千万元人民币还包括扩建“遂昌汤显祖纪念馆”的开支。

按照《汤显祖研究通讯·第 2 期》里朱达艺先生的说法，现遂昌实验小学左边弄堂的汤公“遗爱祠”，乃“全国最早也是唯一的绵延了二百年以上的汤显祖纪念馆”；20 世纪 90 年代，遂昌县人民政府在文明路项家的火烧遗址上建立了新的“遂昌汤显祖纪念馆”；而今，纪念馆扩大规模，把项家隔壁的陈家大宅也围进来了，颇成气候。

所谓项家，就是明代官至“应天府巡抚”的项应祥家——项兆丰先生所说的“大中丞第”。那项家在被火烧以前，确实也是大宅。记得小时候，我经过那门头时会感到莫名的森冷。依稀记得，在项家大门内，还看见过一把类似关云长使用的大刀，真正钢铸铁打，总有百来斤重。听人说，项家关上大门后用那大刀撑顶大门，不知真假。那大刀后来不知哪里去了，会不会是 1958 年回炉“大办钢铁”了？如果还在，那可实实在在是一件文物宝贝。我后来多次经过项家门口，看见一个生病的人可怜兮兮地躺在门口的一张破竹椅上喘息。还有一位项姓子弟，满脸红光，在门头唱些什么，边唱边做，手舞足蹈，喉音、眼神与身段都极好。人说他是“癫子”，但他从来不会打人骂人，只是自得其乐，成天“做戏”。

项家大宅里的住户，也许已不全是项应祥的后人，有许多已是“外姓”人了，住得杂乱，总觉得那大宅越来越破败了。到了 20 世纪 80 年代，不知何故，大宅着了火，烧成了灰堆。

20 世纪 90 年代，县政府在项家的火烧遗址上建起了“遂昌汤显祖纪念馆”，古朴典雅，陈列得体，具有浓郁的文化气息。在纪念馆的“后院”，小池边，盈盈一亭，题额为“牡丹亭”，让人神思缥缈。但我首先想到的是：这里会不会就是传说中项家后花园的“延秋亭”？——就是项兆丰先生说的那“故事完整优美……赞扬了项应祥大义灭亲”用石灰“腌”死逆子项天霓的地方？

至于“陈家大宅”，原来与项家只一墙之隔。我的一位朋友告诉我，那大宅的原主人并不姓陈，而是后来主人的陈姓太公，从安徽旌德来遂昌做生意，徽商善于经营，“赚”了，于是买下了那大宅，在遂昌住了下来。这陈家的故事好像并不多，远比不上隔壁项家的丰富；但这大宅，却保存得比项家完好，也更气派，显现出典型的明代建筑风格。20 世纪 90 年代，县政府叫大宅里的陈姓后人都搬了出去，将它定为市一级文物保护单位。而今它又被“汤显祖纪念馆”扩充了，原先的陈家“旌德堂”，摇身成了汤若士的“玉茗堂”，可以说，做到了“物尽其美”。

文化节期间还举办了“汤显祖国际学术研讨会”。一共来了近百位海内外知名专家学者，所以有人就说这是一次学术“高峰会议”。港台专家有八位，他们当然是我们中国人。香港人发言，“香港腔”很重，人听得很吃力。但是台湾人说话，是比较纯正的“国语”，轻声慢语，让人觉得亲切。大会发言，限定发言者最多只讲十五分钟；一次，我们遂昌本地的一位“专家”发言，因为内容丰富，所以就有了“讲不完的话”，远远超出了时限；而这次正由一位“台湾国立中央大学”的教授主持会议，这位教授却极具耐心地听由我们遂昌人“一个问题再一个问题”地说，表现出极大的宽容仁厚与友好！

既然是“国际学术研讨会”，当然有外国人，他们来自日本、韩国和新加坡。光韩国，就来了五位专家，其中有三位是首尔大学的教授。有两位韩国专家在会上做了发言，用的都是中国话，虽然有点“夹生”，但都还可以听懂。他们都表现出很好的学术造诣，表现出对中国文化的向往和对汤显祖的钟情。尤其让人感动的是新加坡戏曲学院院长蔡曙鹏先生的发言，他说，在新加坡，如今常演《牡丹亭》，观众也很多。他还在多媒体上放出了新加坡《牡丹亭》的剧照，那是柳如梅站在杜丽娘的坟前，掩着面……正在声声呼唤丽娘！

“研讨会”分小组研讨的时候，我还知道了现在有个名叫“白先勇”的人搞了个“青春版”的《牡丹亭》。这个白先勇是国民党将军白崇禧的孙子，竟有本事把《牡丹亭》弄出了一个“青春版”，把杜丽娘塑造得水灵灵又火辣辣的，成了青春偶像，把我们大学里的男男女女看得痴痴癫癫，睡不着觉。

文化节，大街上已打出“遂昌——《牡丹亭》原创圣地”的标语。《牡丹亭》的创作地点，在学术界一直存在争议；但这次研讨会，东道主发言，脸不红心不跳，果敢地一槌定音：“汤显祖《牡丹亭》原创遂昌！”是啊，遂昌，作为一个浙西南小山城，许多东西，我们没有资格没有理由也没有办法去争取，我们总不能把“严子陵钓鱼台”说成是在“遂昌西乡焦滩”；但汤显祖在遂昌当过五年县官，这是铁的事实，《牡丹亭》的创作时间与地点，完全可以拿出许多“硬道理”来争个慷慨激昂！这表明遂昌人对汤显祖的感情有多真挚多深厚！这次与会的众多专家学者，也都很有涵养，他们客客气气，在东道主面前表现得极为大度极为克制，只是“冠冕”地说：“汤显祖，是属于中国甚至属于世界的，当然也是属于临川属于遂昌的！”但“文人”的脾气我们是知道的，他们在私底下再怎么想怎么说怎么固执，我们也就管不了那么多了。

四百年前汤显祖的一部《牡丹亭》，四百年后竟然可以让那么多海内外的朋友来到遂昌，让那么多双手握在一起，这是一种什么样的神奇力量啊！所以，还有什么好说的呢？谁说“历史说不清楚”？既然“说不清楚”，那么自然就“怎么说也行”。现在，汤显祖生活过的遂昌、临川、大余，还有徐闻，在这次文化节里，大家一起握握手，已签约结为友好市县了！三省四地的政府领导人，举举酒杯，大家心情都很好，还有什么“说不清楚”的？还有什么难题解决不了的？正是：

你栽你玉茗花，
我种我牡丹花，
世上几多好事情，
总在花丛月下！

相思既可作画，
痴情自可叫画，
情意到了浓浓时，
何问这答那答！

这个字漏不得

手中有本《遂昌县志（1996年版）》，其中第816页《人物·简介》写先贤“王镃（生卒年不详）字介翁，号月洞，湖山人。……遗《月洞诗集》二卷。汤显祖为之序称：‘宋月洞先生诗殆宛然出晚人之手，宋之季犹唐之季也。’……”

读到此处，我曾百思不解。所谓“宋月洞先生诗殆宛然出晚人之手”，是什么意思呢？这句话分明是说《月洞诗集》的诗几乎都是假的，是后人写的，无非是假托月洞先生之名而已……

汤显祖既然要“为之序”，怎么会写出这样大不敬的话来呢？

《遂昌县志》的编者，既然要为自己的“乡先贤”立传，怎么会引用这么“损人”的话呢?

后来读了汤显祖《月洞吟序》的原文，才知道汤显祖的原话是“宋月洞先生诗殆宛然出晚唐人手……”。

这就对了——原来汤显祖是称赞宋朝末年的月洞先生的诗具有晚唐诗人的风格!

也只有这样，才可以与下句“宋之季犹唐之季也”呵成一气。

《遂昌县志》漏了一个“唐”字。这个“唐”字是万万漏不得的呀，“失之一字，谬以千里”！《县志》编者先生呀!

希望《县志》重修时，务必要将那“唐”字补回去。

遂昌何时置县?

遂昌的置县年代，向有二说。

但是《遂昌县志·1996版》第883页，《遂昌始置年代、县名考》写道:

“置县1770余年后的今天，我们可以考定遂昌始置年代、县名，完整表述为：东汉献帝建安二十三年，析太末县地置遂昌县，吴赤乌二年改名平昌，晋太康元年复称遂昌县。以后因之。”

上面这段话写得简洁明白，堪称“史笔”。但是，到底是如何“考定”的呢？认真读了全文，顿觉不安。

《考》文前面也承认，遂昌始置年代县名向有二说：一为“建安二十三年立遂昌县”（刘昭观点）；二为“孙权赤乌二年立平昌县”（沈约观点）。

《遂昌县地名志》第14页，《备注说明》第7条载：“关于建县二说，曾请教复旦、杭州大学历史地理学家，他们认为《后汉书》注者刘昭，《宋书》作者沈约，均为南朝人，距建安二十三年、赤乌二年约二百多年，刘昭之注当有据，沈约之说较通行，他们尚且有分歧，今距当时已一千七百多年，故未发现新的文献、文物前，不宜臆断。”

《考》的作者正好犯了“臆断”的毛病。

《考》文有一个“力证”，那就是 1979 年 6 月，山东滕县县城以南 6.5 公里的南沙河焦化厂筑路工地，发现古代墓葬一座，挖出四颗铜印，其一为“遂昌令印”（见《县志》卷首照片）。

《遂昌县地名志》是 1988 年出版的，“复旦、杭州大学的历史地理学家”讲前面那段话的时候，“遂昌令印”早已出土，不算“新”的文献、文物。

当然，《考》的作者完全可以有自己的主见，不必理睬复旦杭大的教授们，而自己将“旧”的文献、文物尽管“力证”去就是。问题是他“证”得不“力”。因为山东那个墓葬，墓主姓名尚且不详，墓葬年代也无从确定。凭着几颗陪葬的铜印，根本不能确定墓主人就是东汉建安年代人，更不能确定墓主人就是四颗铜印的第一主人。

《考》文写道：“按通常情况，墓主该是先仕于吴（当遂昌令），再为天子出行的近臣，后为勋官，享清福。老死滕县，四印陪葬，合乎情理。经查史料：我国从古至今，遂昌县只有一个，从无同名之县。出土文物‘遂昌令印’无疑是东汉时遂昌县首官之印。”

《考》的作者开始还显得底气不太足，口气比较软顺。因为，说遂昌历史上第一个县令，卸任之后，居然卷走“官印”，然后，又去当天子出行的近臣，卸任后又卷走两颗相同的“官印”，然后又去当了一个“侯”，又获得了一颗“官印”，然后“老死滕县，四印陪葬”云云，这都是要发挥丰富的想象力的，所以只能是“按通常情况，墓主该是”进行推测。可是，越说自己越当真了，胆子越大了，口气越硬了，最后，凭着自古“遂昌县只有一个”，就勇敢地断定：出土文物“遂昌令印”，无疑是东汉时遂昌县首官之印。

如果 1979 年山东出土的那颗铜印经过鉴定，是真文物，确实是我们遂昌县官的印，又怎能武断地说它“无疑是东汉时遂昌县首官之印”？怎么就不可能是以后“历任”中的某一位遂昌县令的印呢？因为，墓葬年代还根本没有确定呀！

为了加强考证力度，《考》的作者还写道，这颗印“经考古所专家鉴定，其篆文方平正直，布局谨严，印的形制大小符合汉‘令印’特征。”

我不禁要问，是否只有汉“令印”才是如此大小的形制，才是如此谨严的布局，才是如此方平正直的篆文？其他朝代就都不会是这样的了？我不禁还要问，这“考古所”是哪一所考古所？杭州的？济南的？北京的？这权威的专家姓甚名谁？须知，这是要负责任的。考证文章，最怕语焉不详，含含糊糊不说清楚，就有“虚拟唬人”之嫌。

出土铜印刻有“遂昌令印”四个字，《辞海》对“令”字解释如下：“战国、秦汉时，县的行政长官称令长；大县称令，小县称长。隋唐以后皆称令。”如果，遂昌真的是东汉置县的，难道它一立县就有“大县”资格了？须知，直到明代，遂昌全县都还是不足两万五千人口的山区“仙县”。所以，我认为，那颗铜印更大的可能，是隋唐以后的东西。

我认为，做学问应该踏踏实实，《遂昌县地名志》的备注是比较科学的；《县志》没有必要硬将遂昌的建县史往前挪，好像遂昌建县越早越光彩。县史即使短几年又有何妨？你看人家深圳，它才有几年历史？

打 造

现在似乎很流行“打造”一词，譬如“打造平安浙江”“打造绿色遂昌”……这个词，往往见之于“媒体”，闻之于领导的“讲话”。

这里面的“造”字有什么意思呢？这“造”应有“制作”的意思，原先没有，而今把“它”制作出来，这就是“造”。譬如“工人造出万吨水压机”，就是说万吨水压机原先是没有的，现在把它制作出来了。用“打造”的说法，那就更“人为”化了，因为“造”是大自然也可以“造”的，譬如“造山运动”，就是地壳形成皱褶了，地球自己在“造”；而“打造绿色遂昌”就完全是靠人的努力了。

“造”前再加上“打”字，还表明这个“制作”并不简单，还有一定的难度，要付出艰辛，有时还要许多人一起共同努力。

前几天我回遂昌参加一个会，真的体会到，许多遂昌人为了遂昌的经济发展“打造”某些遂昌“品牌”，作了“不懈努力”，用心实在是“相当”良苦。

一次酒会上，我与原遂昌县某办的负责人同席。喝了两杯后，他就眉飞色舞地与我还有同席的几位来自南京的客人“拉话”，说遂昌的名茶“龙谷丽人”和名酒“汤公酒”，都是他“打造”出来的。

翻开 1996 年版《遂昌县志》，它开头的图片部分有一张《名优茶》，图面左上角是许多人围在一起，面前摆满水果，还有精致瓷杯。他们显然在开会。开什么会呢？再仔细看，他们是在开“1993 年遂昌名优茶品尝会”。图面其余部分的图像是许多盒装的、筒装的、袋装的茶。再仔细看这些盒、筒、袋上的文字，赫然是：中国名茶；茉莉花茶；碧螺春；龙井茶……可见，起码从 1993 年开始，就有人着手“打造”遂昌的龙井、遂昌的碧螺春了。

后来，不知是不是“碧螺春”人和“龙井”人增强了“商标意识”，把这张《县志》上的图片当作了“铁证”，对遂昌茶发难，总之，我们遂昌茶，现在当然不敢再叫“碧螺春”和“龙井”了；用遂昌一句俗语，就是“不必将别人的屁股当自己的脸”。但是，“龙”字并不仅仅是“龙井”人的专利，遂昌人也是可以用的。更何况，遂昌茶出自高山云雾，品质的确很好，而且制作也很有特色，比“龙井”毫不逊色。这遂昌茶泡在玻璃杯里，朵朵茶叶散开，如绿衣美人，舒袖款款曼舞……味也悠悠 ，香也悠悠，形也悠悠，情也悠悠。于是我前面说到的那位“他”，就给它新起了一个好听的名字，叫作“龙谷丽人”，并且还不知从哪里弄来了“龙谷”两个字——说是汤显祖“手迹”。把这个“丽人”与汤显祖合在了一起，“历史悠久”了起来。后来，这“龙谷丽人”被拿到杭州的一个什么会上展销，一些茶叶专家品尝之后，都竖大拇指说“实在好”。于是这个品牌就真的“打造”出来了。

“龙谷丽人”的名字“打造”者当然高兴得不得了，他还认真地向遂昌的有关部门索要打造“龙谷丽人”名字的“知识产权费”。

至于“汤公酒”，他说此酒也是他在一次酒会上即兴打造的：“汤显祖在遂昌当知县，下乡‘劝农’。当时遂昌乡下农民喝的是自己家酿的米酒，是一种‘白醪’，混浊带糟。这种酒‘湿气’重，吃了会关节痛。汤公出于爱民，回县衙就找他的好朋友——医生何东白，要何东白研究一种酿酒配方，使那酒既好喝又解湿气。何东白遵命，终于研究出了一种配方，不负汤公所望。那方，就是今天‘汤公酒’的秘方……”

他故事讲罢，酒席间大家鼓掌，都说“故事好”，同时也都钦佩他的才情。

老实说，这“汤公酒”的确是好酒，的确好喝，喝两口就让你脸红耳热，心窝暖身体轻，晕晕乎乎、飘飘欲仙。它现在身价很贵，已卖到上百元钱一瓶——你只要轻轻抿一口，就抿下了好几元钱。他“打造”的故事使“酒”更“汤公化”了。世界上本没有路，走的人多了，也就走出了一条路；历史上本没有的事，“打造”的人多了，也就会“打造”出一件事！我对擅长“打造”的他“肃然起敬”起来。

可怕的是，他“打造”出来的故事中的那位何东白，如果今天还活着，如果何东白也与他一样具有“知识产权”的保护意识，认起真来，跑到遂昌酒厂索要“配方”研制费，那将是一件多么尴尬的事啊！

不过，这种担心是多余的，何东白是绝对不能“复活”了！所以，有“打造”欲望与能力的人，尽可放心放手地“打造”去！

脬

乡里有人到城里打工，混得并不好，没赚到钱。但回乡之后，派头还是要装的：也不愿下田干活了，大热天都穿着袜子与皮鞋，把脚闷得臭烘烘的，还戴上墨镜，双手插在裤兜里，站在村口的杨柳树底下歪着脑袋吹口哨……还“把稻草说成金条”去引诱女人。

对这种作派，我们乡里人只用一个字就形容了：脬！

“脬”，读作“抛”。这“脬”字的左偏旁的“月”，其实是象形的“肉”字；具有这种偏旁的字，往往与动物及人体的器官有关系，譬如“卵脬”“尿脬”，意思不说大家也明白。

现在，人们玩的那种花花绿绿的“气球”，我们乡里人竟把它称为“猪尿脬”！为什么呢？过去，在根本还没有漂亮的彩色气球的年代，乡里人家宰猪了，会取出那“猪尿脬”，使劲吹使劲吹，吹大了，然后用细麻线扎紧，制成

"气球"，挂在窗户晾干，供孩子玩。

正是这样，乡里人就把"吹、浮夸、摆空架子、不实在"的行为叫作"脬"；把那种很"脬"的人叫作"脬鬼"。

"脬"也可以分级别的。例如，张三、李四去钓鱼，都钓不到鱼，张三就花钱买了一条两斤来重的鱼拎回家，还得意扬扬地对人说："一开竿就钓着了，运气好。"而那李四，却连买鱼的钱都没有，只好空手回家；当回家的路上，有人问："今天空手啊？"李四不紧不慢一副毫不在乎的神气，回答："今天运气不太好，只钓了三条两斤来重的，都烂便宜被别人买走了。"这张三和李四，谁的级别高？所以，乡里人有说法，叫"明脬不如暗脬"。

乡里人还有个说法，叫"武脬不如文脬"。

我认识一位老先生，平心而论，这老先生颇有个性，颇有钻研劲，也真有"相当"的功底，我原先很尊敬他；但后来发现他有点"脬"，如果除去这点"脬"，我现在还会很尊敬他的。

这老先生花了"十年心血"写出一本书。在这本"结晶"里，他一会儿说这个人是"半瓶醋"，一会儿说那个人是"捞着书皮当书读"，觉得不顺眼的人总是"俗不可耐"，甚至是"学术之豸"。这里，他的"脬"是通过贬低甚至诋毁别人来表现出来的。言下之意，他才是"整瓶陈醋"，他才"啃到了书骨头"，他才"雅如兰菊"，他才是"学术之白马王子"……他甚至虚张声势，"脬"得有胆量篡改了《现代汉语词典》的某个词条！

当然，老先生的"脬"还有另一种表现形式。为了提升他"结晶"的价值，这位老先生在文章中顺带还提到许多名人，而且很自然地流露出那些有头有脸的名人与他交情都很不错；老先生甚至自称与某名人还"相濡以沫"哩！在他的"结晶"的《后记》中，还罗列了一连串重量级权威人士的名字，说这些人士都给予他的"结晶"以"高度的评价"。当然，他与名人"私交"的深浅，别人是绝对无法知道的；还有那些重量级权威人士的"高度评价"到底程度多高，若老先生自己不说，别人也是绝对不可能知道的。不过，据知情人士说，在老先生罗列的一连串对"结晶""高度评价"的重量级权威人士中，有好几位，很不幸，早在老先生动笔之前，就已经死了！

在"结晶"《后记》中，老先生还特别提到一位"乡前辈"，这位"乡前辈"是著名的版画家，老先生说，"乡前辈"是赞赏他的，还为他制作藏书票，突出“丰”字，祝贺老先生“研究之丰收”。“乡前辈”还会寄给他钱，“好比大旱之甘霖，雪中之薪炭”。农历十一月三十日是老先生的生日，这天老先生特别高兴，他在《后记》中写道：面对乡前辈“送给我的国画‘寿桃与郁金香’，我和老伴，只鸡斗酒，酩酊大醉。”

好一个“只鸡斗酒，酩酊大醉”！老先生写文章常讥笑别人，总爱说这个人这个字写错了，那个人那个地方不通了；而他自己呢？据说他写文章自我要求极严，曾自立规矩，要“言必有据”。但是，就在上面那几句话里，老先生是“酩酊大醉”，且真醉得昏了头了！老先生与老伴高兴，“杀了一只鸡，温了一壶酒”，过生日，高高兴兴吃，高高兴兴喝，而后实实在在、通通俗俗写文章，本该多好！但他偏不，他要玩“斯文”，他居然用了“只鸡斗酒”四个字！文章就有这么怪，既然“斯文”起来了，“讲究”也就跟着来了，就好像“你既然打了领带了，别人就要讲究你是否穿得合乎西装的格式了”。饱读古籍的老先生难道忘了这“只鸡斗酒”四个字是有典故的吗？今不妨“言必有据”地将“据”抄录如下：

《常用典故词典》（上海辞书出版社）——

〖典源〗三国魏曹操《祀故太尉桥玄文》：“……殂逝之后，路有径由，不以斗酒只鸡过相沃酹，车过三步，腹痛勿怪……”

〖释义〗曹操追念桥玄生前和他的约誓：死后若从坟前经过，不用斗酒只鸡表祭奠，车过三步，腹痛勿怪。后遂用“斗酒只鸡、只鸡斗酒、只鸡”等指微薄的祭品或进献之物……

【只鸡斗酒】（例）……蒲松龄《祭内弟刘子壮文》：“某情虽无尽，力则有穷，仅以只鸡斗酒，浇诸殡宫。”

够了！

吹“猪尿脬”，拼命吹，吹过了头，是会爆炸的。爆炸时，是“嘭”的一声响。于是，乡里人，说猪尿脬吹“爆炸了”，就说是“嘭了”。同样，当那些“脬鬼”很“脬”的行为败露时，也就说他“嘭了”。

这位老先生，在他的“结晶”里，不小心，有几个地方“嘭了”。

为人“脬”不得哟！

一笑而已

某校“两丹”

某校，有两教师单名为“丹”，一姓田，一姓黄。田丹是美术教师，画艺很专；黄丹是政治教师，马列主义水平很高。

田丹黄丹原是一对好朋友，可是运动一来，黄丹当上了红卫兵的政治指导员，就以破“四旧”为名率领红卫兵去抄“牛鬼蛇神”田丹的家。七抄八抄，抄出了一张画——此画非同小可，乃法国画家阿斯特旺画的《维纳斯的诞生》（当然不是原件）。红卫兵革命小将一见此画个个呆若木鸡。黄丹凑过去一看，我的天哪，怪不得小将们吃惊，自己这个“过来人”也是见所未见，真是大开了眼界：一女横卧，一丝未着，仰而微侧，左膝微屈压住右大腿，隐处正好藏焉；左小臂掩在额头，右臂自然舒开，两峰高高耸焉；柔发散于腰间，肌肤丰满，弹性存焉……“快快收起来！莫教眼睛受污染心灵受毒害！”黄丹的心怦怦怦怦乱跳着说。

当晚召开批斗会，黄丹率领小将们要田丹老实低头认罪。岂知这个田丹竟不识时务地滔滔说起了西洋画派，说起了人体美与人性……

太蛊惑人了！“住嘴！”黄丹在桌子上猛地一拳，“不许继续放毒！”

小将们呆了呆，说：“还是继续让他把毒放完吧。放完再批判他！”

最后小将们还勒令田丹“类似于维纳斯的图画统统自觉交出来，交给我们处理！”

小将们似乎有点如饥似渴。

哭 诉

某厂副厂长姓李，运动初期即被“火烧打倒”。为了将他彻底搞臭，造反派头领牛某，力大无穷，竟一个人就将他摁倒吃大便。

后来事实证明以牛某为首的一派执行了资产阶级反动路线，于是另外一派当权了，且将实行“三结合”，准备要解放李某。（所谓“解放”就是解除审查。）为了能够尽快获得解放，李某在声讨资产阶级反动路线的大会上积极发言踊跃批判。当时，人们会控诉资产阶级反动路线对自己的迫害，以此来表明自己原来是革命的，与反动路线不共戴天。李某常常哭诉“造反派摁我吃大便”，涕泪俱下。但“我不下地狱谁下地狱”？有时又作下过地狱的英雄状，慷慨激昂。

牛某坦白交代“只摁过一次”。

当时，好像是谁受资产阶级反动路线迫害得最痛苦，谁就最光彩；所以李某也把“吃过大便”当作颇为光彩的事。于是李某异常气愤地控诉揭发：

“明明摁过多次嘛！哼，还不承认？还想隐瞒？还要抵赖！”

揭　发

有一条语录，叫“凡是敌人反对的，我们就要拥护；凡是敌人拥护的，我们就要反对。”

某校年轻教师刘某，刚从师范毕业不久，少不更事，竟然胆大包天说：“难道敌人拥护吃饭，我们就要反对吃饭？敌人反对苍蝇，我们就要拥护苍蝇？”

刘某自然罪有应得，成了“现行反革命”。

为了让揭发批斗会开得轰轰烈烈有声有色，发言内容发言顺序都预先准备并做了分配和安排。某年轻的革命女教师华某揭发的内容是：刘某还在半夜三更偷听敌台！

刘某竟敢疯狂反扑，还歪起头来俏皮了一句：“既然是半夜三更，你怎么会知道？”年轻的革命女教师华某一时情急语塞，脸孔涨得绯红。造反派马上高喊“只许左派造反不许右派翻天”的口号解围。数学教师张某，大喝一声：“你怎么知道革命群众会不知道你会在半夜三更偷听敌台？”紧接着又作了很严密的逻辑推断：“既然是现行反革命，当然是货真价实的反革命；既然是货真价实的反革命，当然就会收听敌台；收听敌台，在人民群众革命觉悟很高的情况下，当然还不敢明目张胆听，只能是偷听；既然是偷听，当然只能在半夜三更进行！难道不是这样吗？嗯？”

变　箍

老郑，绰号“变箍”，汽车司机，为人聪明灵活。

“中流击水”战斗队才几十个人，一夜工夫，竟夺了县委的大权。有的造反组织支持夺权，有的造反组织反对夺权。反对夺权要数“中流砥柱”战斗队最强硬。后来县里就分成了两派。一派说“夺权好得很”，就叫“好派”；一派说“夺权好个屁”，就雅称“P 派”。

风水轮流转，两派互斗，时而你赢时而我胜，你方唱罢我登台。“好派”赢了，“P 派”有的人要被敲断肋骨。“P 派”胜了，“好派”有的人要被抄得倾家荡产。而司机老郑，却总是立于不败之地，无论哪派赢，他总吃得开，因为他屁股转得很快，翻来覆去像烙烙饼似的。当时的造反组织的标志是写着自己战斗队名的红袖箍，老郑家备有两个红袖箍，一为“击水”，一为“砥柱”，哪派赢戴哪派的箍，于是他就赢得“变箍”的绰号，就像《伊索寓言》中的蝙蝠，今日为禽明日为兽，人们从心里瞧他不起。有人说老郑脚踩两条船，十足“两面派”；有人说，若是抗日战争时期，老郑保证是汉奸。

这老郑只有一个独生女，名叫“爱花”。这爱花同“好派”的一个副首领混得如胶似漆。“有怎样的女儿就有怎样的娘”，爱花的娘也同“好派”另一个相当级别的头目发生了“云雨关系”。老郑知道之后火冒三丈，大骂老婆：“好个臭娘们！女儿已经在‘好派’了，你就不会到‘P 派’搞一个？”

种茶叶

一级一级贯彻了“农业学大寨”的电话会议精神，又具体布置了今冬明春的战斗任务。

坑口大队领到公社布置今冬明春“农业学大寨”的光荣任务是：村口大坪头的一大片山包，务必一律种上茶树。原有的树呢？砍掉！

坑口大队全体社员都呆了：因为大坪头的所有山包，前年刚种上油茶，如今长势很好，再过两年就有收成了，怎么现在又要砍去油茶种茶树了呢？

“一切行动听指挥”，理解要执行，不理解也要执行。

前年是砍了杉树种油茶。种油茶的时候，说油茶好，好处远远超过杉树。油茶榨茶油，茶油营养好，备战备荒为人民，要建设一个绿色油库。

哪里知道茶叶的好处又远远超过油茶！世界革命人民都要喝茶叶，喝了茶叶革起命来就来劲。如今世界上还有许多阶级兄弟姐妹，生活在水深火热之中，眼巴巴等待我们帮助解放，而种茶树就是对他们最好的帮助、最大的支持。为此，公社广播站播音员郑敏还专门写了一首革命诗歌，这首诗歌不仅在广播里富有激情地进行了朗诵，而且还荣获县里组织的“学习《在延安文艺座谈会上的讲话》大会”颁发的二等奖。诗歌如下：

啦啦啦，啦啦啦，
砍去油茶种绿茶。
啦啦啦，啦啦啦，
种出绿茶支援亚非拉！
啦啦啦，世界人民喝绿茶，
喝了绿茶啦啦啦，
革命干劲真正大！
真正大，啦啦啦……

有人不服，说这种“啦啦”诗算什么，怎么可以得奖？

县里领导说，这首诗思想性强，不得奖谁得奖？

不服者还被批判了一大通，并被告诫必须好好学习《在延安文艺座谈会上的讲话》。

戴帽初中

多年前出现一种新生事物：小学办初中，这叫小学戴帽；这种初中叫戴帽初中。戴帽初中一度遍地开花。双坑口村子并不大，乘着教学革命的东风，也办起了“双坑口五·七戴帽初中”。

根强，姓张，土生土长双坑口人，小学学历，五代赤贫，十九岁参军，在部队立过三等功，二十七岁转业回乡，根正苗红，被公社革命委员会任命为“双坑口五·七戴帽初中贫下中农管理委员会副主任兼双坑口五·七戴帽初中政治老师暨军训老师”，工作负责。

根强削了木棍子扎了稻草人教学生练刺杀。

“一、二——杀！一、二——杀！”练了许多回合，根强大喝一声：“停！”学生肃立。根强问：“你们手上拿的是什么？”“棍子！”——学生回答。“错！”“木棍子！”“不对！”根强说，“你们手上拿的是枪——钢枪！”根强又问：“你们面对的是什么？”“稻草人！”“错！”学生愣了一下，马上自我纠正：“是敌人！”根强很高兴，说：“对！是敌人！阶级敌人！”于是学生就抡了棍子对准稻草人一通乱劈，真的玩得很开心。

一次下雨，雨越下越大，根强本想继续军训，因为风雨正好锻炼人；但又想，也该上上政治课，于是叫学生进教室上政治课。具体讲什么课呢？讲世界革命形势。对！应该讲讲世界革命形势——要站在家门口放眼全世界。于是到办公室翻出一张地图，拿到教室在黑板上挂了起来。根强开始讲课了：“同学们，你们知道现在世界革命的中心在哪里吗？是在北京！你们知道北京在哪里吗——”根强转回身，面对黑板上的地图，打算把北京指给同学们看。奇怪！地图上找来找去就是找不到北京。（原来根强拿来的这一张地图不是全国地图，而是分区地图。）地图上连台湾地区都找到了，可就是没找到北京，糟啦！哪个环节出了什么问题啦？根强冷汗都冒出来了。北京找不到了，这可是严重的政治问题啊！……

根强急中生智，猛转回身，一把擦去汗，对学生说：“北京在哪里？北京就在全国亿万革命人民的心里！”边说边将自己的右手掌紧贴在自己的胸口，然后手掌紧握成拳，在胸前划了一个弧，接着向下猛力一砸！

《红灯记》中的李玉和唱得好：天下事难不倒共产党员！

避孕药

某女，姓杨名桂兰，项村人，贫农，小学学历，二十八岁，尚未嫁人，因响应“晚婚”号召，被评为毛主席著作学习积极分子。大队要培养她当“赤脚医生”，起先她还有点怕，大队领导叫她“不要怕，大队会支持你的”。

可不是么，医生有什么神秘兮兮的！当西医的，开口不离“炎”，用药不离“素”。一开口，就是什么“皮炎、鼻炎、咽喉炎、肝炎、肺炎、胃炎、肠炎、肾炎、尿道炎、关节炎……”尽是炎。用药嘛，什么“四环素、土霉素、红霉素、氯霉素、青霉素、金霉素、黄连素、维生素”七素八素全是素。看病开药嘛，炎去素去就成，不必迷信权威，有什么好怕？开中草药就更简单啦，不是说“认识‘半边莲’，天下可走遍”？“半边莲”这一种草药就包治百病！

桂兰终于在大队领导的支持下到县里的“赤脚医生培训班”学习了。桂兰学得极认真。培训老师也讲得很认真。例如，讲到“避孕药”，老师就说这种药不能轻易乱用，放也要放好，要放在小孩拿不着的地方，总而言之要慎重。接着，老师还在黑板上写道：“避孕药——不可轻用。”桂兰就在笔记本上工工整整抄下这几个字。

桂兰学了三个星期后回项村正式当上了赤脚医生。村里刘二嫂来找桂兰帮助避孕，于是桂兰给了刘二嫂一瓶避孕药，并嘱咐服法。哪知道第二天刘二嫂又来寻桂兰，说晚上肚子疼得凶，会不会是药吃过量了。桂兰说“不会的”，还翻出笔记本给刘二嫂看“避孕药——不可轻用”。刘二嫂说：“我可比药瓶上规定的吃得多得多了。”桂兰说：“像你这种一米八的大块头，不吃重一点不保险。”

看《沙家浜》

“尖猴”姓侯，“尖猴”是绰号，他原是城里人，有点小聪明，作为知识青年下放在周村。那时难得有娱乐活动。一次，公社放电影《沙家浜》，虽然周村到公社有十多里山路，但是周村尖猴等一帮知识青年，十来个人，一点也不怕，“苦不苦想想两万五”，十多里山路，眨眼工夫就赶到了。

《沙家浜》当然很好看，但年轻人总觉得不过瘾，还有什么不满足，心痒痒的。

回来时，天很黑，没有月亮，只有一个手电筒，十来个人，照得前照不得后，知识青年们一连叠声叫“倒霉”。尖猴却说：“别叫‘倒霉’了，有一个平常绝无的好处——女孩子可以随地小便啦！”于是“哗啦”一下大家都乐了。女知青真的一个个不管有没有都蹲下撒尿了。

等撒完尿，尖猴又提出一个有趣的问题：阿庆嫂为什么会把胡传魁藏到水缸里?

“这还不是因为来了日本人呗！”

“那么，等胡传魁从水缸里钻出来，全身湿淋淋，怎么换衣服裤子呢？”大家想不到尖猴又进一步提出一个问题。经尖猴一启发，大家更乐了。

“是啊！要不刁德一怎么会说‘还是司令的面子大’？胡司令为什么会哈哈哈大笑？”

“我说可不是嘛，要不，胡司令为什么一见阿庆嫂就问‘阿庆呢’？为什么会这么关心阿庆在不在家？……”

一路上嘻嘻哈哈，一下子就回到了周村。大家都觉得路太短了，希望路更长一些。

占位置

县革命委员会电影放映小分队要来周村为革命贫下中农放映样板戏《智取威虎山》。村子里比过年还热闹，大家写红标语欢迎，还提早吃晚饭准备好好看电影。

电影在大队兼作仓库的大会堂里放。人们把杂物搬到角落，把几十条长凳摆在中间。许多人家的孩子晚饭没吃就来抢位置，一条长凳一个孩子，空位置上摆些毛巾、衣服、凉鞋等杂七杂八的东西占着，表示有人占了。

尖猴晚来了一步，位置早都被人占光了。他东看西看，不管三七二十一，把一条凳子上的毛巾挪了挪就坐了下去。屁股没坐稳，一个男孩就大声叫了起来："那里是我娘，不许坐！"尖猴厚着脸皮说："挤一挤吧！""我娘不许挤！"小男孩很坚决。

尖猴看凳上还放了塑料凉鞋、茶杯、茶杯盖，哼，这些东西都要占位置，尖猴心里很不满，于是他指着凉鞋故意问："这破鞋是谁？"

"破鞋是我奶奶！"男孩这一回答，把边上的人都逗乐了。

于是人们又进一步问"茶杯是谁茶杯盖是谁"，男孩说："茶杯是我姐夫。茶杯盖是我姐。"

尖猴说："弄反啦！茶杯是你姐，茶杯盖是你姐夫！"

人们笑得前仰后翻。小男孩被搞得莫名其妙。但是他仍旧很镇定，一脸严肃，坚定地说："笑什么笑，反正都一样！"

人们笑得直不起腰。

干校“两怕”

说起“干校”，也不一定都是“有问题”的人进干校锻炼，没问题的人也会进去锻炼锻炼。譬如，1969届大学生，在毕业分配工作之前，也都进干校锻炼过一年多。因为没问题，胆子就大，也就敢发发牢骚说说怪话。他们会说：干校最怕两样，一是蚂蟥，二是邹队长。

蚂蟥实在可怕。它可以说是地球上最可怕的动物之一了。无骨无毛，头尾难分，通体绵软，颜色褐黄，在水田里伸缩蠕动，样子实在丑陋。你在水田里干活，它会不声不响来叮你，开始你一点也没知觉，等感觉到有点痒了，它早已牢牢叮住你吸了许多血了。你想扯走它，把它扯得比原来长三倍，但是它嘴巴有个吸盘，牢牢吸住你，任你扯，伸缩自如极富弹性，就是扯不掉，会让你恶心得头皮发麻。它还特别喜欢叮女同胞，兴许她们细皮嫩肉，味道好。

所以年轻的大学生编了两句顺口溜：“不怕豺狼不怕鬼，就怕蚂蟥叮大腿！”

除了蚂蟥，年轻的大学生还另外有句顺口溜：“天不怕地不怕，就怕邹队长打官话！”

邹队长是专门来干校管理这些大学生的工宣队队长。大个子，大胡子，为人豪爽，所以大学生们都愿意与他开开玩笑。他是温州人，说的温州方言，瓯语体系，叽叽呱呱，非常难懂。他常满口“自那、自那居、自那居居、尼那给我居”，大学生们如闻鸟语。

这“自那”意思是“如何、怎么”；这“尼那”与“自那”音近，但意思迥异，是“你娘”的意思。“自那居”是“怎么办”，更确切的翻译是“怎么弄”——“居”，动词，粗话。“自那居居”当然就是“怎么弄弄”。“尼那给我居”，相当于国骂“入你娘的”。这些话不是温州人听不懂，而温州人自己却听惯不怪，常挂嘴边，即便是教授学者，“自那居”都绝不有损身份。

干校人多，食堂大。大锅饭也确实难烧，三天两头烧夹生饭。从关心大学生的身体健康出发，一烧夹生饭，邹队长就奔到食堂对炊事员大光其火：“自那?

又是夹生？尼那给我居！日日夹生日日夹生，自那居居的？尼那给我居死！”

要是整天与温州人生活在一起，言语不通，如何受得了哟！于是年轻的女大学生又专门编了下面的这个顺口溜：

嫁鸡随鸡去，
嫁狗随狗去，
嫁人怕嫁“自那居”！

钟

20 世纪 60 年代中期，我在遂昌西乡教书。

当时连电灯都还没有，没有电灯当然也没有电铃，发号施令靠的是一只手摇铃。那手摇铃铜质，状如一只倒扣的饭碗，里边挂着撞击小锤，顶部是木质的手柄。上课或下课，抓住手柄一摇，就会“叮铃叮铃”清清脆脆地发出信号。假如是“铃铃铃……”很骤急的铃声，那么往往是催你起床或是紧急集合。

这只铃由值周老师管。

当时，物质条件还很差，手表尚属高级奢侈品，全校教师一块也没有；学校只有一只圆圆的脸盆大的时钟，高高挂在办公室的墙壁上。老师要想知道具体时间，必须走进办公室看那钟。课外活动时，调皮的学生会爬上办公室的窗台张望那钟，好知道快放学没有。

那钟是“三五”牌，不同于现在的“电子钟”，它是要“绞发条”的。绞紧了发条，就可以“滴答滴答”连续工作“三五十五”天。

这钟“滴答滴答”，走得很准。

上课下课，值周老师要看这钟，然后摇铃；放学吃饭，值周老师要看这钟，然后摇铃；熄灯就寝，值周老师要看这钟，然后摇铃……而最让值周老师担心的是摇早晨的起床铃——他必须在规定的起床时间，自觉提前警醒！因为自己没有“表”，得快快穿好衣服走出自己的卧室到办公室看钟，等起床时刻一到，就抓起手摇铃一股劲猛摇，催全体老师按时起床。

记得，当时规定早晨六点钟起床。那年月是很讲究“政治”的，起床后，教师们头一件事是集中在办公室集体“政治学习”，学《纪念白求恩》等文章，谁也不敢迟到。大约学习一节课的时间，七点钟再集体去食堂吃早餐。

六点钟，在夏天还好说，但在冬天，我们住的这北半球昼短夜长，尤其在冬至时分，早上六点天都还没有放亮。于是，有一次就闹了一场笑话……

正轮到一位姓吴的代课女老师值周。她将铃一阵疯摇，把全体老师从睡梦中惊醒。天还很黑，大家揉着惺忪的睡眼，赶到办公室“学习”。但凭着各自的“生物钟”，总感觉有点不对头——难道那钟，今天走错啦？

而那钟，“滴答滴答”，规规矩矩，标标准准，依然走得很从容。原来是那位代课女老师把它看错了——因为值周，她责任心极强，根本没有睡着，总怕睡过头，半夜里就爬起来到办公室看钟了，当时正好是凌晨十二点半，她把长针短针看反了，以为是六点还过了两分半，还连说“糟了”，颇为内疚，觉得自己摇迟了起床铃。

等到大家弄明白怎么一回事后，于是苦笑着又都回到各自房间重新睡觉去了。

第一夫人

20 世纪 70 年代初，我在西乡教书。当时有一件大事，就是“尼克松访华”。除了报纸上登的一些消息外，上面还有专门的文件传达。我们西乡是公社的革命委员会主任亲自传达的。主任说，同意尼克松访华，是伟大领袖毛主席的英明决策。主任还说，尼克松带了“第一夫人”一起来的。主任自己还“发挥”了一下，作了一些解释——他说，资本主义国家的人就是好笑，出门才几天就要带上老婆；主任还说，资本主义国家总统的老婆是很多的，除了

“第一夫人”，还有第二第三第四……第十七第十八夫人，数不清的，这次，尼克松只是带了“第一夫人”。

听众无不咋舌。

发淫疯

金华某学校，临近期末，也许是考试太紧张了吧，某一夜，某女寝室，开始是一人梦呓，接着是几乎所有女生惊梦，狂奔出寝室，仅着裤衩，披头散发，赤脚。事后，人说那叫“发淫疯”。（多人集体住宿，一人惊梦，往往其他人也会跟着惊梦。这种现象当然多发生在夤夜，所以雅称“发夤疯”。）

20 世纪 70 年代初，老王实实在在遇见过一次“发淫疯”。

那年暑假，全县的中小学教师全集中在县中学“办学习班”。所谓办学习班，其实是搞“阶级斗争”。公社的男教师，有近三十人，全住在一个大寝室。床是那种上下铺位的，密密匝匝摆放在一起。老王的铺位在一个角落，靠窗，又是上铺，比较通风。老王的下铺是郑老师，隔壁是小唐，旁边还有老卢、老张、老吴、老蓝、小洪、小雷等老师。

那年夏天特别热，久不下雨，连校园里的竹叶都卷了起来。三十来个人挤一个寝室，尽管门窗全打开了，还是很闷热；蚊虫又多。

能够睡大寝室，虽然闷热，仍属有幸；因为如果让你住单间，那就糟了——住单间者，那是“问题严重”者，被揪出来“隔离审查”！隔离对象整天面壁，还要写“坦白交代”材料。裤带也要没收——防止你上吊。房间的窗玻璃也取了——防止你割腕。住单间，房门加锁；去大小便，有专人押送。大小便次数多了，革命的押送者会骂你“不老实”。为了表现“老实”，有了便意也硬憋，水也不敢多喝。

虽然有资格睡大寝室，但依然人人自危——往往有人上午还是好端端的，却因中午说错了一句话，上面领导一声喝，晚上就住进单间“隔离”，大小便马上失去自由。所以任何人神经都极度紧张。

某一天晚上学习《敦促杜聿明投降书》，大家到十一点半才睡下。老王喝多了浓茶，一时未睡着。大约下半夜一点多了，寝室鼾声四起，多数人都睡熟了。老王又起来撒了一泡尿。回来刚躺下，只听得隔壁铺的小唐突然说："逃了！"——老王知道他在说梦话，没理会。谁知小唐旁边熟睡着的小洪，竟霍地坐了起来，更大声地叫道："逃了！"更令人莫名其妙的是小雷，霍一下跳下床，赤着脚就冲出寝室，向操场跑去。于是又有几个人跳下床，跟着小雷跑；有人边跑边叫"逃了逃了！"此时，也有从睡梦中惊醒了的人，从床上坐起，大叫"干什么干什么"。老卢是宁波人，坐起来大叫"做啥西做啥西"。许多醒与半醒的人，跟着梦中的人跑——半醒的人，是盲目地跑；醒着的人，是想去制止跑的人不要再跑，所以一边跑一边大叫"不要跑不要跑"。结果，许许多多人都在跑，梦的，醒的，半梦半醒的，半醒半梦的，乱成一窝蜂，发出许多夹杂不清的声音，"声势浩荡"。

这时头脑最清醒的是军宣队的代表，他拦在这支"声势浩荡"的队伍前边，给了带头跑的小雷一记清脆的耳刮，大喝一声："跑什么！"于是小雷愣愣地站住了，大家都站住了。军代表又说："你们这是'发淫疯'！快回去睡觉！"

第二天，上面来调查是不是有"阶级敌人"搞破坏，首先问小雷"是怎么回事"。小雷说，他梦见隔离审查对象老邱越窗逃走了，他赶紧去追。其他人也说"有坏人逃走了，去追。"也有人说"别人去追，我当然也去追！"

后来，军代表还表扬了他们，说他们"阶级斗争觉悟高""阶级斗争的弦绷得紧""敢于斗争，勇于斗争"。

后来，老王偷偷问第一个说梦话"逃了"的小唐是怎么回事。小唐偷偷告诉老王，他梦见在家乡的小河摸鱼，有一条鲶鲐很大，可惜"逃了"。

后来，也有些人"实话实说"，说自己在睡梦中，并非去"追"，而是在"逃"——似乎"大厦将倾"，自己就跟着大伙一齐拼命逃。

必要的一课

那年头讲“千万不要忘记阶级斗争”，于是，“忆苦思甜”成了“必要的一课”。学校会组织学生到农村请老革命、老贫农上这“必要的一课”。

所谓“思甜”倒也简单，往往统计一下生产队里现在有几架缝纫机、几辆自行车、几块手表……统计得更细些的，往往还会把多少毛线衣、多少热水瓶都算进去。而“一课”主要是“忆苦”，即请老贫农回忆旧社会痛苦的生活；请老党员回忆艰苦的革命斗争经历。

李校长亲自带了毕业班的学生还有老师去老区听既是老贫农又是老党员的雷爷爷“忆苦思甜”。李校长预先介绍说，雷爷爷家旧社会时很苦，一家人只有一条好裤子，谁出门那条好裤子就归谁穿，其他人只能在家里蹲着。雷爷爷还是地下党的“老交通”，替特委书记送过信，他把信藏在雨伞柄里，过敌人哨卡时，自己是脑壳拴在裤腰带上走……

小学生们不理解校长的“介绍”。校长说“一家人只有一条好裤子”，他们以为“一家人只有一条裤子”；他们也不知道所谓“出门”是指“出门做客”还是去某“重要场面”。小学生们认为只一个人穿裤子“出门”，其他人都光屁股在家里“蹲着”，很好笑；再说，其他没有裤子的人，都不出门干活了？他们也不知道“脑壳拴在裤腰带上走”是“随时都有生命危险”的意思，他们总觉得“脑壳拴在裤腰带上”了，还怎么“走”呢？

于是，小学生们带着一连串的疑问，兴冲冲地来到老区听雷爷爷“忆苦思甜”。雷爷爷七十多岁了，满脸皱纹，手也开裂了，满是一道道血痕，他坐在长条凳上，开始“忆苦”。李校长递给雷爷爷香烟，叫雷爷爷“慢慢说”。雷爷爷就一边慢慢吸着烟，一边慢慢说着话。小学生们原先是很安静地听，但雷爷爷根本没有说到“裤子”之类，更没有说像《地道战》里“从磨盘底下刺出红缨枪，正好捅在敌人的屁股上”之类的生动故事。于是，小学生们就乱哄哄地坐不住了。于是，张老师就带头呼口号，呼“向贫下中农学习”与“不忘阶级苦、牢记血泪仇”之类的口号。一阵口号过后，又是一阵安静。

雷爷爷根本不会像《红灯记》中的李奶奶对李铁梅那样富有激情地进行

革命家史教育，他总是慢慢地说，慢慢地吸烟，有时还擤一把鼻涕。七十多岁的人，脑子似乎有些迟钝，许多事都要艰苦回忆才想得起来，而且说得也没有条理，甚至颠三倒四，一下子说“保长来抓壮丁”，一下子又说“山上种苞萝”；一下子说“那年雪很大”，一下子又说“出了叛徒”；一下子说“路很滑”，一下子又说“那年……后来没得吃饿死人”……

老师们听着听着，大惊失色，因为明确地听出雷爷爷讲“没得吃”的“那年”，其实是指“大炼钢铁，吃大食堂”之后的第二年。好在小学生们根本没有听懂，甚至乱哄哄地根本没有听。于是，李校长连忙亲自带头呼口号“打倒地主打倒保长”；呼过之后，又递给雷爷爷一支香烟，请他坐在一边，然后李校长宣布“忆苦思甜”会议结束。小学生们例行地长时间热烈鼓掌。

雷爷爷一脸茫然：怎么还没说完就宣布会议结束了？

小学生们临走时，雷爷爷很客气地同李校长还有各位老师握手，还很感慨地说：“现在的小孩子真爽……”

发 癫

1958 年“大跃进”时冒出许多新民歌，诸如“人有多大胆，地有多大产”之类，颇鼓舞人。

有一首民歌很有名，曾入选中学语文课本，拟对河水发号施令，表现出劳动人民改造山河的伟大气概。歌曰：

“叫他走，他就走；

叫他站，他就站；

叫他灌溉就灌溉，叫他发电就发电……”

有人模仿上面的民歌，写了一首针对“臭知识分子”的歌：

“叫他方，他就方；

叫他圆，他就圆；

叫他流泪就流泪，叫他发癫就发癫！”

后来，据说写这首民歌的人，最后也发癫了。

监　视

“文化大革命”清理阶级队伍的时候，他被揪出，罪名是“现行反革命”，因为他有“恶毒攻击”言论。

但他还未到“隔离审查”的地步，还有一定的自由，但人们见了他，就好像见了麻风病人一样，远远地躲避他。

他也不愿惹人，所以吃了晚饭，就独自一个人散步，在河堤上走来走去。云卷云舒，炊烟袅袅，生活本该是多么美好！

但在远远的地方，有人监视他，一双鬼似的眼睛，总盯着他！

他朝监视人迎面走去，平静地对监视人说：“你们以为我有炸药包炸河堤吗？你们以为我会跳河自杀吗？告诉你们，即使跳河，我也死不了，因为我会游泳；更何况我根本不想死，因为我是清白的，因为我还年轻！”

是的，那监视人确实很担心他自杀，怕他死掉。为什么呢？因为运动对象是有百分数规定的，一个单位死了一个“批斗对象”，肯定还要揪出另外一个“批斗对象”供批斗用；如今有他在前面“挡着”，其他人就相对平安。如果他死了，谁能保证下一个“批斗对象”不会轮到“监视人”自己呢？

现在是他在监视别人，但是否还有别人在监视他呢？“螳螂捕蝉，黄雀在后”呀！

三字经

人很健忘，总想不起在小学读书时《语文》都学了些什么。回忆再三，只记得两句顺口溜："我是炊事员，参加打太原……"其他几乎都记不得了。读小学的时候实在不懂事不用功。小孩子读书，好像只会对"顺口溜"产生兴趣，因此，除了课文中的顺口溜之外，还深深记得课外学的几句"邪调"——大人说，过去小孩子读"蒙童馆"，要背《三字经》，背不出，手心要挨先生打，打得红红辣辣，小孩子在回家的路上就高声唱着这"邪调"来发泄怨恨："人之初，性本善，先生教我抓黄鳝。黄鳝钻手心，先生女儿变妖精；黄鳝钻得快，先生女儿变妖怪！"

而我读小学时是不用背也不能背《三字经》了，因它是"禁书"，说它宣扬封建，是"毒草"。我读小学时，先生也不兴打手心了，但是如果不听话，在办公室罚站还是免不了的。每当在办公室站得双脚酸酸后，一帮小朋友放学穿过弄堂回家时，擦去鼻涕，也会咬牙切齿高声喊着"人之初，性本善，先生教我抓黄鳝……"

后来"批林批孔"，上面的革命委员会为了提高广大革命群众的革命觉悟，就组织搞革命大批判，又把《三字经》还有《朱子家训》等反动的书，原原本本印出来，让革命工人、革命贫下中农和革命师生去批。我这才头一遭真正全面地接触到这一类书。

这可是上帝自己不小心，亲自把禁果递给了夏娃吃！我惊诧不已。"蚕吐丝，蜂酿蜜，人不学，不如物"——对这些浅显的语言与明白的道理，我真不知从何下手去革命批判。"一粥一饭，当思来之不易；半丝半缕，恒念物力维艰"——我朱氏祖先，竟还有如此"家训"！原先，自己只笼统地知道"孔孟之道"是反动的，而一旦上面把这些反动的"毒草"交给我们批判的时候，由于自己觉悟不高，免疫力不强，居然"不自觉"地中了毒，从此浑浑噩噩，有如狐妖附体，挥之不去。

后来，上面又要把这些《三字经》之类供批判用过的"毒草"收回去集中烧毁，我却把这些"毒草"宝贝似地珍藏起来，不肯老实交出，还欺骗上面：这些“毒草”，我早撕了擦屁股了……

罪过呀！想起了一个无聊的故事：从前，有一座山，山上有一座庙，庙里有两个和尚，一个老和尚，一个小和尚。老和尚总是对小和尚进行禁欲主义教育，故意把女人说成是可怕的会吃人的“老虎”。一次，老和尚与小和尚下山，碰见了一个女人。回山之后，小和尚竟然神志恍惚茶饭不思，病了。老和尚问：“这是怎么啦？”小和尚说：“我想老虎！”

真怪！从来未见过《三字经》也就罢了，一旦见了它，就像小和尚爱上“老虎”一样，爱上这“孽障”了，割也割不断！

乖　乖

老林在“地质队”干了几年后，回家说话的腔调也变了。他说，地质队的人来自“五湖四海”，说话的口音与使用的词语互相影响，大家都变得南腔北调。而他竟带回家一个莫名其妙的口头禅：我的乖乖！

他解释“我的乖乖”有这么几种意思：

一是“很听话，我的好孩子”的意思。这个意思大家好懂，因为儿童剧里那个“狼外婆”就唱：“小兔子乖乖，把门儿开开……”

还有一个意思是，情人之间会互称“我的乖乖”。这可把大家弄糊涂了。

让大家更糊涂的是，“我的乖乖”还有“啊呀，好险哪，还好……”的意思。譬如，一个人的电茶壶的水都烧干了，还好及时发现，要不然很可能会引发火灾……这时，他竟会尖叫一声：“我的乖乖！”

而老林，踩到一个窟窿，或者咬到一颗酸杨梅，都会“我的乖乖”地大呼小叫起来。

更让许多年轻人糊涂的是老林说的一个“我的乖乖”的故事——

那天，地质队大队部办公室大扫除，为了扫得干净、彻底，大家甚至把办公桌都移动了……移来移去，桌上的一尊伟人石膏塑像倒了下来！地质队的杨工，眼明手快，抢上一步把伟人塑像抱住了，同时惊叫一声：“我的乖乖！”

按理说，杨工立了一大功。但有人却向“上面”反映，说杨工抱着伟人塑像叫“我的乖乖”，把伟人当成他的孩子，这是“恶毒攻击”。

那还了得！上面马上派人把杨工抓了去关了起来。

大约关了两个来月，杨工反复申述，一位军宣队的代表了解了当时的情境，理解了杨工。杨工终于放回来了，但人瘦了许多。回来后他说：“好险哪，差点被打成现行反革命！”

年轻人听了老林的故事，直吐舌头：“我的乖乖！”

打京腔

所谓“打京腔”，就是卷着舌头，像京剧人物念白似的说话。

古人有诗：“少小离家老大回，乡音无改鬓毛衰。”但也有人相反，少小离家，才隔几年，鬓毛还是黑黑的，回家时却把“乡音”丢得一干二净，且满嘴“京腔”，以显示自己学问渊博了，似乎已经被“先进”文化完全融合，脱胎换骨了，在外头混得很不错了。

达义，西乡人。他少小外出读书，后来听说在一个什么城市的邮电局工作。再后来，大约是1956年，他回乡探亲，风光得很，穿了一双大皮鞋，“格辣格辣”敲着石板路，神气极了。这也罢了，最让人接受不了的是，他完全背叛乡音，总是打京腔。

一个人，达义说“一个营”！

对着老年妇女，达义叫“大娘”！

“大娘”本是尊称，但在西乡人听来却是很不爽的。因为西乡人叫“母鸡、母猪”，是叫“鸡娘、猪娘”的，而当地方言“猪”的发音与普通话“大”的发音是很接近的。你说，当地老年妇女会接受“猪娘”的称呼吗？

也有不客气的人，当面对达义说：“达义，你说话怎么总是舌头打滚？烫着了？得了什么病？快到医院看看吧！”

达义明白别人是在讽刺他，于是瞪瞪眼，又是一通“泥泥泥咋咋咋去去去”的京腔，让人听得一头雾水。接着，挥一挥手，做出不屑的样子。

当时西乡人，真的懒得看达义这种人，懒得与这种人搭腔。

西乡俗谚：离土不离腔，离腔婊子香。

这谚语大概意思是：一个人即便离乡背井，不管他走得多远，但是他绝对不应该忘记生他养他的那一块土地，不应该忘记自己的乡音。

而“婊子香”这句话，当然是一句粗话，一句骂人话。这“香”的音义，在西乡是“生养”的意思。“婊子生养”，是对那种数典忘祖的人极端的厌恶与鄙视！

当时西乡人，还舍不得用“婊子香”来骂达义，因为他毕竟是自己乡里的“离乡”子弟。

过了两年，达义被他所在的邮电局打成了“右派分子”，被遣返回西乡劳动改造，这时，达义先前的“京腔”完全消失了，又完全回归一口标标准准纯纯正正的西乡土话。西乡人一听这种自己人的话，“美不美，家乡水；亲不亲，家乡音”，心一软，立即接纳了他！

罚电影

那时候，公社电影放映员阿清深入到村子里放电影，小孩都高兴奔走相告：“罚电影啰！”放电影怎么成了“罚电影”呢？这到底是怎么回事？

因为，当时放电影，往往是由于有人上山“偷树”，公社规定：来放电影的一切费用都由“破坏山林分子”出，以作惩罚，引之为戒。

但是，破坏山林总是“前赴后继”，屡罚不止。

那时候，农村的田地山林，一草一木，都归属集体所有，社员不得私占。但社员家里，谁都免不了要修点房呀，整点家具呀，总要耗用点木材。耗用木材可以到公社里审批，但大家都不愿去公社。七申请八申请，七盖章八盖章，脚板都跑脱两层皮，太繁，烦不起！树，就长在自家屋后的山上，于是从简办事，磨快斧头，根本不必缩头缩脑做贼的样子，甚至可以光明磊落，吆五喝六，上山砍上几根，背回家，再甘心情愿接受“罚电影”，什么问题都快快解决了，一点没有“偷树犯法羞耻”的感觉。

这种“罚电影”开映前，阿清也例行要拿起话筒喊几句：“社员同志们，社员同志们，今天是《地道战》，是张三罚电影！希望大家不要破坏山林……”

阿清的话很搞笑——“张三罚电影”，这话明明不是“罚张三出钞票放电影”，而好像是“张三罚阿清来放电影”；“希望大家不要破坏山林”，这话说得好像确认大家都在破坏山林，从宣传的角度，应该说“希望大家都来保护山林”才对呀！

而张三认为，今天电影是他请的客，他倒有几分自豪。别人也会笑嘻嘻问他“这次偷的树准备做什么用”，还会向他介绍哪位木匠手艺好，板箱做得多精致，骨牌凳做得多结实。

当时放电影，是露天电影，电影在小学操场放，场面是闹烘烘的。

那年代村子里还没有通电，放电影是临时发电的，操场边砰砰砰的马达噪音，增添了不少热闹的气氛。

孩子们会学电影里鬼子“八个鸭路”地怪叫，会七嘴八舌预说情节。但预说的情节往往落空，兑现不了，因为《地道战》等影片实在太老了，片子胶卷放映时常会熔烧，许多精彩的片段早都烧没了，所以孩子们能背得出来的原有的情节，今天不见了，让人失望。

放映时，阿清还怕老年社员看不懂电影，还会用当地土话翻译电影里的人物语言。记得，有部电影，故事是讲鬼子要来扫荡了，武工队长与指导员一起研究战术，那指导员姓“田”，队长问“老田，你说咋办？”阿清竟翻译道：“鬼子来扫荡了，现在情况很危急了，队长都很焦急了，说‘老天！怎么办好’！”

更令人不可思议的是，就在这罚电影的现场，村里平日最老实、最守规守矩的根富，竟对阿清说：“下回电影罚我吧！”

偷树才罚电影，哪有提早申请“偷树”的？

根富说出来更让人好笑，他并不是家里要做家具急需木头，而是平日都是自己看别人的罚电影，白看的次数太多了，有点不好意思，总得回报别人一次吧？就像朋友聚会，都是白吃别人递来的香烟，吃多了，就像欠了债似的，心里有愧疚，自己也总要买一包香烟回敬回敬别人吧？

根富追问阿清下一回会放什么影片，阿清说是《平原游击队》，于是，根富更坚定了下回电影由自己领罚的决心。为什么呢？因为肉吃多了，也有腻的时候，像《地道战》《地雷战》之类，一遍一遍看，也有点厌；而《平原游击队》以前虽然也放，但放映次数相对少一些，大家会觉得有趣味些，当然更值。这，就好像平日你递我的香烟是价格不贵的《雄狮》牌，而我回敬你的香烟是比较高级的《利群》牌，这有多骄傲。投我以木瓜，将报之以琼瑶，于是，根富心里就更舒坦了。

“偷树罚电影”，这规矩是公社领导定的，原以为是很好的条律，很好的措施，但就是不灵，起不了什么作用。究竟是什么原因呢？当时的领导想不明白，很困惑。

老　梁

老梁大名叫梁骥。梁骥者，良骥也，这名字一听，他父母肯定是有文化档次的人。确实不错，他的家庭出身是：地主。好在他有重要的一步人生之路走得绝对正确，那就是 1949 年 5 月初，梁骥在县城中学读书时，解放军解放了县城，他就报名参加了解放军。

可惜他不太争气，上进心不强，在部队里，不算落后但也不积极，平平而已。在 20 世纪 50 年代，军队整顿，因为他是地主成分，加上平常有点懒散，于是自然就把他这种人清理了，把他转业到地方工作。

开始是转在县磺铁矿。矿区领导见他是部队下来的，也重用他，让他做矿办公室副主任。可惜他还是改不了懒散的老毛病，连办公室文件箱的钥匙丢到哪里都会找不着。他却还有点自命不凡，觉得大材小用，不得志，于是常常喝酒，喝得舌根发硬满口胡话。于是，磺铁矿像剔矿渣一样，把他剔了出去。

再把他剔到哪里好呢？当年的教育系统是最鱼龙混杂的地方，县里人事部门就把他安排到区中心学校当老师。

但是老梁并非师范出身，教不来书，数学、语文他根本不会教。他当过兵，那就让他教体育吧。但光是几节体育课，工作量太轻，于是还分配他做学校食堂的事务长。

可惜他体育也教不好，也不认真教。每节体育课，他都是让学生跑步，沿着操场围墙一圈一圈跑。学生在背后骂他“法西斯”。其他老师说：“按理说，队列、体操是当兵的特长，你怎么也不会呢？”他说：“列队喊口令，我当然在行！我在部队当连长，一个‘立正’口令，好几百人‘唰’地一下，笔挺！只是这帮小孩不听话，我懒得教。”有的老师知道他的底细，知道他在部队时只是一个基层文职人员，根本没有当过连长，于是就问他“你是什么时候当连长的？”他知道自己吹牛露底了，于是说“我在文艺晚会演戏的时候。”

他食堂事务长也做不好，账务不清。

于是区中心学校又把他剔了出去，剔到一个叫杉树坳的小村子教书，那是只有十七、八个学生的初级小学。

开始，区中心学校领导还担心他到条件那样差的地方会闹情绪，但他却比较安心地在那很偏僻的地方教下去了。原来，他在杉树坳撞上了桃花运，和一个女人搭上了。

那女人并不好看，高颧骨，塌鼻。但人倒白白的，有点娇，“回眸一笑百媚生”。本来，这种事，隐蔽一点，问题也不大。可惜那女人是有夫之妇，鬼迷了心，吵着要与自己的丈夫离婚，一把眼泪一把鼻涕，闹得天翻地覆。女的丈夫实在受不了这口气，就把老梁告到公社里，还告到县教育局里。

这下好了！县教育局来了专案组，来调查处理老梁了。老梁也不隐瞒，一五一十，把事情都坦白了。专案组要写具体材料，问那女人叫什么名字，老梁却说不知道那女的名字。专案组的人在桌子上一拳，说老梁态度恶劣，和人家睡都睡了，却还不知道人家的名字？老梁呆呆地说：“睡觉何必一定要知道人家的名字？”

对这种问题的处理，可重可轻。对老梁的处理还算适当，把他工资降了两级，调回区中心学校当炊事员。

当炊事员倒也轻松，但他酒喝得更多了。他常常说：“冷酒伤肝，热酒伤肺，有酒伤身，没酒伤心。”为了不伤心，管它伤身不伤身，那酒是一定要喝的。冷酒热酒都有一伤，那么喝冷酒方便，于是他总是冷酒大碗大碗喝。结果他真的喝出了肝病。他独身一人，得病又没亲人照顾，不多久，他就死了。

良骥啊良骥，徒具虚名！你只是一头蹇驴，毫不向上，一路下坡！

其实，凭你的资历，只要稍微谨慎一点，努力一点，争气一点，好好工作，好好生活，好好活着，本来是可以享受离休待遇的，那可是共和国最高级的待遇啊！可是……悲催！